——东北往事

神　　调

百　合　著

武汉大学出版社

图书在版编目(CIP)数据

神调:东北往事/百合著.—武汉:武汉大学出版社,2014.6
ISBN 978-7-307-13493-5

Ⅰ.神…　Ⅱ.百…　Ⅲ.长篇小说—中国—当代　Ⅳ.I247.5

中国版本图书馆CIP数据核字(2014)第116163号

责任编辑:张福臣　　责任校对:汪欣怡　　版式设计:韩闻锦

出版发行:**武汉大学出版社**　(430072　武昌　珞珈山)
(电子邮件:cbs22@whu.edu.cn　网址:www.wdp.com.cn)
印刷:武汉市金皇印务有限公司
开本:720×1000　1/16　印张:16.75　字数:298千字
版次:2014年6月第1版　2014年6月第1次印刷
ISBN 978-7-307-13493-5　定价:35.00元

目录

第三章　封禁地　　　　/ 036

“还是京师的爷过得滋润。”殷天朴语气里有感叹，还有点不屑。

关爷说：“也是把京师的旗人闲的。最初随龙入关的旗人，在京师周边都圈一块地，怎奈人多地少，把种地的汉人挤跑了，逼急了要造反，朝廷就不让他们圈地了，直接给旗人发钱，供养起来。这些京师旗人不农、不工、不商、不牧，吃皇粮，领皇饷，只靠清闲打发日子，变着法的玩儿。上至王侯，下至旗兵，会唱二簧、单弦、大鼓的多了，也有养鱼、养鸟、养狗的，也有种花种草的，斗鸡呀，斗蟋蟀呀，什么都能拿出来斗一斗。还有玩高雅高深的，画个山水画，填个词作个赋，诌几套大鼓词令，都能露一手。就是那鸟笼子、兔儿爷的样式，都能弄成几百样，看得让人迷糊。也有的旗人没事就赌，赌啥的都有，连祖上的房产也拿去赌，叫‘吃瓦片’，有个顺口溜讽刺他们呢。”

“关爷，你说说啥样的顺口溜？”

关爷仰头想想说：“前面的几句我给忘了，只记得有几句话说那不肖子孙是‘光着脚丫上八旗，没有马褂干着急，当了裤子买炕席，豆汁就着萝卜皮，看你着急不着急！’”关爷学着京师油滑的腔调，引起随行人一片笑声。原来，大家都支楞着耳朵在听，关爷并不介意，反倒受到鼓舞般地纵声大笑。

第四章　咱们家的神调很重要　　　　/ 051

仙荣还从未想过式奎该叫什么，早些天叫了几日姐夫，圆房后就没了称呼，仙荣留心听仙萍叫式奎什么，但一直也没听到，她又不能随云美的叫法，叫式奎他爹、他爹的，现在反正没有别人，一说话就知道是和对方说。

仙荣又说了：“我想骑马。”

式奎说：“你才会赶车，又不熟练，到了路上，啥情况都有，你还是专门练赶车吧。”

仙荣说：“我骑马是为了和大黑马亲近亲近，让它也熟悉熟悉我。”

式奎见她那么坚决，就卸了车，顺便教仙荣怎么套车，怎么卸车，牵着大黑马让仙荣上马。仙荣扬着头对式奎说：

“我自己不敢骑，再说大黑马不经你介绍，它也不愿意的，行吗？”

两人共同骑着大黑马，大黑马也不介意，得得得地在泉眼泡里跑圈，仙荣靠在式奎身上，扭着头得意地看着式奎，那眼光迷离得让式奎心都颤动起来。

这几天，三个媳妇总把新房挂在嘴边，云美用很正式的口吻告诉仙荣：

“撒愣的，在年前快点怀上，小一辈都要结婚了，等儿媳妇们挺着大肚子，你还空着身子多不好，你是要儿媳妇们给你接生吗？”

当天晚上，仙荣就在式奎的身子底下撒开了娇，她对式奎说：

“他爹大狗熊啊，你使些力气，我们都晚了！”

式奎就用上了劲，等他的劲使完了，仙荣抽出身，式奎找不到她了，只摸到了她的两只手，式奎忙问：

“你又在搞啥名堂？”

仙荣的声音来自上方：

“我在倒立呢，你快来扶我一把。”

式奎坐起身子往上摸，摸到了仙荣细细的腰身和宽宽的肥臀，她确实是倒立着。

黄大仙拉过典式奎，他把手拍在胸口上，要典式奎也把手拍在胸口上，而后，黄大仙对着那棵树说：

“鲁米苏伊，他就是咱的姑爷，仙萍和仙荣的丈夫。今天，他要向你保证。”说到这里，黄大仙把典式奎又拉到正对着图案的位置，他说：“我说一句，你学一句。”

“我一定对你女儿好，说。”

“我一定对你女儿好。”

“我向你保证，说。”

“我向你保证。”

黄大仙满意地看着典式奎，典式奎再次把手放在胸口上：

“我许诺，我一定对老丈人好，一定对仙萍好，一定对仙荣好。”

第七章　悠出满院子典家人　/ 097

一场小雨给夏夜送来了清凉。典式奎头枕方枕躺在炕上，他赤着胸膛，正眯着眼睛冲着敞着窗户的外面出神。近几天，天气闷热，云美和仙荣都在各自的屋子里准备了一把桦树皮扇子，为他扇风纳凉。今天不用扇子，仙荣改用头发丝给他挠着痒痒。仙荣把发髻打开，飘落下长长的头发，她随意地托起一把，用细丝撩拨着式奎，式奎很受用地缩着脖子，配合地挪挪身子。

两人慵懒地打发着被雨水浸过散发着土腥味的长夜。有一丝发丝溜进了式奎的嘴角，式奎用牙悄悄地咬了几下，仙荣顺着力道微微低下脑袋，式奎捋着她的发丝说：“你能觉着我咬头发了?”仙荣轻声说：“女人的头发最特别，你再轻的弄，我都知道。”式奎就又用手在她脑后划了一下，就有几根头发落进手中，仙荣回手把他的手握住说：“又有好几根了。”

第八章　来了教书先生　/ 117

晚上，式奎和云美盘腿坐在炕桌的两边，仙荣把炕桌擦得干干净净，桌上放着烛台，烛台上插着一炷红蜡，形成了一圈红红的暖光。仙荣站在地上，把一个烟笸箩倒扣在头上，笸箩底还夹着几条红辫绳。她扮成戴红缨帽子的官人，从炕桌头上的一叠地契中取下一张，拽着粗声念道：

“额摩佐领守尉府地券，第伍拾贰号。阿克敦人典式奎——”

“喳!”式奎把右手食指支在炕桌上应道。

“发给你地券二十垧，永远承种，按年交田赋税，不得抗霸钱粮，私相典卖，致干——致干撤地严究，听到没有?”……

式奎挺胸说：“小的一家有的是力气，有能力耕种，不烦大人操这心。”

“大胆！好好回答本官，要是无力耕种，咋办?”

“咋办？把三媳妇卖了！”云美一拍桌子。

仙荣一听，把烟笸箩拿下来，“大姐，你好狠呢，咋不卖大媳妇呢。”

式奎打着圆场：“好了，好了，谁也不卖，快给我倒碗水，你这大人照顾一下小民吧。”

第九章　旷夫和怨妇　/ 135

得石带着得风、得雨两个小兄弟进了一间屋子休息了。仙荣和春秀住进了盛雨亭的隔壁，春秀也不说话，打着夸张的哈欠，早早地钻进了被窝，头朝里躺下了。

仙荣见她这个样子，抿了抿嘴鼓起勇气悄声推门出来，见四处没有动静，只有过道上一盏油灯似明似灭地默默燃着。她推了盛雨亭的门，那门无声地开了，又无声地关上。原礼部司务盛雨亭早忘了一切，踉跄几步把仙荣紧紧抱住。这是干柴和烈火的相遇，是旷夫和怨妇的拥抱，是忘了身份和处境的男人和女人的直接交合，一次不行，就再来一次，仙荣终于全身散了架子一样依附在铺上，像是从云端坠落到了温暖的水湾。盛雨亭头枕着仙荣肉感的大腿，喘着粗气，极其舒畅地闭上眼睛，他觉得他现在就是刚拉完铁弓铁箭的大阿玛，或者是追逐完猎物的海东青。

第十章　为儿媳做主　/ 158

柳芬不明白得州的举动，问道：“好好的梯子，你踹它干啥?”

原来，她把刚才那一脚看得清清楚楚。

得州情急之中倒是说了实话：“啊，我想和你单独说会儿话。”

柳芬的脸一下子就红到了脖子根儿，她明白了得州那一脚的意思，得州自觉失语，但也完整准确地表达了那个意思，柳芬红红的脸又反馈回了柳芬的意思。他怎能不高兴？他乘机说道：

“你帮帮忙，修修这梯子。”

柳芬放下水盆，蹲下身子扶住已躺下的梯子，得州用草绳来回缠绕捆绑着梯子的立柱，一边抬头直视着柳芬，柳芬忽灵的眼睛像是在躲闪，但仍能在游盼中接住对方的目光。

得州直接问："你许婆家了吗?"

柳芬双手扶着梯子，紧张地摇着头。

得州又把梯子往墙根移了移，他是怕房顶上的人瞧见了，就找了个死角。柳芬也蹲着身子往里挪，两个人倒是很默契。

得州叹了口气说："我有婆娘了，可我瞧不上。"

"瞧不上还娶?"柳芬问。得州边叹气边摇头：

"她们家骗了我三娘，她那半边脸塌下来了。"

柳芬下意识地去摸自己的脸，那梯子就摇晃了，得州的手就过来扶住，正扶在柳芬的手上，两个人的手就叠在一起，冰遇到了火，该是怎样的震颤。

"这就好，"盛雨亭真的放下心来，"这回我们可以慢慢来，不用忙三火四的。"

"慢慢来，咋个来法?"仙荣问。

"这慢慢来嘛，最慢的是晚上要办事，早晨就得开始。"盛雨亭的语调也慢下来。

"那你说说，从早到晚这段干啥?"仙荣感兴趣地问。

盛雨亭把仙荣拉到怀里说："早晨就暗示女人晚上有戏，让女人一天都惦记着，在这一天里，要对女人温柔地呵护，百般地怜爱，让她心里甜滋滋的，就盼着晚上快点到来。在临睡前，要给女人沐浴熏香，让她全身疏通，四肢松软。到了正戏开始，要对女人轻轻地抚摸，让女人慢慢地感觉。"

盛雨亭嘴里说着，双手可就在仙荣身上轻轻地、慢慢地进行了，仙荣非常受用，把身子缓缓地放倒，那盛雨亭边讲解边实践，最后仙荣急了："秀才，你也太慢了，我等不及了!"就自己动起手来。

这山里的景色就是美，山上的树呀、草呀、花呀都熟透了，那绿色是墨绿的，绿得饱满，像要滴落下来一样。那草啊，也浑身充满了韧性，活像三十岁的女人全都舒展开了。那花呀就更不必说，就在这秋天里一齐开放着，比着，赛着，彼此还相互衬托着，谁也不服谁，谁又离不开谁的样子，颜色搭配得那么合理，那么协调又那么随意。绿色的树和草，各种颜色的花中，还不经意地露出几块褐色的山石来，这种褐色在这些艳丽轻快的色彩中显得分外沉稳，让人的心情有托底的感觉。背阴的山石上面还生长着绿苔，绿苔的形态各式各样，都像是不经意间画上去的。

在这美景中，有溪水涓涓流过，映着细碎的波纹，星星点点地闪亮，就更能突出这种灵动，不看芝清那边的脸，单从这个侧面看，一个漂亮的村姑赤着双脚站在流动的溪水中，掬一捧溪水往脸上洒去，那动作中再带一些曲和柔，确实美极了。

受了重伤的卜知会没跑多远就被抓住了，式奎这次把这个刀把脸斗鸡眼看了个端详，新仇旧恨涌到心头。卜知会鼻子两侧都冒了汗，他那斗鸡眼眼囊下松弛的皮肉也抽搐着，他坦白了渠师爷和殷洪海派他卧的底，知会还交代，他们计划把这批火药盗走后，就把制药间和仓库全炸了，让典得石被迫离开石沟洞，他们再进驻，因为在二郎山，再也找不到像石沟洞这样的好硝石。

典得州小心地和式奎见面，式奎没说什么，让他快去装车。这就是大家庭，在外敌当前时，什么是是非非都没有了，整个一家子都会一致对外，空前团结，可当外在危险一解除，内部的不一致就会显现出来。式奎有时也想，要是外敌听他的就好了，让他来就来，让他走就走。为了安全，式奎和得石让大家把剩下的火药连夜运往额摩镇，送过火药，已到天明。式奎和得石两人押着卜知会来到守尉府，紧急求见赵守尉。

殷洪海轻手轻脚地走近这家，很顺利地翻墙进了院子，返身把院门门闩拉开，移开了院门，然后，在院子里找了一根木棍，悄悄地走到房门前，很小心地用那根木棍顶住了房门。他做完这些，嘴角还有一丝得意。他弓着腰，摸到牲口棚子里，解下了一匹骡子的缰绳，牵着骡子就出了院子，他一纵身跃上骡背，就听到后面有呼喊声和踹门声……

殷洪海骑着皮毛油光乌亮的骡子走在通往盘云洞的山道上，正午的阳光把他和骡子的影子混在一起。在此之前，他还偷了一家的干粮，又在一个茅草堆里睡了一觉。昔日的大少爷，已习惯了这种偷盗抢掠的生活。打死张双妹后，他觉得杀人也不过如此，看来他又有提高了，加入绺子干些大的买卖才过瘾。只要驮上两桶火药，作为见面礼送给罗门山的金钱豹，他就有了新的生长空间，等金钱豹得到更多的火药，他的地位会更高，想到这儿，他还美得哼了小曲，沿着山路逶迤而上。

赵敦诚一个人悄没声息地来到典家，他快踱到烧锅后院时，才被典式奎发现。两人像是有约定，没有寒暄客套，典式奎把赵敦诚让进后院的一间小屋。平时，典式奎在这里独饮静思，现在，炕桌放在中间，上面摆了四样小菜，一把酒壶两只酒盅，两人坐下对饮。

赵敦诚说："柳树趟子隔着，去不了江边，交通不开，垦殖受限，从乌拉那方面来的人过不来，以后的粮食也不能漕运，陆路运粮还不够送粮的人吃马喂……"

典式奎给赵敦诚倒酒，也不接话。喝了两盅后，典式奎像是另起话题，他说：

"阿克敦有好多树啊，松树，椴树，桦树，只有柳树枝插进地里，见水就活呀。"

赵敦诚手举筷子僵在半空，他看着典式奎好一会儿，忽地放下筷子，他探身抢过酒壶，为典式奎满酒，典式奎嘴里说着"折煞小人"，手捂着酒盅躲闪。赵敦诚坚持地把酒倒上，然后，把自己的酒盅往前一送，碰到典式奎的酒盅上，说：

"来！咱们干一盅。"

第一章 从冯家集到阿克敦

一

典式奎不止一次地说过，他永远也咂摸不透两样东西：酒和女人。同样的水，同样的粮，同样的曲，每锅烧出来的酒相似却不同。在喉咙口滑过的感觉，由胃里返顶回的余味，刺激食管的力道，都有细微的差别。女人也如此，俗话说百女百样，千女千样。他还用酒泡过女人，不过，那是被迫的。

道光十七年八月的一天，日头惨白与天一色，热烘烘地让人烦躁不安。没有风没有云自然也没有雨。一个炸雷般的消息在冯家集迅速扩散。

“典家生了怪胎！”

“——典家烧锅老典家——老典家的大儿子——典家老大的媳妇生了怪胎！”

“怪胎有多怪？”

“那怪红瞎瞎秃豁豁带着血沫子，盘成人型，窝在泥盆子里。”

“旱魃现世了！”

“我的老天爷，遭天的大旱终究有了出处，咱们这儿出旱魃了。”

“旱魃？旱魃就是不播云不布雨的土龙。”

“找龙母去！谁生了旱魃，谁就是龙母。她怀了数月的旱魃，我们也旱了一春一夏！唉，地裂口子河见底，苗晒死在田地里，连着三个月不下一滴雨，敢情旱魃早就进住了冯家集，它窝在典家媳妇的肚子里，这条懒龙，这条土龙，拔了它，找龙母去。”

典家烧锅处在老河口土崖坡下，一溜石基土墙青砖垒角的正房，两侧分别是甑锅和窖棚，院子里有一眼轱辘井和十几个敞口的立缸和大肚子酒坛。最抢眼的是黑糊糊的烟囱，正冒着直直的白烟，远远能闻到酒的香气和糟的味道。烧锅的矮墙和木栅栏门外，旋风般地刮来一群人，他们围着烧锅院，向里面喊着：

“你们家出旱魃了，大旱的根子呀。快埋了旱魃，交出龙母。”

“交出旱魃，交出龙母！”

“对！埋了旱魃，连根拔掉！”

“我们要水泡龙母，水淹龙母，水浇龙母！”

此时典家的老大典式奎正冲着泥盆里的“旱魃”发怔。今天是为二里集大财东出酒的日子，一大早他把甑锅点着，叮嘱了伙计几句，就兴冲冲地奔回内屋，到了门口，他唤媳妇周云美拿酒量，随着女人的应答，他看见媳妇递酒量时，脚下一绊，人就像陀螺一样转了圈子，晃一晃歪向一旁。他伸手去扶却没能抓定，眼见着媳妇滑脱倒在地上。女人捂着大肚子痛苦地哭叫，等他和闻声跑来的家人把她弄起来，她早产了。

典式奎知道这一带的俗规，大旱必有来头，作怪的旱魃要交出去。这个没完全成人形的死婴，自己埋了，还是由着别人埋，没多大区别。可要是把产后虚弱的媳妇用水泡了，浸了，浇了，他怎么舍得？

典周两家原本就是偏亲，典家住上集，周家住下集。两家平素来往也不少，彼此间都觉得对方是正经过日子人家。那年又先后添了一男一女两个娃子。就在女孩满月的当天，两家定了娃娃亲，找了中人互换了帖子，帖子上正式写了男孩的名字典式奎，直隶沧州冯家集人，道光元年六月初五寅时生，女孩的帖子上名字叫周云美，直隶沧州冯家集人，道光元年十月初六子时生。

周家女婴的一缕头发被剪下来，典家男孩的也剪了一撮。两缕头发打了结，夹在帖子中间，他们的命运瞬间通了气糅合在一起了。两家吃了定婚宴，又给了中人不菲的定婚价钱，两个孩子在自家各自抚养，只等云美到了十岁好过门。

小云美正式过门也是十月初六，那天小云美整整十岁，应了“满十满子”

那句话。过门时，小云美穿着月蓝色的花布衫，绛红色的灯笼裤，由她的二姨和叔伯婶牵引着来到典家，她还特地被大人梳了油头发，弯弯的刘海齐齐地搭在眉毛上边，那双眼睛里丝毫没有胆怯，一直没忘在人群里寻找蹦进蹦出的小式奎。

其实，小云美过门之前就经常跑到典家来，和典家早熟络了。那时典家的烧锅一年要烧十通酒，日子过得正起劲，进进出出的人不少。大人们每每和两个孩子开玩笑，有的对小式奎说：

“奎娃，你要照顾好你媳妇呀，别弄摔了，那可是你自己的媳妇。”

小式奎就紧紧护住小云美，拉着她的小手挺着小胸脯很丈夫地说：

“是啦，自己的媳妇自己管。”

又有人对小云美说：“你去找你男人去，别让拍花的拐跑了，那你该多可怜。”

小云美立马返身去追自己的男人，追上了就不撒手。在小云美眼里，她早已认定典家的烧锅院是自己最后的家，她跟她的爷大和娘大总是口口声声地说：“俺去婆家了，在婆家还吃大枣了呢！”说得自然又清脆。

两个孩子就这么一起长大，彼此早有了归属感，尤其是和别的孩子一起玩时，小式奎是断然不能让小云美吃一点亏的。见两个孩子这般好，两家就迫不及待地办完了过门，等着云美十六岁给他们圆房。

本应从容的圆房倒是草率凌乱缺了章法。正常情况，圆房应该有个像样的拜堂仪式，但那年典式奎的父亲病急，典家要用婚事冲冲喜，企望当家人平平安安地逃过这一劫，却是最现实的。

当天晚上，一对再熟悉不过的新人住到了一起。这几年，两人虽同在一个屋檐下，倒是故意疏远起对方来。年龄越大，关注对方的方式就越特别。天天见面，却不用正眼相看，在目光的游盼中，彼此更能感觉对方的存在。尽管他们早就知道会有这么一天，也曾萌动过不安分的心，但真要睡到一个被筒里还真需要一番过程。

云美比式奎要成熟一些，一点点引着式奎脱去底衣，泥鳅一样的式奎想快速地钻进被窝，却找不准入口，慌乱间把那条赤腿伸进了褥子底下，云美只好掀开被筒，把他裹住，式奎这时才攥住了她的一只手，像是船夫抓住了缆绳。云美侧着身子，用另一只手悄悄地解了裤绳，又上移再解衣襻，慢慢地除了上衣褪了下衣，忽地钻进被筒，两个人就在烛光的颤动下赤裸裸地抱在一起。

式奎紧迫间本能地寻找，云美迷茫着他的误打误撞，疲惫的式奎在云美的怀抱里终于安生下来，慢慢地进入了梦乡，那梦里尽是些暖风吹过流云，小溪漫过河石。云美拥着自己的小丈夫却是睡不着，她用手摩挲着男人的后背，烛光摇曳着像是在晃动着他们，慢慢地，慢慢地，式奎又抬起了青春的头，这次他沉静多了，没有了不安和迟疑，像一只脱了缰绳的马儿一样，奔腾起来，他忘了去疼爱他新婚的娇娘，也忘了圆房冲喜的使命，自顾自地放纵着自己……

新喜没能冲走病魔，老烧锅在临死前手捧着家谱，对两个儿子嘱咐着看好祖业，然后撒手而去。经历了新婚和丧父的典式奎，无论生理还是心理一下子成熟了。他刚当一年家，就遇到这样的大旱，河岸边的沙土地眼瞧着种子都收不回来，能送粮酿酒的财主也少之又少，一家子生计难以为继，好不容易揽了一家出酒的活，媳妇周云美又早产生了“旱魃”，这让典式奎像拧干的麻布，从短暂的发怔、紧张继而终究冷静下来，他必须想出办法来应对。

人越聚越多，喊声越来越急。拔去旱魃吧！浸了龙母！不去旱根，再旱下去，颗粒不收，让我们怎么过活！你们典家也要为大家伙着想……有说理的，有恳求的，有呐喊的，也有声讨的。

除了还躺在屋内的典周氏周云美，典家其他人都拢在了典式奎周围，焦急的眼神聚在当家人的脸上，典式奎表面上是四肢僵硬立在中间，头脑里却是风雨雷电，只见他抿了一下嘴唇，分开众人，端起那个装着旱魃的泥盆向院门口走去，他看见了那一双双发红的眼睛，炽热干涸如这旱天。典式奎放下泥盆，不急不徐把大门打开，人们寂静着，默默地看着典式奎的一举一动。门开处，典式奎双手抱拳对大家说：

“诸位乡邻，三亲六故：我们家不幸出了旱魃，对不住大家，旱魃既出，只能拔去；淹了龙母，才能解了大旱。我典式奎和我们典家一定照规矩办！先请你们把这盆子里的旱魃埋在河岸边，它既是土龙懒龙，就让它安息在干河边。”

“对着咧!”人群里有人啧啧称赞，典式奎循声看去，原来是上集的冯老伯，穿着脏兮兮对扣儿坎肩，青布裤子挽得老高，额头上三条刀刻似的皱纹，嗓门又粗又高，在众人中显得非常突出。典式奎接着说：

“麻烦大家在埋葬旱魃时，举行个仪式，让它长卧土中，别再给冯家集添乱。”

典式奎说完这些，回头对着他的弟弟典式轮说：

“小轮子，你把新出的酒拎来一桶，再带个酒舀子，都交给冯老伯。”

他对喊声最大的汉子冯老伯鞠了一躬：

“冯老伯，麻烦你老给主持一下，让大家都喝点酒，酒能去邪阻邪，别让大伙遭了灾。”

“大侄子，没的说，这个我们马上办。”冯老伯应声道，他接过小轮子递过去的酒舀子。

典式奎又对大家说道：

“葬完旱魃，大家伙回到这里来，我在院中放一个水缸，我来主持水淹龙母的仪式。”

人们听了典式奎的话，都露出满意的表情，可有的也在心里嘀咕，这个典老大也够狠的，他要亲自动手呀！可转念一想，不这样办，大旱又什么时候到头呢？

众人到老河口埋葬旱魃去了，典式奎等人们走远，回头吩咐伙计继续出酒，他拉过来比他小一头的弟弟小轮子，告诉他如此这般。一直在房檐角下注视这一切的典母，从哥俩咬耳朵频频点头的动作，也觉察出她的儿子或许有好的办法，缓解可怜儿媳的痛苦。

人们葬完旱魃，拎着空空的酒桶回来了，他们看见典家院子轱辘井旁放了一口大缸，典家老二典式轮正从轱辘井里往上提水，这眼井可是附近为数不多能舀上水的井了。小轮子左右摇晃提着柳罐，走到大缸旁，用力翻转柳罐，把水倒了进去。尽管大家都喝了酒，但依然清楚地听到水翻花的声音，能看见溅出来的水星儿。小轮子就这样又舀上几罐水，把缸装满。一想到要把刚刚生产的女人浸在这井水里，一些人都感到身上发紧。

院子内格外地安静，人们站在水缸对面，目光集中到典式奎身上，这个马上要用井水浸泡自己的产后女人的汉子。典式奎向内屋走去，把门打开，身子没入屋影里，一会儿，他抱着媳妇出现了，周云美被裹在一块蓝布内，伸出的一只手揽住丈夫的脖子，典式奎“腾腾”地走到水缸前站定，然后举目向人群看过来，只这一眼，众乡亲已跪倒一片，但那一双双眼睛没有离开典式奎夫妇。

典式奎双手一纵，把周云美托起，略一倾斜把媳妇顺进缸里，随着人缓缓入缸，那件蓝布围住缸口，只露出女人的脑袋，缸内的水沿着缸沿溢出一片。没有人们预想的惊叫，也没有想象到的昏厥，周云美立在缸内，闭着双眼，神情反倒分外的恬淡。

典式奎接过弟弟递过来的水舀，揭开蓝布的一角，从缸内舀出满满一舀子水，举到周云美的头顶开始往下浇，一边浇着，一遍喊着：“浇龙母喽，浇龙母喽，浇龙母喽！”

“快磕头啊！”看呆了的人们在冯伯的提醒下，慌忙叩头。典式奎又浇了几舀子后，把水舀扔在地上，整个浇龙母的仪式结束。怀着希冀的人们纷纷散去，在他们心里，觉得这个仪式大概与龙神有关，所以少了悲壮，多了神秘。

泡龙母的缸里事先装了大半缸刚刚酿出来的热酒，兑了井水以后，刚好让人感到舒适，周云美体会到的全是温馨醇和的爱怜，酒香在鼻间飘飘而过，她确实沉醉其中了。外人都喝了酒，怎么能闻出那是满缸的温酒呢！

好多次，周云美在丈夫的臂弯里还回味：那温酒实在太舒服了。

这是典式奎第一次用酒泡女人。以后，他又用酒泡了另外两个女人。

二

转年，遭了大水灾。老河口涨水了，仿佛去年丢失的水找回来了，两年的水渗在一块还不泛滥？泛滥的不仅是水，还有瘟疫。瘟疫和水灾相伴而来。没有人议论大水和那次泡龙母会有什么关系。双灾之下，顾不了思考这类问题。一样的病症，一样的死法。瘟疫和洪水一起浸着河滩，瘟疫和乌云掺杂着翻滚在头顶。典式奎的母亲在这场瘟疫中没能闯过去。因瘟疫死去的人通通要葬在村东的那口大枯井里，再撒上一层草木灰，那黑洞洞的大井口敞着令人恐惧的大嘴，像是随时等待吞噬后来的人……

没有逃走的死去了，活着的必须离开。

典家面对着艰难选择：典式奎和他弟弟典式轮都舍不得典家烧锅，这好几代人传下来的基业。可不走无异于等死。

最后，兄弟两人决定留下一个，走一个。留下来的冒死守业，走的那个为典家留根。

典式奎问妻子："你想走，还是想留？"

周云美说："你在哪，我在哪。"

典式奎说："那咱就留下来吧，小轮子还没娶亲呢。"

抉择的时刻，典式奎叫过来弟弟，他说："谁走谁留，咱看天意。一会儿，你嫂子随便舀一瓢米，是单数我就走，是双数，你就走。"没等弟弟回答，典式奎已招手叫媳妇过来，要她拿瓢舀米。周云美从缸盖上抓过倒扣的瓢，打开盖子探身下去，她端着半瓢米走到哥俩面前，往台板上轻轻一泼，手握着米瓢等在一旁。哥俩待滑动的米粒静止，开始数米粒，一粒，二粒，三粒……"四十六粒，双数！"典式奎叫道，他向妻子看了一眼，周云美上前把米粒拢成堆，用瓢收走，送回原处，她顺手把那半个葫芦瓢向缸沿磕了磕，瓢缝中的一粒米也进了缸里。典式奎夫妇早就做了准备，要是单数，就把瓢缝中的那粒磕在台板上，凑成双数。

典式轮背着家谱含泪投亲去了，典式奎夫妇开始生命的坚守。烧锅院子早已空空荡荡，他们俩把坚守的范围缩小到酒锅周围。把能攒起来的酒糟都收集起来，围成一道锈红色的矮墙，又把酒底子全都浇在防线上。两人蹲在酒锅边，竖着耳朵听着，希望能听到有人发出的动静，可村子里连哭死人的声音都没有。十几天过去后，他们的耳朵里有了声音，是那种踏踏的声响，像是死神沿着矮墙在游动。又过了几天，走得更快更响了。式奎终于沉不住气，忽地直起身子说：

“要死就死吧，我要出去走走！”

云美慌忙伸手去拉他，还没等把他拉住，云美冲着前面惊叫起来。典式奎也看到了，一片黑亮亮的水头奔涌过来。

这是一次严重的河道决口。好像上天对顽固的瘟疫也没了办法，只好用一个更大的灾难去制止另一个。那水沉雷一般滚动着，咆哮着，铺天盖地般奔涌，要把瘟疫荡涤掉，连同盛载瘟疫的一切。典式奎和周云美看到水头已跃过院墙，随后那墙体像麻花般地被卷起，瞬间就铺了下来。

他们亏了有那个酒锅天盖才得以逃生。烧锅由两个锅组成，下面的甑是地锅，上面的是灰锡做的大罩，就是天锅。情急之中，式奎和云美把天锅翻转过来，两人团着身子挤了进去，接着就天旋地转了，就随波逐流了。烧锅院子在他们嘶叫声中塌进水中，那截黑烟囱随后也跟着漂过来。典式奎的一条腿插进天锅的排口里，排口一圈硬硬的卷边锡片深深地卡进他的肉里。他忍着刀割般的疼痛，还希望自己的血肉能把排口塞紧，不让水从下面返上来。两个可怜的人在旋转中拼命抓紧对方，瑟瑟发抖，典式奎从媳妇的肩头向远处看，水天连成一片，那水是从天上倾泻下来的。除了水，什么都没了！烧锅院子，几代人攒下来的，没了！烧锅，安身立命承载着希冀的祖业，到了他典式奎这代没了！只剩下滔滔洪水中的半截子锅和锅内的两条命！典式奎落了泪，他茫然地喊着：“没了，没了，全没了！”在声音的间隙，他听到怀中的媳妇也在喊，“老天爷，老天爷呀开眼吧！”尖利而又凄惨。他们被大水冲到一片地湾里。

他们在湾内齐各庄的一家石匠铺里做学徒和当佣人，维持着生命。也许困境更能考验人的生命力，他们的第一个孩子降生了，按照典家家谱，“式”字后面是“得”字，他们给孩子起名叫典得石，小名石头，纪念这学石匠的经历。

连续的灾难推动了大规模的人口迁移，大灾大难迫使一些人离开亲人，离开故土，离开人口集中区，去到遥远的关东垦荒。在下定决心去北方逃荒之前，式奎和云美带着小石头找到了弟弟投亲的大伯家。弟弟典式轮从一口老旧的黑柜里摸出一只木头匣子，又从里面取出层层包裹的一卷发黄的纸，那是典家的家谱，式轮抚摸着纸面，对式奎说：

“哥，你们拜一拜我们典家先人吧。咱们典家是小姓，好几百年也没出过什么大人物，只有几位建立了大家业。到爹这辈，刚有点起色，指望着能把典家烧锅延续下去，没想到这几年灾连着灾，你们连故土都要离开。”

式轮说话的语气，不像是他这个年龄的，更让典式奎感到压力。式轮最后说：“但愿典家老祖宗保佑着哥嫂在异乡创建家业，把典家烧锅立起来。”

不光是典式奎从小就从父母那里得到灌输，就连周云美这个做媳妇的也知道典家人要红火典家烧锅的雄心。这种念头，过早地种入了他们的心田，一遇到合适的环境就会萌发，甚或疯长。

身材像磨盘一样的典式奎直通通地跪在家谱面前，他那善解人意的结发妻子周云美也和他并排跪下身子，他们对着那发黄的家谱磕了三个响头。式奎心里默念着：

列祖列宗，我典式奎一定拼尽全力，挣一个典家烧锅给先人们看！

他们又和那个骨瘦如柴的弟弟告别。典式奎粗壮得像是能装下弟弟似的，拥着怀里的弟弟感受着他的瘦弱，想起死去的爹娘，再想到此去茫茫，不知还能否相见。典式奎这条硬汉留下了热泪。

式奎一家三口终于踏上了漫漫的迁移之路。他们看见，弯弯曲曲的逃荒路上，就有一些和木棍为伍的衣衫褴褛蓬头垢面的流民走过，他们有的用木棍斜挑着包袱卷，有的拄着木棍吃力前行，有的攥着木棍的一头牵着另一头的孩子，还有的干脆用木棍迎击着伺机扑上来的红眼野狗。

那时人口迁移并没有谁知道具体迁到哪里，大家只知道朝北走，朝廷以及怕哄抢的大户，还有慈善人家在沿途设了粥棚，粥棚从直隶山东等地一直设到山海关为止。

人们就从一处粥棚打听下一个粥棚的所在。在途中，有打了几个月短工后，又继续上路的，也有找到了合适的地方定居下来的。

式奎和云美仗着身体好，年纪轻，又没有太多的行囊，很快就走到了迁移大军的前头。他们听说早在康熙年间，山东等地就有大批移民去关东，那些跑马占荒的故事激励着人们，关外有大片大片荒芜的土地可以开垦，只要到了那里，就可以过上温饱的日子。两个年轻人充满了憧憬，就有了强烈的信念，向北，向北……

三

风餐露宿，风雨兼程，自不必说。他们来到山海关前，就不能继续向北走了，那时云美又已怀孕七个月，他们在关前的崔庄先安顿下来。

崔庄的崔老爷子一家是远近闻名的大户，为王爷贩马，挣了一大笔家业，这时正在老家崔庄大兴土木，造一个大园子，以彰显身份，光耀祖先。

式奎就在这里谋了个石匠的差使，挥动着他那结实的臂膀，在叮叮当当的声响里，期待着他那第二个孩子降生。

在崔庄的三四年间，云美的第二次和第三次孕育生下的儿子都没有成活，他们对小石头典得石更加珍爱。

崔庄的活终于结束了。这天，崔老爷子请来了唱莲花落的艺人，庄门前两个大石狮子也刚好雕毕就位，就在一尊石狮子旁放了一张长条几案，四个唱莲花落的艺人依次坐好。

先是四个人站起身一齐唱了一曲"崔庄福门永驻关前，人财两旺子子孙孙"，唱完后，四人落座。这时崔家的账房先生拿着账本，另两个家仆拎着钱袋子也坐在几案旁边。

账房先生对唱莲花落的艺人点了点头，意思是可以开始了。一个艺人就站起身，唱了一曲"鲁班手艺精，崔庄灵秀生"，唱了十来句，开始给木匠们发工钱，二十几个木匠拿了钱，背上行囊和大家打了招呼就离开了。下一拨又一个艺人站起，唱的是"崔家基业安如磐石，福宅家运旺似红日"，唱到十多句后，石匠工头儿就招呼石匠们过去取工钱。

式奎一家三口在另一曲唱给瓦匠的曲调中又走上了继续向北的路，云美领着孩子，挎着包裹，式奎背后扣着那顶救过他们命的天锅盖，天锅被打着米字型的绳子勒住，天锅里装着家什和石匠工具。这顶用锡做的天锅，他们舍不得丢弃，也不会拿去换钱，他们还做着有朝一日重立烧锅的梦呢！站在高高的山坡上，回头向刚刚显出雏形的崔庄望去，式奎感慨地说：

"什么时候我们也有这么大的庄园呢？"

云美看着结结实实的丈夫戏谑道："你还是想想我们下顿饭在哪吃吧。"

式奎却是满怀信心，用他那厚实的大巴掌拍着云美圆润的肩头说：

"咱家的典家烧锅还在北边呢。到那时，我站在大院的东墙根儿，你站在西墙根儿，一大群孩子从我这儿跑到你那儿，中间得吃顿晌午饭。"

云美被式奎的话感染，乜了丈夫一眼顺着话说：

“到那时，我站在大院的南墙根儿，你站在北墙根儿，一大群孩子从我这儿跑到你那儿，中间得打个盹。”

两个人互相指着对方哈哈大笑。这时，云美又见到式奎半眯着眼睛的表情，经过长期的观察和体验，云美知道，式奎的眼睛只要半眯起来，那是他在尽力地掩藏心中的得意。

到底是在关前待的时间久了，他们就找准了机会，顺利地过了山海关，此时迁移的人早就分散得找不到了，更不会有粥棚可以去追逐，好在典式奎有的是力气，又有一门石匠手艺，还在崔庄积攒了一点盘缠，数月后，就到了大虎山脚下。

一天，他们打听到前面有家林间客栈可供打尖休顿，便加快了脚步，走着走着天暗下来，那个客栈并没有出现。是走错路了？还是另找个地方过夜？荒草凄凄，四顾茫茫。典式奎突然觉察到身后有两点豆绿色的光，再一定神，有一团深黄色的棕毛在草丛中一旋就不见了。会是什么动物呢？他向周边看看，想找到可以依挡的东西，十步之外，有棵树，树边还有两三块石头。逃荒路上，看到听到人被野兽吃掉的事太多了，尤其是遇到恶狼，多只狼群体攻击，单个狼专门偷着向人的后脖颈下口，刚才那动物会不会是狼呢？典式奎把儿子拉到树下，发现这棵树太小，根本禁不住儿子的重量。只好又把孩子拉到身前，他对妻子说：“先别动，后面有狼！”

妻儿本能地靠近他，典式奎迅速解下身后的天锅，从里面倒出家什工具，他抓起一把锤子，周云美拿起一把凿子，小石头也猫腰想找一件家什，被典式奎摁住，他说：“石头，你趴下别动。”然后把天锅扣在儿子身上，天锅顶有个排口，典式奎又搬起一块石头压在排口上。小石头是安全了，夫妻俩拿着家伙，背对背转着圈观察着周围的动静。先看到的是深黄色的狼，此时，它已不注意隐藏，从草丛中探出脑袋，张着大嘴，伸着血红的舌头，看着他们，那眼神阴冷，让人直冒冷汗。接着，又看到另两只狼，一大一小，东西各一只。三只狼已将他们围住，只等待最后攻击的时刻。没想到，逃过了这么多磨难，最后的结果是丧生狼口，他们顾不了自己，最后时刻，只能向儿子叮嘱着：

“小石头，一共有三只狼啊，爹娘打不过它们，一会儿被狼吃了，你千万别出来！听到什么也别出来！”

“石头啊，听娘话，狼吃饱了，会走远的，你听到人来了，再出来！”

“石头，你要是能活着，回到沧州老家，到段家集找你叔叔，你叔叔叫典式轮。”

“石头，咱们家好几代都酿酒，你有出息了，也立个典家烧锅吧。”

小石头的哭声刚开始还尽力地压抑着，后来就放开了，他喊着“爹！娘！”里面就传来“铛、铛、铛”的击打天锅的声音。这声音，激发了典式奎的思维，只见他把天锅上的石头搬掉，然后，抓过拴着天锅的一段绳子，把天锅拴在树丫上，小石头从里面钻了出来，他摸起一根钎子，挡在了娘的前面。周云美不知道丈夫这样做是为什么，但一瞬间内心涌起热浪，孩子他爹，每到关键时刻，总有惊人的做法，今天，在生死时刻，他又会干些什么呢。典式奎抡起了锤子，向那悬着的天锅挥去，“铛，铛，铛……”锡做的天锅发出震耳的声响，刺向天际。

“有狼啊，救命啊！”

三人一齐呼喊。

突然的声响，让三只狼不知所措，纷纷向后退去，退出一段距离，又回头观察着拼命呼喊的一家人，趁着这个工夫，云美摸出火镰，点燃了一件衣服，小石头按照娘的吩咐，打开了包裹，把一条被子拉开了，火苗一起，烟也升腾了，只是可够持续燃烧的东西太少了，周边没有干柴。典式奎继续挥动着锤子，希望在火熄灭前出现奇迹。

“老天呢！来人呢！”

就在周云美去解身上的衣服，维持最后那一点火种之时，他们听到了嘈杂的人声和“嗵嗵”的鼓声。一干人冲着这里跑过来，把狼冲走了。这些人是林中客栈的店主和过路客，打鼓的是一位跳大神的跛脚汉子。

四

典家三口借宿在客栈内，这种用圆木支起的客栈非常简陋，所住所用均是圆的木头、方的木楞和扁的木片，一个人在木楼梯上走动，整个客栈都感到震颤。

来往的客人多是浪迹天涯的主，也有像典家这样奔北边去开荒的。典式奎舍不得花住店钱，就答应为店家做两个石槽子，给牲口拌料和饮水用。所有的盘缠都用在了重新购置衣服和铺盖上了。

典家住的是最破的偏下屋，隔着薄薄的木板皮子，就知道隔壁住着一个走江湖的半仙，领着一双十来岁的小姑娘，那半仙跛着一条腿，穿着松松垮垮的一身黑衣，头发长长地披散在脑后，看不出多大年龄，两个小姑娘打扮得像年画中的仙姑，大大的眼睛注视着眼前的一切，一点也不害怕的样子。

典式奎在院子里叮叮当当地凿着石头，周云美看着小石头有一搭无一搭地和两个小姑娘闲聊，从两个女孩嘴里知道，这是一家三口，父亲黄大仙，专门给人家跳大神，两个女孩一个叫黄仙萍，一个叫黄仙荣，跟着大仙做迎手，就是大仙跳神时的帮手。

两个小女孩虽然仙气十足，但毕竟是孩子，一两天就和典家熟了起来，还能帮助云美照看儿子，领着小石头到附近的山坡上采野菜，运气好，还会摘回一些黑油油的野天天。趁这工夫，云美会煮上一锅掺了野菜的面汤，吃的时候，舀上三碗，送到隔壁去。黄大仙也不说谢谢，只是用那平静的目光看着，不说一句话。那目光因了他的身份也显得神秘。

又住了两三天的光景，式奎和云美有幸看到了黄大仙跳大神的情形。原来，林中客栈店主的老岳母病了，从不远的村子来到客栈寻云游郎中，顺便请大仙给跳跳大神，祛祛邪。

青黑色的夜幕被远远近近的山顶挑起，月亮掀开幕布的一角好奇地窥视着小客栈前的神秘，林子的暗影也都无声地洒落。

黄大仙披散的头发上又多了一个铮亮的黄色铜圈，他盘腿坐在客栈院中间的宽凳上，紧闭双眼，两个小仙姑一左一右直直地立在他身后，也是一动不动。黄大仙端坐一会，就有了变化，先是那条放下的好腿抖动起来，带动了腰部，腰部的扭动又带动了头颈，头颈的剧烈摇动，让那披散的头发跟着旋转。长长的头发上下翻飞，左右飘舞，大仙单腿站立起来，接过两个迎手送来的木棰和抓鼓。

只见黄大仙手举那根光亮亮的木锤，击打着那越往中心颜色越浅的单面抓鼓，咿咿呀呀地边舞边唱，虽然跛了一条腿，但身手却非常灵活，两个小仙姑总是在黄大仙唱之前问一句，大仙你说啥？然后也随着大仙转动身姿，满场走动，很有些不同凡人的样子。

到了关键环节，黄大仙突然口吐火舌，两个小仙姑不知触动了什么机关，也用脚踢出四柱烟火，顿时把人们骇得眼睛睁得大大的。在这仙境中，店主早忘了这三位只是住最便宜下屋的人，而是怀着莫大的崇敬，请黄大仙写了符，烧成灰，就着酒，给老丈母娘喝下。

月亮圆圆的脸庞，又移到了偏下屋的窗前，照着借住在木板屋里的人家。云美见儿子小石头睡了，转过身子把冲着月亮出神的式奎搂到胸前。

云美尽管还比式奎小四个月，但在式奎眼里可是个主心骨，在漂泊的岁月里，只要靠在这胸前，躺在这怀里，式奎才像找到了依靠，心里才踏实。现在，他用打了趼的大手，体会着柔软和滑腻，嗅着云美鼻息里散发着的女人的气息，他又沉醉了。

云美腾出一只手，在式奎后背轻轻地拍着，问：

“他爹，你说黄大仙吐出的是真火吗？两个孩子踢出的也是真火吗？”

两人圆房之前，互相是叫小名的，圆房后就没了称呼，但只要对话，谁都知道这是叫对方，有了得石后，两人就他爹、他娘地彼此称呼。

“他娘，我看是真火，你没看见小的姑娘动作慢了，她的裤角就焦煳了？”

云美放低声音说：“你小声点，这边说话那边会听见呢。”

“瞎！真能听见啊？那你昨天叫声是不是太大了？”

“我叫了？”云美不好意思地反驳。

“你不承认？”式奎还很认真，“我昨天听你哼哼叽叽的声太大了，就捂了你的嘴。”

“就你瞎说”，云美不让式奎说下去，埋怨道，“谁哼哼叽叽的了，不害臊！”

式奎偏不服气：“你不害臊，今天再弄，看你害臊不害臊！”说着，式奎就翻身把云美全覆盖起来。

云美躲在式奎所营造的笼盖里，摊开了身体。两人就像酿酒的天锅地锅，转动着咬合在一起，一会云美又发出声响，式奎慌忙用嘴去堵，云美不再出声，但那激情却像酒气一样升腾了……

此时，黄大仙在隔壁正往踢火的机关里塞着磷药丸，两个宝贝仙姑都已睡着了。

合该出事，这时小姑娘仙荣睡毛愣蹬了腿。今天动作慢了些，险些烧了裤角，暴露了仙火。黄大仙打了孩子两下，黄大仙就有些后悔了，想起孩子死去的娘，心里一酸，慌忙起身给小仙荣盖破被，却把那踢火的机关撞翻了，很快引燃了铺上的茅草，火就蹿了起来。黄大仙早已失去了仙人的风度，和凡人一样大声惊呼：“着火了！救火呀！”又去拉扯铺上的孩子。

式奎和云美在惊叫中醒来，式奎顾不得穿上衣服，几脚就踹开两个屋子中间的薄木板。搞清了情况，他急中生智，转回身把自家铺上的新被子拽过来，压进屋角的水缸，被子在水中咕噜噜地浸透了，式奎又拖出了湿被子，来到黄大仙这边，甩动被子压到烧着的柴草上，火势得到控制，然后他和黄大仙一道把余火打灭。

好险呢，如果铺上的茅草连上灶旁的柴草，黄大仙将引发一场大火，惹下一场大祸。式奎慌忙回屋穿上衣服，那边黄大仙领着两个姑娘从薄木板的豁口过来了。黄大仙感激地对式奎说：

“要不是你救得快，我把两个姑娘卖了，恐怕人家也不会放过我！”

黄大仙又转过身对两个姑娘说：

“记住！咱爷仨的命都是他给的，他是咱家的恩人，还不快给恩人磕个头！”

两个姑娘俯身就要跪下，式奎和云美忙去阻止。式奎说：

“千万别这样，我可受用不起，救火是应该的，没说的，都是路上的人。”

有了这件事，两家熟了起来，黄大仙和式奎一边修理着隔板，一边唠着家常。一向矜持的黄大仙说出了仙人的出身。原来，黄大仙叫黄二月，十五六岁被抓去到火器营当了兵，在一场血战中重伤了一条腿，但之前却学会了配制火药的方法。这配火药的技术是不允许随便传出去的，朝廷担心被造反之人学了去，反过来攻击朝廷的军队，所以，对配制火器的人历来控制很严。

正是那场激战，黄二月腿部受伤，流了很多血，被认为已丧了命，脱离了火器营。黄二月被一个山里女人救了，他和那女人生了两个女儿，可那女人最终死于难产，黄二月在山里生活不下去，带着两个女儿下了山。好在黄二月学到了跳大神这门技艺，又加进他那喷火的技巧，黄大仙的名声还算叫得开。典式奎也大略地讲述了这几年的经历，最后，他面朝北方像是问黄大仙又像是问自己：

“在北边也不知能不能过活，能不能有个院子，能不能支起个烧锅？”

五

一天，黄大仙把典式奎找到跟前，说那日林中客栈店主的病人见好了，店主高兴，就要许给他一点东西，问他要点什么。黄大仙就要了那辆手推车，黄大仙指了指院子角落，那里果然有一辆破旧的手推车，车轱辘朝上躺在杂物堆里，看样子已废弃很长时间了。黄大仙说，我琢磨着，你们家往北赶路能用上它，你手又巧，就把这辆车拾掇拾掇，路上用吧。式奎非常感激，再三谢黄大仙，黄大仙摆摆手说，和救命相比，算啥！

凿完石槽子，式奎开始修理那辆手推车，需要更换和添加的东西还真不少。式奎拎了把斧子，到山上找些硬杂木。正走在一条小路上，突然被黄大仙的两个小姑娘拦住了。年龄小的是仙荣，她倒比姐姐仙萍还要胆大，她踏前一步扬脸对式奎说，石头爹爹，我俩有事跟你说。式奎见她们很正式的样子，觉很好笑，转念一想，也可能是儿子小石头跟她俩打架了，人家来告状的，就说有事说吧，我听着呢。

小仙荣挺胸又向前迈了一步：

“你把你的生辰八字告诉我们。”

“你们？要我的生辰八字？”式奎一时没明白过来，“是你爹要的吗？”

那边的仙萍拉开仙荣解释道：“你是我们家的恩人，我们要了你的生辰八字，到了你生日的那个时辰，我俩给你祈福纳祥。”

“噢。是这么回事。这是谁的主意啊？”式奎弓身感兴趣地问。

“是我和我姐的。”小仙荣抢着说。

式奎很受感动，两个孩子这般上心，不能冷落了她们。式奎就认真地把生辰八字告诉了她们。姐俩复述了一遍，记住了。

小仙荣又抬头对式奎说：“到了你生日那天，你要想着接受我们的祈福。”

式奎应承道：“好，到时我一定想着。”

小仙荣大概看出式奎有些敷衍，就追着说：“你别忘了，等我们俩能出码来神就更准了。”

“好，好，我知道了，你们现在就挺神了，我先走了。”式奎向她们摆摆手。

小仙荣又说：“还不能走，你能帮个忙吗？”她指了指不远处的一棵野杏树，树上有几枚山杏。到底是孩子，式奎忙奔过去，用斧子勾住树枝，来回摇动着，两姐妹也各拽着一枝树条晃，很快就有几枚山杏掉下来。

式奎重新拾起斧子要上山，却又被小仙荣叫住。这次攥着山杏的小仙荣很严肃地告诉他，你的生辰八字不要随便告诉别人，要是被人毒蛊了，那可要命了。式奎知道毒蛊是怎么回事，就是仇人在仇家生日那天，在出生那一时刻，用针刺着写着仇家姓名的小布人或小木人，刺的可都是要害部位。没想到，这么小的年纪还懂这个。他说：

“我不告诉别人，可我刚才告诉你们了。”

小仙荣忙说：“我们可不是别人，是不是？”她扭头问姐姐仙萍，仙萍使劲点着头。

下次见到黄大仙，式奎就把仙荣的话告诉了她爹，式奎说，这孩子小小的年纪，还知道毒蛊。黄大仙并不吃惊，说仙荣这小丫头是阴阳两界的人，怪异的事多着呢，时间长了你就见怪不怪了。什么是阴阳两界的人？仙荣怎么就阴阳两界了？式奎的疑问就聚在脸上。

黄大仙解释说：你们不是在山海关前的崔庄待过吗？崔老爷一家原本是在

关外贩马的，最初也不住在关前，就住在离这不远的地方。那时，崔老爷最小的儿子才七岁就病死了，正张罗着给死去的儿子办冥婚。冥婚你知道吧？就是找个年龄相当的刚死去的女孩子完婚，葬在一起，在阴间过日子。当时，我的小女儿仙荣突然得了一场怪病，肚子扭着劲儿地疼，拉出来的都是绿屎，没人知道是啥病，更没有药可医，就等死了。崔老爷得知这个消息，就找到我说，这孩子阳寿到了，和他儿子冥婚吧。冥婚最好在临死前办完了，那时，小仙荣穿着新衣就差咽最后一口气儿了。

说来也是凑巧，给崔老爷家放马的一个家奴叫崔兴的说，他跟老爷去皇家鹿苑，在那里见过几头鹿得过拉绿屎的病，头鹿领着病鹿到一个水洼地，吃一种荠芨草，吃了这种草后，病鹿就好了。我一听连忙问怎样才能找到这种荠芨草，崔兴说这种草长在皇家鹿苑里，鹿苑又在柳条边内，像你这样的普通汉人怎能进去？我一听也无可奈何，是啊，这柳条边我还真过不去，私自越边那是犯法的。还是崔老爷理解咱，他说，既然这孩子是我家儿媳妇，还是救一救她。崔老爷和鹿苑的人很熟，在他的说和下，我和崔兴就找到那片水洼儿，带着一捆荠芨草回来，然后把草挤成汁水，滴进小仙荣嘴里，没想到，只几次就把这孩子救活了，这全仗着崔老爷和崔兴心眼儿好啊。

我跟崔老爷说，仙荣在阳间也不要婚嫁了，就当她多活了，等以后她死了，再送回来给小少爷陪葬吧。崔老爷说，这孩子阴阳界上走了一遭，也不要难为她，一切由着她去吧。也可能是这个原因，这孩子就鬼怪精灵的，无拘无束惯了，我也没把她当正常孩子管教。”

式奎说：“荠芨草这般神奇，何不多弄一些，也可以治病啊。

黄大仙会意地一笑：“你算说对了，我就用这种荠芨草造糙纸，糙纸再和黄柏树皮一起煮，将糙纸染成黄色，这种纸烧成灰也能给人解毒，正好做跳神的符。要是写上朱砂字，效果会更好。”

式奎恍然大悟，原来黄大仙跳神治病还真有些来头。他很感动，黄大仙能把这样的秘密告诉他，说明很相信他，但转念一想，黄大仙对自己说这些，恐怕还有些原由。

果然，黄大仙说：“可惜我的糙纸快用完了，我想求你帮我再弄些荠芨草。我自己弄过两回，都因人单力孤，没能采到多少。”黄大仙的眼里满是恳切。

式奎没犹豫就说：“我帮你。”

黄大仙说：“我得把危险说在头里，要是让守卫柳条边和鹿苑的人抓住，要吃苦头的，如果被抓了，你就说你是被迫来的，你欠我钱没还，用荠芨草来顶债，是我逼着你这样干的。这样你顶多挨顿打，而我可能就回不来了，我那俩闺女就由你收养吧，大闺女仙萍听话，小闺女仙荣你就担量些，如果她死了，最好把她送回崔家……”黄大仙有些说不下去了。式奎安慰他：“哪里就能出事，我们多加小心就是了。”

两人临走时，黄大仙真的以典式奎名义写了一张欠据，让式奎记了数目还画了押，然后小心地揣在怀里。黄大仙又给仙萍和仙荣姐俩个写了张条子，大意是如果他回不来了，她们就在典家过活，以后皆由典式奎安排这样的话。他把纸条当着式奎的面放进那把铜壶里，算是没了后顾之忧。俩人这次行动，没跟云美和两姐妹说，免得她们惦记。

典式奎谎称去邻村揽石匠活，黄大仙帮忙介绍，俩人就离开林中客栈，奔柳条边去了。柳条边就是朝廷组织人密集地种一趟柳树，当初是沿着界线插的柳条，现在柳树已长高，树和树紧挨着，像地面上长出了一道柳树墙，为了这墙更密实，还在树墙的中间加固了两道束腰带，也是用伸展出的柳树枝捆绑，这便是柳条边。柳条边一望看不到头，蜿蜒几千里，只在中间留几道门，专有士兵把守，出入凭勘牌。在柳条边外侧还掘了深沟，沟里灌满了水，把封地紧紧地围住。

黄大仙告诉典式奎：从顺治时就开始修建柳条边，现在的这一段是康熙爷时修的，边内是皇家和旗人的领地，流民是不允许私自进入的，不过，并不是所有的边都这样，近几年，边内没有皇庄的地方，很多都开禁了，流民可以为王爷官府种地，这就是大家伙说的公垦，公垦也能混口饭吃呀。不像我们那里，可以私垦。

“怎么私垦?”典式奎把腰中的绳子紧了紧，他问黄大仙。

大仙说：“私垦就是偷偷摸摸地开荒种地。”

“行吗？不被抓住?”

黄大仙说：“我说的地方叫阿克敦。深山密林里，被重重封禁着。也许是灯下黑吧，谁会想到那里会有私垦。”典式奎继续问：“私垦的地能归自己吗?”黄大仙说：“这倒难说，至少先不用交钱种，以后怎样，谁能预料，这几年朝廷放垦，过去的私垦地也不就是补交了地钱建了地册。”典式奎被黄大仙的话鼓舞。原来他也想过，寻个公垦给人家种地过活算了，现在看，还有更好的路可走。他嘴里重复着那个绕嘴的地名，“阿克敦，阿克敦”，觉得那是他的福地，在那里，他的典家烧锅可以立起来。想到这，他感到身子都变轻了，不自觉地走在了头里，黄大仙在后面紧撵，“你慢着走”。天擦黑时，他们在柳条边找到了一个空隙，小心地钻过去，往里摸爬几里地，遇到一溜木栅栏，木栅栏围着的一片山林就是鹿苑，那片长荠芨草的水洼就在里面。

俩人爬进鹿苑时，天已蒙蒙亮。他们紧挨着埋伏在一个山坡上，从草丛中探出头向外仔细地瞧，看到了泛着白亮的水洼。

这时，一群梅花鹿正走向洼边饮水。鹿是很警觉的动物，一旦发现异常就会四散逃窜，必定会引起看守的注意，所以他们不敢轻举妄动。可这样等下去，又不知什么时候鹿群才会走开，俩人都很焦急。这时，那头头鹿跃上他们所在的山包，大概是为鹿群瞭望，典式奎想，只要稳住了这头头鹿，鹿群就不会四散奔逃，于是他小心地站立起来，迎着头鹿慢慢地走了过去，一边的黄大仙根本没想到，典式奎会突然站起来，他惊呆了，不知会发生什么事情。

典式奎悠闲地向头鹿走去，嘴里还发出“嘘嘘”的声响，头鹿开始紧张地盯着他，后来看他不紧不慢的样子，好像没什么恶意，只退了两步，又继续观察他，典式奎继续迈着悠闲的步子，在那头鹿前几尺的地方走过去了，一切都那么平静，典式奎还在继续移动，其他鹿也见到走过来的典式奎，但没有头鹿的信号，它们也没有什么变化，甚至比头鹿还要安稳。

典式奎目不斜视地走到水洼边，他不知要采哪种草，就随便找了几种，一束束地举起来向黄大仙晃动着，当他摆动到第三束时，黄大仙重重地点着头，那头鹿看见了，警惕的观察着，黄大仙不敢往前走，就在坡上观察着有没有官兵，还好，除了这群鹿，没看见别的。那边典式奎加快了采荠芨草的速度，不一会儿就捆了两大捆。

现在的情形很有趣：黄大仙和头鹿对视着，都在观察对方，而典式奎却深入鹿群里，只顾拔他的荠芨草。又有两大捆草捆好了，典式奎一手夹着一捆向黄大仙走来，快到土坡前把草放下，又回去取另两捆草。等黄大仙和式奎双双背着草捆往回爬时，那头鹿依然目送着他们远去，鹿群没有发生炸群现象，黄大仙和式奎得以顺利返回。远远地看见林中客栈的尖屋顶，黄大仙放下了悬着的心，他对式奎说，你和那头头鹿一定有缘，它看你的眼神和看我的都不一样。

两人背着荠芨草捆来到山前的石堆儿，在一处石窟边，黄大仙放下草捆又帮式奎解下来。他指着石窟说，一会儿，我们往这里引点溪水，再把草晾干砸碎了，扔进水里沤，水沤浑了，加些石灰石就可以造出草纸。典式奎问这次造的草纸能用多长时间，黄大仙说可以用一年，一年以后，还得再来，那时，不知道还会不会遇到你这样的好心人。典式奎说，干脆，我们多引点溪水，这几晚，我们再弄些荠芨草，免得你大老远地往这儿跑。

黄大仙千恩万谢。典式奎也不再说什么，在石块上摊开草秆儿。

第三天，出了事，俩人从柳条缝里钻出来，就让人用刀逼住了，抬头一看，是守边门的两个兵士，黄大仙向他们解释着大个子是欠债逼着来的，人家可不听他啰里啰嗦的，只说拿钱放人，否则，交给当官的，事就大了。当兵的搜遍了他们全身，什么也没有，气得他们踹了黄大仙一脚。最后扣下式奎，放黄大仙一个人回去取钱赎人。过了半晌，黄大仙才拿着钱回来。

典式奎问大仙哪里弄的钱，黄大仙拍着大腿，满脸内疚地说："我那里也没钱呢，是你媳妇，她把酒盖给卖了。"原来，住店的有位锔缸补碗的锡匠，早就看好了锡天锅，见云美急着要钱，捡了个大便宜。式奎回来时，锡匠早就背着天锅走远了。当着黄大仙的面，典式奎掩藏着痛惜的心情，故做轻松地说：

"到了阿克敦，挣一套天锅地锅，请你喝酒。"

黄大仙感动得抓住式奎的手，说不出一句话。

黄大仙父女还要在这里住一段，等着把草纸造好。典式奎一家推起独轮车，奔向阿克敦。黄大仙告诉式奎，沿着驿道走，一直走到额摩赫索罗驿站，再打听楚家丁站，楚家丁站是个小站铺，楚家丁站的楚北风是黄大仙的老朋友，他会指给去阿克敦的方向。阿克敦有一个开荒大户，姓殷。现在开荒地已有 50 多垧，有马匹等畜力 20 多头，还常年雇佣着十多个长工，农忙时用短工 20 来个，殷家聚居在一个大院子里，连同周围的散户，形成了现今的阿克敦。殷家雇长工一般不给工钱，管吃住，年终给一小片开荒地。当然地都是些薄地，是殷家不愿舍力气种的，但要是能在殷家当上两三年的长工，也可以为自己攒下一块开荒地，以后自己就有地可种了。

出了关，典式奎和周云美才知道，这里的荒地虽多，可不是随意开垦的，所谓跑马占荒的故事更不是他们这样身份的人能做的。俩人一商量，殷家的这种方式正适合他们，只要熬上两三年，自己就有了耕种的土地，又解决了眼前的吃住问题。于是，典家就告别了黄大仙爷仨，往北继续行进，目标阿克敦。

再往前行，路就难走多了。有些地方根本没了路，村落越发稀少起来。天气又开始冷了，一场寒风把坚持在树枝上最后的几片黄叶无情地刮了下来，树干和树枝就光溜溜地无奈地站在旷野里。地上的草儿越发深黄，早没了精神，伏在地上打着卷儿。

式奎一家体会到什么是真正的冷，世上热最好感知，因为那是可以用距离来衡量的，离得越近就越热，人如果怕热，可以往热源相反的方向躲，但冷是没有距离的，摸哪哪凉，看什么都在打颤，找不到冷源在哪，到处都是，往前往后往左往右全是冷。冷得让人四顾茫然，让人浑身发紧。手推车的扶手凉得不敢用手摸，式奎用绳子在扶手上箍了个套，挂在脖子上，用手帮衬着往前赶，他不敢走得太急，最怕出汗，出汗可以一时不冷，但汗后一着凉，就凉得彻骨。稍能御寒的衣服都套在了儿子得石身上，云美也是冷得蹈着碎步把手缩到袖筒里往前紧走一段路，又在原地跺着脚等爷俩赶上来。冷让她感到自己可怜，可怜这天地间山是这么厚，地是这么厚，就是他们三个这么单薄啊。想到这，云美就感到鼻根处发酸，她真想痛快地哭上一场。

终于捱到了一个有人家的地方，跟这张姓人家请求能不能借住在马棚里，那马棚四面有墙看着就踏实，那家人同意了，还允许他们抱一些荞麦秸堆在棚角。式奎和云美将推车上的铺盖全拿出来，然后一家三口裹着被子钻进了荞麦秸堆里。开始三人都还打着颤，过了一会就暖和起来了。那暖是仁厚的，缓缓的，还带着荞麦叶味，一家人相依相靠，终于睡着了。睡得肚饿也不愿动，就是舍不得这么暖和的窝。云美拨了拨鬓边的荞麦草，她问式奎："阿克敦有这么暖和吗？"式奎缩着脖子窝在草堆里，懒洋洋地答："有。"

"阿克敦有南墙根儿吗？"

"有。"

"阿克敦有北墙根儿吗？"

"有，有南墙根儿就有北墙根儿。"

"那也有东墙根和西墙根儿吧？"

"当然。"

"你倒动一动啊，从墙根儿往这跑。"

"我跑了挺长时间了，跑不动了，歇一会儿，就是跑饿了。"

"爹，我也饿了！"小石头喊着。

天无绝人之路，式奎在下雪之前终于遇到了为一关姓大户造牌楼的活，换了三套更厚的棉衣。又在一个叫王家户的地方打了月余的短工，挣了路上的盘缠。这时云美又怀孕四个多月了，就这样，连赶路带打短工。在年根儿前，他们终于来到了阿克敦。

第二章 娶二房遭遇土匪

六

典式奎一家，沿着雪地上两道深深的车辙来到阿克敦堡子跟前。式奎把独轮车停放在路旁，奔着不远的山坡走去，云美和得石跟在后面，三个人趟着没了膝的积雪登上坡顶，朝将要安顿他们的地方眺望。走了那么远的路，支支叉叉地最终走到这儿了。典式奎觉得，他们一家三口是鸟儿从远处衔来的三粒米，投进这甑锅一样的堡子里，不论怎样地被碎了泡了发酵了加热了降温了，总之，是要在这里成酒水，终究变成粮食精。

远近的房屋像戴了雪白的帽子，从厚厚的雪堆里探出头来，一扇扇纸窗像眼睛，正好奇地看着他们。雪后只有黑白两色，勾勒出堡子的大致轮廓。堡子中间是个大院子，院中一排排的房子。大院子四周，参差地点缀着小的房子和院落，从竖起的烟囱看，是二十多户的小堡子。

一家三口回到路上，奔堡子中间最大的院子走去。

大户是殷家，殷家掌门人是殷老爷子殷天朴。

典式奎推着那辆独轮车，上面装着一家的行李和一堆家什工具，周云美蝈蝈一样挺着已显怀的肚子，拉着得石，这一家在殷家管家婆孙妈的引导下，在厅堂门前见过了殷天朴。

殷天朴身子骨硬朗朗的，身板拔得溜直，留着山羊胡子，黑黝黝的面庞，和他的年龄不相符的是他那双鹰眼，如果单从那双眼睛看，绝想不到他已是快五十的人了。他戴着青毡帽，一袭厚马褂，挽着白袖口，仔细地打量着这户来自关里的一家人。这个叫典式奎的汉子，板板正正，高高大大，厚厚实实，看着就有使不完的力气。那双眼睛有神但不漂浮，鼻子高峻却不冷孤，嘴唇略厚透着实成。嗨！是个好劳力。他像是对典式奎，又像是对孙妈一板一眼地说：

“按理这头年是不缺人手的，但他会石匠手艺，还是有活可干的。按老规矩，干满一年，给干河套四亩地，吃住全管，住在马棚边上吧。”

孙妈听了，拍打着马蹄袖忙向式奎和云美喊道：“中了，老爷子收下你们了，还不谢过殷老爷。”

式奎没捞着说一句话，就鞠了躬，便和妻儿去了马棚旁的一间土坯房，这里就是他们的安生地了。房子虽然很矮，站在房前扬手就可以够到房檐，但这房子被泥土压得严严实实，在这里过冬，倒是一个不错的处所。

一家子安顿下来，式奎很快就和长工们混熟了，他最关心的是干河套在什么地方，将来的四亩地又是怎样的，但又不能问得太直白，只好一点点地了解，反正日子长着呢。

原来，从青果山流下两股溪流，到阿克敦旁汇成了两汊河，这两汊就是指上游的两股水流。一股水流淙淙地常年流淌，即便到了冬季，上面是冰，下边依然有水流动。另一股却是经常干涸的，十年倒有八年没有水，只有发山洪时，才有水下来。所以，这没水的干河套地土质就瘠薄，长工们用工换来的地也大多在这里。

住了几日后，式奎拉着云美走到干涸的河套边，指着边上的地说，只要咱们干上一年，就会有四亩地，要是能坚持两三年，咱们也会有一大片土地了。式奎兴奋地用手比划着，云美也充满向往地说，到时，我们再盖三间房，我们一家人就有了安生日子。

两人满怀希望地从干河套回来，看见他们的儿子得石和孙妈的外甥女春秀在石头、剪子、布地定输赢呢。殷家大院的孩子自然而然地分了几等，殷家的孩子都上私塾，他们一般不和长工们的孩子玩耍。这也难怪，父母地位自然能体现在孩子们身上。你不和我玩，我还不愿和你玩呢。得石反倒挺着小胸脯很自豪地说。这孩子虽小，但在飘泊的岁月，他经历得可不少。小脑袋瓜里经常有很怪的想法冒出来。他不和殷家孩子玩，也不怎么和其他长工的孩子玩，他的阅历要比他的同龄人多，所以，就有一种鹤立鸡群的感觉。

但得石能和孙妈的外甥女春秀玩到一块儿。春秀虽然也跟殷家人学些字，但殷家的孩子们有意排斥她，孙妈虽是管家，但那毕竟是个高级佣人而已。她的外甥女就更处于一个特殊的地位，比殷家孩子地位低，比一般长工的孩子地位高一些。这样，得石和春秀就经常在一起。当然，这些都是式奎和云美给这两个孩子总结的，至于这两个孩子为什么愿意到一起，那只有他们俩自己去体会。但男孩和女孩玩的游戏又不一样，两人只好用石头、剪子、布的游戏来决定。得石赢了，春秀陪他玩踢毽子、关刀等游戏，春秀要是赢了，只好委屈得石陪她耍嘎拉哈、跳大绳。现在看，得石是输了，他正老老实实地跟院内的一棵树一起撑着绳子，春秀则欢快地跳着，一边跳，一边还脆脆地唱着一段歌谣：

一跳跳龙门，
龙门出奇神。
二跳进了关，
关东有灵仙。
三跳走官道，
专门把喜报。
四跳入了旗，
骏马让我骑。
骑马走官道，
我把喜讯报。
骑马过了关，
见了活神仙。
到底啥喜事？
鲤鱼跳龙门。

后来的三年，真是按照式奎和云美的想法过的，到了三年满，典家有了十二亩干河套地，又在堡子换了三间旧土屋，结束了在殷家的长工生涯。典式奎的下一个儿子也快三岁了，起名典得强。典得强出生那天，典式奎正在土屋外补院墙，因此这孩子小名叫墙头儿。

又过了几年，典家的开荒地和原有的河套地加在一起就有了二十多亩，这可不是个小数目。典式奎的身板也像熟地的土层一样更加厚实起来，那四肢也像自家院后栽的杨树一样长得更粗壮了。更加蓬勃鼓噪的是他的想法，他对土地近乎痴迷。锄地歇晌时，他愿意直接躺在黑土地上，享受土坷垃硌在后背的感觉，接了地气以后，他的劲头更足。他更愿意圈一个老大老大的大院子，把地里的土插成墙，把有盐碱层的土直接压盖在屋顶。住的时间长了，典式奎总结了一套扩大开荒地的办法。尽管阿克敦前面有大片禁地不能开垦，附近的地又都有名有姓了，但在这些地的间隙，河湾旁和山脚边还总可以开掘出一些补丁地。

最有潜力的是苇塘，苇塘里的苇子有深一二尺的苇根，彼此盘根错节纠缠在一起，很难掘出来，而苇根除不净，荒地就算种上了，第二年也会再长出苇草来。这种苇塘地变熟地也是难。正是因为难，开掘的潜力也就大。式奎和得石在农时间隙，就出没在苇塘里，对那些苇根使上了力气。得石已是半大小伙子了，干活肯下劲儿，式奎经常向云美夸自己的儿子：

“真是我们典家的种！”

云美自豪地说：“你也别眯着眼太得意了，要不是我，哪能生这么好的儿子！”

她就心生感慨，可惜了，我那两个没成活的儿子，要不他们有这么高了，过几年也能刨地了。在这个期间他们的又一个儿子得地降生了，小名地头儿。

关东是一季作物，农闲时，式奎还要凭他的石匠手艺去别处揽活，活揽多了，他又收了两个比得石大一两岁的徒弟项三和项四。这项三和项四随着父母和哥哥项大、项二讨荒，就走失了，最后跟了式奎学手艺，吃住都在典家，白使力气，白学手艺，典家的日子好了起来。

七

式奎和云美除了置办房屋和土地外，还忙着一件大事——添人进口。他们的内心一直藏着个烧锅，一旦时机成熟，就要立起个烧锅。现在造酒用的粮食还不够多，造酒的人也得酝酿啊！到了晚上，式奎和云美男女之间的愉悦就有了神圣的理由，式奎下了石匠般的力气，云美常推着他那厚实的肩膀说：

“你轻点就不行吗？干了一大天活，也不怕把你累死。”

式奎一边挺着腰身，一边说：“这累和那累两码事，得劲儿着呢。”

云美环住式奎的脖子：“是得劲儿，得劲儿得我只想把你吃掉。”

于是她就紧紧地把式奎揽住，像真要把他吃了。

但他们接下来的孕育却不顺利，怀孕四个月后，云美感觉不对劲，和前些次明显地不同。到了六个月时，式奎拎着一包果子去请孙妈。孙妈不仅是殷家的管家婆，而且还是接生婆，又是远近闻名的媒婆。一生没有正式嫁过人，但对男女间的事却是熟透了，她虽没能纳入殷家几房太太的序列，但她依然以管家婆的身份赢得了一席之地。

孙妈原来是殷家的丫环，十五六岁时就和殷家大少爷有了那层关系，在以后的几十年间，这一带的孩子大多是她接生的，常年和孕妇产妇打交道，孙妈积累了丰富的经验。她看了云美的肚子，又伸手在云美下面探了探，最后对式奎说，不好，你家婆娘孕的是横位胎，生产时恐怕要不消停。

式奎和云美都很紧张。云美已有了三个儿子，那两次失败的孕育也是男孩，人家算卦的说了，云美就是专生儿子的婆娘。多了一个儿子，就会多一片田地，没有粮食没有地，何谈立烧锅。眼瞅着开荒地还可以再往四周扩，就是缺劳力呀，怎么偏偏会是什么横位呢？

正巧黄大仙云游到了阿克敦，因为和式奎一家有了先前的感情，就借住在了式奎家。式奎家本来不大，东西屋，中间是灶房，式奎把西屋整个让给了黄大仙和两个仙姑，两个徒弟和得石就在灶间搭了铺。

这时两个小姑娘已经长成大姑娘了，出落得亭亭玉立，落落大方，眉宇间显出常人没有的气质。为了答谢式奎和云美的好意，为他们解解心疑，在一个晚上，黄大仙和两个仙姑为云美请神，引来不少人观看，墙头上看热闹的脑袋排了一排。黄大仙用他那略带沙哑的嗓子唱道：

借问青天为哪般呢？
黄仙翻身就下了天，
主家有事求本仙，
本仙为你保平安呢，啊啊啊……

两个仙姑翻着跟头，拉住云美，那个叫仙萍的用纤纤手指捂着云美的肚子，又在上面摩挲了几下，那边的仙荣写了字，烧了几帖黄纸符，借了黄酒让云美喝下。

请神过后，仙荣提醒云美：

“再过五天，就是石头爹爹的生日了。”

云美问仙荣：“你知道？”

仙荣说：“恩人的生辰八字我们从不忘，到了那天那个时辰，我和我姐还要祈福呢。”

云美把这些告诉式奎，式奎说难得有这么重义气的人家。

云美喝了符水后，精气神就上来了。那天夜里，躺在式奎的怀里，抚摸着式奎说：

“生完了这个孩子，我再给你生下一个，就怕你开不出更多的荒地，要想地多要想立烧锅，我们需要不少儿子呢！”

尽管大仙和仙姑真心保佑，但云美却没有顺利生产，孙妈使出了浑身解数，最后的结果是云美下身遭到严重破裂，胎儿也被肢解而死。式奎用一个小泥盆将死婴安葬到河套地边，云美哭肿了双眼，忍受着下面火烧了一样的疼痛。云美的休养持续了大半年，孙妈又来了几次，警告云美不能再怀孕了，再怀孕就有可能搭进命去。

云美先前还没太在意孙妈的警告，当她感到身体可以了，就要和正急着的式奎尝试一下，一阵痉挛后，云美恐惧地离开了式奎，式奎无奈地像一只石磨边的驴子，围着那磨心转悠，憋得式奎脖子根的青筋都绷起来，里面像有蚯蚓窜动。云美也是没有什么办法，好生安慰却适得其反，式奎燥热得更厉害，最后跑到屋外，往身上浇了冷水。以后他们又尝试了好多次，无不以失败而告终，云美偷偷地请教孙妈，说出了女人不好启齿的话，孙妈虽经验老道，但也没指导上去。

云美一连哭了好几天，正伤心落泪时，发生了一件事。

前一阵子，式奎为额摩镇诊病的徐先生做了一个大石匣子，石匣子就雕在一块大石头上，专门用于储藏徐先生的大力丸。这大力丸是用鹿心、鹿肾、鹿血、鹿胎衣、鹿鞭、鹿肉、鹿尾骨和鹿筋鹿八件炮制的。大力丸没用鹿茸，是因为鹿茸是贡品，徐先生只好收购去了茸的鹿八样。大力丸强肾壮阳，在这一带很有名气。为了安全起见，徐先生特地让石匠典式奎给石匣加了石锁，安了石销子。这个石匣最后是在徐家地窖里完成的，典式奎用了很多力气和心思。

谁想，装进石匣的大力丸被贼盗走，徐先生还专门在额摩镇中心贴了告贼人的告示。意思是大力丸强性壮阳，药力了得。不可直接服用，如盗贼直接吞服，哪怕少许，都会鼻口穿血，服用量再大些，恐要伤及性命。望贼人莫要服用。如果服了，请到徐先生那里领取解药，偷盗之事，既往不咎，否则，引起命案，概不负责。

有人说，这是徐先生引贼投案，故弄玄虚。也有人说，这徐先生治病救人，医德甚好，所说的大力丸确实效力卓著，但需有配药佐之。这告示恐怕确有其事，不会有假。

与此同时，徐先生还派人把典式奎找来，问他有谁会知道打开石锁的方法。本来开这石锁靠拔石销，是典式奎悄悄告诉徐先生的。式奎也很紧张，遇到这种情况，他也有嫌疑。看那石匣未被破坏，想是那贼人也知道开锁的方法。他想来到关东后，他除了给徐先生做这种带石锁的匣子外，还在当长工时，给阿克敦殷家做过一个，莫非……一个人的影子浮现在眼前。他正犹豫着说与不说呢，就听见有人一路呼喊着“徐先生救命”闯了进来。来人正是阿克敦殷天朴的大公子殷洪海。

殷洪海“噗通”跪倒在徐先生的面前，把盗窃大力丸的原委说了一遍。这殷大少爷是个花花公子，常在额摩镇红灯客栈赌钱。前几日赢了钱，就把赌资转为嫖资，找几个窑姐一起淫乱，战事频繁，力不能及，就有了盗用大力丸的念头。因为徐先生的大力丸加上配药只卖给用于续香火的正经男人，不会卖给他一个淫棍。他就夜里摸进徐先生的家，他又会开这种石锁，很轻易地盗得了大力丸。急匆匆吃了，要和窑姐们继续奋战，可由于服用量大，邪火冲顶，欲泻无门，被大力丸鼓燥得要撞墙。这时，知道了告示内容，连忙跑到徐先生这里寻解药，全然不顾及脸面。

徐先生收回了大力丸，还真的给了殷洪海解药，殷洪海全身的血液得到了平静。徐先生正告他，我这大力丸只给那些阳气虚弱的人服用，图的是延续香火，多子多孙。你却拿它行淫邪之事，必受其害。殷洪海见典式奎在场，嘴里应付着“是，是”，赶紧开溜。

式奎回到家里，把延续香火、多子多孙大力丸的故事说给云美听，云美受到触动，人家为延续香火多子多孙，还要吃那大力丸，我家男人本身就是个“大力丸”，阳气旺，却施展不开，受这等委屈。

她和式奎最大的愿望就是多生些儿子，多开些荒地，建立一个大的家业，那个心中的典家烧锅。这儿子和荒地是扭在一起的，人越多，开的荒地越多，收的粮也越多，养的人就越多。现在她不能再生育了，甚至不能伺候丈夫了，她觉得作为女人，太对不起自己男人了。

云美最后作出了一个决定，她要给丈夫娶个二房。

三十多岁的典周氏盘腿坐在火炕炕头，两只小脚翻到脚心对脚心，丰厚的臀部发面团般地摊在温热的炕面上，她的细腰稳稳地挺立在中间。这个姿势让她很舒坦，有点儿安闲与慵懒。她随意地抬起了手，手中连着粗线的长针在鬓角的密发里滑动了几下，又缓缓地落在腿窝里正纳着的鞋底儿上，她在思索：谁家的女人会嫁到她家给丈夫当二房。

天色渐暗，西北风停止了吼叫。云美面前的泥火盆里盛满了尚未燃尽的炭灰，有一点点红火星忽亮忽亮的。娶二房不新鲜，可大媳妇张罗给丈夫娶二房倒是很少见。云美看着那火亮，像是窥视着自己的内心。

式奎听了云美的想法，感激地接受了，但他有些顾虑："能娶二房的都是殷实人家，就我们这三间旧泥房，是不是……"

云美却很坚定地说："你咋知道我们总住泥房呢？"

式奎的眼睛又半眯起来。云美说："你该有多大福气呀，大媳妇给你张罗娶二媳妇。"

式奎的眼睛就眯得更带劲了。很多年后，云美还问过式奎：

"你故意讲给我'大力丸'的故事，你啥意思？"

作出娶二房的决定和真正能娶到二房那是两码事，当孙妈听到云美要给式奎娶二房时，孙妈就忍不住当着云美的面笑了，虽没明说就凭你们家还要娶二房，但那表情是明显的。孙妈只好敷衍云美：

"别急，等我寻到恰当的主。"

八

一辆花轱辘大车行驶在皑皑的雪地上，拉车的大黑马撒开四蹄，走得稳健而又轻快。

这辆车和这匹马，是典式奎除了二十多亩耕地外，另行置办的家当。车上厚厚地铺了一层乌拉草，草上铺着盖着的崭新被褥，还是周云美连夜亲手絮的，专门用于娶亲。车上端坐着裹着被子的黄大仙的大女儿黄仙萍，她就是周云美给丈夫选定的二房媳妇。

云美虽跟孙妈说出了给丈夫娶二房的想法，但她也觉得不太现实。自己的家境还刚起步，只有少得可怜的积蓄，地虽说没少开垦，但都是一些薄地，好年景还行，要是遇到旱情，也就只收几十斗，不够家人裹腹，还要到外面去打零工。

娶二房那得需要房子，现在家里只有三间土坯泥房，西屋住着项三、项四和得石、得强四个，东屋住着她、式奎和最小的孩子得地，这二房娶来住在哪呢？但云美给式奎娶二房的决心已定，就把主意打在了黄大仙的大女儿黄仙萍身上。

还是黄大仙和两个女儿为她跳大神时，她无意间问了黄大仙将来两个女孩怎么办，本来是随便拉家常，却留下了再次提起的线头。黄大仙说，他也为两个女儿发愁，姑娘越来越大了，整天抛头露面地跟着他疯癫，正经八本的人家不会要的，可若是找一个不托底的人家嫁了，又对不过女儿。云美记住了这些话，就上了心，另外，她对黄大仙的女儿也很中意，长得水灵灵的，眼睛分外有神，一举一动大大方方，宽宽的肥臀，鼓鼓的胸部真叫个惹眼，那是能生儿育女的天然本钱。于是她就先试探性地问起式奎。

式奎嘿嘿地傻笑，眼前出现了两姐妹跳神时的情景，还别说，他当初就是把跳神当舞蹈欣赏的，自然是不亦乐乎，眯起了眼睛。但他嘴上却表达的很犹豫，不无担心地说："黄仙人能同意吗？"

云美就不无醋意地在式奎脸上掐了一把说："你就不用担心了，有我呢，看来你是相中了！"

云美特意让项三套上大车，拉着她去了一趟黄大仙经常活动的额摩镇，和黄大仙一说，大仙迟疑了一下就点了头，不过他说，还要问一下大女儿。本来问女儿属于走过场，但大仙还是非常疼爱女儿的，仙萍听了，羞红了脸，扭过身子，大仙就让二女儿仙荣去问，仙荣快言快语地说："那个典式奎长得标杆溜直，四方大脸的，姐姐一准会看中。"说得仙萍在后面直追打仙荣，嘴里说着："你看上你去。"

就这么容易说定了婚事。这不，典式奎赶着马车，扬着系着红绳的鞭子，拉着二房媳妇仙萍，往阿克敦走。正是大雪过后，路上遇不到行人，大地被白雪所覆盖，树木也披挂着银装，四处全是那么安静，只有这辆马车活跃在静物中，发出马蹄的得得声和雪被车轱辘压过的吱吱声，那大黑马嘴里喷着白雾，一纵一纵地把车拉得起伏着，犹如典式奎乐颠颠的心情。

式奎还不知叫仙萍什么，回头关心地问："你冷吗？"

仙萍原本无拘无束大方惯了，但现在却很矜持，她挪了挪腿说："我的脚冻没了。"

式奎就停下马车，拉着仙萍下车走走，仙萍一扭一拐地走了几步，原来她总是一个姿式坐着，再加上又冻了脚，没了知觉，被她说成"脚冻没了"。现在一落地，脚又回来了，只是又麻又木。

活动了一会儿，式奎就把仙萍扶上车，刚才那句"脚冻没了"，唤起了式奎躯壳里的柔软，他转过身，把仙萍的鞋子脱下来，将她那冰冷的双脚拉进怀里，用温暖的身体捂了起来。这是仙萍第一次这么亲密地接触男人的身体，一股暖流瞬时便传遍了全身，两个人面对面地坐着。

仙萍眼帘低垂，不敢看式奎的眼睛，因为刚刚有一次对视让她看到了式奎半眯的眼睛，她的心都颤了起来，那种通体都绷紧然后再一下子释放掉的感觉让她支撑不住，她不敢再去体验。她把目光控制在式奎的眼睛以下，下巴以上这个区域，在这个区域里，嘴唇的地位就突出出来，稍有变化就会注意到。石匠的嘴唇略略地张开，一会又抿在一起，仙萍就想像着略微张开的嘴唇上面的眼睛应该什么样，这会抿上了嘴唇，那双眼睛又该怎么对应，但她不敢去核实自己的猜测。这样也好，她不看式奎的眼睛，倒把式奎给解放了，经过几次偷看后，式奎放下心来，索性坦然地半眯着眼把这个小媳妇看个够，恰好仙萍又是一个越看越受端详的人儿。两个人就这样各看各的，任由那大黑马向前驰骋。

仙萍对式奎的印象是深刻的，那次救火，她第一次看到的男人的裸体就是式奎的，虽然那时还小，但那印象却是无法抹去。尤其是式奎救完火转身那一瞬间，那山石一样的身板，让她隐隐地知道男人有多么强健。

借住式奎家西屋时，她就觉得这个男人是有能力的，原本和自己家一样浪迹，短短几年就在这个举目无亲的地方，置办了房屋、土地和车马，她也是由衷的佩服。

大媳妇云美为式奎说二房媳妇，这本身就减轻了做小的心理压力，做小不是一个好听的字眼，但能有这样一个丈夫她知足了。现在，她的双脚是暖和和的，比脚还要暖和的，是那颗怦怦直跳的心。

典式奎面对这样娇美可人的新媳妇，内心感叹老天对自己的偏爱。莫非真与她们两姐妹的祈福纳祥有关。他想到接仙萍时，仙荣对他说的那些话。仙荣在仙萍上车之前，把式奎叫到一边。她说："我姐就要嫁给你了，我娘死得早，我和姐姐最亲，我就和你说一点娘家人的话。"

见小姨子说话这般角度，态度又那么认真，典式奎马上做出洗耳恭听的样子。

仙荣说："你又扩地，又买房，又娶二房媳妇，好运盛着呢。我和姐姐每年都在你生日那天那个时辰给你祈福，一年都没断过。你要对我姐好，我以后还接着做，我姐也跟着借光，我这个当妹妹的也高兴，我娘在那边也放心。如果对我姐不好，你可记得，我知道你的生辰八字，我就做个小布人，写上你的名字，在你生日那个时辰，扎你心我倒下不了手，但我专挠你脚心，让你难受。"

仙荣掺杂着孩子般的语气，大人般的嘱托，让式奎心都跟着颤动。他连声表白："你放心，我一定对你姐好。"

仙荣满意地放过式奎。

想到这儿，式奎又替仙萍拉了拉裹着的被子。

到阿克敦时，暮色渐起，落日橙红的一团。式奎回头看看仙萍，她正伸直脖子向堡子里眺望，那红的晚霞把她的身形勾勒得跳跃起来，他分明看见她那双大眼睛，毛茸茸地忽闪着。此时的仙萍正冲着堡子里的几柱炊烟出神，那炊烟懒散地扭着身子在慢慢舒展开去，只有安稳的家里才有这样的炊烟啊！才能散出这样像苞米烤焦了的味道。回窝的鸡叫声和偶尔的一两声狗吠，把堡子染衬得一片安宁、沉稳和祥和。

按照事先商量好的，典式奎先把黄仙萍安排到离自家只有半里路的柳大下巴家，这里权当是仙萍临时的娘家。孙妈早就迎在这了，她就代表娘家人。

孙妈拉着仙萍的手，很快地也拉近了两人的距离。孙妈先和仙萍拉了些闲话，之后内容就开始往一起集中，从孙妈那里得知，大媳妇云美原来是不能怀孕了，怀孕就有生命危险。典家要大发展，多子多孙是途径，看来，她仙萍这个二房媳妇担子不轻啊！

仙萍马上就要结束漂泊的生活，再想到要和自己生活的男人，心里踏实多了。但一想到自己的跛足父亲和妹妹还在外面漂泊，居无定所，不知何时是个头，不禁又潸然泪下。

典家举办了简单的婚仪。把仙萍从柳家娶进门，拉了三桌请阿克敦的乡亲来祝贺，人们怀着复杂的心情看待这件事，想那典式奎有何德何能，就凭这三间破泥房娶了二房媳妇，而且还是这么鲜亮的大姑娘。

最引人注目的是那新房，这新房就设在东屋，东屋的满铺大炕被一个新做的木板隔断分成两半，这隔断也是请本堡子的庞木匠连夜打的。靠近里面的那半用布幔围了半圈，这便是二房的新房了。

大家用窥视的目光看着这些，想象着这一夫二妇怎样的夜晚，不免喝得多了些。这个典式奎着实让阿克敦人吃惊不小，一个远在关里的穷小子，来这里置地置屋，买车买马，现在居然还娶了二房媳妇！

客人散了，夜幕降临。云美拉着仙萍让她坐在布幔里坐福，那新被褥早已铺陈好，一对绣着红喜字的枕头并排摆在炕铺前，一个大盘子里装了满满的栗子，也盛载着多生儿子的希冀。

忙了一天的式奎走进东屋，就不知再做什么好，他看看嘴角挂着笑意的云美，又瞧瞧那边拉起来的布幔。云美故意不做声响，式奎更加局促地走近云美身旁，低声对云美的耳朵说："我该做啥？"云美扭身推了一把式奎，小声说："去吧！"式奎就势拉开了布幔，猫腰钻了进去。

里面是别有洞天，像进了迷宫一样，式奎有些手忙脚乱，他抓到了一只细滑的赤脚，这脚在马车上贴过身，但现在却另有一种感觉，他沿着那只脚向上摸去，原来仙萍是倒着头伏下去的，那双腿战栗着抖动起来。式奎顺着双腿放缓了抚摸的速度，直到他那二房媳妇渐渐柔软下来。

窸窸窣窣的衣服剥落声也让隔板这边的云美屏住了呼吸，她想到了她的第一次，心情激荡起来。那边一声轻轻的但又清晰的叫声，让云美快要昏死过去。云美终于伸直了攥紧着的手指，心中念道，仙萍妹子，替咱家多生几个娃吧。

第二天，仙萍羞红了脸见过云美，式奎像做错事的孩子一样，侧身到屋外忙去了。

吃饭的时候，云美让项三、项四叫仙萍二婶，项三、项四一直管云美叫大婶来着。又让得石、得强叫仙萍为二娘，得地年龄还小，仙萍就势把孩子抱到怀里。

得石个头和仙萍一般高，他对这个新二娘还很局促，手指捏着衣襟，怯声叫了声“二娘”就低头吃饭了，倒是得强吵着要二娘给他好吃的，仙萍忙把得地还给云美，到布幔角落里摸出一把山杏干塞给他。

到了晚上，式奎在云美这边脱了鞋子，正要盘腿坐上炕来，云美用指头点着他的头，小声地说：“别假模假样地，麻溜到那边去吧。“

式奎也不说什么，半眯着眼用头蹭了一下云美的脸，就趿拉着鞋又钻进了布幔。

布幔里仙萍已敞开了被筒，迎着他进来。式奎又像回到了当年，一边回忆着一边体味着，没了当时的迷惘，却有了坚定和信心，一路引领着仙萍，那仙萍很快学会了配合，典式奎领略了不同的快意。

第三天晚上，云美就把式奎留到身边。躺在式奎身旁，搂着新婚的丈夫，云美心痛地说：“你歇一晚吧，明天还要回门呢。”

式奎在云美的怀抱里，呈现出胎儿状的睡姿，呼呼地睡着了，睡得那么踏实，睡得那么香甜。

大约过了一个时辰，幔帐里就有了索瑟响声，是仙萍穿衣要起夜，茅厕在院角边上，前两天都是式奎陪着她去的。仙萍趿拉着鞋，开了东屋门。云美说了一声：“别冻着，房门边有个大皮袄，你穿上。”

尽管仙萍是云美物色的，但仙萍还是有些怕她，但经过两天多的接触，仙萍觉得这个大姐实在厚道得让人没话说。她听了云美的叮嘱，答应了一声：“嗯哪，我知道了。”就穿上房边挂着的那件大皮袄。这皮袄是翻毛的，又大又厚，专门用于冬天赶马车穿的，夜晚谁起夜谁就披上。

仙萍解手回来，突然就被一只大手闷子捂住了嘴，只一下就昏了过去，被人放横扛上了肩，扛她的人一顺就把她送到一个骑马人怀里，那个骑马人抱紧她，脚下一磕马蹬，得得得的那马就跑远了，剩下的那个人投了一把梭镖，把一个布条插在了典家的房门上，也跳上马钻进了深深的黑夜里，那强劲的西北风把梭镖上的白布条旌旗一样刮起，闪着白亮。

九

梭镖是老月岭上土匪绺子许大鼻子的标记镖，只有许大鼻子的镖是分坑的，那二个坑赫然在目，让典式奎直出冷汗。式奎明白，像他这样的小门小户是不容易让许大鼻子发镖书的，而且还是二坑镖。

堡子里的人都知道，许大鼻子的镖有三种，一种是一坑镖，那是催要份钱的，这份钱又分大份和小份。像殷家每年都要交大份，大份一般要下礼单，例如猪肉多少，粮多少，酒多少，钱多少，双方还可以协商，协商地点不在殷家，也不在老月岭上，而是选在额摩镇红灯客栈。如果协商不成，就会动用武力，这是双方不愿看到的，土匪一下山，必然要开杀戒，如果不给大户一点颜色看看，那以后就立不住号了，而大户们一旦和土匪谈不拢，就得到额摩镇找佐领动用官兵，这笔费用也不少，而且也不能保证官兵走了土匪不来。一般情况下，都能谈成。这好像也是约定俗成的。

小份是指一般的庄户人家，土匪们只在年根前派人收一下，式奎这些年一直和大家一样交小份，从没迟缓过，更没让许大鼻子发过镖。

现在门上赫然发来二坑镖，而不是催要份钱的一坑镖，说明矛盾升级了。二坑镖是赎镖，这镖是土匪先把人质抓了，限期拿钱去赎的镖。镖上的布条上写着“十日内拿二十两银子赎回你儿子”的字样，看来，绺子是把仙萍误当成式奎的大儿子得石给抓去了。

三坑镖是死镖，是双方开战的战书，没有商量余地。

式奎和云美紧急商量怎么办，最后也没想出什么好办法。云美出主意到殷家去找殷老爷子殷天朴和管家婆子孙妈想想办法。式奎边走边穿着大袄，云美紧蹈着碎步，两人急三火四地奔殷家来了。

殷天朴和孙妈也知道绺子到堡子里发了镖，正在堂屋里商量呢。

殷天朴坐在一把太师椅上对立在他对面的式奎和云美说：“许大鼻子是奔着你家娶二房媳妇来的，这些年你们家一直交小份，交小份的都是一年到头忙活个嘴的主，哪有娶二房之理？许大鼻子是嫌你藏富装穷，这才发了二坑镖，让你多出点血，赎回儿子。”

式奎和云美忙向殷老太爷解释这二房媳妇怎么回事，还不是要多生儿子多开地嘛。孙妈也在旁边帮腔。

殷天朴听罢，捻了捻山羊胡子说："你典家的气魄不小啊！眼下的事就是提高一下份钱，许大鼻子会同意的。不过，现在他们抓错了人，把事情搞复杂了。"

式奎焦急地问："怎复杂了，下一步该怎办？"

殷天朴说："一般绺子抓了女人，是不需要二十两银子的，赎金有十两也就够了。如果绺子用了，只要五两就行。"

式奎听不明白，就问："用了怎就少了？"

"用了还不明白，"在旁边的孙妈把玉嘴长烟袋从嘴里拔出来，带着一股烟，她插言道，"用了就是睡了！"

一句话说得式奎耷拉下脑袋，他不敢去想仙萍被绺子睡了会怎样。

殷天朴说："我看算了吧，你也拿不出五两十两银子，那许大鼻子也不会坏了你那小媳妇的性命，就当你没娶二房，那个小媳妇给绺子当婆娘算了。"

式奎把头摇得跟拨浪鼓似的，他很坚决地要赎回仙萍，十两更好，五两也行，云美知道式奎这是铁了心，也很赞同。殷天朴见两人这么坚定，就说："好吧，我看你们是正经人，你们一来我就看出与众不同，能出息个样子，我就帮你们一下，让孙妈去一趟额摩镇红灯客栈，你们出车吧。"

式奎和项三驾着马车，拉着孙妈去了额摩镇。有孙妈的面子，在那里很快见到了绺子的知会，那知会是个刀把脸，还有些斗鸡眼，穿一色的紫绛长袍，狼皮帽子，偏袖统靴，他也不说别的，只一句话："拿五两银子赎人。"

"五两！"式奎听到，他的头皮发麻，脊背发冷，手脚抖动，整个心都要蹦出来，他那可人的仙萍已失身于人了。但对这个绺子的知会他也不能发作，不敢发作，最后双方商定，五天后交钱放人。走出红灯客栈，式奎的全身被冷汗湿透了，寒风又从裤腿里往上倒灌，他是凉了个彻底。他木讷地跟着孙妈上了马车，满眼全是知会的刀把脸和斗鸡眼。

式奎现在连五两银子也没有，只好又向殷家借，整个阿克敦也只有殷家才能一下子拿出这么多钱。殷天朴想了想同意了，条件是典式奎给殷家大院门口雕一对高五尺的石狮子顶借的钱，式奎知道雕这么大的狮子的难度，不说石料好不好选，就是把石料运到殷家大门口也非常不容易，但他仍毫不犹豫地答应下来。

等到要写借据的时候，式奎悄声地和云美耳语几句，云美随即又拉过孙妈商量。孙妈惊讶地问："不是说好了借五两吗？怎么又变成了十两？"

云美忙示意孙妈小点声些，她说："我们没想到另找中人的，借十两是为了好名声，多借的那五两先不用，过些日子就还上。"

孙妈又去找殷天朴，殷天朴答应得很爽快：“十两就十两，反正典家也有地作抵押，成全他们了。”

仙萍是被抬回来的，脸色蜡黄，眼圈紫黑，眼泪已流干了。见了式奎眼睛里才有了一丝光亮，然后无力地把头歪向一旁。

原来定的是三天回门，因为黄大仙居无定所，所以迎娶仙萍时就把回门的地点定在了额摩镇。黄大仙和仙荣在额摩镇等了几天不见式奎和仙萍来，就急着赶往阿克敦。

他们神色匆匆，快步疾走，刚到堡子口，却被路边一老一少两个女人拦住了，她们正是孙妈和春秀。

孙妈对黄大仙说：“求你们停下说个话，我有事求你们。”

黄大仙犹豫着看她们，并不认识，就说：“你们有事？”

孙妈说：“我正领着我侄女春秀赶星呢，我这侄女命里缺伴星，要认一个干亲才能平安，算命的先生说，逢三六九午时以后要在村口等着，遇到进堡子的外人就认一门干亲，以后就平安了。我们在这儿已等了两个时辰，终于盼来你们进堡子，求你们给我侄女当个干亲吧。”

黄大仙心中明白，这是算卦的一个招法，都是走江湖的，既然他们信，何不成全。况且，他还要向她们打听女儿和姑爷的消息呢。就驻足说道：“认干亲？不知怎个认法？”

孙妈说：“你俩是一起走进堡子口的，认谁都行啊，让我侄女认你做干爸也行，认你这漂亮姑娘做干姐妹也行。”

她的话一出口，春秀和仙荣都趋前一步，两双手就握在一起了。两人都觉得对方有缘顺眼，急不可待地要相认。于是，两人都报了生日，仙荣比春秀大两岁，春秀就叫一声仙荣“干姐”，仙荣回了一声春秀“干妹”。

黄大仙向孙妈打听起典家的情况，孙妈把这几天的事一五一十地说了，黄大仙和黄仙荣急忙与孙妈和春秀告别，赶到典家去。按理，仙荣和春秀应交换一下鞋子的，但太急了，两人说明天再换吧。

黄大仙见女儿捡回了半条命，叹了口气，叫仙荣细心照看姐姐。黄大仙和仙荣对式奎和云美赎仙萍的做法很感动。几天后，仙萍好转了一些，仙荣对仙萍说：“姐夫一家真的是好人，他们要不赎你，我们就见不着面了！”

两姐妹又抱头哭在一起。

式奎听说仙萍好些了，急忙过来，仙萍对式奎一个劲地说：“我对不住你，你休了我吧，我不活了！”式奎和云美都劝解着，仙萍的眼睛里又流出泪来。那泪水就有挂在睫毛上的，仙萍也不去擦，想着心事。

第三章 封 禁 地

十

式奎留下老丈人和小姨子在家照看仙萍，带着项三、项四和得石进山，他们是去找能雕石狮子的石材。无论如何，在开春前应该把一对石狮子雕出来。式奎还是很感激殷老爷子和孙妈的，要不是他们出头、出钱相助，仙萍就不会回来。

严冬时节，云层加厚，厚得要坠落下来。狂风卷着雪花，在山梁打着旋儿地掠起，又在河床上冲撞着刮过，河床地立即被掀掉了雪被，赤裸起来。一行人冒着风雪，扛着家什，穿着新编的乌拉鞋，向老月岭深处进发。

老月岭山势雄伟，森林密布，山坡上的积雪足有半尺多深，在漫山积雪中寻找石材相当困难。虽然山石不少，但大多是风化石，石质疏松，要找到能雕五尺高狮子的石材，还真不容易。这次，式奎和得石、两个徒弟带足了干粮，也想顺便打些野物，给仙萍补补身子。这样，他们挑着，选着，一边追逐着猎物，顺着野猪沟就上了山梁。

听堡子里的人讲，进山就怕遇到野猪，都说野猪沟里的野猪，皮厚鬃长，非常凶悍，尤其是群体发起冲击，杀伤力更强。式奎让三兄弟加倍小心，一旦发现野猪，就爬到树上去。

已经进山十天了，打了些狍子、羚羊等野味，就是没有发现好的石材。他们不得不筑起雪屋，以此为中心向周边寻找。雪屋是他们拍雪成砖，用雪砖垒起来的，到了顶部，那雪砖往里一层层地收缩，最后形成了一个四角尖顶。在底下铺层兽皮，住在里面还挺暖和。

从雪屋往东走了一上午，在老月岭半山腰，他们发现了一个巨大的水潭。这水潭深不见底，上面居然没有封冻，式奎他们几个绕着水潭走了半圈，发现原来水潭有两个泄水口，一个泄水口正往山下倾泄着水流，另一个泄水口由于位置比正泄水的高，没有水流流下。

式奎看着高水位的泄水口突然就明白过来了，原来两汉河的水源地都是这水潭，那个水河套发源于正泄水的泄水口，而那个干河套就来自于眼前这个水位高的，山洪暴发时，洪水进入潭里，潭水水位急剧上升，两个泄水口就可以同时泄水，下游的干河套才有水。而正常情况下，干河套就没有水。

式奎想到这，兴奋起来，如果把水河套的泄水口堵上，下游那平缓的河床就会变成相当大的一片良田，潭水水位升高后，潭水只能从干河套流走，那干河套本是个山沟，水流流过，也能改变旁边瘠薄土地的土质。

式奎蹲伏在潭边的一块巨石上，两只大手急切地把搓着。他抑制不住地激动，立即叫两个徒弟测量一下两个潭口的高差。

两个徒弟不知就里，但仍顺从地听师傅的话丈量起来，最后的结果是两个潭口差两人高，和式奎目测的差不多。

怎么把水河套的泄水口堵上呢？式奎蹲在一块大石头上想着主意，靠人力背这些石头工程量太大，而且也十分危险，是典家这几个人所不能的，他就想到了用火药炸，那泄水口上方正好有一凸出的石壁，伸展在高空，要是把那石壁炸下来，落下的石块正好可以堵这泄水口，泄水口堵住了，原来河套里那和缓的河床地就会变成良田。

但用火药炸石头到底行不行，式奎没有见过，只听黄大仙说过，火药的威力很大，明朝时就有人用火药炸过城墙，爆炸时惊天动地。

他带着这个问题，粗略地用石粉在布口袋上画了水潭的地形图，和得石、项三、项四下山了。

下山的时候，还真选了两块石材，材质细腻，五尺见方有余，但却像生了根一样压在乱石之中。得石和两个徒弟余兴未尽，随着式奎回到家中。

听了式奎的介绍和想法，黄大仙少有地频繁运用了肢体语言，惯常平静的眼神飞扬起来，他也异常兴奋，他明白了女婿的意思，又跑到干河套和水河套看了看，决定和式奎带两个徒弟再度上山走一趟。

这次由于直奔目的地，尽管黄大仙腿脚不好，但很快就到了潭边，和式奎估计的差不多，炸下泄水口上方凸起的石壁，就可以把潭水的泄水口堵住。

问题只剩下一个：要有足够的火药。火药由三部分混合而成，其中硫磺、木炭可以就近解决，但硝石就困难了。到哪里去找硝石呢？黄大仙想到在火器营时去过的二郎山，二郎山出产硝石，只要从那里拉回来几车硝石，就能制出足够的火药。

下山的时候，式奎和黄半仙各带一个徒弟，分别沿着干河套和水河套上游走下来，结果他们在两叉河的交汇处集合了。

望着一大片平缓的已结了冰的河床，式奎分明看到那里长出了大片大片绿油油的庄稼。

随着黄大仙和黄仙荣的到来，典家的住宿问题就更紧张了，好在仙荣要照顾仙萍，就住进了幔帐里，而黄大仙也挤进了典家的西屋，和项三、项四、得石、得强住到了一起。

式奎劝岳父黄大仙不要再出去了，留下来一起有很多事要做呢，黄大仙点点头同意了。

整个冬季，以给殷家雕石狮子为主。由于有黄大仙提供火药的帮助，两块石材很容易离开山体，有了这次爆破经历，式奎就更有了信心。他们把两大块巨石浇了水，冻成了两个巨大冰球，马拉人撬，硬是把两块石材滚到了殷家大院门口。

剥去冰衣的石材到位了，怎样才能雕出石狮子来，成了问题。式奎只学了四年石匠，在那个石匠铺也只是靠力气打下手，在崔庄也见过老师傅们雕石头饰物和雕狮子，但那时是不能直接伸手的，只能干一些辅助性的体力活。近些年也只单独凿过一些石槽、石盒、石棺等方方正正的东西，至于用石头雕这么精细的狮子，那是从来没干过。他从典家低着头向殷家走去，踢着道上的土坷拉想着办法，走了一道，也没想出个子午卯酉。黄大仙和得石见式奎冲着巨大的石材出神，大体也猜出了原因，但他们都没点破，也在心中琢磨着。

这时殷天朴让孙妈送来了一对铜狮子，那对铜狮子是早年传下来的卧枕铜盒子。孙妈说："我家老爷子就喜欢这对狮子的样子，要是它们能在家门口把家，那是最好了。"

式奎心中暗喜，那眼睛半眯了一下就睁得正常了，他不动声色，对孙妈说："我们雕狮子都按传下来的办法走尺寸，专门雕成这样呢……也行。"

“那就让你们多费心了，我想殷老爷子心里会有数的。”孙妈留下样子走了。

有了这对铜狮子，式奎的办法也就有了，他和黄大仙和得石一说，两人都说这个办法好。得石忍不住问他爹爹：“爹，你以前是没雕过狮子吧？”

“问这么多干啥？”式奎白了他一眼，“你还没雕过呢，这对狮子就以你为主雕了。”

“知道了，我立马就和项三哥、项四哥开始了，爹你就擎好吧！”

得石和项三、项四着手在殷家门口，对照着那对铜狮子的样子，用雪堆雪狮子。立刻引来堡子里一群小孩围观。后来，这些孩子也帮着取雪做雪块，小家伙们干得可欢了，一个个小脸通红通红的，雪狮子越堆越高，足足用了五天才把两个像狮子的雪堆堆好，得石开始不让孩子们动手了，他和项三、项四开始精细地雕琢起来。

雕雪要比雕石头容易，雕坏了还可以用雪补上，关键的地方反复修改了十多次，才算成功。又过了十来天，两个巨大的雪狮子就立在了两块石材旁。

典家人、殷家人和堡子里的其他人都来看热闹，对着雪狮子比划着、议论着。堡子里那个“屯不错”庞木匠，还闭着一只眼睛，用另一只很专业地目测着大小比例，提了很多在行的建议，他也真够热心的了。

春秀在人群里，用赞赏的目光看着得石，得石其实早就感觉到了那对大眼睛的注视，干得更加起劲。仙荣也注意到了春秀，两人凑到一起交头接耳。

仙荣说：“干妹子，你说我们典家能不能耐？”

春秀说：“干姐，你别总我们典家我们典家的，那是你姐夫家。”

仙荣偷手拧她，说：“你管得宽，我就是吃谁家饭向着谁家说，要不把你也娶进典家，和我一起说。”

春秀笑她不害臊：“一个大姑娘家的总惦记嫁人。”

两人越说越热闹，就缠绕在一起，弄得两个脸红红的眼亮亮的，好长时间才消停下来。

那边式奎和黄大仙也远远地看，仔细地瞧，把得石叫过来，提出了一些修改意见。

得石又领着项三、项四忙活了一天，最后，雪狮子和铜狮子几乎是一模一样，就是比铜狮子大了许多。

接着，得石三个开始很小心地把雪狮子变成冰狮子，这是一个精细的活，先要把雪小心地压实了，再往雪狮子外表涂一层层水，冻成冰狮子。在冻冰的同时，在狮子身上插上长短不一的柳木棍，把木棍一起冻牢靠了。

两天后，两个晶莹的大冰狮子就浑身插满木棍冻成了。下一步，式奎和黄大仙也参加了，他们五个人在冰狮子身上添雪，并把罩在外面的雪拍实，有了那些柳木棍的支撑，雪外罩也牢牢地套在了冰狮子身上。

外罩越来越厚，开始和两块石材的外形接近，两块石材和它们旁边的雪“材”终于一模一样了。式奎他们开始雕石狮子，去掉雪“材”多大的外罩，就相应地凿下石材多大的石头，一直凿到腊月，两尊栩栩如生的石狮子就蹲在了殷家大门口两侧。

殷天朴目睹了在他家大门口典家人所创造的奇迹。说实在的，他根本不相信典式奎能雕成五尺高的石狮子，就是现成的白送的一对石狮子运到阿克敦，运费都超过五两银子。他要为难一下典式奎，这个不知天高地厚的外来人，迫使他收敛一些，还娶二房媳妇，还用五两银子赎媳妇，他想逼着典家用刚得到的地抵债务。但典式奎却真的就近在老月岭上采到了石料，这个风化石成堆的山上，居然就有这么好的石料。而且典式奎竟用浇成冰团的办法把这两块石料滚到了家门口，真让他吃惊不小。但他仍想看热闹，他担心这个石匠对传统石狮子的各部位尺寸和比例烂记于心，就又出了难题，把一个典式奎根本不可能看见的新姿态狮子拿了出来，结果典式奎没有提什么困难和要求，很随便地就接受了。

典式奎也太洒脱了，竟然让三个半大小子领着十几个小孩子堆起了雪堆，玩一样就把雪狮子雕成了。更让人叫绝的是，雕这对石狮子，只有一个成手石匠，那就是典式奎他自己，两个半拉子徒弟，使用工具还算将就，而他那个跛足岳父和儿子看那使用石匠工具的架式，以前根本就没摸过。就这样叮叮当当地把一对石狮子雕活了。看来，这个典式奎和典家不可小视。

殷天朴决定再和典式奎接触一下，就让孙妈去请典式奎，以庆祝石狮子落成为名义。式奎诚惶诚恐地来了，一个过去殷家的长工，现在成了殷大老爷的座上宾，当然受宠若惊。黄大仙却很镇静，他嘱咐式奎一定要放松些，你要相信你注定是个不平凡的人。不平凡该什么样子呢？式奎一路上想着就到了殷家大门口。那两尊狮子给了他勇气，对！我就要像狮子一样。

殷天朴客气地让典式奎坐下，典式奎觉得这是要和他长谈，也就搭边坐在太师椅上了。殷家的八仙桌两侧，有一对太师椅，两人各坐一把一样高一样大一个模样的椅子上，殷天朴感到，和一个过去的长工这么坐着，要多别扭有多别扭。可为了把话说清楚，赶走这个不安分的人，那就先让他坐吧。

殷天朴慢声慢气地说：

“狮子落成了，我挺高兴，也挺满意。今个想跟你唠扯唠扯，你知道阿克敦前面的柳树趟子吧？”

典式奎毕恭毕敬地回答：

“知道。来堡子不久，就见过了，那里面是封禁地。”

殷天朴捋捋山羊胡子，挺挺腰眼说：

“知道就好。凡事要讲个源流，这个封禁之地是皇家的，皇家是根。再往下捋，就是关爷。为了保护封禁地，皇上派关爷来到关地，关爷可是八旗的王爷。从关爷这继续往下捋，就是随旗汉人。关爷他自己是不用干活的，人家命里注定就是动嘴的，这也应该，人家的祖先跟着皇爷出生入死打江山，才有了今个。具体做事的就轮到随旗汉人了。随旗汉人为关家出过力，流过血，跟着关爷借光，当然也得为关爷做事。关爷就派了三户随旗汉人来到封禁地的旁边，也就是咱们住的阿克敦这地方，三家种柳树趟子封住禁地。那时，你的祖先恐怕还在关内哪个地方吧。我们这三家随旗人，最终在阿克敦只剩下一家，就是我们老殷家。从殷家往下捋，就是长工和散户了，殷家当然也不用自己干活，这都是萌了上面的荫，招了长工，管吃管住不给工钱，但每年都给长工三四亩地，长工攒了点地，成了散户，也在阿克敦住下来。这个你都经历了。这么捋下来，是不是很清楚？再捋散户，这些年，散户年吃年用，安分地过活，也很太平。偶有绺子骚扰，给他三瓜俩枣，全当喂狗了。”

殷天朴讲故事一样，把前面的话说完了。典式奎认真地听着，猜想殷老爷子讲这些要干什么呢？这时，殷天朴语气一转，提高了声音。

“可是，你典家不一样啊！你是一个不安于现状的人呢，天生要做大事。你不会像别的散户那样满足年吃年用，你要加人加地，这就整拧歪了。今天，我心平气和地跟你谈，这么弄可不中啊！会弄出大乱子的，会让整个阿克敦不安宁。”

典式奎听着这些话，如五雷轰顶般。原以为，今天借庆祝石狮子落成的机会，和殷老爷子好好唠唠，没想到，殷天朴谈的是这些。他稳了稳半边麻木的身子，继续听下去。殷天朴说：

“我看，你把多开的地卖了吧，收敛一点，和别的散户一样，求个安稳。”

典式奎急忙辩解：

“这不成啊！我还……”

他想说，我还给弟弟传了信，让他带着儿子们过来呢。现在的地还不够呢。

殷天朴打断了他的话：

“成不成的，我看还是往上捋。咱们找关爷去。关爷说让你在这里开地，我半个不字都不说。你把封禁地开了我都不管，把天捅个窟窿我都不管。我把话说在前面，你看着办！”

殷天朴也想好了，单靠他的话，劝不动这个偏执的汉子，干脆按想好了的，搬出关爷来。关爷哪有工夫跟他讲理，还不是一轰了之。他把话硬硬地丢过去，脸也涨得通红。典式奎不吱声，他用沉默表达不满。殷天朴端起茶杯，吹了一口，说：

“这样吧，快过年了，按惯例，每年都到关爷那里看看，过过礼，祝祝福，我去时，你也跟着，到时关爷留你，你就留，不留，你立马走人，别惹他老人家生气。”

殷天朴的口气不容置疑，那冷峻的脸上像挂了一层霜。

十一

典式奎骑着家里的那匹马，惴惴不安地跟在殷天朴一行人的后面，祈祷关爷发慈悲。典家又陷入了新的恐慌。那次，被三只狼围住，也是恐慌，但那时恐要比慌多，这次，心被吊着慌比恐多，更难受。黄大仙直埋怨自己，是他引着典家来到阿克敦，原以为这地方偏远，私垦点地没什么，没想到，会惹到殷家。如果卖地，在阿克敦也只有一个买主，那就是殷家，殷家又会出几个钱？辛辛苦苦刚刚扎下根，还不是要生拉硬拽地被连根拔吗？明知道，关爷和殷家是几代人的交情，不会向着他一个外人，可走投无路的时候，有点希望也要争取啊。式奎就是抱着这样的心态，走在这白森森的雪地上。风吹起雪粒子，打在脸上呼然有声，口中喘出的粗气，瞬时化成白雾迷在眼前。

刚拐往关地方向，迎面来了一群人马。殷天朴眼尖，叫了声“关爷！”，立即上前施礼。典式奎向那关爷看去，是一个敦敦实实胖胖乎乎的老者，他头戴一顶狐狸皮帽子，脖子上围着对眼的两整张的紫貂皮，身披一件玄色大氅，端坐在一匹黄骠马上，很是威风。他还了礼，对殷天朴说：

“哎呀，我当是谁呢，山羊胡子啊！”

满人不兴留太长的胡子，做为随旗人，也应该守这规矩，可殷天朴住得偏远，他又喜欢山羊胡子，也就任他留了。从关爷叫他山羊胡子的口气里，典式奎听出，这俩人关系不一般。看来，指望胖大王爷开恩，难上加难。

殷天朴微笑着问关爷：

“快过年了，我来看你，你这是……？”

“哎呀，让你笑话，我去参加比赛。”

“噢，怎么讲？”

“还不是我那六侄，他驻扎在大石山，大石山靠北有紫峭岭，岭上有个洞。这洞口小肚子大，里面别有洞天，即便夏天也能藏很多猎物，久储不坏。我六侄命其为关洞。紫峭岭北侧，是宁安马王爷的地盘，他那边也有个洞，叫马洞。本来相安无事，可最近发现，这两个洞是相通的，一洞不能有二主，这不，关家和马家明日进行比赛，看这洞到底姓关还是姓马。”

说完，关爷爽朗地大笑起来，他又对殷天朴说：

“你来得正好，一块瞧瞧去，也给关家助助威。”

“好啊，我正想多陪陪王爷，沾沾王爷的福气。”殷天朴讨好地应承。

“还是你会说话。那咱走。”关爷说完，提缰欲走，殷天朴摆手道：“关爷，我这还有个事，你评完再走。”

关爷拉住缰绳问：“啥事？”

殷天朴叫过典式奎，典式奎忙翻身下马，要给关爷行大礼。关爷忙止住说：

“冰天雪地的，免了。”他转脸问殷天朴，“你说说，他是谁，要干啥？”

殷天朴说：“他，从关里来的，才几年，就开了二十亩荒。”

“二十亩？好把子力气！”关爷叹道，他打量着眼前的汉子，端庄健硕，颇有气势。关爷头脑里想的是明天的比赛，正需要这等健勇之人，眼前这位不正合适嘛，于是他冲殷天朴说：

“好好，我正需要他，让他先跟我们去比赛，赛完了，他有啥事，回来再说。”

典式奎成了关家参赛的赛手。

两股人并在一起往北走，来到一座大山前，这里背风向阳，人们放缓了速度，顺便享受一下冬日里的阳光。

“大胡子，让你见识一样稀罕物，你可见过？”关爷一边说着，一边从大氅里怀往外掏，掏了几下伸手递向殷天朴。

殷天朴并了并马，把那东西接过来，前后左右地看了又看，也不知是个啥物件。关爷侧头对他说：“你放在鼻子下闻闻。”殷天朴拿起来闻了闻，一股强烈的气味冲得他打了个喷嚏，关爷坏笑着说：“大胡子，长见识了吧！”

“啥宝贝，这么冲的烟味！”

关爷说：“这玩意儿远道来的，叫鼻烟壶，京城里流行玩这个。”

“玩啥不好，味这冲，有啥子好玩的。”殷天朴又把手中的叫鼻烟壶的东西看了看，光滑滑的像个小葫芦，芦头上还有个小眼。

“你老荒了。”关爷说，“前一阵子我走了趟京城，那里的旗人差不多都有这物件，有的还有好几个，一见面就拿出来比比，看谁的味浓有劲道，还有的比做工，看谁的出自名匠之手。说道可多了，玩出各种花样来。我也问过他们这东西有啥好的，他们说，闻一闻，能提神，比吸大烟片有趣。”

“还是京师的爷过得滋润。”殷天朴语气里有感叹，还有点不屑。

关爷说：“也是把京师的旗人闲的。最初随龙入关的旗人，在京师周边都圈一块地，怎奈人多地少，把种地的汉人挤跑了，逼急了要造反，朝廷就不让他们圈地了，直接给旗人发钱，供养起来，这些京师旗人不农、不工、不商、不牧，吃皇粮，领皇饷，只靠清闲打发日子，变着法的玩儿。上至王侯，下至旗兵，会唱二簧、单弦、大鼓的多了，也有养鱼、养鸟、养狗的，也有种花种草的，斗鸡呀，斗蟋蟀呀，什么都能拿出来斗一斗。还有玩高雅高深的，画个山水画，填个词作个赋，诌几套大鼓词令，都能露一手。就是那鸟笼子、兔儿爷的样式，都能弄成几百样，看得让人迷糊。也有的旗人没事就赌，赌啥的都有，连祖上的房产也拿去赌，叫‘吃瓦片’，有个顺口溜讽刺他们呢。”

关爷说到这儿，自己先笑了，大概是想起了顺口溜里的话有意思，殷天朴也乐得陪关爷说话，见他兴致这样好，就引着他讲下去。

“关爷，你说说啥样的顺口溜？”

关爷仰头想想说：“前面的几句我给忘了，只记得有几句话说那不肖子孙是‘光着脚丫上八旗，没有马褂干着急，当了裤子买炕席，豆汁就着萝卜皮，看你着急不着急！’”关爷学着京师油滑的腔调，引起随行人一片笑声。原来，大家都支楞着耳朵在听，关爷并不介意，反倒受到鼓舞般地纵声大笑。

笑过了，关爷说：“要我看，还是我们山里的旗人好，不给发饷，但有地呀！地也是钱，有地就有营生，有个惦记。就是玩，玩的也大气！”

殷天朴随和着：“这是当然，他们赛的是蛐蛐，斗的是鸡，玩的是鼻烟壶这样的小物件。咱们赛的是马，比的是打猎，斗的是洞主，大气多了。”他说完，把鼻烟壶还给关爷。

关爷接了说：“还是大胡子你会说话，他们越斗越小，骑马射箭全不在行。红毛兵一来，匆忙披挂上阵，结果一败涂地，作鸟兽散。最后，还是割地赔款了事。照这样下去，抽兵都不用旗人，就这样干养着。”

关爷愤愤不平，这一趟京师，因为他不知道那里的讲究，那么多说道，没少遭到京师旗人的奚落和挖苦，说起来，他当然不服气，“我是没那个耐心陪他们玩，勉强应承了几日，就打马回来了。”关爷说着，把手里的鼻烟壶扔了出去，“咱玩个刺激的，看谁是洞主！”

典式奎把他们的对话听了个清清楚楚，对比着自己的处境，真是天上地下！那又有什么办法呢。人家庇着皇家的荫，跟皇家有密切关系，而他典式奎上数几代，也不曾有一枝一蔓搭在龙根上。说到龙，他家也出过，可那是土龙懒龙旱龙，怎能跟真龙比。所以人家在为玩什么发愁，想的是变出什么花样来，而他典家的命却被高悬着，真正个提心吊胆！

来到大石山才清楚，争洞主这大气的玩法怎么玩。比赛规则很简单，既然两洞相通，双方各出三名赛手，从北边的洞口入，看哪方赛手先从南口出，谁先出来，哪方就是洞主。

小关爷，排行老六，长得和他叔正好相反，精瘦的，还有点水蛇腰。他穿一件宝石蓝色锦缎长袍，头上戴着镶了白玉石的瓜皮帽，对典式奎打量来打量去。他对典式奎能否取胜心有疑虑。关爷问他担心什么？小关爷说，我倒不担心他的体格，只不过马爷那边有个长得像猴子一样的跟班，是他先发现两洞相通的，对洞里的地形甚是熟悉。您带来这人，别说洞里，连大石山都没来过，恐怕要输给人家。

关爷骂他侄儿：“你个不成器的东西，既要比赛，为何不找熟悉洞里情况的人，一个毛猴把你吓成这样，我大老远来，难道还要输他不成？”

小关爷堆着笑哄劝老关爷：“您息怒，熟悉洞的人体弱，身强力壮之人又没进过洞，我也干着急嘛！”

典式奎听明白了，他知道，这是一次机会，一次难得的绝好机会。于是，他挺身而出，抱拳对两位关爷说：

“老爷，我一定奋全力，争取第一个出来！”

“好，有种！”关爷夸奖道。

关、马两家聚拢在洞口，六名赛手都把辫子盘在头顶，在洞前上了香。典式奎打量了一下马家的三个人，和他们一样短衣短袄，其中一个瘦小灵活，他一定是小关爷说的猴子。为参加比赛，他特地穿了一双牛皮靰鞡鞋。

一声“着”，六人鱼贯进洞。原本能进去的一点光也被他们挡住了，洞里漆黑一片。这次比赛规定，不得用火把等照亮，只凭赛手摸索探路。

这洞里，怪石嶙峋，大洞套着小洞，十转九回。水滴声声，敲打着石头，摸上去湿滑冰冷，脚下还有冰和水，一不小心就被滑倒，每前进一步都很困难。

典式奎深一脚浅一脚地摸索，耳朵始终注意听着牛皮靰鞡踏水落石的声音，果然这小子对这里熟悉，很快就走摸到了前面。典式奎顺着他发出的声响，紧紧跟上，倒是没落后多少。

再往前走，是在向上攀爬。典式奎估计，两洞相通在上方，靰鞡鞋踩在石楞上的声音又近了，还听到那个人在大声喘息。典式奎紧紧把着两侧的石缝，奋力向前爬去，突然，“啊”的一声，吓了典式奎一跳，接着“嗵”的一声，有人从上面摔下来，典式奎猜测，是猴子失手了。听那里的动静，“哎呀哎呀”地叫个不停，摔得不轻。他循声爬过去，抓住了一条腿，那人哆嗦了一下说别动，我腿摔折了。典式奎一移手，手上有滑腻腻的感觉，还闻到了血腥味，出了不少血呀！他想都没想，小心地扶起地上的人，问他往回走近还是往上走近。猴子马上明白过来，这是要救他呀。他感激地说，往上走近，上了天台，不远就是出口。

典式奎背起猴子向天台摸去，猴子在耳边告诉他方位。一个人往上爬都十分吃力，背上再背一个伤者，把典式奎累得全身是汗。突然有种感觉，背上的猴子变成了锡做的天锅，天锅！有天锅还有地锅，还有烧锅，还有烧锅院子，还有大片的土地和成堆的粮食！他娘啊！你慢着拿酒量，我迈一步扶着你！二媳妇啊！你也慢着点，我给你取件翻毛大衣！老丈人！你腿脚本来就不好，高抬腿稳落地呀！石头！你也是一个壮劳力了，这点重量算什么！徒弟，给师傅搭把手！搭——把手！小姨子！叫到小姨子时，典式奎已经把猴子背上天台。到了天台，看见前面有光，典式奎加快脚步，奔着光亮过去。

“出来了，出来了，看见人头了。”

“噢！怎么是两个人，不分胜负啊。”

典式奎背着猴子出现在众人面前。

关姓、马姓都被典式奎这种救人为先的行为所感动。比赛的结果也让两家握手言和，他们为这个洞起了个名字叫“关马洞”。

关爷对殷天朴说：“今天的结果有好的喻意，我看就让他接着开荒吧，反正他有的是力气，他背着人摸黑攀上天台，有力气不用别瞎了。”

殷天朴小心地解释着：“我是怕他开荒太多，扎了眼。”

“嗯……也不差这些，先开着吧。”关爷说。

回到阿克敦，殷天朴把一把太师椅送给典式奎，他说：“你配坐这把椅子，后生可畏！”

式奎谦让了几下也就接受了。回家后一学，全家人都开怀大笑。老丈人黄大仙让他坐在椅子上，仔细端详着坐在椅子上的人什么样。

十二

仙萍恢复了一段时间，气色好起来，式奎来到幔帐里和仙萍温存，小姨子仙荣和云美睡在一个铺上。那晚月光通过窗户纸的过滤，更朦胧和漂浮，云美见仙荣的一对眼仁亮亮的，活像黑暗里的一双猫眼，就问仙荣：

“你这么大了，整天叽叽喳喳的，是不是也该找婆家了？”

仙荣探过头来，趴到云美耳边小声对云美说：

“我爹和我姐都要我给姐夫当三房。”

云美做梦也想不到一个姑娘家这样说话，而且还是对自己说，就惊得不知怎么回答，仙荣以为云美没听清楚，就又说了一遍：

“我爹和我姐让我嫁给我姐夫。”

云美问：“那你啥意思？”

仙荣说：“我听你的。”

云美没法把这个话题进行下去，一时间黑暗在房间凝固，只见那对眼睛黑黑闪闪。有气息漫过来，仙荣对着云美的耳朵说：“我姐说了，她对不住姐夫，把我也嫁过来，是为了报答姐夫和你。”

幔帐里，式奎正搂着仙萍安抚着她，仙萍偎在式奎怀里，眼角又有了泪水，耳鬓厮磨间式奎感到了仙萍眼角的湿润，就用舌轻轻地为她拭去，那泪水咸咸的。仙萍幽幽地说：

“我对不起你，可我不想死，我舍不得死，也舍不得你，你让我活着，我就谢谢你了。”

式奎托着仙萍的后背感动地说：

“你别再说这些了，事情已经过去了，你还是我的好女人。”

“不，我不是个好女人了，”仙萍小声哭泣着，她自己擦了把泪，“我跟我妹妹说了，让她给你做三房，我做的错事让她补给你。”

“你说个啥？你是不是糊涂了？”式奎惊诧地问。

“我没糊涂，我已跟我爹说了，我爹也同意，我爹说了，我们仨这一辈子就靠在你身上了。”

仙萍说着，把式奎偎得更紧了，嘴唇压到式奎的上面，两唇相依交织在一起，最后两个人也慢慢地融合了。

事情人人都知道了，最后就在这几个人中间捅破了，酝酿成熟了。云美有些担心仙荣太小，说再等两年圆房吧，仙萍说，不用的，那丫头鬼精着呢，云美眼里就浮现了仙荣那日益饱满的臀部和渐渐鼓起的胸部，这些无不透露出这丫头还真算个十足的女人。为了不引起更大的震动，仙荣和式奎同房前没搞任何仪式。

白天，仙萍跟妹妹说了些悄悄话，告诉了妹妹一些要领，晚上，仙荣就开始实践了。那晚云美和仙萍睡在一个铺上，两个人听到仙荣激烈的呻吟声，式奎想去掩盖，却几次都没成功，最后放弃了努力，仙荣最后“啊”的一声就再没了声息。

那夜，雪一直下到天明，大雪压盖了一切，人和物睡在寂静之中，全都迟迟地不愿起来。

徒弟们和得石、得强哥两个慢慢开始叫仙荣为三婶和三娘。快进正月，年味越来越浓。得强和堡子里的孩子奔跑着一遍遍地喊着童谣：

小小子，摘蒜辫，
掐下几头大瓣蒜。
小丫头，洗罐罐，
罐罐里头醋泡蒜。
小小子，你别馋，
过了腊八过小年。
小丫头，你别哭，
过了腊八就杀猪。
小年就在二十三，
灶王爷他上了天。
二十四，漏粉丝。
二十五，做豆腐。
二十六，烀猪肉。
二十七，宰年鸡。
二十八，把面发。
二十九，换回酒。
三十晚上煮饺子，
过年过到正月十五。
哩哩啦啦二月二，
啃完猪头盼来年。

送灶王爷的腊月二十三，黄大仙特意嘱咐大家在这天嘴巴一定要甜，不能说错话，可仙荣忙乱中又叫了式奎一声姐夫，惹得仙萍和云美偷偷交换了眼色，谁也没给她指出来，式奎也没在意就过去了。当仙荣再叫第二声姐夫时，自觉口误，就要了赖皮，把一块年糕糊在嘴上，当做封嘴受罚了。这天，也是仙荣说话最少的一天。

大年夜，在黄大仙的主持下，项三、项四给式奎和云美磕了头，正式认他们为爹、娘。典式奎说，你们哥俩和爹娘失散了，再找到他们希望也不大。困难的时候，我收留了你们，回过头来，你们也帮助了这个家，出了不少力。咱们的缘分是个大的亲缘，全在帮助二字。以后你们就叫典得帮和典得助吧。两人改名后，大家习惯叫他们大帮和二柱儿。两个人自然也叫和他们年龄差不多的仙萍为二娘，叫仙荣为三娘。仙萍不久就被发现怀了孕，典家人丁兴旺，过了一个欢快的春节。

十三

河里的冰尚未融化，式奎就张罗着在西屋搭北炕。

堡子里炕搭得最好的要数柳大下巴，式奎请他来帮忙。典家和柳大下巴家处得还挺好，式奎还为柳家做过喂猪的石槽子。柳大下巴特意从家里挑来两篓羊角，他家的羊角是把秋天收割的谷草用刀切成碎段，专门用于和泥搭炕的。用这种羊角掺在泥中，和成的泥干后不裂，不漏气不透风，更不漏烟。

柳大下巴接过式奎递过来的烟袋，一边吸着烟一边屋里屋外地转着，他是在观察烟道和炕洞，最后他对式奎说：

“我给你家搭一个南北回龙大炕，炕洞和烟道还用原来的，两铺炕中间搭一个贴山炕就行了。”

式奎听了很高兴，这种搭法省却了很多工时。式奎的房子不是新建的，是用石匠活和高粱米从一家新建房的人家换来的老房子，房大山和前脸都有一些脱落了，如果再另搭一个烟囱，对房子破坏也大，另外搭烟囱还要在室外搭，眼下冰雪尚未融化，干起来也挺困难。现在搭南北回龙炕就解决了这个问题，但对搭炕的技术要求也高。

柳大下巴满有信心，他不急不躁地砌着炕墙，铺着炕土，搭着炕洞，最后开始抹炕面。得帮、得助两个给他打着下手，式奎也一边帮衬着一边陪他唠嗑。

式奎告诉柳大下巴，从楚家丁站得来的信，自己的弟弟典式轮要领着他的三个儿子来了，搭这炕就是为迎接这爷四个的。式奎说起弟弟就有些心酸，他还记得和弟弟分别的那个时刻，眼前又浮现出式轮那柴火一样的胳膊和那双鸡爪子一样的手。

柳大下巴把炕搭完，开始到灶间试火，他弓下腰听到那柴火燃烧和风抽烟的声音，就直起身子，托着那长长的下巴咧开嘴，不无得意地说：

“赶是嘞，你家烟火旺了。”

这一句是吉利话，喜得式奎忙又向他敬烟。两人不约而同地来到院子里，抬头看着那股烟从烟囱中探身钻出来，那烟变得越来越高，越来越胖了，像是逐渐现身的仙人一样，那仙人还向式奎挥动着手臂。

式奎半眯着眼睛嘴里念叨着：

“啊，啊，我家烟火是旺了。”

现在，整个西屋南北两铺大炕，两炕间又有一个贴山窄炕通着，中间只留下窄窄的过道。新炕连续烧了好几天才没了潮气，专等式奎的弟弟式轮领着三个儿子来，他们从遥远的沧州段家集就要到这里安家落户了。

典式轮过继给大伯后，大伯为他娶了一门亲。之后，就离开人世见老伴去了。式轮的媳妇为他一口气生了三个儿子，在生最后一个女孩时自己没能闯过来撒手而去，这个女婴也给一家董姓人家收养去了当童养媳。

式轮得到哥哥式奎的邀请，说这里已经有了二十多亩地，就十分振奋，拖着带病的身子，领着三个儿子向北进发，一连走了半年多，眼见到了额摩镇，式轮却在路上被奔马踢伤了内脏。三个孩子后来断续地回忆了那天的事：爷四个正走在驿道上，就听到后面有人喊马嘶的声音，往后一看，几匹马拖着滚滚烟尘向这边冲来。式轮忙拢着儿子们靠向路边，跑在头里的马正踢了他的后背，马上的人不仅没有停下，还回手抽了式轮一鞭子，嘴里喊着“滚开！”，然后扬长而去了。孩子们也说不清是哪儿的人马。

式奎得到消息，急忙到额摩镇和弟弟见了最后一面，式轮把一叠发黄的典家家谱交给了哥哥就去世了。式奎把式轮葬到了阿克敦泉眼泡边的山坡上，发誓要让弟弟看着他领着孩子们开拓大片土地，再立起新的典家烧锅。

式轮这三个孩子原来也有大号和小名，过继给式奎后，正式更名为得沧、得州和得府，既纪念他们出生在沧州府，又纪念他们的生父典式轮。得沧、得州和得府住进了西屋的北炕。

邻人们从没见过这么一大家子挤到一个小院三间土房里，他们想不出典家要干什么，但有远见的人却猜测，这典式奎一定会有大的动作，一定的！

第四章 咱们家的神调很重要

十四

式奎越发觉得他那可爱的老丈人黄大仙愈加怪异了。

老丈人一连气把两个可爱的宝贝女儿都嫁给了他，现在又跪在地上给他这个姑爷磕了个头，式奎慌忙把黄大仙扶起来，一脸不明白地问他为什么这样。黄大仙刚和得石走了几趟二郎山，满满地拉了些硝石回来，还没休息，就拉着姑爷到东屋给他磕起了头。

黄大仙说："这一路上我就想一件事，你一定是神仙附体了，我哪是给你磕头，我那是磕给神人的，以后你记住了，你和神仙有时是一体的，不是一体时，你照样管我叫爹，一体时，我给你磕头。"

式奎忙问："你咋看到我是神仙附体呢？这些天你不一直去拉硝石了吗？"

黄大仙的眼睛里透着狡黠，他诡秘地笑着说："我能感觉到，我毕竟是跳神的嘛。"

过了两天，仙萍也给式奎磕头，磕头时神情凝重，式奎忙把她拉起来，她也没说什么，只是定神把他看了又看。当晚，云美安排她和式奎一铺睡，仙萍很幸福地偎在他怀里，他就问：

“你为啥要给我磕头？”

仙萍回答：“我爹说你神仙附体了，我也觉得是，不过我爹这几天正在问天神，你是哪尊神仙附体的，估计一两天就晓得了。”

又过了两天，仙荣也给式奎磕头，磕头时神情一样凝重。式奎这次不再忙着把她拉起，就问仙荣：

“你也磕头？”

仙荣平时最调皮，动不动就和式奎撒娇，但现在却这么严肃正经，没有一丝开玩笑的表情。当晚，云美安排她和式奎一铺睡，仙荣又恢复了那娇态，像水蛇一样缠绕着式奎，式奎本来就对她怜爱，见她这个样子，就把她拥在怀里，哄着她想问个仔细，仙荣说：“我爹弄明白了，你是鹿神仙附的体，我给你磕头敬的是鹿神仙。”

又过了两天，该是云美和式奎睡一铺了，只有这时，式奎才能得到休息。他的三房媳妇，仙荣闹得最凶，只要轮到她，她就一定要和式奎云里雾里走一遭，不尽兴就一直缠到底。仙萍呢，矜持得多了，但温柔得往往是把式奎一点点烧热，最后也免不了沸腾起来。只有到了云美这里，他才能像孩子一样把自己掩藏在那安稳的臂弯里，不管今夕何年。

临睡前，云美也出人意料地给式奎磕了头，磕得式奎丈二和尚摸不着头脑，他慌忙把云美拉到身前，问：

“你这是咋了？”

谁想云美吐出了一句话：“我是给鹿神磕头，你代鹿神领了吧。”

式奎就急着找黄大仙，磕头磕到了云美那里，事情可真闹大扯了。黄大仙说：

“式奎呀，你的三房媳妇都带头给你磕头，以后孩子们也会给你磕头，不，给鹿神磕头。我这几天感悟到了，你是个神仙能附体的人。到底是哪路神呢？我这些天一直在琢磨，忽然想到那年我们俩一起去采茅芨草，那只头鹿对你非常特别，大概那时鹿神就附过你的身。我们要动山上的石头了，动了石头也就动了水，动了水就动了土，而动石头前先要动火、动木、动金，这金、木、水、火、土一旋转，是要有神来保佑的。鹿神灵验，鹿角杈数分三杈、五杈、七杈、九杈、十二杈、十五杈，十五杈以上的鹿角能通天，通天之鹿就是鹿神，给鹿神磕头是应该的。以后，谁给你磕头，你要自自然然地接受，记住，这不是为了你，这是为了这一大家子。只有让大家知道鹿神罩着我们，堡子里人才信服，才认可。”

式奎听得半懂不懂，但有一点他还是明白了，磕头是有必要的，是磕给大家看的。当然大家可是指许多许多人哟。

老丈人给他磕过头，三个媳妇也相继给他磕过头，式奎总觉得还会有什么怪异的事要发生。果然，在云美磕完头的第三天，黄大仙提出要带着仙萍和仙荣出门一趟，而且还要驾着那辆马车拉着东西去。式奎不敢正面回答，就敷衍了一下，乘机和云美商量怎么办，云美说：

“让他们去吧，你娶仙荣连个仪式都没有，就给她做了一件衣裳，也太委屈了他们一家，让他们顺便走一走，瞧看瞧看，这也是应该的。”

可问题又来了，黄大仙虽然干啥像啥，却不会赶马车，那匹大黑马好像跟他有什么过结似的，就是不听他的话，黄大仙生了气，给了大黑马一鞭子，大黑马撂了蹶子，把车弄得东栽歪一下，西栽歪一下，终于把黄大仙扔下了车。

式奎对黄大仙说：

“爹，你就别学赶车了，我让得帮赶车送你们不行吗?”

大仙不语，式奎以为他信不过得帮，就说：

“那我让石头送你们去吧。”

大仙说话了：“得石更不行，这事最好不让孩子们知道。”

什么事这么神秘?还不让人知道，更不让孩子们知道，式奎不便问，但他心里有数，只要有仙荣在，他早晚会知道。

仙荣说：“我要学赶马车。”

式奎实在不愿让邻人们看到一个女人家挥着大鞭子，就拉着仙荣，到堡子边的一个叫泉眼泡的地方跟他学习赶马车，泡子里结着冰，又覆盖了一层厚厚的雪，平平整整又背人，正好适合仙荣学赶大车。

式奎坐在车老板儿的位置上，仙荣紧靠在他身边，式奎说一声“驾”，仙荣也喊一声“驾”，式奎说一声“吁”，仙荣也喊一声“吁”，那大黑马对仙荣还挺友好，仙荣学了小半天，可以单独赶车了。

式奎站在泡子沿上，半眯着眼睛看着仙荣挥舞着大鞭子，声音清脆地发号施令，在那皑皑白雪的映衬下，仙荣一身艳红的装束特别鲜活，这件衣服还是他们同房前，云美特地赶做的呢。仙荣一直没得闲，总有活干，平时也舍不得穿，今天她是把跟式奎学赶车当节过了。这也是他们第一次单独在一起，哪怕是同房都没有。

现在泉眼泡静极了，除了他俩，什么人都没有，仙荣就特放松，她对式奎喊着：

“你看我赶得咋样?”

仙荣还从未称呼过式奎叫什么，早些天叫了几日姐夫，圆房后就没了称呼，仙荣留心听仙萍叫式奎什么，但一直也没听到，她又不能随云美的叫法，叫式奎他爹、他爹的，现在反正没有别人，一说话就知道是和对方说。

仙荣又说了："我想骑马。"

式奎说："你才会赶车，又不熟练，到了路上，啥情况都有，你还是专门练赶车吧。"

仙荣说："我骑马是为了和大黑马亲近亲近，让它也熟悉熟悉我。"

式奎见她那么坚决，就卸了车，顺便教仙荣怎么套车，怎么卸车，牵着大黑马让仙荣上马。仙荣扬着头对式奎说：

"我自己不敢骑，再说大黑马不经你介绍，它也不愿意的，行吗?"

这"行吗"两个字说得娇滴滴嫩生生的，看过来的一双丹杏眼里汪了两股子清泉水，清澈而又湿润。式奎见她扭搭着要娇的样子，甚是让人怜爱心疼，看四周真的没人，就先上了马背，伸手把她抱上来，放在自己前面。

两人共同骑着大黑马，大黑马也不介意，得得得地在泉眼泡里跑圈，仙荣靠在式奎身上，扭着头得意地看着式奎，那眼光迷离得让式奎心都颤动起来。

跑了几圈，式奎让仙荣自己骑骑试试，仙荣就骑着马，在泡子里跑了起来。越跑越快，式奎喊着：

"你慢点，你慢点!"

那马非但不慢，反而加快了脚步，仙荣一提缰绳，那马会意，跃身上了泡子沿，把式奎吓了一跳，连忙奔过来喊道：

"小心!"

仙荣挑了一个雪比较厚的地方，放松了身体，"不小心"落下马来，式奎急得扑了过去，抱起仙荣，仙荣却反手把式奎拉倒，两人搂抱着翻滚在一起。式奎这才知道上了当，叫着"你个小妖精"，"小妖精"对式奎也有了称呼——大狗熊。

还是一次不经意地说起式奎，仙荣就对姐姐仙萍说大狗熊大狗熊的，仙萍问："大狗熊是谁?"

问完她也明白过来，姐俩脸都红了。仙萍能想到仙荣和式奎在一起腻到什么程度。从此，姐俩说悄悄话，就叫式奎大狗熊，有时还加上两字的前缀，他爹大狗熊。

到底是屋子小，那木板隔断和幔帐不隔音，云美就听到"他爹大狗熊"的称呼，她问他爹大狗熊：

"怎么她们俩好像叫你他爹大狗熊呢?"

式奎还假装不明白，应付道："她们可能是骂我呢。"云美就掐了一把式奎："别给我装傻充愣，大狗熊就大狗熊呗，好像谁稀罕你是大狗熊似的。我看你不像大狗熊，倒像一只大黑熊！"

式奎就嘿嘿地笑了，云美在这夜里，也像看见式奎正得意地眯着眼。

"小妖精"这个称呼在这四个人中就叫开了，仙荣叫"小妖精"，仙萍叫"妖精姐"，只有云美没跟妖精沾上边儿，式奎仍叫她他娘，仙萍、仙荣仍叫她大姐。

得帮把马车赶出堡子，黄大仙说你回去吧，小妖精仙荣戴上狗皮帽子，把赶车的翻毛大皮袄拽了拽，接过鞭子赶起了马车。得帮往回走时，听到身后一声清脆的鞭响，回头看见，那赶车人鞭子挥动得还很溜道。

马车欢快地向前跑去，车上的黄大仙和黄仙萍背过身，缩着身子躲到马车上的荞麦秸后面背着风，仙荣却不感到冷，迎着风扬着鞭子还唱了起来。

鞭子一甩唱起来，
打是亲来骂是爱。
抬手高哟收手快，
你说奇怪不奇怪。
猫稀罕呀猴稀罕，
稀罕不够架脚踹。
那是跟你不见外，
你的心里可明白。
依呼嗨，呀呼嗨——

黄大仙感兴趣地回头说：

"仙荣，你再把最后一句唱一遍。"

本来这句是仙荣随口唱出来的，现在重复一遍，就把仙荣难住了，她只好又从"鞭子一甩"开始从头找感觉，但到了最后一句，还是没唱出最初的味，仙萍也加入进来，帮妹妹回忆，仨人就一遍一遍地唱着，最后也没找到。

仙萍对黄大仙说："爹，你说我们去站上，到底学的是啥调呢？"

黄大仙说："这次我们去学直隶的莲花落，那个唱腔和那个尾音非常适合我们请神的调，你们俩要留心学。"

仙荣说："爹，请神的调有这么重要吗？还得咱仨跑这么老远学？"

黄大仙说："咱家的鹿神不比别的仙，能耐大着呢。咱们的唱腔秧歌调太浓了，请神的腔也和别人的差别不大，要改一改，要有些变化，要显出咱家的神更灵验！”

见两个女儿明白了，黄大仙才放下心来。他钻进荞麦秸里，只露出眼睛和嘴，给女儿们讲丁站的事。

要去的楚家丁站是额摩赫索罗驿站到意气松驿站中间十几个小站中的一个。驿站是大站，有驿馆和仓库，有驿马和驿车，是大的物流中心和人流中心，负责接送官员转送物资和文件信函。而站则是驿站间的小转运点，所谓站就是驿道边的一户人家，专门负责自己那一段的人员接送和物资文件传送，还要承担站间驿路的修补。所以站就非常偏僻，设在堡子边、屯子边还好些，要是建在四五十里没人烟的地方，那就更苦了。

驿站中的底层工作人员实际是准军事化人员，他们又都是犯人，被称作站人。最早的站人是吴三桂的旧部，吴三桂在清军入关后，被封为平西王，带领部将镇守云南，在云南，他又招兵买马，吸收了不少苗族入伍。吴三桂叛乱，被清政府平息，他的这些苗族旧部连同家属一同被发配到东北，充当站丁。站丁久居站上，他们的习俗、口音又别于当地居民，久而久之被称为站人。随着驿站的增多，站人的来源也越来越广泛，但多来自流放之人。站丁和其后人有三不准，不准当官，不准参加科举考试，不准离开驿站，只能在驿站附近生活。站人作为特殊的准军事化人员，不能与外人通婚。

由于站人不能和民人通婚，所以站人只好和站人联姻。好在站人间联系密切，信息沟通方便，谁家有待嫁的姑娘，谁家有到了成婚年龄的小伙子，站人们都很清楚，站人间的婚姻路线很长，盛京的站人姑娘能远嫁给宁古塔的站人小伙，站人送亲也是一路各站护送，站站相托，到哪个站哪家站人都拿出最好的东西招待，非常热情。站人由于工作需要，一般都识字，最起码常用的地名、物品用字必须记牢，明代小说、民间故事也口口相传，最后传给东北的周边民人。

这个楚家丁站在荒凉的盐碱滩上，就是在夏季，盐碱地里的草也长不高。这个冬天，大雪茫茫一片看不到边，没有一点遮挡，北风肆无忌惮地一扫而过，每次都把大雪掀起一层，那雪被折腾起来，在无边而空旷的盐碱滩上狂飞乱舞，还没落下，又被卷起，本来没下雪，但天地间却弥漫着雪粒子。

上次式奎弟弟式轮的家书就是通过楚家丁站传过来的，阿克敦虽然离额摩镇的驿站近些，但那是个大驿站，对这种民间信件并不在意，也没工夫搭理。只有楚家丁站见到有阿克敦收字样的私人信件才上心，阿克敦的人来，就可以让他们带回去送给收件人。逐渐地楚家丁站就成为阿克敦人和外界联系的点，阿克敦人来了，也给站人带些吃的用的。

今天黄大仙爷仨可不是来取信的，他们特意用马车拉来了一壶酒和半袋大黄米，这可是很重的礼物。也巧，在路上正遇见背着转送包裹的站丁楚北风，楚北风上了马车，和黄大仙攀谈起来。远远地就看见站上的几面黑旗，仙荣加了鞭子，喊了一声“驾”，楚北风才注意到赶车人是个女的，黄大仙说：

“这两个是我的女儿，到你这里学‘莲花落’来了。”

楚北风一家住的实际是“地窨子”，从外面可以从平地一步上到房顶，但弯腰钻进地窨子里，人还是能站起身的。地窨子外表虽破旧，但屋里却很干净。楚北风的婆娘和女儿小亭见来了人高兴得满屋子转，一会接衣物，一会给倒开水。这一家子见到酒和黄米，更是喜欢得不得了，非常遗憾地说，现在还没有阿克敦的信。

黄大仙盘腿坐在炕上，详细说明来意。楚北风拉过来烟笸箩，要请黄大仙辣蒿蒿地抽一袋。黄大仙摆摆手说：“先唱完了再抽。”楚北风就一句一句地教他们唱“莲花落”，这爷仨对曲调悟性都很高，一会儿就唱会了。

在学的过程中，把秧歌调和莲花落的腔杂糅在一起，听了别有味道。楚北风的婆娘说：

“你们唱得比我们唱得还好！”

她一边听着，一边说着，但没忘记做饭招待客人。

到了吃饭时，楚北风说：“我们走江湖的人不讲究太多了，干脆咱们所有人一张桌子一起吃吧，你们不会嫌和我这个犯罪之家同桌吃饭吧？”

仙萍和仙荣都很惊讶，这家人是犯罪之家？犯罪还论一家一家的吗？楚北风喝着黄大仙带来的酒，慢慢地说：“这犯罪还是我们争取来的呢！”两姐妹更加吃惊。

楚北风的婆娘拉了楚北风一把，示意他别往下说，楚北风又喝了一口酒说：“今天高兴，我们都是走江湖的人，我就向两个侄女说说我们家为什么争取当罪犯的。”

原来，楚北风的先人是贱籍出身。

所谓贱籍，就是贱民，贱民世代相传，不能改变身份。更不能参加科举，也不能做官。

贱民主要有浙江惰民、北京乐户、广东疍户等。在绍兴的“惰民”，相传是宋、元罪人后代，他们男的从事捕蛙、卖汤等，女的做媒婆、卖珠等活计，兼带卖淫。这些人“丑秽不堪，辱贱已极”，人皆贱之。安徽的伴当、世仆，北京的乐户有如奴隶，稍有不合，人人都加以捶楚。广东沿海、沿江一带，有疍户，以船为家，捕鱼为业，生活漂泊不定，不得上岸居住。

楚家先人是明王朝建文帝的坚定追随者，燕王朱棣起兵推翻其侄建文帝政权后，把建文帝的跟随者定为贱民，入了贱籍，妻女罚入教坊司，充当官妓，身陷火坑，陪酒卖淫，受尽凌辱。

楚北风的先人为了改变现状，改变命运，想了个办法。那时楚家出了一个美女，为妓时，设法感动了一个官人，楚家人主动犯了罪，犯的罪正适合流放，那个官人正好又判了他们一家流放，变成了站丁，虽然站丁也是世代为站人的，站人只能和站人通婚，但也比随时充当官妓强。

但命运是那么捉弄人，楚家刚变成站人，雍正帝发了圣旨，废贱籍，为平民。楚北风两口子说出了最大的愿望，我们就只能这样了，我们就盼着这个孩子小亭能嫁给民人，从此能脱离站人的命运。

仙萍和仙荣听了这个悲惨的故事，深深同情起他们一家。回来的路上，两姐妹还在感叹这家人的命运。黄大仙说：

“人呢，分三六九等，八旗人什么都不用做，照样花天酒地。放着大好的耕地不种，用柳条壕沟围起来，我们只能在犄角旮旮开荒。但这也比关内那些灾民强啊。人和人不能比呀！”

黄大仙停了一会儿，很正式对两个女儿说：“你们听好了，咱家的式奎就是不一般的人，你们要分外敬重他，给孩子们做榜样，给周边邻人看，他就是咱家的神！”

仨人回来后，式奎明显感到，日常生活也在变化，吃饭的时候，黄大仙拒绝坐在炕头上，一定要式奎坐过去，式奎说啥也不依，有几天炕头就空了下来。后来，黄大仙又做了思想工作，三个媳妇一起说服，式奎终于坐在炕头上。式奎谦让着让黄大仙坐在炕桌横头，这样，从另一个角度看，那才是真正的一家之主的位置。黄大仙看看式奎，心里明白，笑笑坐了过去。他和式奎的关系比正常的翁婿关系要近很多。式奎也总觉得他无论怎么活动，都罩在老丈人的目光里。老丈人的目光像太阳光一样，照在前胸亮亮的，照在后背暖暖的。像是呵护还有点刺痛，他对这阳光般的目光就有种眷恋和依赖。因为总有，平常并不多注意它的存在，一旦没了这阳光，才知道眼前遮着乌云，心头埋着阴影。

殷家送的那把椅子除了式奎外，包括黄大仙在内谁也不坐，连孩子们被教育得都知道，那是神坐的，不能随便动的，不仅没人坐，每天三个媳妇都把椅子擦拭几遍。只有在床笫间，仙萍和仙荣还叫式奎大狗熊，但那声音低多了，只对着式奎耳朵叫，连云美都听不见。

十五

于是，邻里又听到看到一幕活剧。

当月十五，云散尽，天是墨蓝的一片。月亮如盘，星星如眼，映得房顶上没化的残雪更加闪耀。在典家的院子里，就有了一通请神的仪式，黄大仙和他的两个已嫁人的仙姑，打着单面抓鼓，嘴里喷着火，脚下踢着仙火，边歌边舞请鹿神了，黄大仙唱道：

借问青天为哪般呢，
黄仙翻身就下了天，
鹿神附着那典家郎啊，
本仙知你到山岗啊啊啊……

那唱腔明显的不同了，好听而且婉转起来，仙萍、仙荣且歌且舞，为黄大仙唱和，两束烟火也升腾起来，仙萍唱道：

借问青天为哪般呢，
黄仙翻身就下了天，
鹿神附着典家郎啊，
仙姑知你到厅堂啊啊啊……

仙荣接着唱道：

借问青天为哪般呢，
黄仙翻身就下了天，
鹿神附着典家郎啊，
仙姑知你到座上啊啊啊……

典式奎在云美的扶持下，端坐在那把殷天朴送的椅子上。

典式奎目视前方，表情端正一动不动。只见老大得帮、老二得助、老三得石、老四得强、老五得地、老六得沧、老七得州、老八得府八个兄弟依次给式奎磕头，之后是云美、仙萍和仙荣三房媳妇给式奎磕头，最令人震惊的场面是最后黄大仙给式奎磕了头，整个仪式结束。

阿克敦本没有什么新鲜事可供传播，最热闹的事就是谁家娶了亲，或是谁家死了人这样的红白事，典家本来特殊得已让人们够注目的了，现在又搞了个请神活动，而且那神仙附体的人就在本堡子里，请神时且歌且舞，火焰冲天，着实让阿克敦的人们议论了个把月。这个月还没议论完，下个月十五又举行了一次，议论就在人们中流传开了，那典式奎果真是鹿神附体了。

在两次请神中间，典家办了一件天大的事。

第一次请神后，典家男人们除了太小的孩子外，其他人就一齐上山了，他们把硝石运到了山上，又在潭边刨了些硫磺，接着就在潭边支起了马架子，开始烧炭，烧炭这活由黄大仙领着老三得石、老四得强来干，式奎领着老大得帮、老二得助在那块凸出的石壁下凿石洞，准备用来往里放火药爆破。

接近一个月，火药配成，石洞凿好，把火药密闭在几个石洞里，把药捻子藏好，专等点火起爆。

典家人第二次请神后，行为就更加怪异。

季节正是冰雪刚要融化，处于农忙之前过年之后这一段时间，农人们正猫冬打纸牌串门子呢，个别勤快人或是打打猎，或是刨刨粪，谁想，典家一班人又扛着家什和树苗开始在水河套两侧种树了。这次几乎倾巢出动，连云美、仙荣两个媳妇也参加了进来。只留下仙萍一个人在家。按说，这个季节也不是植树的季节，再说，山上有的是树木，要种顶多种在院后，谁会在河套两侧种树呢？

堡子里的人议论纷纷，看着典家人干得热火朝天，水河套两侧每隔六尺就挖一个树坑，栽上一棵树苗，齐整整地排列起来。殷家老爷子殷天朴开始听了不信，便也找了理由，悄悄地踱到河岸边看，果然如此。

孙妈问殷天朴怎么看这件事。殷天朴说："典家神叨叨的，说不准干啥，我听说康熙爷时有跑马占荒后，植树确定地界的，典家把树种在水河套两边，莫不是要把庄稼种到水里？实在想不明白，而且现在也不是植树的时候啊，在冻土层上挖个坑，要比春季多费多大气力啊。"

孙妈见殷天朴也说不明白，就说："那我去问问典家这是干啥！"

殷天朴说："不要问了。我们只管瞧着，看他们到底唱哪一出。"

典家把树种完了，典家一干人马又到自己的耕地里忙活开了，这时其他人家也开始种地了。以往典家那二十多亩地自己能忙活过来，今年人手增加了，反又雇了五名短工，那地比别人的提早就种完了。这么急着种完地干什么？大家都忙着种自己的地，没有时间弄明白。典家一部分人开始在河套边筑坛，那坛高六尺，十二尺见方，对着河套那面镶着一块方方正正的石头，石头上刻着黄大仙亲笔写的“鹿神此来”四个字。其他人干什么呢？织网，典家织了五张大鱼网。

第三个十五又来到了，典式奎在黄大仙和两个仙姑且歌且舞的衬托下，正式登上河套边的土坛上，典家三房媳妇和八个男丁以及那个老丈人又一次向式奎行磕头大礼，看得阿克敦人目瞪口呆，一头雾水。

拜坛后，式奎、黄大仙和老大得帮、老二得助、老三得石再次上山，点燃了火药，轰隆隆的声响回荡在山谷。

在老月岭主峰的一个叫盘云洞的山洞里，绺子头领许大鼻子也听到了震耳的声音，他挥动着多毛的手臂打发几个喽啰去打探。但他们回来都说不出个所以然来。在野猪沟上方的水潭，水潭泄水口上方凸起的石壁被炸得松动起来，最后支持不住从百尺高处直落下来，碎石立即堵住了泄水口，原来式奎还准备用人力填平补齐，现在看根本不用，爆破一举成功。

式奎还想在水潭边等到水位上升，亲眼看一看潭水从剩下唯一的潭口流出的情形，黄大仙劝道：

“算了吧！潭这么大，等水位升到潭口，要等好长时间呢！”

“那水河套里的水也要等好多天才能见少吧？”式奎猜测着。

“现在冰雪已化，春风正劲，空河道用不了多少天。”黄大仙很有把握。

几个人循着来时的路往回去，眼尖的得助看见了沟谷里有一大群野猪，式奎叫大家小心，见野猪群尚在沟底，他们就很小心地悄悄过去。

春风使劲抽打着万物，太阳也像是烧旺的火炭，两下里齐努力，水河套里的水流儿变瘦了，有的地方只剩下一汪一汪的河水泡，斑驳地分布在河套里，别人家还忙着种地，干了一大天很快就进入梦乡。典家人在月光下开始在河套里尚存的水洼中捕鱼，说捕鱼还不如说是取鱼，水浅鱼又集中，典家早已准备好的五个大拖网，一个水泡一个水泡地拖着，把鱼集中在那个大水泡里。仅用一晚上一白天，就把水洼席卷一遍。鱼儿集中在大水泡中，一个个向上拼命地呼吸着空气，那样子把典家老老少少高兴坏了。黄大仙和头脑活份的得石两个就套了马车去额摩镇卖鱼，确切地说是换鱼，第一次换回来一匹小儿马，第二次换回来一匹小骒驴。

抓罢鱼，典家开始在河套里开耕河床地，准备种庄稼，有水的地方和泥泞的地方留下来。堡子里的人更觉得奇怪，今年河水少了，也不至于少得在河床上种庄稼啊，要是上游山水下来，还不冲得连种子都收不回来。有好心的人过来劝阻，典家也不说什么，反而又雇了三十多名短工加快了进度，现在其他人家的庄稼都种完了，短工特别好雇，典家也不给工钱，只是让他们到河泡里取鱼，回家改善生活。那活鱼在大水泡子里面跳跃着，让人眼红，可要吃到嘴里，就得到典家打短工。

河床地除了个别水洼和窄小的河沟外，全被典家种上了，可那山水却没来，河床里的苞米苗已长出半尺来高，在湿乎乎的地垄里，舒展着叶片，泛着毛茸茸油乎乎的绿光。这河床地土质肥沃，地虽比别人家的种得晚些，但苗长得却不慢。

真相大白。原来干河套里却涨了水，水河套的河床地被典家种上了，而且被新植的树木紧紧围住，地界清楚明了。河水改道了，典家一下子增加了五十多垧好耕地，典家为什么早就知道河水要改道呢？典式奎真是鹿神吗？不是鹿神，为什么他们一大家子人，包括他的老丈人都对他顶礼膜拜呢？为什么人家凭着三间小泥房，就娶了二房媳妇呢，甚至是三房媳妇，听那些孩子们叫另一个仙姑为三娘呢？

典式奎和黄大仙站在河床地旁，面对着满眼的绿绿的庄稼。典式奎眯着眼睛对黄大仙说：

“爹，你才是神人呢，早就算计好了。”

黄大仙吸一口旱烟说：“还是你命里有啊。”

这典式奎的故事越传越玄，越传越远，越传越神。阿克敦堡子里，有不少人也用神调哼唱来自典家的曲子。

最厚实的黑土地在阿克敦，
戳一根枝丫扎下了根。
长白山的融雪来浇灌，
金灿灿的阳光撒满身。
年轮外长出枝和芽，
疤节里藏着萌动的心。
死猫死狗埋树下，
树上结出我的子孙。

十六

忙完了地里，典家人又在云美的指挥下，在院子里熬鱼油、晒鱼干。泡子里的鱼还剩下不少，到额摩镇也卖不动了，云美就提议把鱼晒干了，做成咸鱼干，挑肥鱼熬鱼油。黄大仙和得帮几个在院子里搭了两个灶台，开始熬鱼油。灶坑里的火龙飞卷着舔舐着锅底，锅里翻滚着冒着乳白色泡沫，热气腾腾中云美一边挥着汗一边对仙荣说："咱家要年年有余呀!"

仙荣动作中还有些蹦跳，更显示出她的欢快。

这院子本来已够拥挤的了，最近又换来了两匹牲口，院子就更不够用了。

仙萍一闻到鱼腥味就呕吐不止，她怀孕后反应又非常强烈，只能勉强在屋子里帮着照看小一点的孩子。这下子所有的做饭和家务活全落在了云美和仙荣身上，那仙荣处处显示出青春的活力，手脚麻利，话到活到，云美看在眼里喜在心上。

晚上，云美和式奎睡在一搭里，云美就告诉式奎：

"在年前你不许近仙荣的身!"

"凭啥?"

他是知道仙荣的，现在还嫌轮的次数少，已经把仙萍的匀了好几回了，怎么就不让近身了呢?云美给式奎讲道理，"仙荣她手一份活，脚一份活，全指望着她做饭洗衣做家务，你要是让她也怀上，也像仙萍那样反应不止，咱们家人口这么多，我一个人干得过来吗?还是和仙萍错开些好。"

式奎笑了，说："你这是表扬仙荣还是批评仙荣呢，我注意就是了。"

"你咋注意?怀上怀不上你说得算吗?"云美又去掐他，"你抗得住那小妖精吗?"

两个人就在被窝里小声笑了起来。

等到式奎和仙荣在一起时，两人正亲热着，式奎就把和云美说的话告诉了仙荣，仙荣正在兴头上，一听就着急了："咋注意呀?这样行不行，你完事了我就站起来，把你的东西倒出去。"

"好吧，那我就不注意啥了，我已经没法注意了，你就一站了之吧。"

仙荣一咕噜抬起身子真的站起来，可是落脚时感觉正踩在式奎腿上，仙荣马上调整但没调整过来，"扑通"一声就摔到了炕上，式奎连忙起来给她揉腿，那边的云美和仙萍就嘻嘻哈哈地说，你们轻一点呢，小心炕塌了。

到了第二天晚上，云美问式奎：“你和小妖精搞啥名堂？还扑通扑通的？”

式奎就把仙荣那站着的主意说了一遍。云美听了，不做声，就走了神。

式奎问她：“你咋了，咋不说话，是不是你也想站着？”云美不好意思起来，对着式奎的耳朵说：“那样能行吗？能保准怀不上了吗？”

式奎把手移到云美的身上，边揉边说：

“要不我们试试这办法？”

云美想到孙妈的忠告弱下声音：“你和仙荣再试试吧，如果真的能行咱们再……”

结果是式奎和仙荣试得更勤了，云美总是观察仙荣是否怀上了，又问式奎是不是站立了，连续观察了足有两个月，得到了满意答复。

一天，云美特意把自己打扮得像个新娘子似的，仙萍和仙荣见了就当没看见，但转身的工夫互相用手指了指，还是被云美发现了，云美假装生气地说：

“你们比划个啥？”

仙荣反应快，忙说：“没比划啥，和大肚子妖精姐比比谁漂亮。”

“你个小妖精，还敢跟我耍贫嘴！”云美做出扬手要打的动作。

“姐姐我可不敢。”仙荣跑掉。

当晚，云美把式奎留在身边，对他说：

“你试试，我站一会。”

云美原本对这事早已死心了，但经不住诱惑，尤其那仙荣欲死欲仙的哼叫，让她重新开启了欲望之门，这一试，还真试成功了。云美和式奎很小心地试着，为了保险起见，云美足足站了半个时辰。

典家每月十五的请鹿神活动还是如期举行。仙萍身子不利落后，云美就代替她舞上一段，只是不会踢火，云美唱的倒是有板有眼。典家的这个活动已在阿克敦没有了疑义，实事明摆着，典家向鹿神求福，鹿神照顾了典家，把一大片河套地给了典家，这拜神是应该的，说不定鹿神又要给典家什么好处呢！

第五章 典家的地呀是鹿神给

十七

那群野猪循着野猪沟，沿着瘦瘦的河道光顾了河床地。它们在苞米地里肆意地破坏着，嘴嚼脚刨，不一会儿就毁掉了一大片。吃饱喝足后，野猪们还在苞米地里打起滚，尽情地潇洒了一回。黄大仙发现野猪群时，野猪们已尽兴，扬长而去。

看着“猪籍”的苞米地，黄大仙心痛得直跺那只好脚，苞米丰收在即，却来了这么些不速之客。这半年来，能把庄稼侍弄成这样，着实不易。先遇到的困难是锄地时缺人手，典家没有现钱雇零工，只能许诺秋天时给苞米棒子，结果打零工的大都跑到殷家去了。头年开荒，地里本来就荒，一家人拼了命的干也锄不完，最后只好等别人家锄完，零工才凑够，急得式奎对仙萍和仙荣说：

“你们多生些娃子！”

仙荣就一边舞动着锄头，一边发狠地说：

“行，你就按时播种吧。”

仙萍挺着大肚子往地里送水，笑她的妹妹不害臊。

仙荣脖子一缩，舌头一吐：“他一会要生，一会不要生的，也没个准呀。”

还有一片地里的草已长得很高，锄是来不及了，典家就改变办法，用镰刀割那和苞米秧一般高的草，才算把苞米秧拯救出来。

接着在苞米抽条儿蹿缨时来了虫害，那年虫子特别多，对这些虫子式奎是一点办法也没有，有一天急了，就对老丈人黄大仙说：“爹，你跳个神吧，请大仙把虫子收回去。”

黄大仙环顾左右而言他，式奎就去问那两个仙姑媳妇，仙荣嘴快回敬他：“你能神仙附身，你更应该有办法。”

仙萍不说话，只是捧着肚子看着他笑。

虫子们咬嗑了一些秧苗后，一场雨后就突然不见了，这次虫灾来得快去得也快，倒是周边的邻人说，是典家当月十五的请神活动，把虫子打跑了。黄大仙听了忙在土坛上又搞了一回仪式，感谢鹿神收虫之恩。

现在这群野猪来抢胜利果实，而且这么肆无忌惮，一家人在饭后围在一起想办法。最后决定，在野猪沟和河床地的交界处，堆起柴草和干树枝，等野猪来时，点着大火，驱赶它们。于是，在河床地边的大树叉上，搭了一个窝棚，在河床地地头堆起了柴草和干树枝，典家哥几个轮流放哨，专等驱赶野猪。

等了三天，野猪们又浩浩荡荡地来了，那天正好是得助和得石当班，马上点燃了大火，野猪们吓得扭头就跑，但跑了一会儿，就不甘心地远远瞧着，那些野猪都睁着发红的小眼睛，不肯离去，大火最后还是烧尽了，野猪们又进发了。它们踏过灰烬，又一次疯狂地跑到苞米地肆虐起来。哥俩见没有效果，跑回家里报信，一家人拿着家伙，黄大仙还拿了手鼓，奔河床地而来，到了岗上，典家人连喊带敲，这时野猪们也饱餐完毕，转身慢腾腾地走了。

得助和得石说，野猪起初还是怕火的，但火烧过后就又来了精神，踏着灰烬进了苞米地。听了他们的话，式奎脑袋里的光亮也暗灭成了灰，那些灰儿扬起又散落，突然，头脑中有星光卷起，渐渐成团成形了，式奎的一个主意就此产生。他和黄大仙一说，黄大仙的眼睛顿时增加了亮度，他像头回见到式奎一样，吃惊地审视起对方来，把个式奎也愣在那里，以为自己又出了什么变异。黄大仙拍着大腿直说好，一再声称：

“神仙附体了！附体了！”

一家人就开始了大规模的行动。

三天后，野猪们如约而至，这次的野猪群规模比前两次还要大，猪群里还夹杂着几头小野猪，那小野猪毛还没变成黑色，紫红紫红的带着条纹，在猪群里跳跃着。

领头的是一只膘肥体壮长着獠牙的大公猪，趾高气昂，不可一世的样子，昂首走在最前头。当野猪们进入一段两岸狭窄的河床时，突然野猪后面大火燃烧起来，那浇了鱼油的干柴烧得啪啪作响，同时，几柱火焰随着爆炸声冲上了天。

野猪群立即就炸了营，拼命地沿着那段窄窄的河道向前冲，结果“扑通通”，“扑通通”的都掉进了巨大的陷阱里，没有掉进去的想往回跑，但接连响起的爆炸声又把它们吓了回来，又有不少掉进陷阱里。

逃跑的野猪也有几头，其他的全部都在陷阱里会合了。陷阱挖得又宽又深，整整把河道封住，这是典家人两天两夜的劳动成果，野猪在里面挣扎着嚎叫着乱成一团。

典家人开始了一系列的活动。先是得帮、得助兄弟两个用扎枪对准一头扎，直到扎死后，又用粗绳套将其拉了上来，开始煺毛割肉，野猪的鬃毛又长又硬，准备用来加工成刷子到额摩镇出售，野猪肉先熬了油，然后油和熟肉混合到一起，装坛留着长年食用。

整个加工就在河滩边支起大锅搭起草棚有条不紊地进行。堡子里的人发现时，典家已进行了大半，得石哥几个正往陷阱里扔嫩苞米棒子呢，是怕野猪饿死了加工不过来。

这次和野猪的大决战，以典家全面胜利而结束，战果是全歼野猪大小三十六头，所获野猪鬃足够加工刷子上千把，除了猪鬃，还有一大堆野猪毛，这可是搭灶台、搭炕和泥的上好材料，比羊角还要好。熬得野猪肉大小五十坛。剩下三头野猪肉，一头送给殷家，一头准备请堡子里的散户吃炖肉，喝点酒，一头自家留着，能连续吃上好几天。

典家派儿子得石、得强驾着马车，给殷家送来了那头最大的野公猪，这头野猪头领胴体通红地躺在马车上，引来殷家一大家子和长短工观看。

得石在孙妈的引导下，见过了殷天朴。典得石穿着竹青短衫，一头乌亮亮的头发梳成长辫直拖到腰间，那眼睛分外有神，额头饱满明光，眉宇间有一股英武之气。殷天朴见到典得石甚是惊讶，他对孙妈说：

“这小伙子真是一表人才！”

得石对殷天朴说：“殷老太爷，我爹让我把这头野猪送来，请您老人家尝尝，这也是我爹对您一直以来对我家的照顾，表示一下谢意。”

殷天朴就仰头哈哈大笑，翘起了那山羊胡子，然后说道：

“我说典家大后生，回去对你爹说，他的诚意我心领了，改日，我请他到我家来吃顿饭。”

正是大热的天，孙妈安排把一半野猪肉熬油密封，另一半全家就炖着吃了，孙妈忙完这些，到了殷天朴房内，把情况向殷天朴汇报了一下。这孙妈自己管着一大家子，还要十里八村地当媒婆，当接生婆，就像有使不完的劲。殷天朴正是看上了这一点，把家里面的细事交给孙妈管，论地位，孙妈比几个姨太太要低，但经过多年的磨合，一家子上上下下也都认可了这个管家婆，连殷天朴的大儿子殷洪海对她也是畏惧三分。

孙妈看着殷天朴说：

“老爷，这典家还真是小看不得，事办得也是有板有眼，这次送来野猪肉，是向咱们示好呢!”

殷天朴伸直双腿，示意孙妈过来给他捶捶，孙妈紧挨着坐在殷天朴身边，顺从地捶着腿，就势又把身子往里靠了靠。

对典家的崛起，殷天朴并不奇怪，打从见到典式奎的第一面，他就觉得这个汉子非同一般，看那长相，看那气质，就是一个成就大事的人。奇怪的是典家崛起的速度，实在是太惊人了，快得令人无法想象。他殷家的这份家业，是几代人才发展成今天这样，而典家在短短的十年间，就迅速地积累了偌大的家业，土地面积几乎和殷家相等。尽管其他方面还远不如殷家，但典家所表现出来的旺势是强烈的。这一点，他早就有了深深的体会。

殷天朴有遛早弯的习惯。早晨他遛到了泉眼泡边的榆树林里，看到凡是长着三根匀称枝叉的一人多高的榆树，都被人按照做三股扬叉的要求捆绑支定了，他数了数，在他走过的地方就有二十多棵。看那捆绑用的绳子，一样的粗细一样的新旧，他想，谁家用得了这么多的三齿木扬叉呢，一定是典家。果然就远远地看见典家的老大和老二在前面绑着树形。现在再看典式奎的儿子典得石的气质，不卑不亢，有条有理的样子，又是一个兴家业的主。

对于一个大户人家来说，旁边再发展一个大户的确是个威胁，这里面的说道是太多了。典家处处小心不和殷家形成冲突，但两户的竞争是必然的。就拿今年的锄地来说，典家拿不出现钱，所以短工才聚到殷家。等今年典家卖了粮食，有了现钱，那可就说不准了。现在典家神神鬼鬼的，在堡子里已经有了相当大的人气，小门小户时不时就去典家借点东西，典家的几个儿子成了很多人家求婚的对象，到了冬天，媒婆们还不把典家门槛子踢烂了。

殷天朴不担心自己这辈，现在他已 60 岁了，人活七十古来稀，再怎么活能活多久，可他对自己的接班人大儿子殷洪海实在不放心，殷洪海吃喝嫖赌无所不好，又天生好斗，另三个儿子不是天性孱弱，就是无所事事，还不如大儿子。两辈婆娘们个顶个争风吃醋，各怀各的心思，只仗着孙妈里里外外张罗，维持着殷家的局面。全靠家大业大底子厚，但维持这份家业实在太难了。殷洪海又把孙妈当成眼中钉、肉中刺，随时准备择机行动，置孙妈于死地而后快。看人家典家团结得像一个人似的，实在是不能比呀。

殷天朴不想和典家斗，不仅是因为现在自己家的队伍外强中干，不能拧成一股绳。最主要的是他亲历了三姓打斗的经历。

最初在阿克敦这地方落户的三户人家，发展几代后，殷家和柳家就把家业壮大了，于是互相使绊子，矛盾越来越大，终于发展成械斗。殷家虽然最终略胜一筹，但殷家也死了几个男丁，柳家就更惨了，搬到了更远的北边去了。现在阿克敦里只有一户柳家的偏亲柳大下巴家，其他的都是走的走，死的死。另一户人家孙家，没有发展起来，就衰败下去，孙妈的曾祖父、祖父和父亲就在殷家当长工，孙妈打小就是殷家的小丫环。

还是孙妈十几岁时，就和殷家大少爷殷天朴偷偷摸摸地有了那种关系，孙妈显了怀事情才败露，殷天朴的父亲气得把孙妈赶出了阿克敦，狠狠地教训了他这个和贱人私通的不肖儿子。殷天朴安排孙妈在她姐姐家把孩子生下来，当这个女孩两岁时，殷天朴的父亲一命归西，殷天朴接了班，成了殷家掌门人，他就把孙妈接了回来，原想续作偏房的，但奈于几房的激烈反对，就只好让她当了管家婆。孙妈稳定了几年，又把女儿从姐姐家接过来，谎称是姐姐家的姑娘交给自己抚养。现在这春秀姑娘，已经长成大姑娘了。

那血雨腥风的日子，留给殷天朴太多的记忆，他不想重复那样的历史，他想和典家和平相处。

孙妈完全赞同殷天朴的想法，她更不想与典家为敌，现在她的敌人就够多的了，于是，她想到了联姻，她想和典家结成亲家。最主要的是她看上了典式奎的亲生儿子典得石，那个来送野猪肉的墩墩实实的小伙子，这个典得石就像从典式奎的模子里扒下来的，倒是比他爹更精细些。她要为女儿春秀找一个好人家。现在殷老爷子谈起典家，孙妈就提出了为春秀和典得石说亲的事。殷天朴碍于说法，没和春秀相认，但对春秀格外地注意，他的那些孩子，还没有一个像春秀这样，让他牵肠挂肚，听到孙妈要把春秀嫁给刚才的那个年轻后生，他还真的感到满意。

十八

典家请阿克敦乡邻吃顿野猪肉的地点也在河滩地边上，这也是就方便，前几天搭的棚子摆的案子还在，支的大锅正好能用，准备的一大堆树枝也没用完，得帮哥几个把树枝堆成蜂窝垛，将割成块的野猪肉吊在上面，准备烧烤。为了搞好这次聚餐，典家还准备了一大坛酒，用大锅炖了肉，里面加了从树林里采的蘑菇，那野猪肉炖鲜蘑的味道，大老远就能闻到。大盆的各种野菜和炸的肉酱也准备好了。

聚餐时间和典家请神的时间刚好碰到一起。典家请神仪式在不远处先前河套边筑的土坛上进行，典式奎端坐在那把椅子上，又一次接受了典家人的礼拜。以前堡子里的人或多或少看过这种仪式，但今天完完全全地领略了请鹿神的全过程。这是黄大仙刻意安排的。黄大仙跟式奎说：

“我们要把这次机会利用好，再添把火，让大家有个深深的烙印。要在阿克敦站稳脚跟，干一番大事，不仅要得到典家人的接受，更重要的是让堡子里的人认可。”

请神仪式结束了，典式奎又恢复了常人状态，走下拜坛，那把椅子也随之搬了下来。随着锣鼓等家伙点的响起，一出“鹿神战猪精”的戏在土坛上演出。仙萍身子不方便，就专门打一面锣，这面锣还是楚北风那日送的。云美打那面单面抓鼓，两人演练了小半天，配合得还相当默契。

一阵锣鼓叫场，黄大仙和黄仙荣踩着一阵紧似一阵的锣鼓点开始串场。黄大仙扮的是野猪精，披着黑衣，从脖子到后腰还真有一排鬃毛，脸上扮了个猪八戒的相，一对大耳朵从帽沿上耷拉下来，还呼搭呼搭的。黄仙荣的鹿神妆倒也简单，只把头发编成男子的辫子，头上戴着用树杈做成的形似鹿角的帽子，其他仍是女装。两人串完场，坛下的乡邻开始喊好，式奎和大家一样观看着，全场只有他坐在椅子上，半眯着眼睛，其他人都是站在那里拍着巴掌。

串场之后，黄大仙和黄仙荣在锣鼓的伴奏下，开始用神调和莲花落的混合唱腔演唱起来：

黄大仙唱：

> 我本是鹿神座下的一匹兽哎，那拉那依呀……
> 那日用劲就挣脱了缰绳啊，哎哎嗨呀，哎哎嗨呀……
> 来到人间老月岭，
> 变成一只野猪精。
> 我看啥啥好——用啥啥亲——吃啥啥不剩哎，
> 最好吃的是苞米棒，
> 吃到嘴里哟，那个嫩呢，哎哎哟，那个香呢，哎哎哟，那个馋

呃，哎哎哟，我是直哽哽！

黄仙荣唱：

鹿神也有呵走眼时呀，哎哎呀，哎哎呀……
不小心神兽就没了影啊，那个啊，啊啊啊……
要不是鹿神我呀火眼金睛看得清，
哪知道它已下山逞威风啊。

黄大仙唱：

野猪精哎，笑盈盈，
天天都有好心情，
吃饱喝足我还直哼哼，
哼哼，哼哼，哼哼哼哼哟……
吃饱喝足我还打扑楞，
我连踢还带踹，我啃完还要赖，我连打铺拉再打滚，我是一个劲地哟，哎呀呼嗨哟，直折腾。

黄仙荣唱：

好一个神兽你呀真犯混呢哎……
好好的良田让你拱哎，
这典家的地呀是鹿神给，
这典家的田呀是鹿神送，
你不帮忙还搞破坏，
看我施法处置你——
让你吃点苦头哎再也不敢胡乱整。

黄大仙唱：

我的前腿真打别哟，依呼呀呼嗨……
我的脖子怎么这么哟，这么哟，这么硬哎……

我耳朵嗡嗡眼睛青，
可怜我的鼻子哟，哎哟，哎哟，它气不通哟……
嘴上还叮了一只大瞎蠓。
叫鹿神我错了，
我掉进坑里让人抓吧，
以后再不给典家找毛病啊……

黄仙荣唱：

叫一声老月岭上野猪精，
罚你现身锅里滚，
罚你吊起火上行，
煮你肉来烧你油，
看你以后再逞能。
鹿神我保佑典家人呢，
子子孙孙都安宁哎，哎哎哟，哎哎，哎哎哟哟哟，哎哎哟哎……

锣鼓声又起，黄大仙和黄仙荣又开始走场，之后你一句我一句地唱着。

黄仙荣唱：鹿神我一抖铁缰绳，
黄大仙唱：神兽我伏身来听令哎，
黄仙荣唱：鹿神我跨上神兽行哎，
黄大仙、黄仙荣合唱：顺心如意，太太平平哎太太平平！

演出结束，聚餐开始。人们或是围着火堆吃着烧烤，或是围着大锅吃着炖肉。切成大段的野猪肉，外面撒了薄薄的一层盐，用树枝穿上，放在火里旋转着，烤得外焦里嫩。大锅里的炖肉，在咕嘟嘟冒着泡的浓汤里，被炖得分了三层，肉皮、肥肉和瘦肉虽还粘连着，但都被炖开了。那股肉香飘散出来还那么执着。那高度的烧锅酒让他们兴奋，兴奋之后话就多，但说来说去都是“屯不错”庞木匠硬着舌头说的那句话：

“希望鹿神保佑典家人时，也顺便施恩于同堡子的乡里乡亲。”

十九

孙妈特地换了件新蓝布滚边大褂，梳了光顺的髻子，上面插了淡色如意样的饰物，她来找云美，拉了拉话，就说到了得石定亲的事。云美说：

“我们认的两个义子得帮、得助年龄比得石大，应该先给他们定亲，这样才能让孩子们舒心，得帮、得助两个出的力气多，按理我这个当大娘的更应该照顾到。”

孙妈觉得云美说得有理，一口应承下来，先给得帮、得助说媒，就没再提春秀这个茬。式奎听了，对云美说你讲得好，我们应先张罗得帮、得助的婚事，不能亏了两个孩子。

媒人有媒人的消息源，她们是怎么牵动婚姻这根线的，那还真是说不清。这提亲的事一般都是在冬季农闲时，但经过孙妈的操作，得帮、得助两个的亲事就有了眉目，给得帮介绍的是距阿克敦二十里的三马架猎户的女儿张双妹，给得助介绍的是阿克敦本堡子柳家柳大下巴的侄女柳巧，孙妈这回可体会到了典家的影响力有多大，一提起是典家的孩子，立马吸引了这些人，典家对这两户的情况也满意，就答应下来。

但谈到婚期，云美和式奎就有些为难，一来现在家里实在没有房子住，也不能临时再搭棚子；二来，式奎娶的二房刚要临产，三房媳妇尚未怀孕，怎么的仙荣也应先生产为好。最后商定，把两门亲事说定了，婚期可以等盖了新房再说。

孙妈见得帮、得助两个当哥哥的亲事已定，趁热打铁提出要把自己抚养长大的外甥女嫁给典得石，这春秀可是阿克敦远近有名的大美人，式奎和云美在殷家当长工时就知道这孩子，机灵可爱，得石和春秀还经常在一起玩耍，尽管春秀不是殷家的孩子，但那也是在大户人家长大的，又有一个能干的姨妈，式奎和云美一口答应下来。只是仙荣说：

“春秀和我认了干亲的，叫我干姐。”

“干亲就是干亲，”云美并不在意这一层，她说，“等过了门，她该改口叫你三娘，不更亲？”

这几天，给得帮、得助定亲的事，在典家哥几个里已成了热门话题，得石思谋着等两个哥哥结了婚就该轮到自己了，他早就相中了殷家大院里的春秀，上次送野猪肉就是他积极争取主动去的殷家，只可惜那春秀一闪就不见了，正苦于怎么说出这心事，孙妈竟主动要把春秀定给他，得石高兴得无法掩饰，生怕两家人变了卦。

得石和春秀定了亲后，仙荣就找到孙妈和春秀，她要换回鞋子，既然春秀要叫仙荣三娘的，怎么好换鞋子再当干姐妹，可春秀把当初给她的鞋穿坏了，扔掉了。仙荣也说，我穿的也坏了。两双鞋子全没了，怎么退？孙妈说，不用较真的，虽然咱不能个论个叫，但干姐妹在前，三娘在后，以后不叫错就行了。仙荣临走，春秀调皮地跟她说，我最后叫你一声“干姐”。仙荣趴在春秀耳边说：

“干妹子，你是着急叫我三娘吧？”

羞得春秀脸儿红红的。抓住仙荣的手去拧，一想这人是以后的三娘，只在她的手心捏了一下。

一下子定下三门亲，典家开始打算盖房子。娶三门儿媳妇，加上式奎的三房媳妇都得有自己的房，还有其他哥几个，黄大仙也应该有一个独立的房子，式奎粗略地算了算，现有的人就需要十多套，何况，以后人口会越来越多，房子的需要量还真不少。从长远考虑，家业大了，免不了要请长工，还要有辅助的房子、棚子。式奎就画了一个草图，找黄大仙商量这房子怎么盖。

两人先商量典家大院的选址。式奎说，他看中了一块房基地，就离堡子不远的山根底下，那里有一面老磨盘，磨盘边还有一棵老柳树，将来它们就在院子前面。黄大仙说，你不准备在堡子里盖呀？他的意思是典家也算个大户了，按理说在堡子中应有个位置。

式奎解释说，在堡子里找不到一块方方正正的地方了，现在住的房场，又不能往四周扩多大。黄大仙内心感叹姑爷的志向太高远，真是非比寻常，那么大的地方，还不够扩的，这要造一个多大的院子呢！式奎说，咱们的新家要分前院和后院，后院要留个地方，建一个烧锅，烧锅建在后院，是为了自家人自己烧。典式奎对本地酒和烧锅一直分外留意，他说他看到的烧锅，无论造酒的方式还是造酒的设备，都不如他老家的。所以，要建就建最好的，现在虽然还没那个能力，但酿酒的地方要预先留好。

黄大仙经常听式奎说起典家烧锅，知道姑爷心中一直念念不忘在关东重建典家烧锅，既对得起先辈祖宗，又为后代留下基业。这是一个成大事的人呢！想想自己和两个女儿的命运，能和这样的人紧密地连在一起，真是幸运呢。等他听了式奎进一步的想法，他就更为把两个女儿都嫁给这样的男人而庆幸。

式奎说，以前，他一直想攒钱，造一个锡锅。现在他有了新的想法，也是受为殷家雕狮子这件事的启发。他要用那样的石头，雕造酒用的石天锅和石地锅。用石头造地锅，主要是从火候上考虑，烧酒用火不能太缓，也不能太急，过缓过急都酿不出好酒，用石头做地锅，只能均衡用火，一缓一急，石头锅就要裂。所以，用石头地锅烧酒，火候自然能掌管好，虽增加了造酒的难度，却提高了造酒的标准。

式奎继续说，用石头造天锅，目的不是为了火候，图的是天锅的重量，这石头天锅，非八个人抬不可，抬不动怎么装锅起锅呀！自家人酿酒，自家人掌握技术，就只能自家人抬。典式奎讲到这里，朝老丈人笑笑，让八个儿子去抬天锅，少一个都不行，那他们哥几个能不一条心吗？

黄大仙对石头地锅的事情很认可，对式奎石头天锅的想法却不置可否。他觉得，为了八个儿子缺一不可，就故意增加天锅的重量，好像太绕弯。他把这个疑虑说了出来，式奎说，八个人抬是面上的事儿，我要的就是这个劲儿，就像咱家唱神调一样，造的是声势，图的是拢心，时间长了，形成了习惯，连个分家的想法都不会有。当然，也不能单靠这形式，我还想了个好办法。我让八个儿子一人掌握一门造酒技术，八道工序八个人各精一样，造出好酒必须他们配合，缺一不可，谁也离不开谁，这家还能分吗？将来一大家子一个心眼儿，那该有多好！

黄大仙为典式奎所描绘的美好愿景所感染，他从内心里拥护这样的想法。是啊，这个家三房媳妇，好几拨孩子，现在过得很和睦，但以后孩子们大了多了，免不了磕磕绊绊的，要是有办法让他们自然地捆到一起，岂不最好。他连声赞叹，你的想法太好了！

老丈人的表扬，让式奎更受鼓舞，他拿出了一张图，是要盖的房子的草图，除了留下的后院暂时空着外，其他的房子已经画好了。式奎画的草图里，各家各户全没有灶间，家与家之间共用山墙，节约了很多造房费用。建了一个大灶间和一个大饭堂，其他马棚、豆腐房等都沿院墙而设，也节约了不少费用。黄大仙看完后说：

“好，这样的房子，将来也没法分家。”

一个典家大院的蓝图确定了。

式奎和黄大仙乘兴一起踏查新房场，走到大柳树和旧磨盘间，他们把外衣扔到磨盘上，然后开始丈量。黄大仙立在山脚下，式奎迈着匀称的大步，嘴里喊着一步、二步、三步……，向他走去。丈量完了，式奎拉着黄大仙往坡上走，走不多远，就听到“叮咚”的声响，他们来到一处泉眼边，那泉水虽不大，但也形成了一股细细的水流奔向远处。式奎蹲下身子，伸出双手接了一捧泉水，慢慢地喝了一口，露出满意的表情，然后把剩下的水一饮而尽。黄大仙也喝了一口，清爽的感觉立马传遍全身。细一品味，这水还带点甜，不是那种很腻的甜，是那种爽爽的甜。式奎说："爹，这泉水能酿出好酒。"

一句话，让黄大仙陷入沉思中。他对式奎有了更深的认识。应该说，以前他只认为式奎属于孺子可教类型的，能领悟到他的意思。可看了他勾勒的图和听了他今天的一番话，黄大仙认识到，这个姑爷看着憨憨的样子，胸中却藏着大志向，有很多想法呀！他像是被动地接受，其实却是激发别人主动去说去做，最后达到他的目的。这个典式奎，聪明着呢！

式奎的三房媳妇云美、仙萍、仙荣看了图上给她们分的房，都非常高兴，现在三个人共处一室，伺候一个丈夫，怎么说也不好，将来在儿媳妇面前更没面子。尤其那个仙荣总觉得床笫间的事还远没有尽兴，她和式奎撒起娇来还没开好头，就要草草结束，真是意犹未尽，实在是发挥不出来。

这几天，三个媳妇总把新房挂在嘴边，云美用很正式的口吻告诉仙荣：

"撒愣的，在年前快点怀上，小一辈都要结婚了，等儿媳妇们挺着大肚子，你还空着身子多不好，你是要儿媳妇们给你接生吗？"

仙荣就很急迫地说：

"对呀，你得给我机会呀！"

云美就轻轻地打了仙荣一下，责怪道：

"你个小妖精，净扒瞎，你的机会还少吗？你都快把男人独吞了。"

当天晚上，仙荣就在式奎的身子底下撒开了娇，她对式奎说：

"他爹大狗熊啊，你使些力气，我们都晚了！"

式奎就用上了劲，等他的劲使完了，仙荣抽出身，式奎找不到她了，只摸到了她的两只手，式奎忙问：

"你又在搞啥名堂？"

仙荣的声音来自上方：

"我在倒立呢，你快来扶我一把。"

式奎坐起身子往上摸，摸到了仙荣细细的腰身和宽宽的肥臀，她确实是倒立着。

二十

随着一声婴儿的啼哭，仙萍生产了。

孙妈本来是到典家主持相门户的，三马架张猎户说这个时候是打猎的淡季，到了大雪天，正是忙着狩猎的好时候，用这个理由说要快一点和典家把门户相了。孙妈知道这是猎户家怕两家的亲事出了差头，就也用这个理由来和典家谈。式奎和云美商量，离秋收还有些时日，就同意了。

猎户家来了十多个亲戚，都是张双妹的姑父、大爷、舅舅和姨们，他们早就听说这是和鹿神附过体的人家结亲，都赶来看热闹。相门户是结婚的必备程序，娘家人要到婆家看一看，吃顿饭，过过彩礼，然后专等过门成亲。

谁知仙萍在这个时候凑热闹，突然就闹肚子痛，然后就要生产了，正巧孙妈在，孙妈就撂下相亲的事，指挥着大家烧水的烧水，腾屋的腾屋，仙萍就把孩子生下来了。孙妈把孩子抱过来一瞧，惊异地叫出声来，原来这个男婴高高的鼻梁蓝蓝的眼睛，怎么生出来这么一个孩子呢？

云美、仙荣等也都往月房里跑，一时还搞不清怎么回事，等仙萍看了婴儿后，一下子就昏了过去。

仙萍产下了一个蓝眼睛、高鼻梁孩子事，就在交头接耳过程中传开了，那猎户家的亲戚们也都知道了。惊讶也好，疑问也罢，但大家都知道了共同的答案，这孩子是老月岭绺子头许大鼻子的种。

老月岭盘云洞早年就是绺子许大头的老巢，那时候，人烟更稀少，绺子的活动区域很大，许大头曾劫过一次异域的商贩，抢了一个高鼻梁蓝眼睛女人做压塞女人。那个女人为许大头生了个男孩，就是许大鼻子，一生下来也是高鼻梁，蓝眼睛。那女人生完孩子后，就找了一个机会跑下了山，想找回老家去，但不幸的是掉进了冰窟窿丢了性命。

许大鼻子在匪窝里头长大，一身匪气天生造就，后天发挥，本事就超过了许大头。许大头在一次抢劫过程中被打死，许大鼻子就成了山大王。许大鼻子这个混血绺子，卷发蓝眼高鼻子，浑身长满了毛，方圆百里都有名，不仅因为他有异种血统，而且有他不同的绺子风格。

许大鼻子原本是想劫持式奎的儿子典得石的，主要目的是教育一下那些藏富装穷的人，别跟他耍心眼，没想到喽啰们给他带回来一个漂亮的刚过门的小媳妇。一看仙萍那美貌和丰满的身材，许大鼻子就立刻打发了喽啰们，也不追究他们抓错人的责任了，把仙萍带到了他的住处。那仙萍誓死不从，许大鼻子就动了粗，把仙萍捆住了四肢，剥光了衣服，强行完成了男女之事。过后的几天，许大鼻子每天都不放过仙萍，就在这些天里种下了恶果。

本来许大鼻子认为典式奎不会赎仙萍，有五两银子可以再娶两房媳妇，何况这个媳妇已被他用过了呢，但典式奎态度坚决，他顾及他的镖的信誉，只好放了仙萍。但放后，他就后悔得直拍大腿，他的渠师爷劝解说，女人有的是，再抢一个不就结了。可许大鼻子却忘不了仙萍，几次想下山再把她抢回来，都让渠师爷给劝住了。

三马架的张猎户和亲戚们回到山里，仙萍生了蓝眼睛高鼻梁孩子的事也就传到了老月岭盘云洞。原来，这盘云洞里的绺子有专业和业余之说，专业绺子就是常年抢劫和专门在洞里做服务工作的，业余的主要是些猎户，他们有家有业，只是在淡季时才上山当业余绺子，混些吃的用的。这张猎户的一个亲戚就是个业余绺子，仙萍生了许大鼻子的儿子的消息立马就上山了，高兴得许大鼻子连夜就带人下了山。

仙萍伤心得不知如何是好，怎么面对丈夫呢？这个孩子怎么办？她已不能想这两个问题。整日里不吃不喝，欲哭无泪。仙荣来劝她：

“姐，你别上火，你是对不住他，那也不是你愿意的，再说他不也娶了我吗，现在你就听他怎么处置这孩子吧。”

这时，许大鼻子的十几匹快马已涌到典家门口，和典式奎、黄大仙等僵持着，得字辈几个人也围拢过来，手里都拿着家伙。

许大鼻子露着胸前纷飞的长毛，一手拿着刀，在马上抱了拳，但他双手抱拳的样子倒像是双手握刀，随时要砍杀过来。他说：

“典式奎，我来接我的压寨夫人和孩子，你交出他们，我还你二十两银子。”

典式奎两眼圆瞪，气愤地说：“许大当家的，你抢了我媳妇，我还给你五两银子，这已经够一说了，现在你逼到门口，是不是太不仗义了？”

“我给你二十两银子，多出那十五两够你娶多少房媳妇，这还不仗义吗？”许大鼻子还挺有理。

典式奎反问：“能这么算账吗？媳妇是说抢就抢的吗？”

许大鼻子不耐烦地说：“典式奎，我给你面子别当鞋垫子，看你是条汉子，我才这么客气，马上交出我压寨夫人和孩子，惹翻了老子，我今天削平了你典家，杀得一个不留！”

说着，举起马刀，其他绺子吼叫着也举起刀，就要冲过来。

眼见一场血腥的混战不可避免，危急时刻，房门打开了，仙萍抱着婴儿出现在房门口，她的出现，立即静止了双方的动作，她用很坚定的声音说：

“许大鼻子，我带孩子和你上山，你放了典家。”

大家都吃惊地看着仙萍，仙萍又扭身对仙荣说：“妹子，你替我给典家多生几个孩子！”

说完，她深情地看了典式奎一眼，义无反顾地向许大鼻子走去。典式奎要去拦，黄大仙抱住式奎说：

“式奎，让仙萍去吧！”

那边许大鼻子一探身，连同婴儿一起把仙萍抱上马背，一磕马蹬，众绺子绝尘而去，一包银子重重地落在了典家院子里。

孙妈和式奎再次来到额摩镇红灯客栈，这次是许大鼻子的渠师爷出了面，渠师爷平时管着客栈的生意。式奎把银子放在桌上说：

“这银子我们不要，把孩子留给许大当家的，把仙萍放回来行吗？”

师爷说：“可能性不大，我给你们说说。”

两天后，信回来了，仙萍不可能放，许大鼻子的儿子不能没有娘。

二十一

仙萍的离去，第一次中断了典家每月十五的请神活动，典式奎像得了大病一样，干什么都打不起精神，他有时发愣，发愣时专门坐在那把谁也不坐的神椅上，大家谁也不敢惹他，知道他痴呆呆的眼神里，有着深不见底的忧愁和愤闷。典家的得字辈们只是默默地干着手中的活，少了平日里淘小子们的追逐打闹。最明显的是黄大仙，几天工夫白发添了不少。

只有仙荣还不断地劝着式奎，哄着式奎，有一天，她又说：

“我姐对不住你，我不是嫁给你了吗？”

这话一下子把式奎说急了，一巴掌打在仙荣脸上，仙荣就爬出被窝，衣服也没穿就跑到了云美的被筒里，抱着云美委屈地哭了起来。

仙荣小云美十几岁，本来就把云美当成大姐，今天受了委屈，就不管不顾地哭了个够，云美搂着她，任凭她哭着，也不说什么，只是用手抚摸着她的后背。这后背光滑滑的，鸡蛋清一样的细腻。云美彻底明白了仙荣为什么那么爱撒娇，式奎为什么那么喜欢她撒娇，不知怎么就想到了要盖的房子，就想到房子里只剩下式奎和仙荣时，这小妖精该疯到怎样，一会又想到仙萍，她现在怎么样了？那个日夜都盼望的房子她还能住上吗？在胡思乱想中，云美睡着了。

仙荣哭够了，故意弄出声响等着式奎叫她回去，式奎想了想，毕竟还是比她大十几岁，就下了炕，到这边把她抱过去，那仙荣就凑过去，把式奎的手放在脸上，让他给揉脸，说你把脸给打疼了，式奎就揉着揉着，把她揉睡了才把手挪开。

黄大仙要带着得石去二郎山拉硝石，式奎问：

“拉硝石做啥？”

黄大仙沉着脸说：“再做些火药，我走后，你让他们几个再烧些炭，刨些硫磺。”

式奎问：“做药干啥？”

黄大仙说：“咱们的火药快没了，以后好用。”

黄大仙和得石套着马车走了。黄大仙走了以后，式奎有些后悔，老丈人制药是不是……他不敢往下想，只是告诉得帮和得助几个烧些炭。

得石赶着马车，拉着黄大仙出了阿克敦，急急地赶路。到了岔路口，黄大仙说：

“往里拐。”

得石说：“仙姥爷，不对吧？往二郎山是应该往外拐的。”

黄大仙说：“往里拐，先去一趟楚家丁站。”

“楚家丁站？”

得石知道上次二娘用的锣是楚家丁站送的，就把鞭子一晃，那车向里拐进了岔道。

前面是一大片盐碱地，严格上说，这盐碱地里并没有什么路，新旧车辙时而重合，时而交织，好在这里一马平川，只要沿着依稀的车印走就是了。路上也没有遇到什么，车走得不紧不慢，得石索性把鞭子放在车上，让大黑马独自往前走，他看着黄大仙直着眼睛在那里出神。

仙萍出事后，典家人情绪都很低落，得石除了焦急和生气外，还有许多疑问，趁这个机会他想请教一下黄大仙。他说：

“仙姥爷，你说鹿神能给我们地，能帮我们治虫、收野猪精，能不能帮我们救出二娘呢？”

黄大仙看见得石皱着眉头，他也皱起了眉头。他说：

“得石啊，我也说不清啊，我这不也急着救闺女吗？”

得石说：“仙姥爷，是不是鹿神也有办不了的事啊？”

黄大仙忙制止他：“得石，你也是大人了不可胡说，对鹿神不能有不敬的心，更不能怀疑，只要我们心诚，会有办法的。”

得石说：“仙姥爷，我不是心不诚，我也急呀，我知道你去二郎山拉硝石，一定是要做火药炸绺子吧。”

“你说得不全对，”黄大仙说，“我想用火药换你二娘，鹿神会保佑我们的。”

得石似懂非懂地点点头，拿起鞭子，催促大黑马加快速度。

又遇上了楚北风，他背着大包小包一大堆东西往自家丁站里走，黄大仙就让他上了马车，把得石介绍给他，又将仙萍的事向楚北风说了一遍。楚北风问是上次来学莲花落两姐妹中的哪一个？黄大仙说，是那个不赶车的。楚北风叹了口气，安慰起黄大仙。黄大仙就把来意告诉楚北风，请楚北风联系罗门山绺子头金钱豹出面，去跟老月岭上的许大鼻子说说，放了仙萍，绺子间经常有交易，虽然彼此划了区域，但来往也不少。黄大仙答应可以给罗门山绺子头制作些火药。

楚北风爽快地答应下来，他说："你们等着我的信，我得联系一段时日。"

把楚北风送到他的地窨子门口，黄大仙和得石也没进屋，就原路返回岔道，奔二郎山去了。

黄大仙和得石从二郎山回来后，典家又进入了紧张的秋收，这是收获劳动果实的时候，原来的二十亩地获得了大丰收，河床地里的苞米棒子比正常地里的小了些，这是因为当初铲地时没跟上，但由于地多，收了满满一院子也没装下，只好在房后又开了一片后院，来放果实。

种河床地时，有水泡子和泥泞的地方，最后补种的白菜更是获得了大丰收，白菜长得尤其好，又高又大又抱团，典家用白菜换了很多零工，自己还剩下好大一堆，典家又挖了一个大的菜窖。

粮食收进来，额摩镇买粮的人就来了，他们迫不及待地装上苞米棒子和黄豆荚，急着往回赶，粮食看来是十分紧缺。

离上冻还有一个多月，典家开始雇用百十来个短工，开始造房。除了额摩等地的雇工外，还引来了不少帮工，到典家帮工，野猪肉炖白菜可劲造，一时被传为佳话。一时间，典家新址上一百五六十人同时忙活起来。

典家新址选在了野猪沟和河床交界的土坡上，背靠着那座半秃半绿的荒山，和其他散户有很远的一段距离，离殷家就更远一些。这里可以原地取石，节省成本。式奎和黄大仙站在宅基地前的那盘旧磨旁议论着，式奎说，看这磨盘可有年头了，它是从哪里来的呢？黄大仙转了一圈说，看样子过去有人在咱们这住过，不知为什么搬走了呢？这磨盘可能是使坏了，也可能是太重了，没搬动。

典家的新房基本上是按照式奎画的草图施工的，造房的人们都很奇怪，这典家房子户户没有灶房。灶房是一个专门的大灶。每户在屋外还开了烧炕的炕洞，冬季可以直接把树叶子和庄稼秸秆塞进去点着取暖。大灶房连着饭堂，好大的一个饭堂，足以容纳好几十人同时用餐。看典家的架式，这是一个多大的大户啊！这要干多大的家业啊！

房墙是用泥土就着羊草和成泥，然后再用泥插起来的，但地基底墙可是用石头打牢的。上冻前只能插完房墙和院墙，上冻后就干不了了，留着明年种地后，脱些土坯垒些房山石继续完成。

不到一个月，所有的墙都插完了，院子和房子、棚子的雏形就成了。式奎一家人在新房框里转悠着，寻找着自家的家门。上房一排三户，户型稍大些，那是云美、仙萍和仙荣的，云美的房子把东头，仙荣的房子把西头，仙萍的房子排在中间，依然给她留着。下房一共两排，每排五户，每户两间，现在得字辈已有八人，就是全结婚成家，还剩三户呢，何况二排房后，还留了两排空地，那是等以后住不下了再盖的。看来典家仍要为添人进口而继续努力。

只有黄大仙的房子和灶间、饭堂一排，这是黄大仙自己要求的，他说我老了，愿意早起晚睡，看着点火，式奎也就同意了。余下的牲口棚子、豆腐房和长工房也都依院墙而建，各就各位。几排房子被三面见方、一面依着山脚的院墙围上，院墙朝南的中间留了一个大豁口，专等开春后安上从庞木匠那定做的大门。典家大院赫然出现在阿克敦，堡子里的人都忍不住过来瞧，家里有姑娘的人家心里默想，把姑娘嫁到典家多好，住没灶间的房，拜典神人，吃大灶饭。

第六章 阿克敦和鄂多哩、敖东城

二十二

春秀和得石一起来到典家新房场。

两个人都知道两家定了亲，估计年底前就能吃上定婚宴。但得石还是觉得时间过得慢，这天，孙妈带着春秀去庙里烧香，临回来快到殷家大院时，孙妈被柳家拦住请去接生，孙妈急急地奔了产妇家，叫春秀一个人自己回去。得石就有了机会，赶着那辆驴车追上了春秀，他见四周无人，大着胆子对春秀说：

“我正要往新家送羊草，你也去吧。”

那时大姑娘小伙子还不能随便说话，尽管明知道以后是两口子。春秀也不知哪来的勇气，就反问了一句：

“我能去吗？”

得石就说：“去得，去得，你上车吧！”

春秀就上了车，羊草把春秀遮挡住了，得石赶着车到了已插完墙的典家大院。

好大的院子啊，春秀惊讶地看着，好像比殷家大院还要大，见四周没人，得石就领着春秀到下房第三户，让春秀往里走，那春秀是多么聪明的人，明白了这就是他们未来的家，脸红红的，用明亮的大眼睛看着得石，得石还是第一次这么近地瞧着春秀，两对目光相遇，立即就碰出火花，两颗颤动的心怦怦直跳。春秀怯声说：

“我得回去了，这儿真好！”

得石显然是没待够，但也不好再往下留，就又一次让春秀上了车，把她拉到上车的地方，才依依不舍地看着春秀往殷家走去。从后面看春秀，更有一番风情。那春秀，迈着步子，甩着胳膊，扭着腰姿，晃着臀部，风摆柳枝般地走动，把个得石看的痴迷了。正在这时，他看到春秀利用转弯的机会，对他这里有个顾盼的动作，这一瞥随即逝去，却长久地留在了他的心间。

孙妈到柳家时，柳家的儿媳妇已躺在了卷起炕席铺了谷草的炕上，正满头大汗声嘶力竭地喊着，就是生不下来。孙妈就是孙妈，多年的经验造就了丰富的接生术，经过她的一番努力，婴儿“哇”的一声生下来。孙妈弄完了孩子，又帮着柳家儿媳妇揉着乳房，那新鲜的乳汁就挤了出来。到了这里，整个接生就算大功告成，柳家也没什么东西来答谢孙妈，柳大下巴拿了十几个鸡蛋送给孙妈。孙妈也没客气，拿了鸡蛋就往外走。

这时冲进来四五个彪形大汉，把孙妈撞得一个趔趄，布袋里的鸡蛋都碎在了地上。那些大汉进了柳家也不说什么，抓了产妇就抱上了马，产妇挣扎着喊叫着，柳大下巴和他儿子往回抢人，被几个人一顿拳脚，都打得躺在了地上。柳大下巴的老婆只会哭叫，眼睁睁看着儿媳妇被人抢走了。孙妈在后面，认出了那几个人中有红灯客栈见过的刀把脸、斗鸡眼知会，看来，柳家媳妇是被许大鼻子的人抢跑了。

许大鼻子这次派人来抢柳家媳妇是为了给儿子当奶妈。仙萍带着婴儿上山，由于惊吓奶水不足，开始的两个月还能勉强供上，再往后奶水就更不足，那婴儿饿得直哭，最后连哭的力气都没了。喽啰们只能送来小米汤来维持小生命。许大鼻子急坏了，就命令手下到山下抓个奶妈来。绺子得知柳家刚生完孩子，就活活地把柳家儿媳妇抓了去，留下了刚生下的嗷嗷待哺的婴儿。

柳大下巴的婆娘拉着孙妈问：

“刚生下的孩子咋办？妈妈被抢走了，孩子吃啥？”

孙妈就想到了许大鼻子一定是抢了柳家媳妇当奶妈去了，仙萍那是连惊带吓奶水不够了。柳大下巴也说分析得对，跑到典家想办法。

式奎听了柳大下巴的讲述和分析，也觉得是这么回事。那柳大下巴就来了脾气：

“抢我柳家儿媳妇是因为你家的仙萍啊，我家儿媳妇上山给你家当了奶妈！”

式奎见他家刚受到这样的不幸，也就不和柳大下巴掰扯到底是怎么个理。柳家刚和典家定了亲，柳家的侄女定给了得助，式奎就把柳大下巴往回劝。

黄大仙和式奎在这些日子里一直等着楚北风的信，但就是没消息。中间也有阿克敦的人去楚家丁站取信，带回来的信息都是没联系上。现在许大鼻子不仅没有还回仙萍，又抓了柳家儿媳妇。式奎实在等不了了，催促着黄大仙和得石再去楚家丁站，这次，给楚家丁站带去了一大坛子野猪肉，一坛子鱼油，还带了两个火药包，预备着一旦谈成了，可以先给金钱豹一些火药。

楚北风说："信早就传出去了，现在一直没回信。是信没传到罗门山，还是金钱豹不愿出面，还是金钱豹没能说服住许大鼻子，各种可能都有。"黄大仙问："咋办？"楚北风说："我走不开，要是我一直盯着这事儿，就不用瞎猜了。"黄大仙说："你看这样行不行，我和得石在这里顶替你送人送物，你亲自跑一趟，骑着这大黑马，来回都快一些。"楚北风说："按规定是不可以的，但和我交接的两家站丁关系都不错，他们不说，能唬弄过去。"

楚北风交代好了，就骑着大黑马上了路。

得石每天穿着黑白相间的站服，往返在楚家负责的区间。恰好没有太复杂的押送或护送任务，只是传递一些包裹。黄大仙趁机把楚家的地窨子顶盖又压了一层碱土，抹了一层泥。楚北风的婆娘和她那叫小亭的小姑娘一个劲儿地说感谢话，黄大仙说：

"没啥，走江湖的人都互相帮衬。"

得石没什么事，就对着那些信件发呆，他经常想起春秀，想那眼，那脸，那腰身和走路的姿势。忽然就有个想法冒出来，他想给春秀写封信，等下次阿克敦来人取信，送给春秀。春秀一定会又惊又喜。

可得石不会写字，怎么办呢？他又不敢和黄大仙说出口，就问大仙几个字怎么写，"阿克敦"三个字问完了，又问"殷大老爷"怎么写，"典家大院"怎么写。"春秀收"的"收"字也找到了，他又问黄大仙"春天"怎么写，"秀才"怎么写，当然也夹杂着问了其他词怎么写，这样信封用字就全了，"阿克敦殷家大院春秀收"被他一笔一划地写到了信封上，这就保证春秀能收到。

但里面的信怎么写呢？要写的内容太多了，他要对春秀说的话可不是一句半句的，他一直后悔上次和春秀一起去看房子，很多话没说出来。他在丁站想，在路上想，最后他决定就画一块石头，一把剪刀，一块布，给春秀寄去，她一定会想到他们一起玩石头、剪刀、布游戏的情景，就会知道这信一定是我得石写的，就会知道我典得石时刻惦念她，想念她。于是，在这几天里，这封信就画成了。

楚北风终于回来了，带来的消息是：信早就捎到了，金钱豹跟许大鼻子也说了，但许大鼻子根本没给他面子，许大鼻子说，他就喜欢黄仙萍这女人，拿什么都不换，最后一句是爱咋咋地！

黄大仙听罢，张了张嘴无声地堆坐下去，得石要去扶他，被楚北风拉开，俩人向远处走去，不时回头看看黄大仙。看不见他的表情，只有一股股青烟漫过他的头顶，他在一口一口地抽闷烟。

黄大仙和得石回走时，楚北风没让他们带回那两个火药包，他说再等等，也许许大鼻子改了主意。黄大仙苦笑了一下，也没再坚持。

得石悄悄地把给春秀的信混到包裹里，然后他们回阿克敦。

二十三

回到家，黄大仙一直沉默。

得石把得来的消息说了一遍。

典式奎也沉默了。他的沉默和黄大仙的不一样。黄大仙坐在角落里抽闷烟，他是在神椅上干坐着，直愣愣地虚视前方，灵魂出窍般地发呆。

沉默对沉默，典家快要被这种气氛压垮了。典式奎不再沉默，他在黄大仙对面坐下，老丈人从嘴里抽出烟袋，典式奎说：

“爹，要不咱见官吧。”

“见官？”黄大仙挪动了一下身子，“你是说找佐领告许大鼻子，拿钱请兵？”

典式奎点点头。

又是沉默。沉默了一会儿，黄大仙一磕烟灰，“明天早起，咱们出去一趟。”

第二天凌晨，式奎被黄大仙叫起。式奎看看黑蒙蒙的还有星星在闪呢，可够早的。他穿戴好，跟在黄大仙身后，在院子门口，那里早已拴着两匹马，马鞍已齐备，还披着马褡子，有两把腰刀挂在鞍子上，这刀并不常用，只是夜里拴在墙上，有紧急情况时是一个应手家伙。这里的人，除了打猎，平时也不带它，现在看，带刀出去，怕是有特殊的需要。

两人牵着马，一前一后出了大门。式奎知道，老丈人不会赶车，骑马可是好手。两匹马出了堡子，径直往前走，离堡子远了，式奎觉得像是往回绕了，在林地里穿行了一会儿，已经返到来时的方向。这要到哪去呢？这时天已破晓，他定神一看，我的天！他们来到一处细密的柳树趟子跟前了，里面可是禁地呀！

尽管阿克敦离禁地不远，式奎却是一次也没进去过，这里的封地，比柳条边种的柳树要密，听说，光柳树趟子就围了三层。

老丈人有意起大早，躲开人们的视线，绕着弯来到这里，要干什么呢？典式奎边思索着，边向周边看，怕被人发现了。走了这么远，黄大仙没说一句话。他下了马，取了腰刀，沿着柳树趟子走，像在寻找什么，式奎也跟着下马取刀。黄大仙在一处比较稀疏的柳枝前停下，他把马拴好，开始用刀割柳枝，这柳树趟子是以前人工栽种的，种得又宽又密，生长年头再长，柳枝交错纵横，形成了一道厚厚的树墙，比柳条边的边墙厚实多了。枝叶浓密，只透着光亮，看不清对过。两人用刀砍树枝，从砍的宽度看，是想让马通过呀，要是只为人进出，掏个洞也就行了。

柳树趟子终于出了个大豁口，两人小心地牵着马过去，向前没走多远，又一道柳树趟子出现了，再砍豁口，直到把第三道豁口砍完，他们才真正地进入禁地。

这封禁多年的禁地是什么样子呢？典式奎放眼望去，莽莽如进了草原一般。遍地是茂盛的野草，野草中点缀着野花，偶有稀疏的树木，从野草中探出头来，像是惊望着两个不速之客。远近望去，地势平坦，略有起伏，一阵风吹过，云飘草动，簌簌作响，真让人耳目一新！在深山密林里，竟有这样恬静舒缓的地方，也是的，封禁之地，哪里会不好呢！

典式奎还陶醉在美景之中，黄大仙已上了马，向草原深处走去，典式奎赶紧快马跟上，等两匹马齐头并进了，黄大仙才对他说：

“我俩今个是斗胆来到了皇家的祖地。这个祖地叫鄂多哩。当初，皇帝努尔哈赤以这个地方为根基，打败了附近的黑石、额摩等地部落，统一了东海女真，这里也就成了清祖爱新觉罗氏的发源地了。八龙建金，最强大的一条龙，就是在这里诞生的。像这样的龙还有七条，八条龙，八个旗，八旗军统一了满洲，又创立了大清。这样的龙兴之地，哪能随便让人进入半步。”

式奎想，我们已进来了多少个半步，他有些胆怯和焦虑，但听老丈人的声音，没有惧意，他仍娓娓道来：清初，八旗随龙入关，到了乾隆爷和嘉庆帝时，又移垦京旗，有一部分八旗回到关东。我听说是正白旗瓜尔佳氏的后裔——关氏回到吉林，他们是奉命来护卫祖地的。那时候，关东还是大片森林莽原，人烟稀少，他们在吉林龙潭山驻扎下来，在那里，就可以护卫这片祖地。当年，康熙爷、乾隆爷、嘉庆帝先后到关东祭祖，大队人马走到吉林等地界，是望山祭拜。

黄大仙说，以后进关闯关的人多了，关氏为护卫祖地，又携带300多口人往东山里走，驻扎在离这儿不远的关地，关地关地，姓关的地，后来变成了官地。关爷这300多人，有70多口是关氏本家，正正统统的旗人。其余230多人，是随旗的汉人，这些汉人，有一大半跟着关爷在关地，开荒种地，汉人嘛，农耕为本分。关爷的子孙，后来又分成几支，这几支形成了几个堡子。

黄大仙讲到剩下的随旗汉人，说他们最终分散到各处去了。到额摩的最多，额摩在康熙爷时，就设了驿站，人一多就形成了额摩镇。这些汉人最后改旗为民了。只有三家来到离祖地最近的地方，就是咱们住的地方阿克敦。这三家，一家姓殷，一家姓柳，一家姓孙，三家的任务是拱卫祖地。怎么拱卫呀？

黄大仙向来时的方向指了指，三家各种一趟柳树趟子，把鄂多哩围起来，不让外人进去。那时，他们还有俸银，三家在二汉河边盖了房子住下，后来，俸银就跟不上了，三家开始开荒种地，地越来越多，引来的人也就多起来，形成了现在的堡子。堡子得有个名呀，叫阿克敦，和鄂多哩相近，但又不一样。

“经过这么多年的变化，柳姓人家搬到别处去了，孙家又并入殷家，殷家是仅有的随旗汉人。”

两人信马由缰地往前走，典式奎听着黄大仙的讲述，心里佩服老丈人知道的真多，他一个跳大神的外人，怎么会把这些事理得这么清楚呢，一定与他的经历有关。黄大仙侧头看了典式奎一眼，像是明白他的猜测，他继续说：

“叫阿克敦，是要区别鄂多哩。你看啊，鄂多哩被三重柳树趟子围着呢，好好的，谁也没动。开荒种地的地方叫阿克敦，不开荒，让我们吃什么，喝什么？怎么过活，又怎么护卫祖地？当时，阿克敦的人想好了这些理由，等着追查的时候说呢。虽然，这些理由听着是那么回事，可是，连整个关东都是龙兴之地，不许垦荒，你在祖地旁边动土，这还不是大罪！阿克敦人头上像悬着一把剑，担心它哪天掉下来。一天没事，两天没事，一年没事，十年没事，日子就这么过去了，人也多了，地也越垦越广，这不是，典家一来，发展成和殷家不相上下的大户，这把剑它依然没有落下来。”

黄大仙说到这里，往上看了看，仿佛上面真的有把剑悬着。他的表情里似乎也有了胆怯和紧张。典式奎想想也是的，长期私垦下去，最终会怎样，还真不好说。以前，他也想过，最好官府给他们发个地册，按册交赋，有事也好找官府，明明白白清清楚楚，那该有多好。阿克敦的事是传下来的，历来如此啊！黄大仙见式奎陷入思索当中，就勒马向式奎那边靠了靠，他总结道：

“阿克敦，最后就维持了一个平衡。官也不管，他也许不知道，也许知道也当不知道。民也不提，照样开荒，照样种地，照样过活。这时，绺子来了，他们也摸透了阿克敦人的想法，我向你收份钱，因为你不合法，收了也不会告官，再说，你不交税赋，这点份钱你也出得起。就是这样的原因，各方面才维持下来。”

典式奎想想，老丈人分析得对，是这个理儿。黄大仙见式奎点头，又说：

“昨天，你说要经官，我也想经官行不行。一经官，平衡就打破了，可能要追查私垦的事，这可是在皇家禁地旁的私垦，说多大罪是多大罪，但也可能逼着官府把私垦合法了，补交了地赋，办了地册，官府收了税赋，就有责任保护我们了。这种情况也不是没有，很多私垦最后也都合法了。可这又有多大可能呢？我不明白呀！”

黄大仙拍着脑袋，长叹了一口气。他说：

“再说，冒这样的险，堡子里的其他家会同意吗？如果他们不同意，我们经官告绺子，会不会犯了众怒，到头来，我们也待不下去。”

典式奎也下不了这个决心，他痛苦无奈地低下了头。经官要冒巨大的风险，不经官，仙萍就回不来，许大鼻子这次破了默契，坏了规矩，以后变本加厉，说不定又干出什么事来。想到这些，典式奎感到周身紧张，他下意识地夹紧马镫，那马向前一纵，跑了起来，典式奎举头收缰，这时，他被突然出现的景物惊呆了。他看见了城墙，不！不是完整的城墙，是残留的城墙废墟。黄褐色参差的墙垛和败落的墙体，断断续续地向两边延伸。

黄大仙也立马看着前面的城墙，他用手指着说：

“这就是敖东城。”

“敖东城？”式奎感到很奇怪，“到底是鄂多哩，还是敖东城？”

黄大仙说：“敖东城是古城，很早很早以前旧国建的老都城，皇祖发迹之前就存在上百年了。鄂多哩是满语对敖东城的称呼，鄂多和敖东音相近，哩是城的意思。走，我们到城上看看。”

二十四

两人抖缰纵马从低矮处上了古城，城内荒草斑斑，还能勾勒出道路和房屋的痕迹，可以看出，过去这里聚集了很多人，现在却是荒芜一片，萧杀凄凉。黄大仙骑马走在前面，典式奎紧跟上，他觉得老丈人是奔着一个特定的目标去的，因为在哪里转弯，再到哪里下坡，他都很熟悉。果然，在一个城垛前，黄大仙下了马，神情庄重地沿着墙往下走，式奎一看，原来城垛下的草丛里掩藏着一个下坎，不注意根本发现不了。下坎有十几步的坡，坡的尽头有一个小洞，洞不深也不大，只能容下两三个人。黄大仙看看里面，转身对式奎说：

“式奎呀，这个小洞我待过。”

“啊?”典式奎又吃惊地张大嘴巴，“这里不是禁区吗?怎么会?”黄大仙已猜到姑爷会这样问，他让式奎坐下，就在这神秘的洞口，黄大仙讲起了他那绵绵的往事。

“那时，我在火器营当兵，一天突然把总集合了我们100多人，拿着刀枪就冲出了营门，走得太急，我也没带鸟枪，手里只拿了把梭标。我们是冲着江边疾走的，那里有两条船，把总招呼大家马上上船，那船顺江而下，就来到了这里。”

典式奎忍不住问：“鄂多哩还挨着江?”

黄大仙说：“对，这里紧靠江，而且还是两面都靠江，剩下的两面用柳树趟子一直围到江边。黄大仙解释完，继续讲述：

“在船上，把总告诉我们，巴拉人闯进了禁地，我们去剿杀他们。”

“巴拉人”式奎知道些，是山里的野人，他们住在深山里，以野兽和野果为食，很少和山下人接触。黄大仙说：

“巴拉人过去和清祖的先人一样，有部落和地盘，努尔哈赤统一东海女真时，把他们打败了，他们一部分人归降了，还有一部分人躲进密林，继续过着渔猎生活，成了巴拉人。他们也把鄂多哩当成他们的祖地。这还了得，把总命令必须把他们斩尽杀绝。

“那场激战发生了，巴拉人被我们赶杀七八个，余下的翻过柳树趟子跑掉了。我这条腿是被一个巴拉人砍伤的，当时血流不止，就昏过去了。

“当我醒来时，已经在这个小洞里。旁边有个女人为我包扎伤口，她后来成了我的女人，也就是仙萍和仙荣的娘。”

黄大仙的语气绵长充满回味。

“她叫鲁米苏伊，是巴拉人。激战时，她被藏在这个小洞里。她发现昏迷的我，把我拉进洞里，为我疗伤。她为什么要为追杀他们的清兵疗伤呢?我问过她，她不断地比划，加上简短的汉话，我明白了，她要把我的伤治好后，让我给当官的捎个信，巴拉人不是想占清祖的祖地，也不是想在鄂多哩里打猎采果，天地之大，物宝丰厚，大家共用，不是很好嘛！巴拉人战败后，没有偷袭过官兵，没有打扰民人，就是想在山林中活下来，繁衍后代，为什么不能共有一个祖地呢?”

多么仁厚的巴拉人呢！典式奎内心感叹。黄大仙说：

“我对鲁米苏伊说，我捎不了这个信，我是一个汉兵，在旗人里地位最低，哪能和当官的说上话。就是旗人也分等，他们八旗还分上三旗和下五旗呢，哪里轮得到我去说话。你要杀了我就动手吧，我来这里追杀巴拉人，也不是自己愿意来的。你要不杀我，我可以按你们的风俗把死去的巴拉人葬了，也算我替他们赔罪了。”

黄大仙和鲁米苏伊为死去的巴拉人举行了树葬，他们还发现了一个清兵的尸体，俩人把他也葬了。埋完清兵后，鲁米苏伊说：“大地厚，你入土为安，我们巴拉人死后上树，任鸟啄食，不占一分土地，我们相安无事吧。”

“后来呢？”典式奎被这个故事迷住了，他问。

“后来，我和鲁米苏伊离开鄂多哩，去深山中巴拉人的营地，他们就住在树上，用树枝和兽皮搭的木屋，以野兽和野果为食。我在那里见到了他们的头领，一个萨满，他跳萨满舞，为大家祈福禳灾。他们接受了我，我也和他们一起跳舞，鲁米苏伊为我生了两个孩子，仙萍和仙荣，那时，我们的生活虽然苦些，但还是很快乐。”

说到这里，黄大仙停顿下来，向前虚看着，像是回忆过去的时光。典式奎想知道下面的事，就急切地问：“再后来呢？”

“再后来，鲁米苏伊又怀了孕，快要生产时，我去给她打猎物，我回来时，她已经死了，死于难产。死前，她一遍遍喊我，可我一点都没听见呢！我要是早些回来就好了。”黄大仙沉浸在无比的悔恨当中。

“鲁米苏伊死后，我就带着两个女儿下了山，离开了巴拉人，走村窜户跳大神为生，直到遇见了你，我们的生活改变了，可惜，好日子刚刚开始，就……”

两人又沉默了。

好一会儿，黄大仙拉了一下垂着头的式奎，他说：

“走，我们看看鲁米苏伊去！”

“这……，她不是死了吗？”

“我把她送到这里，为她举行了树葬，今天，我给她跳萨满舞。”

两人离开小洞又上了马，他们出了旧城，继续前进，走了一段，就听到了水声。走近一看，看见了水面，江水滚滚，浩浩荡荡。河岸边，有一片松树林，被柳树趟子围在里面。他们远远地下了马，静默地走进松树林，黄大仙边走边抚摸着路过的松树，典式奎看到，有的树干上刻着图形，有的画着脸谱。在一棵笔直秀美的松树旁，黄大仙驻足了，那棵树的树干上刻着一个半圆形的图案，非常像刚才的小洞口，圆形的图案中间是五个人形，两个大人领着两个小人，一个大人肚子的位置，还有一个更小的人形。典式奎看懂了，他们就是黄大仙和鲁米苏伊一家五口。圆形图案上方还有一片树皮被剥掉，上面有一只像鸟飞的图形，黄大仙凝视了一会这个图案，又在飞鸟的上方剥下一块树皮，他几下就刻出了一个新图案，是一个圆形的点，向四周放射着细线，像是太阳的光芒。这是什么意思呢？典式奎没有问，他不知道这些是不是仪式，乱问会扰了规矩。黄大仙退后两步，突然抬头向上喊着："鲁米苏伊，我来了，我来看你了。"

就有了回声。

"——鲁米苏伊——我来了——我来看你了——鲁米苏伊——鲁米苏伊——"

回声渐行渐远，渐行渐弱。

黄大仙拉过典式奎，他把手拍在胸口上，要典式奎也把手拍在胸口上，而后，黄大仙对着那棵树说：

"鲁米苏伊，他就是咱的姑爷，仙萍和仙荣的丈夫。今天，他要向你保证。"说到这里，黄大仙把典式奎又拉到正对着图案的位置，他说："我说一句，你学一句。"

"我一定对你女儿好，说。"

"我一定对你女儿好。"

"我向你保证，说。"

"我向你保证。"

黄大仙满意地看着典式奎，典式奎再次把手放在胸口上：

"我许诺，我一定对老丈人好，一定对仙萍好，一定对仙荣好。"

"中了！"黄大仙拉过典式奎的手，"你许下这个诺，我就放心了。仙萍的性格我知道，她不会冲着你，可仙荣这孩子，我不放心呢，她要是一冲着你，你可要多担待些。"他说着，拉典式奎往外走，"留块地方，我给鲁米苏伊跳萨满舞。"

黄大仙从马背上的马搭子里取出灿烂的头饰，小心地戴在头上，那上面插满了五颜六色的天鹅、鹰、乌鸦的羽毛，接着又系上一件五颜六色的彩条裙子，再把一串摇铃拴在腰间，最后拿出那面手抓鼓。看来，他为到这里跳萨满舞做了充分准备。

黄大仙单脚直立片刻，口中念念有词，腰身摇动，发出串串铃声，手鼓也嘭嘭地作响。他先是面朝苍天，伸展双臂，引颈长啸，然后又垂首俯向大地，铃鼓声息，披散的头发荡来荡去。一会儿，他抬起来跛脚开始舞动，渐渐地，典式奎从舞蹈中看到了山大王老虎下山了；抓耳挠腮跳来跳去的是猴子探路；软荡的手臂、一猛一猛前行的是蛇在窜动；犹豫的狐狸、奔跑的麋鹿、笨拙的狗熊，傻愣愣的狍子……斯声斯动，惟妙惟肖。动物过后，是人在打猎、捕鱼、骑马、劳作、嬉戏，动作间转换衔接流畅，预示着神秘的寓意。

九天一层层啊，
天火最光明。
天神阿布卡思郝力，
风云雨雪雹电日月星。
三界界连界啊，
地暗看不清。
地母巴那额姆，
又深又厚的尘灰土沙和金石。
在九天三界之间，
是世上的芸芸众生。
灵魂在九天穿梭，
灵魂在三界游动，
都对着自己的星宿，
都映着自己的图腾。
所有来过又离去的灵魂，
在九天三界重逢。
灵通萨满，过阴追魂，
万能萨满，百变多形，
惩恶扬善，终将永恒。

跳过后，黄大仙显出心满意得的神情。

他们回去时，在柳树趟子的三个豁口处插满了柳枝，这些柳枝很快会生根发芽。他们还把豁口两侧的树枝往中间绑定，尽可能地用枝叶添补。做完这些，太阳已经落山，远处的山形树影越来越淡，终于隐去了。他们又绕道回到堡子里。

躺在炕上，典式奎还回想着一天来所经历的奇遇，但他还是没有结论。老丈人和他走这一遭，并没能回答是否要去见官。就这样翻来覆去地想，到了大半夜，才终于睡着了。

二十五

典式奎第二天起床才发现，老丈人黄大仙已经不见了。问最后和他接触的人，是仙荣。仙荣说："爹一再嘱咐我，要对你好，别要小性子，他呀，就磨叽个没完，我说我知道——"

式奎心里咯噔一下子。老丈人昨天嘱咐他要对姐俩好，又这样嘱咐仙荣，联想起昨天专门去了鄂多哩看鲁米苏伊的情形，他叫了声："不好，快去找爹！"

再找，还是没找到。式奎急了，让得石骑马去楚家丁站，他和得山去额摩镇，其他人在堡子前后找，找到了就把他拖回家。

得石到了楚家丁站，楚北风说，黄大仙背上一个火药包走了很长时间了。得石顾不得多问，立马去额摩镇和式奎得山会合。听完得石的话，式奎急得蹦起来，他焦急地说：

"咱们马上去老月岭，你仙老爷一定是背着火药包，和许大鼻子拼命去了！"

在老月岭盘云洞的一个大洞内，两盆红红的松木炭火把原本阴暗的老巢烘烤得热烘烘的。许大鼻子正在旁边看着柳家儿媳妇给儿子喂奶，柳家儿媳妇已经麻木了，两个乳房全部裸露在外，她已经没了任何羞涩，许大鼻子看着儿子正使出吃奶的力气吃奶，他也伸出手，在另一只乳房上摸了起来。

仙萍听不到婴儿的哭声，自己才平静下来，以后怎么办？她默默地想着如何脱离虎口，这些日子她度日如年，她想式奎想得厉害，一天天只靠回忆过活。许大鼻子的长了毛的大手在柳家儿媳妇的乳房上挪开后，他向仙萍走来，仙萍厌恶地别过脸去。这时，洞外传来了声响，许大鼻子警惕地摸出腰刀，向洞口窜去。

黄大仙一路就摸上了老月岭盘云洞，刚刚到洞口隐在黑影里，见一个人错身而过。黄大仙背着火药包，继续向里面摸索，正遇见仙萍。

黄大仙示意仙萍不要出声，用手比划着仙萍带着木讷的柳家儿媳妇往外走，可柳家儿媳妇背着身子奶着孩子怎么也不明白，仙萍就急着走过去拉她，谁想许大鼻子已经转回来了，他见到慌乱的场面，马上挥着腰刀拦截，情急之中，黄大仙靠近炭火点燃了引线，一错步死命地抱住许大鼻子，嘴里喊着，仙萍快跑！仙萍快跑！火药包爆炸了，惊天动地，整个盘云洞浓烟滚滚，碎石散落……

式奎领着得帮、得石直奔山里，他们想在路上拦截住黄大仙。但进绺子老巢的路他们找不到，正悄悄四处打听，就见一个人慌慌张张地从山上跑下来。得帮看那人的眉眼好像认识，式奎和得石也觉得见过。到了近前，想起来他是参加得帮相门户的张双妹娘家的亲戚，那个业余绺子。他们把他拦住，问他慌里慌张地怎么了，那人说，出事了！绺子窝被炸了，死了好多人，有男有女有小孩，都炸得缺胳膊少腿血糊糊地混在一起，全推到崖下去了！许大鼻子一死，二当家和师爷尿不到一壶里，谁也不服谁，又要刀兵相见，我是谁也得罪不起，刚刚逃了出来。

典式奎听了天旋地转，痛苦地蹲下身子，他双手抓住了头发向上薅着，像是要把裹在头皮里的悔恨拔出来，也扔进山涧里。老丈人和许大鼻子拼命前，是有许多征兆的，去鄂多哩跳萨满舞，嘱咐他对姐俩好，可是，他竟一点也没想到这一层，臭脑袋呀！他把脑袋拍得嘭嘭响。

是楚北风发现了典得石给春秀的信有问题，这封信只写收件人，没有寄出地。他拿着信就琢磨开了，看那字迹不是写上去的，像是一笔一划画上去的。他问上下站的站丁，他们都说没有见过这封信，再看那“春秀”像个女子的名字，楚北风明白了，一定是典家的小伙子，给殷家大院的姑娘春秀写信呢，也真难为他们了，都住在一个堡子里，还通过这么远的丁站传信。

阿克敦来了取信的人，楚北风不动声色地把这封信交给那人捎回去，信就到了春秀手中。春秀见到的信是幅画，画的是三个手印，一个是描着拳头画的，一个是伸着两个手指头描的，最后一个是五个手指头都伸着的手掌。春秀一下子就明白过来，这是她和小石头儿一起玩的石头、剪刀、布的游戏，一股热血涌到脑门儿，春秀觉得脸都发烫了。好你个典得石，还这么提醒本姑娘，小时候的事我没忘记，都定了亲，就等结婚了，我不也一样天天数着日期吗？春秀每天都看这封信，想着典得石，最后她也决定写封信，她知道典得石不认字，但他会看画呀，她也画了一幅画，装进信封。信封上写着“阿克敦典式奎儿子典得石收”。等到了孙妈让人往外送信时，春秀乘机把这封信也混了进去。

这封信是楚北风亲自交给得石的，楚北风捎信让得石来一趟丁站，倒不是为了取这封信，而是黄大仙背走了一个火药包以后，还剩下了一个火药包在楚家，火药包又不能让别人捎。

得石看到那封信上的画，也看明白了。那信里画着典家的新家，一户一户地被画成了一个个方框，得石和春秀的方框被描得重重的。方框里两个小人，长着圆圈脑袋、三角肚子、两条细竖线的腿，紧紧地挨在一起。方框前面画了个太阳，有五六道光芒，方框后面是个弯月，这是春秀天天数着太阳升起，月亮落下，盼着婚期呢。

楚北风远远看见典得石把那信读了一遍一遍，最后才收到怀里，他拎着烟袋走了过去，领着他去取火药包。

得石看着剩下的一个火药包，就想起黄大仙的音容笑貌，他真后悔没能追上他。楚北风告诉得石：

“别太难过了，其实黄大仙走时，我是估计到他要去拼命。”

楚北风微微地仰着脸，目光有些空茫地望着草甸子深处。

得石不明白地问：“楚大爷，你为啥不拦住他？”

楚北风弯起一只脚，在鞋底上磕掉烟袋锅里剩余的烟灰，说：“是因为黄大仙的一席话呀。他跟我说，我这一去，就不能回来了。我这一辈子，知足了。我把姑爷树立为神，这是我最大的收获，有人为子孙攒一辈子钱财，只有我给孩子们树了个神。神比鬼好啊！过去我在绿营当兵打仗，早晨出去是人，晚上就可能变鬼，那相信人能变鬼的，心情就好些，不管怎么说，这辈了完了，还有下辈子呢，就怕不相信人能变鬼的，死了就死了，死了就啥都没了。这样的人最怕死，活得最痛苦。比鬼更高级的是神，要是信了神，就可以解决一切问题，遇到困难、灾难，自己解决不了，就让神解决吧。我们知道的事是人事，不知道的事统统靠神，是神事。我们知道得越多，神管的事越少，我们知道得越少，神管的事越多。”

得石重复着：“我们知道得越多，神管的事越少，我们知道的越少，神管的事越多。”得石问：“楚大爷，你信鬼和神吗？”

楚北风说：“我既不信鬼，也不信神，我就信人。我们前代是贱籍，世代相传，家里的妻女随时可能到教坊司去做官妓。到了我上几辈，变成站人，站人也要世代相传。我就希望我唯一的女儿能嫁给民人，等我死了，死了就死了，彻彻底底地结束。”

第七章 悠出满院子典家人

二十六

张双妹嫁到典家后，和原来自己预想的一样，吃穿住都挺满意。吃的管饱，样数还多，比在三马架娘家的上顿不接下顿，不知要好上几个来回。穿的也不错，薄的厚的，棉的单的，大的小的，可以包成两大包。住的是新房，屋子里还有屋脊上散发出的新秫秸味，比娘家的那四壁漏风的马架子好多了。再说嫁的男人，典得帮，一个结实厚成的汉子，除了干活，一天也不多说半句话，说话前总爱呲牙一笑。这样的男人不好遇呀，照理应该满意吧。可这得看跟谁比了，跟娘家比，自然什么都好，可和妯娌们比，和其他哥们比，就不满意了。人呢，好与不好，全靠周边的比对，现在，她张双妹已经是典家的大儿媳妇，要比当然应该和典家的二儿媳妇、三儿媳妇比，这一比，张双妹的不快就在心中郁结了，不吐出来怕要憋出病来。

她是心疼自己的男人呢。

在典家后院，又用冻冰团的办法，从山上滚来了好几块大石头，然后，又用对比雪雕的方法，开始雕石头了。说是要雕成一个天锅，一个地锅。雕这两样东西，派工却不一样，天锅由老二得助和老三得石两人雕，地锅却只派老大得帮一个人，都是典家的儿子，怎么就不一样了呢？莫非雕这天地锅，也要有个天地之别？张双妹心里不平，但不敢说出口，只能冷眼观瞧，指望着或许其他哥们能帮帮丈夫，或者老二老三完工后，能帮帮他们的大哥。但当家人看样子并不是这么想的，他要求天锅地锅一起完工，说是要两锅口咬合上。得帮这边始终也没加人手，一到得助和得石收工回家，同样是新媳妇的柳巧、春秀高高兴兴地迎着他们进屋，她却要一直等到天彻底黑了，才见得帮拖着疲惫的身子回来，回来后倒头就睡，既让她心痛，又让她没法去温存。刚到典家，不敢多问多说，就生起闷气。

不平的事不仅不减，反而在加重。典家人雕石头，全在农闲时间，两年的光景，天锅地锅终于雕好了。得助和得石收拾好石匠工具，做别的事去了，只有得帮还在后院独自凿石头。问他，他只说，再凿一个。什么？还要凿一个？张双妹就急了，难道这样的日子还要重复吗？张双妹就问得帮，是你雕得不好吗？为啥要返工啊？得帮还是呲牙一笑说，再凿一个。再凿一个？说得多轻松啊，那得凿多少下呀！得流多少汗呢！他们怎么不凿呢？偏偏只有你？你说话呀，你哑巴啦？张双妹真急了，第一次骂了不争气的得帮，得帮就是得帮，挨了媳妇骂，还是呲牙一笑，继续凿他的石地锅。

骂了几次，彼此倒有了默契，张双妹可以骂丈夫了。骂了几次就成了习惯，屋里骂，外面也能听到骂声。大家都用奇怪的眼光看这两口子，也没发现他们有什么争执，两人关系还算挺好的，难道这真是打是亲来骂是爱吗？

张双妹终于找到了倾诉对象，那就是柳巧。张双妹发现得助也受到了不公的待遇。老二得助不久也被分派到后院，虽然不是帮得帮雕地锅，但他那活苦累不说，还很脏。得助在后院挖大池子，几个池子挖完后，还要在池子四周砌上河泥。河泥也要得助到两叉河去淘。干河套淘一半儿，水河套淘一半儿，淘完了把两种泥再掺和在一起，一块块地在太阳下晒成半干的饼子，得助像揉发面馒头一样，来回搋着泥饼子，再把泥饼子贴到池子底部和四周，得助回家时，浑身是泥，疲惫得软趴趴的更像一堆泥。张双妹想，她和柳巧应该有共同语言了，就有意和柳巧谈起这件事：

“老二家的，咱们男人的活是不是太累了？”

柳巧和得助平时交流得多，知道些原由，她解释说：

“公爹说了，窖池的活，就由我家得助干，多少不讲。”

“那凿石头的活就由我家得帮做了？”

“应该是吧。”

“啥叫应该，啥叫不应该？这公平吗？你看老三得石最近多清闲呢。公爹也没给他安排活，他倒闲出屁来了。吃饭前还要漱几次口，酸的辣的咸的油的，都不吃，这是不是亲的……”

张双妹故意说到“亲的”停下来，她知道得帮、得助是典家的养子，得帮得助还是亲哥俩，她和柳巧才是亲妯娌。柳巧听出了张双妹的意思，她虽不知这样派活具体来由，但她从小也是过继到叔叔柳大下巴家，知道应该珍惜来之不易的处境，就劝张双妹：

“大嫂，你别多想了，公爹他咋分派，自有安排，反正咱们男人也没累死，不用太多心了。”

张双妹哪能不多心，这样分派活，实在太不公了。她就更留心地观察，果然发现，几个小叔子待遇也不一样。

给老四得强的活计也轻。在后院，又支起一口大锅，锅上坐着一盘大笼屉。得强坐在一墩石凳上，不紧不慢地拉着风箱，他每天都在这里蒸东西。别人的活，不是抡凿就是挥锹，使的可是全身的力气，可他像个书生一样，坐在那里，好不悠闲自在。张双妹想，老四得强也是亲生的，还会累着不成？

要不是也是亲生的老五得地，被分派了累活计，张双妹恐怕真的又去找柳巧，议论一下亲生和收养的区别。得地的活好像更累一些，是插墙。典家大院前院的房舍已经初具规模，那些房墙是一次性插完的。可后院里所有的墙，全要由得地一个人插好。先是裸露的石锅周围要插上墙，然后要把几个池子用墙围起来。得地不停地插着，插完这处插那处，插完基础墙，再搭上跳板插上面的，总是一个姿势，右腿前弓，左腿绷直，右臂支撑，左臂翻转，两手一起向斜上方挥动，一插子泥巴就上了墙。典式奎不让他换姿势，连个左右撇都不能换。听说，可怜的得地左臂整整比右臂粗了一圈。

亲生的得地遭了大罪，让张双妹的心里平衡了许多。又一个儿子的境遇，又让张双妹的心得到最后的安稳。那就是典得沧，典家的老六。老六典得沧的活计是扬场，在典家后院，专门辟出一块晾晒场，把地压得平平的，坚硬光滑，得沧就在那里扬场了。和老五得地的姿势有些相似，都是奋力挥膊，只不过得沧用的是木锨。木锨虽没杈子重，但要扬得很高，这样粮食和土粒石子以及瘪粮才能分出来。小仓子人长得瘦小，挥着比他长一身子的木锨，一下一下，哗啦啦哗啦啦地扬着，总是一个节奏，总是一个姿势，照这样下去，这孩子的胳膊也怕不一般粗了。

张双妹来典家，发现典家人都有那么股劲，不厌其烦地干一样的活，真够坚持的。渐渐地，她也习惯了这样的坚持，习惯了这样的派活，习惯了这样的生活。日子一天天地过去，典得地终于插完了后院所有要插的墙，用的可都是完完全全一个姿势。墙插好后，典家集中所有的自家人，上了梁，上完梁后，开始在梁和墙之间码椽子，这些椽子一般地长，一样地弯着弓起，钉在梁上。椽子是清一色的枣木，是得强独自一人加工出来的。原来，得强的蒸屉里蒸的是枣木杆子，蒸到一定程度，取出来别在弧形杠上，等枣木干透后，那带弯的弧度就固定了。得强还用同样的办法，加工了一截一截的马车轱辘，用的是更粗更厚的枣木，当然，这么厚这么粗的枣木做车轮，用的功夫就更深了。

典家烧锅屋顶封盖那天，劳累了一天的典家人都沉沉睡去，典式奎却睡不着，他在后院徜徉着，一抬头，发现在石烧锅后隐出一个人来，原来是结发妻子周云美。两人默不做声地走到一起，一会摸摸那粗大的石锅，一会儿又探探深处的发酵池，一会又去看看那个大蒸屉，仿佛又回到老家冯家集典家烧锅院，那时他们多年轻啊，两人虽不正眼相看，可一举手一投足，却全都留意着，典式奎光着脊梁，在烧锅边忙碌，对走过来的周云美视而不见一般，周云美呢，端着碗水悄声放下又转身而去了，可两个人的心是通着的！那烧锅的火呀那般地红，那溢出的酒香那般浓，要不是那接二连三的大灾，他们怎么会来到这里呢。

如今，又竖起了新的烧锅，在千里之外的关东，他们的新家新烧锅。虽然还没有点火，虽然还没安上门窗，但它实实在在地矗立在眼前了。多少年的梦幻真的要变成现实。为了它，做了多少准备呀！烧锅的八道工序，大部分有了落实。

按酿酒的顺序，第一道是蒸粮。把碾成碎粒的粮食，放进蒸屉里蒸，要蒸得恰到好处，太熟了，米粒黏合在一起不透气，不熟又影响发酵，瞎了粮食。典式奎就把这个任务交给了四儿子典得强。典得强手眼灵活，悟性好，式奎让他练习蒸枣木，蒸枣木一样要用那大铁锅和蒸屉，锅里加上水，注水前在锅底反扣一个泥盆，那泥盆在水汽的鼓动下发出咕咕的声响，从咕咕的声响里可以判断出汽的多少和水的温度，反复地蒸枣木，不全是为了椽子和车轮，主要还是练得强的听力和判断力，式奎测过得强好多次，得强都能很准确地猜中。

第二道工序是打散。打散是把蒸得的熟粮，用木锨均匀地打散开，之后还要均匀地扬上酒曲。打散扬曲，这一套动作，是有时间限制的，必须在粮温降到体温之前完成，也就是赤着脚刚好能站上去。这就需要技巧，典式奎把这件事交给老五典得沧，在此前，他接受了扬场训练。小仓子是弟弟典式轮的大儿子，天生长得瘦小，却有常人少有的耐心，为了练成这一本事，他反反复复地扬场，家里的粮食自然全由他一个人来扬。练到最后，得沧一锨下去，粮粒会均匀地洒在晒场上，稀疏薄厚完全一致。

第三道工序是入窖。打散加曲后的熟粮进到窖池里，这里的总管就是老二典得助。典得助跟柳大下巴学的泥水匠，现在又把这套手艺应用在窖池里。窖池里的黄泥很重要，直接关系到发酵程度和风味，得助已是这方面的行家里手了。

第四道工序是烧锅。烧锅是核心区域。眼下，石头天锅和石头地锅就在月光下，泛着青白的光。烧酒的火候由老大典得帮掌握。得帮最辛苦，典式奎让他独自完成石地锅，就是让他切实地体会雕地锅的难度，让他珍惜那一凿一凿的不易。用火稍有不慎，石地锅就会炸裂，所以，还需凿一个备用的。这个备用地锅，也是得帮一凿一凿完成的，典得帮哪能不小心慎重呢。为了不让地锅裂了，典得帮在石板上练习用火，已经烧裂了几十块石板了，他对火与石的感知，已经非常准确了。

第五道工序是装锅。装锅就是把出窖的发酵粮装进地锅里。要求也是薄厚均匀。装锅的同时，地锅下已经架起了火，装锅的要求是见汽就压，酒汽上来就用发酵粮压汽。薄厚均匀和见汽就压，这两个要求本来是冲突的，见汽一压，就破坏了薄厚均匀，但熟练的装锅人却能达到要求，一处见汽，马上就压，一压别处又冒汽，再冒再压，冒汽和压汽连上，压得自然就均匀。这一层过去，再压下一层，整个装锅是一气呵成的。否则，顾左顾不了右，一个地方没压好，整个锅就装乱了。插墙和装锅有异曲同工之处，典式奎让老五得地反复一个姿势插墙，练的就是这个本事。

第六道工序其实贯穿酿酒的始终，那就是品酒和兑酒。这个重要的活计交给了老三典得石。为了酿出风味稳定的酒来，需要对酒头、酒尾做准确判断。酒头需要兑回，酒尾还需重烧。制作酒曲需要更高的技术。做这道工序的人，首先要有好的味觉，对酒有敏锐的感知。为了培养这种酒感，典式奎对典得石要求得几近苛刻。典得石不能吃任何酸的辣的咸的油腻的食物，不能吸烟，只能品酒不能饮酒，这可苦了得石，正常的菜都不能吃，家里做饭时，要清汤寡水地留下一份给他，然后再加佐料，典得石从此过上了“没滋没味”的生活。

前六道工序已经练习的差不多了，剩下的两道工序是对酒的后期处理。正好，典家还有两个儿子没派上用场。第七道工序是储酒。储酒最好是用酒海储。制作酒海凭木匠的精湛技艺，用厚木板子拼接，拼接时不能用钉子，也不能用骨胶，全靠木头对缝。拼接后还要在里面糊上多层的窗户纸，糊纸要用新鲜的鹿血。这样制出的酒海保存酒，才能提高酒的质量。而这道工序，靠典家的自身条件，是无法办到的，只能到外面去学木匠。另一道工序就是往酒海里添加参茸蛤蚧虫草等药材，这些东西不是乱加的，也需要派出一个儿子去学药理。典式奎已经打算好了，就派七儿子典得州学木匠，等八儿子典得府再大点儿，派他去学药理。

典式奎和周云美又转回烧锅房里，压在地锅上的石头天锅显得分外深沉了。天锅上插着八抬的十字花杠木，正需要八个人合力抬起。两人摸着粗大的杠木，仿佛听到典家人喊着号子，一齐向上用力，把个天锅稳稳地抬起。

二十七

庞木匠的铺子就在十字花的路口。晚饭后，阿克敦的村人习惯性地抬腿奔这里来闲聊，庞木匠也乐意招呼大伙，辈分长的和年龄大的还给一个小板凳坐坐。堡子里的人在这里扯些闲话，交流一下村里的大事小情，有意无意间加工些消息，有影没影的都有，大家管这叫快的嘴，说不好听的叫嚼舌头根子。

眼下，庞木匠家倒很清静，只有他一个人躺在一个宽宽的、厚厚的、长长的四角八叉的大凳子上，那凳子既可以当做木匠活的支架，又可以供庞木匠躺着晒太阳，凳面已蹭得光油油的，被汗水浸过泛着几分沉重。

庞木匠仰躺着眯缝着眼睛，歪过头来，用嘴角深吸了一下烟斗，再缓缓地吐出去，那白烟就随着风儿偏了过去，不紧不慢地飘走。庞木匠还让前胸袒露出来，感觉着风丝在肚皮上掠过，有几丝凉意，又像是轻轻地提醒。庞木匠觉得就是这风儿，刮走了如烟的岁月。

在庞木匠眼里，岁月的痕迹就刻在他对面的一根大柱子上。他仰躺着，正可以看见那柱子上他用凿子刻的各种记号，这些记号斑斑驳驳，密密麻麻，是够沧桑的了，那些旧事又从记忆深处浮泛而起。最显眼的是一组横道，是典家大院新房的横梁数目，典家大院造房用的木料和工时，恐怕是他一辈子最大的活计了，因此，他近些年不用为吃粮发愁。到了秋后，典家就会送来高粱米、大黄米和苞米面，冲抵房子的工钱。庞木匠想，以后不会有谁家会建这么大的院子盖这么多的房子了，就是盖，也不会容空让他分期干完。典式奎那时对他说，只要先把前两排房子门窗做好就行，后面的可以缓一缓，典式奎甚至开玩笑说，能供上我儿子娶媳妇就行啊。

前些日子，庞木匠又接了为典家做悠车的活，这做悠车可是个技巧活，对材料要求也高，要用宽宽的扁扁的柳木板弯出许多弧度来。庞木匠四处找合适的柳树，他看上了典家大院前旧磨盘边上的大柳树，典式奎阻拦着说，这棵柳树和这旧磨盘有好些年了，就让它站在院门前吧。庞木匠只好又去别处找。柱子上刻着两道弯弯的弧线，就是指给典家做的两个悠车。

在那两道弧线上面，还有若隐若现的两个长方框的痕迹，这是庞木匠的一个秘密，所以就刻得浅一些，不那么清晰。那一年，典式奎要给老丈人黄大仙和二媳妇黄仙萍修衣冠冢，还要用上好的材料。可事出得急迫，现成的寿材哪里找得到，就求了殷天朴，殷天朴同意把自己的寿材借给典家用，只有殷实的人家才早早地准备好寿材，当然能将寿材借出去那也是个很大的人情。殷天朴的大儿子殷洪海出来阻拦，把典式奎窘到那里，不知怎么走出殷家门。殷天朴大骂殷洪海，才给典式奎和自己挽回了面子，那殷洪海气哼哼地摔门而去。于是，典家又凑了些木料，在庞木匠这打了两副棺材，装了黄大仙和黄仙萍的衣物，就埋在了典家坟地里。

过了几天，殷洪海悄悄地找到了庞木匠，问他要不要上好的木料，等到庞木匠见到那些木料时，他就惊呆了。原来，几天前有人盗了黄大仙和黄仙萍的衣冠冢，挖走了两副棺材，把棺材里的衣物胡乱地扔在坟地里，现在庞木匠看到这些木料，就知道这是从那两副棺材上拆下来的。看着殷洪海那凶狠的眼神，庞木匠知道这些木料不要是不行的，殷洪海的为人他太了解了，知道了这个秘密，想不买都不行。当然，他也想占个便宜，就出了很低的价。殷洪海只为出口恶气，也就同意了。庞木匠陆陆续续地把这些木料用完，他身下躺着的大凳子，也是用这料做的。后来，典式奎到底用两具石棺做了衣冠冢，又还了殷天朴的寿材。

庞木匠手捂着肚皮，心里盘算着该怎样向典式奎要些现钱，漆悠车用的火漆是他从额摩镇用铜钱买来的，他需要现钱周转。昨天，他又把悠车仔细地检查了一遍，看到自己满意的面容浸在悠车的油光里，他才传话给典式奎今天来验收。他把要现钱的理由默念了一遍又一遍，既要得到现钱，又不要伤了这个大东家。

“哟，木匠兄弟，你好不悠闲。”

话音刚落，典式奎已迈进院中，向庞木匠打着招呼。

庞木匠应声而起，弓着腰拾起一只敦实的凳子，摆稳了请典式奎坐。这时，他才发现典式奎手里拎着一个草纸包，那淡黄色的纸包有几处被油浸透，渗出深黄色的油光。凭经验，他猜想包里一定装着年节时送礼的果子，典式奎这是要给谁送礼呢？怪不得等到这时才来。

典式奎把那包果子放在庞木匠刚刚躺过的大凳子上，那双眼睛已专注在那两辆悠车上了，嘴里连连发出“啧啧”的赞叹声。庞木匠得到赞赏，紧跟在式奎旁边说：

“这可是我最上心的活计。”

式奎说：“你的好手艺呀。”这是真心的夸奖，他一只手把悠车托住，一只手在悠车侧面摸拭着，眼睛看着悠车里面，仿佛在悠车里已看见了他的大胖孙子。

庞木匠转脸在屋内寻找着，看见木案下的大花猫，他小心地蹲下身子，嘴里“花花”地叫着，伸出右手坐着作喂食状，那花猫竖着尾巴一纵纵地躬身到庞木匠跟前，庞木匠把花猫抱起，轻轻地将它放进悠车里面，嘴里说着：

“典大当家的，悠悠试试。”

式奎和庞木匠都知道这条规矩，悠车不能空悠，空悠不吉利。现在悠车里有了花猫，式奎和庞木匠就在手上同时加了力，悠车起动了，在半空中晃悠着，像是弯月在浮云中划行，牵着悠车的皮索和房梁摩擦着发出“喳喳”的有节奏的声音，像是奏响在典式奎心里。那花猫也适应了这惬意的频率，半眯着眼睛伏下身子，庞木匠看到典式奎半眯着的眼睛竟和这猫儿一样。

庞木匠不错时机地把话题往现钱上引，他叙述着这可是额摩镇上最好的火漆漆的，绘声绘色地描述那卖漆人怎么钻牛角尖，少一个子也不行。式奎不经意地点着头，眼睛一刻也没离开悠车里的猫，庞木匠见式奎的兴趣还没转移，只好耐心地等着。两个人试完了这辆又试另一辆，式奎最后小心地把悠车扶稳，庞木匠抱出了那只猫。

式奎说：“我们家的媳妇，最好可别一起生孩子，要不两辆悠车也不够。”

庞木匠明显地感到式奎话里的骄傲，借着式奎的语势，他赶紧接着说：

“没大关系，真要不够用，我紧紧手，也能赶做一辆。”

正当庞木匠想着办法，把话题再拢回漆上，倒是式奎主动提起钱的事。他说：

“木匠兄弟，我对悠车很中意，这次给你现钱，你买漆呀，铆钉呀也需要现钱。”

庞木匠脸上的笑纹就一下子开放了，他忙不迭地说：

“那更好了，如果你钱紧，先结一辆也行啊。”

式奎说：“还是全结了吧。”然后从腰中把环形的腰带解下，从里面倒出铜钱，庞木匠并拢着手指接着铜钱，仿佛这钱不是应该得到的，而是式奎赏给的。

式奎收起腰包，又把案子上的那包果子拎起，直直地送到庞木匠身前说：

“木匠兄弟，我有个事想和你商量。”

庞木匠有些吃惊，会是什么事让典式奎这么爽快地结了账，还送来了这么厚重的礼品？他忙说：

“商量啥，你尽管吩咐。”

“是这样，我家老七小舟子也是个半大小子了，人倒是机灵，就是心性不定，我想让他到你这里学徒，不知你能不能收他？”

庞木匠转身把果子放在大凳子上，这个动作很难说清他是否收下了礼物。他放下果子后，并没有马上再转回身去，而是绕着大凳子去取烟笸箩。他那慢慢的动作掩饰着他紧张的思索：

典式奎把儿子放到他这儿学徒，肯定有深意。典家现在有三个石匠，典式奎和他的两个养子，一个泥水匠，典家老二不仅学过石匠，还跟柳大下巴学泥水匠。现在再出一个学木匠的，三种匠人全齐了，典家恐怕就万事不求人了。何况他们家还有鹿神、大仙，那还了得！俗话说，教会个徒弟，饿死个师傅，就是典家这个学木匠的将来不在外面揽活，那典家的活由他们自己干也是天经地义的，典家还有两排房子没建完呢，那可是两年的口粮啊！可是，如果拒绝了典式奎这个要求，又要得罪一个大东家，阿克敦就这么两个大户，典家和殷家哪个也得罪不起。

如何回答式奎，叫他犯了难。庞木匠把烟笸箩拿到典式奎跟前时，仍没个准主意，就换了个话题试探：

“你说的小舟子，是不是太小了？”

“不小，不小，我琢磨着，他学三年徒，也成人了，那时再给他娶亲。”

“嫩芽子，木匠活可需把子力气。”

典式奎却摆手说：

“没事，木匠活更需灵巧，就像你一样，又精又灵才能做好木匠。”

庞木匠不敢再往下拖延，他怕典式奎看破他的心思。这种神仙附过体的人，最好别跟他比心眼。眼下，只能先应承下来：

“好，那你要舍得，就让他来吧。”

典式奎把那个仍在原位的果子包推过来，对庞木匠说：

“木匠兄弟，小舟子就由你指教了，不对的地方，打骂由你，你替我操心。不过小舟子比其他孩子顽皮，不好管教，我再给他带份口粮。”

典式奎开出的条件够优厚的，一般的学徒，白吃白干活，小舟子带粮学徒，就只为学手艺了。庞木匠也觉得自己刚才的拖延有些过了，忙补救地说：

“那明天就让他来吧。啊，这样吧，一会我去给你送悠车，顺便看看小舟子。”

此时的小舟子正沉浸在自己的世界中。小舟子是式奎弟弟式轮的二儿子，式轮去世后，过继给式奎做儿子，排行老七，正式起名叫典得州，和他的两个兄弟典得沧、典得府三个人的名字连在一起就是沧州府，纪念他们是来自直隶沧州府典式轮的儿子。三个人的小名也依次叫小仓子、小舟子和小斧子，全是沧州府的谐音。

小舟子不像他的哥哥和弟弟，亲切地管式奎叫爹，这孩子对父亲的印象永远是骨感的，他心目中的爹爹应该是削瘦的，而不应该像式奎那样健壮，健壮的男人应该当伯伯才对。在式轮留下的三个兄弟中，也只有小舟子长得最像式轮。式奎面对小舟子，有时竟忘情地想起他的弟弟式轮。

小舟子尽可能回避管式奎叫爹，也尽可能回避叫云美娘，他对这两人的称呼是能省则省，可舍去称呼又实在太难，他就尽可能不说话，他总是闪动着一双活份的眼睛观察身边的一切，甚至让人感到几分警觉。但小舟子对仙荣却很认可，叫起三娘来顺溜自然。对小舟子的了解，也只好通过仙荣了。仙荣愿意把小舟子叫到身边，一边用手捋他的头发，一边问他一些问题，小舟子很乖顺地回答，遇到实在不想回答的，他就龇牙笑一下。仙荣问得紧迫了，他就挣脱开跑得远远的。

孤僻的小舟子到了野外就像换了个人一样。他喜欢在旷野中自由自在的感觉，他更喜欢观察鸟啊，虫啊，常常用一根草棍把两窝蚂蚁拢在一起，然后居高临下看他们混战。酷热的夏天，他又扎了好多蝈蝈笼子，在烈日下引着蝈蝈们大叫，这又吸引了草棵里更多的蝈蝈。一个晌午，他能捕捉到几十只蝈蝈，然后把它们分成伙，在笼子里面厮杀。有时，他用树杈把蜘蛛网挑起，去河边去粘蜻蜓，用线拴住蜻蜓的肚子，带着蜻蜓军团去院子里捕捉蚊子。

再大一些，小舟子也能给家里做贡献了。他对捕鱼很得要领。原来的水河套变成典家的良田后，河滩地中间留下细细的沟渠，水也不深。小舟子把沟两端封住，然后赤条条地在沟里来回奔跑，趟得沟里浑水泛起，沟里的鱼儿只好大张着嘴探出头来呼吸，这时，他再不紧不慢地一条条去捉。

兄弟们领着他干农活，可他就是干不下去，一有机会就开溜，他的野性就养成了，到了河滩地，他到沟里捞鱼捕虾，总有些收获，大家也乐意改善生活，往往由着他，渐渐地成了习惯。等式奎发现了已难改了。式奎见他有些巧劲，就想让他学三年木匠，也收收他的性子。式奎对小舟子还是很有信心，凭他的心劲和巧劲，能做出要求很严的酒海。典式奎比较了解庞木匠，吃亏的事从来不会做，拿着口粮供着活源做学徒，他怎么会不愿意呢？

小舟子第一次独自去庞木匠家学徒那天，式奎叫仙荣拿眼睛瞄着点，看这孩子去得顺当不。式奎从小舟子冷冷的眼里已瞅出来他的别扭。小舟子没有磨蹭，匆忙吃过早饭放下碗就出门了，仙荣走出院外想用目光送他一程，谁知，小舟子又一溜小跑地折返回来，他气喘吁吁地站在仙荣面前，歪着头，提出了一个要求：

“三娘，给我几根头发行吗？”

仙荣一愣，不知小舟子要她的头发做什么，小舟子不答，却仍拉着仙荣的手说：

“几根就行。”

仙荣侧过身子，在鬓角上抓了几下，有几根长发就进指头缝中了，小舟子从仙荣手指间拉出几根头发丝，再用手团团，撒腿奔庞木匠家方向跑去了。

等仙荣收回目光，却见小舟子的两个亲兄弟小仓子、小斧子也挤在墙垛边往远处看。她想，到底是亲兄弟，他们都关心着小舟子呢。

殷洪海来到庞木匠家。这位客人的到来，更让庞木匠紧张，他有些心虚地看看用寿材做的大木凳，递过烟笸箩请殷洪海坐下。殷洪海放低声音问：

“他去哪了？”

庞木匠一时被问住了，不知殷洪海说的他是谁。殷洪海忙补充道：“你新收的徒弟哪去了？”庞木匠放下烟斗说：“嗨！我当说谁呢，小舟子又去套家雀了。”殷洪海戏谑道：“套家雀？你这木匠经里还有这一课？”庞木匠撇撇嘴说：“他自己要务，我又有什么办法！”庞木匠的表情像是无奈，其实满是得意。

“你呀，真会算计。”殷洪海听出了庞木匠话里的意思，直夸庞木匠。

“这可不怨我，教不教在我，学不学在他。”庞木匠说得更明白些。

殷洪海说：“别当大家看不出来，这些天小舟子天天爬树杈套家雀，那典家拿着粮食让他来学本事，能不用眼瞄着吗？人家是想看看你到底真不真教，时间长了，典式奎就找你算账了。”

殷洪海的话让庞木匠心里一惊。殷洪海都能看出他的用心，那典式奎是干什么的，心里恐怕早就门清了。他见殷洪海一副猜不透的表情，就知道他今天来这儿不是随便串门子，八成是奔着小舟子学徒这事来的。可是小舟子学徒与他殷洪海又有何干呢。想到这，他故意做出感兴趣的样子，引着殷洪海往下说。

殷洪海果然接着说道：“我看呢，你别把事做得太明显了，还是教他几招。小嫩秧子嘛，先别让他锯呀，铯的，教教他拉拉墨线，绑绑锯绳，让他收收心，这样，典式奎面子上也好看。”

庞木匠听了，更坚信殷洪海此次来一定另有目的，他频频点着头，鼓励着殷洪海继续说下去。殷洪海说："教他绑锯绳时，你顺便教教他下几种套子，比如猪蹄扣怎么下，比如这个……"

说着，殷洪海从腰里掏出一段缠绕着的绳子，他把那段绳子放在大凳子上摊开，然后拉过庞木匠说：

"这种套子专门套黄鼠狼黄皮子的，黄皮子最不好套了，但要是进了这种套子里，越挣越紧，十有八九跑不掉。"

庞木匠低声问：

"套黄皮子做啥？"

原来，堡子里的人都不愿意跟黄皮子过不去，黄鼠狼能迷人，得罪了它，黄仙会报复的。据老辈人讲，三马架一家人的鸡被黄鼠狼吃了，那户人家的三姑娘情急中用棍子打死了一只黄鼠狼，结果那家的三姑娘就被黄鼠狼迷住了，变成花痴疯了，见着男人就解裤子，那家人只好把她锁在屋里。

殷洪海告诉庞木匠：

"我也没让你去套黄皮子，要说套，也得是他小舟子套的。你就教会小舟子下套了，小舟子他套不套那是另回事。"

庞木匠不解地问："小舟子套黄皮子对我有啥好处？"

"有啊，那好处多去了。"殷洪海凑近他，放低声音，"老典家不是请黄仙吗？他家人套了黄皮子，得罪了黄仙，黄仙肯定要降罪老典家。小舟子要是迷登了，那时，你想教他他也学不会，这堡子就你一个木匠，还不由着你的性子赚钱？"

庞木匠彻底明白了殷洪海的意思，心想，殷洪海这招真叫阴，阴是阴了些，却是个好招法，但他还有些顾虑，又问："典式奎要是知道这套子是我教的，不会报复我吗？"殷洪海给他打气："你呀，你不会多教他几种套子？做出漫不经心的样子？"庞木匠使劲点着头："我明白了，你现在就教我吧，这套子扣你从哪学来的？"殷洪海说："额摩镇一个住店老客教的。"

一场小雨给夏夜送来了清凉。典式奎头枕方枕躺在炕上，他赤着胸膛，正眯着眼睛冲着敞着窗户的外面出神。近几天，天气闷热，云美和仙荣都在各自的屋子里准备了一把桦树皮扇子，为他扇风纳凉。今天不用扇子，仙荣改用头发丝给他挠着痒痒。仙荣把发髻打开，飘落下长长的头发，她随意地托起一把，用细丝撩拨着式奎，式奎很受用地缩着脖子，配合地挪挪身子。

两人慵懒地打发着被雨水浸过散发着土腥味的长夜。有一丝发丝溜进了式奎的嘴角，式奎用牙悄悄地咬了几下，仙荣顺着力道微微低下脑袋，式奎捋着她的发丝说："你能觉着我咬头发了？"仙荣轻声说："女人的头发最特别，你再轻的弄，我都知道。”式奎就又用手在她脑后划了一下，就有几根头发落进手中，仙荣回手把他的手握住说：“又有好几根了。”式奎说：“这么好的头发，你也忍心给小舟子套家雀?”仙荣说：“连这个你都知道，我刚开始也不知道小舟子用我头发做啥，后来听小斧子说，小舟子用马尾巴做套子，用头发丝系疙瘩，你要是不喜欢，我就不给他头发了。”式奎说：“这几天倒是没见小舟子爬树套鸟，莫非真的学起手艺了?”仙荣说：“可能吧，我看小舟子回家时，手上有一道道的黑墨印，那是木匠划线的印吧。但愿这孩子能收心。我明天问问他可学到啥。”式奎说：“行啊，你问吧，小舟子倒是愿意跟你说话。”仙荣说：“那当然，咱仨总得有人能和他说上话啊。”式奎感叹道：“对，我越琢磨越是这么回事，小舟子的心思，要是谁也不掌握，就难管了。”

两人正说着话，窗外传来扑愣愣的声音，侧耳细听，声音好像是从鸡窝那边传来的。仙荣已麻利地下了地，拾起鞋子给正下炕的式奎穿上，两人披了衣服小心地走到鸡窝边，只见一个长尾巴的东西正拼命地挣扎着，那窝里的鸡吓成了木鸡一般不会动弹。

仙荣走进去蹲下身子，借着夜光看那还在挣扎的毛烘烘的动物，她看了一下，叫式奎回屋取剪子，式奎回头拿来剪子，见那动物已停止了挣扎静卧在那里。仙荣接过剪子，只听“咔咔”几下，那动物像一团烟一样消失在角落里，等仙荣站起身来，式奎问：“啥东西?”

“黄鼠狼。”

“黄鼠狼?谁会套他?”

“我猜应该是小舟子。”仙荣想想说。

式奎似有所悟，仙荣拿起被剪成几截的绳子看看说：“也就是他，还能有谁。为啥要套黄鼠狼呢?等我问问他。”

式奎把几截绳子摆弄了几下说：“这件事看来不那么简单呢。”

时间选在初八的晚上，上弦月的光弱得微黄，稀疏的星星疲惫地眨着眼睛，几许薄厚不均的云低得像村里的几冠柳树的黑影。庞木匠和他的婆娘几乎同时被一种声音惊醒。

庞木匠本来正在做着一个怪梦，梦中典家大院被洪水冲塌，一只桔黄桔黄的黄鼠狼给他带来典式奎的口信，说让他快些准备些粗木去维修房舍，这只黄鼠狼一再嘱咐不要带上他刚收的徒弟小舟子。可小舟子偏要跟着他走，一只手还扯住了他的头发。

庞木匠的婆娘正紧紧抓住他的头发，发着抖依在他身上。那声音来自北墙根儿，是一声声像得了痨病将要死去的老人在咳嗽。声音破败，还有丝丝拉着血丝倒气的拌音。在这寂静的夜里煞是瘆人。

庞木匠的父亲得的就是这种病，一咳嗽起来，像灶旁的破风箱一样上气不接下气，他自己难受又让别人难受。老木匠死因是一口痰卡在了嗓子眼，就像软木塞子把气管给塞住了。老木匠的脸被憋得青紫，最后蹬了几下腿，总算把身体弄直了，他也死去了。眼下，北墙根儿的咳嗽声和老木匠死前的咳嗽声像一个嗓子眼里发出的，还有个音特别像老木匠嗓子眼的活木塞被顶了出来。老木匠像是在说，我终于能喘这口气了，让我一次咳个够吧，接着就又连续咳嗽起来。

庞木匠和他的婆娘分明感到那咳嗽声奔着土炕来了，只几声就到了炕沿边，像是专门对着他们咳的。庞木匠和他的婆娘惊恐地彼此抓住对方，有好一会儿，那咳嗽声才又向北墙根移去。庞木匠胆子大了些，伸手去摸东墙上挂着的烟火绳。在这屋子里，只有烟火绳有点点亮光，他哆嗦着摸到了，把烟火绳拉下来，又哆嗦着吹几下，烟火头的亮光大了一些，他伸出烟火绳向屋里照，但什么也没照到。这时，他感到他婆娘正抱紧他的一条大腿。

烟火头在黑暗中继续划动，仍没看见什么东西，他正努力定神去看，突然间咳嗽声骤起，有人像是光着脚蹑足走过来，吓得庞木匠“妈呀”一声，失手把烟火绳扔在地上，他身后也“哇”的一声，是他的婆娘放开嗓门大哭起来，这声音压过了所有的声音，庞木匠惊恐中大头着地从炕上翻滚下来，他还没来得及感到疼痛，就觉得有一只肉乎乎的大手在他脚脖子上摸了一下，然后滑滑地过去了。

庞木匠和他的婆娘几乎赤裸着挤到门口，房门依然闩得紧紧地，并没有谁破门而入。两人终于把门闩打开挤出门外，庞木匠还没忘把门关上，用身体靠死，他怕里面出声的东西也随他们出来。

他们失魂落魄地用一只木棍把门支上，又慌慌张张地奔到窗前，噼里啪啦地落下窗子。他们俩刚稳些神，却又听到屋里阵阵咳嗽声，两人大气也不敢出，就一直守在窗前，等到天蒙蒙亮了，里面才没了声息。

早起放羊的屯邻发现了两人狼狈的样子，放羊人提着鞭子扒着墙头问他们怎么了，他们不知怎么叙述昨晚的情景，只央着放羊人再去找些人，一起看看屋子里是什么人咳嗽。大家壮着胆子进了屋，并没有发现什么异常。除了炕沿边上留下一道血印外，屋里什么也没变化。那血印是昨晚庞木匠翻下炕时划破了手臂留下的。

在听完两人断续的叙述后，屯邻们已经想出了事情的原因和解决的办法。大概是庞木匠死去的老爹有什么要求，来到阳间了。这种事只有去请大仙来破解。庞木匠让邻里照看他的婆娘，他的婆娘经过一夜的恐吓和折腾已卧倒在炕上，没人陪着不敢待在屋内。庞木匠穿好外衣，急急忙忙奔典家大院来了。

典式奎稳稳地坐在那把太师椅上，听完庞木匠的述说，很同情地说：

“是得请大仙看看，你回去准备吧，今晚我就让她们去。能不能灵验就看你的造化了。”

庞木匠千恩万谢地告别了典式奎，刚迈出大门，他那个新收的徒弟小舟子就在他身后忍不住笑了起来，仙荣一把捂住他的嘴巴，把他叫到屋内，再次嘱咐他要守住秘密。

小舟子较好地完成了任务，昨天夜里，小舟子把逮住的六只青蛙喂了盐巴，把它们从庞木匠家屋子的猫洞口放了进去，那六只青蛙像得病的老人一样咳嗽起来，把庞木匠两口子吓得半死。有一只青蛙还从庞木匠的腿边掠过，像要把庞木匠接进地狱。小舟子还是在一个偶然的机会，知道青蛙吃了盐巴会像人一样咳嗽。那天，仙荣对他说了庞木匠教他套黄鼠狼的恶意，小舟子就对三娘说，他有办法戏弄一下这个坏心眼师傅。仙荣觉得这个主意好，还可以再往前赶一步，好好整治整治这个多嘴多舌的家伙。

二十八

天刚擦黑，仙荣和云美做为大仙和二仙提早出了院门，式奎对家里人说，今天的院子不用拾掇了，你们愿意上哪就上哪去，我在家里望着门。大家能上哪，早就想目睹一下今晚请大仙的大戏了，巴不得当家人有这样的好心情。大家相继离开院子，奔了今晚的目的地。

夜色终于把堡子全部笼罩住，式奎关了院门，又嘱咐值夜喂牲口的长工几句，也奔堡子中心而去。没走多远，就有跳大神的鼓声传过来，式奎心说，这是仙荣在酝酿情绪呢，脚下就走得密实了。临到庞木匠家门口，见吸烟的光亮闪闪烁烁着，那里一定围聚了好些看热闹的人。鼓声刚停，两柱烟火升起，式奎知道是仙荣在院中踢火。火光下，式奎看见一个熟悉的背影挺拔得溜直，那正是殷天朴。式奎心想，殷老爷子一般不凑热闹，今天竟和自己一样也来了。这时，仙荣的唱腔正好响起：

麻麻黑的夜里鼓响七分，
大仙寻声就进了村，

庞家那个是非地，
妖魔鬼怪就缠住了事主的身。

哎哟哎哟哎——
睡觉受了贼眼风，
吃饭偏又做夹生，
走路左腿拌右腿，
扛镐还刨了自己的脚后跟。
哎哟哎哟哎——
昨晚那事是刚开始呀，
倒霉的事一轮接一轮，
大树倒下遭了雷劈，
河水倒灌进了灶坑门，
房子烧得落了架呀，
生灵死绝全都挨了瘟。

大仙唱到这里，跪在院中央的两个黑影已筛糠般地抖动，那一定是庞木匠和他的婆娘了。二仙云美不失时机地提示道："请问大仙有些缘由，还请代为破解。"

于是鼓声又起，伴着节奏，大仙唱得有板有眼，念念有词：

你爹他被痰噎死上了西天，
在阴间还承受九九八十一难，
眼看就要托生了，
再回头保佑你家能平安。

谁知你鼻歪嘴斜心肠烂，
设下套子让黄仙弟子钻，
得罪了黄仙惹下大祸，
你要把事情端的说个清楚，
也许还能逃过这一关。

庞木匠磕头如捣蒜，嘴里呼喊着："黄仙饶命吧，是我一时糊涂，听了殷洪海的瞎话呀！是他让我教小舟子下套子的，是他的主意啊！他还挖了仙人的坟，把木料卖给我，我开始时不想买的呀！黄仙你饶了我吧，饶了我家，饶了我爹吧！”

庞木匠前面的忏悔式奎早就料到了，可后面挖坟的事还是让他吃惊不小。原来这事也是殷洪海干的！他愣神的功夫，前面一个人影在他旁边一闪过去了，式奎定神一看，却是殷天朴。羞愧和气恼让殷天朴逃离了人群，两人错身时，式奎看到殷天朴的头压得更低。

二十九

殷天朴回家就病倒了。

挖坟、下套这等最下作的事全让他的大儿子殷洪海干了。不仅干了，还让全堡子的人都知道了。殷洪海已长成了一棵歪脖树，直是直不过来了，砍又下不了手，只能任其歪长歪活。

他又不能向典家道歉，也不能向堡子里的人去辩解，他选择了回避。

典家的事却又回避不了，孙妈源源不断地带回典家的消息。

孙妈明显觉得殷天朴这些年变了，变得寡言沉静了。原来挺拔的腰杆也弯下来，原来理得一丝不苟的山羊胡子也零乱了。说话的声音也低了许多，语气也慢下来。

那天，孙妈刚刚为典得助和柳巧的第三个孩子接完生，从典家出来往回走，路上看到典家院门前不远处的大磨盘，这磨盘还依然略微倾斜着靠在土坡上，看着这旧物，孙妈不禁想起她和殷天朴的第一次。也许有了预感，她急匆匆地回到殷家奔到殷天朴屋内。殷天朴穿戴得整整齐齐，笔直地躺在正屋的大炕上，已气息全无。

孙妈还没哭上几声，就被殷家大少爷殷洪海叫了过去，正式通知她，她的殷家管家婆的职务正式被解除了，两天内必须离开殷家。孙妈提出能不能把老爷入葬的事办完再走，殷洪海用鼻子哼了一下说：

“不必了，我们殷家孙男弟女几十口人，用不着你来操办。”

孙妈就是悔呀，当初殷天朴要把她扶成偏房，她还不以为然，以为这名份有什么呀，当个管家婆也一样说了算，一样伺候老爷，没想到这偏房是终身制的，而管家婆却是个聘任的，这不，说给解除就解除了。孙妈更痛恨殷洪海的妈妈，那个歹毒的大太太，发现了她和殷家老爷有染后，不仅告了密，把她赶出殷家，而且当殷天朴做了掌门人，又把她请回来后，殷家大太太偷偷给她服了“女儿绝”，一种妓院里用的绝孕的酒，使她再也不能生育了，彻底使她和殷家断了骨血关系，至于她和殷天朴的私生女春秀，是用“收养”的方式来到殷家，那是不算数的。为殷家操劳了大半辈子，现在一走了之，彻底成了和殷家不相干的人。

孙妈开始收拾东西，殷天朴平时给她的碎银零花以及她当媒人、接生婆挣的小钱积攒在一起有二十多两银子，她用包包好，放进了衣物包里。衣物呢，薄的、厚的也整理了两大包，有一个首饰盒，也顺便打进了衣物包里。剩下的行李，挑选一下打成了一个行李包。

孙妈背着行李包，一手拎了一个衣物包走到殷家大门口，被殷洪海拦下，孙妈问：

“这是干啥？”

殷洪海指着他身旁一个穿灰马褂的人说：

“这位是新管家，姓李。”

孙妈瞧瞧有些面熟，但想不起来了。那李管家说了话：

“孙妈，按照殷家的规矩，从这里出去的人要看看所夹带的东西，以免误会。”

孙妈冲着殷洪海：“殷大少爷，你做事不要太绝了。”

殷洪海梗着脖子用鼻子哼着：“孙妈，你刚才不是听见了吗？这是家规，谁也不能违背，你当过管家，更应知道。”

孙妈没好气地把三个包裹扔到地上：“你们翻吧！”

那李管家也不客气，一包一包地翻开了，行李、衣物和日常用品全放过了，二十多两银子和一个玉嘴的长烟袋放到了殷洪海跟前，李管家又从首饰盒里拿出一个白色织巾，上面隐隐地有墨迹画过，李管家没当回事，就要放回首饰盒，殷洪海一把抓过来，看了看，要放进自己的衣袋。

孙妈心里一紧，这织巾她从未见过，一定是老爷临死前放进去的，她想到这就冲过去要抢回来：

“那是老爷给我的念想！你快还给我。”

“啥念想不念想的”，殷洪海得意地说，“你要真的想着老爷，你可以陪他去嘛，我家老爷子还没入葬，我可以成全你。”

“你做损，也不怕折了寿！”孙妈气愤地指着殷洪海的鼻子。

“别那么嘴硬，”殷洪海的语气不阴不阳，“说些软话，我可以多给你些银子。”

孙妈被迫压着火气解释道：“这些银子是老爷给我的工钱，还有我自己挣的一点小钱。”

“恐怕还有别的钱吧？”殷洪海不怀好意地说。他从那包银子里抽出几块扔给孙妈，把其他的银子和那个玉嘴烟袋收了起来。孙妈扑过去要往回抢，被李管家拦住，殷洪海扬长而去。

孙妈浑身发抖，脸色青紫，嘴唇蠕动了几下，终于哭出了声，她最后还是把散乱的包包好，引来不少殷家人和长短工的同情，但他们除了同情也没什么办法，看着孙妈蹒跚着走出殷家院门。

到哪里去呢？她自然想到了她和殷天朴的亲生女儿春秀。

春秀嫁给得石已经好多年，现在已是三个孩子的母亲。春秀的大儿子按家谱“得”字后面是个“东”字，起名典东明，第二个孩子是个女孩，起名典月娥，第三个孩子是个男孩，取名典东启。得帮、得助也都有了孩子，这些孩子无一例外都是孙妈接生的。得帮的大儿子叫典东林，大女儿典月齐，二儿子典东伟。得助的大儿子典东升，大女儿典月娇，还有刚出生的儿子还没起名呢。

典式奎的三媳妇黄仙荣终于在儿媳妇们分娩前生下头胎，取名典得风，那天风真大，这孩子因风得名，小名风起。之后，她又生了第二个儿子典得雨，孩子出生前一个月一直没下雨，旱得厉害，听孙妈说，典式奎给要出生的孩子起名典得雨，是希望能下一场透雨。果不其然，孩子出生前三天，雨下得扯天扯地，典家人高兴得在雨中嬉戏。这孩子小名叫雨后。

至此，典式奎共有十个儿子，他们是典得帮、典得助、典得石、典得强、典得地、典得沧、典得州、典得府、典得风、典得雨。典式奎这十个儿子小名连在一起还有一个顺口溜，叫做：

大帮子二柱子
三石头儿四墙头儿五地头儿，
六仓子七舟子八斧子，
老九风起老十雨后。

有趣的是仙荣的儿子得风、得雨人小辈大，有时就跟他们的小侄儿、小侄女耍大牌，在院子里一同玩耍，就叉着腰，说道：“我是你们的小九叔，就得听我的。”

或是说：“你好好跟十叔玩，要不我叫我哥打你！”

好不威风。

这些年里，孩子陆陆续续出生，典家的悠车没闲过，典式奎经常半眯着眼睛，用很自豪的口气说，要用悠车，悠出满院子典家人。

典家这些年把整个典家大院修缮得差不多了，式奎所绘就的图画已变成了现实。上房西边还修了一大间私塾学堂，给师爷留了住处。院子四角还修了四个角楼，紧要时刻可以看家护院，在院子大门口影壁后，专门修了用于请神活动的土坛，依然用着黄大仙写的四个字“鹿神此来”。

典家上房三户，分别住着云美和仙荣，中间仙萍那户一直空着，有时式奎就独自进来坐坐，偶尔还住一两晚上，看看仙萍留下来的衣物。衣物少得可怜，仙萍新婚的衣裤和那双被褥，在给仙萍修衣冠冢时被埋在了典家所选的坟地里，那里还有典式奎的弟弟典式轮的坟和仙萍的爹爹、式奎的岳父黄大仙黄二月的衣冠冢。

回头再说典家上房后有两排下房，第一排已住满，得帮一家，得助一家，得石一家，三大家子。得强、得地两兄弟也陆续成婚，正在孕育或即将孕育，也住在第一排。得沧、得州和得府三个兄弟，他们还是半大小子，住在一户里，等着长大一些再娶妻生子，但他们的房子在哪都是明确的。剩下的得字辈就是得风、得雨了，都是仙荣的孩子，年龄尚小，和仙荣住在一户里。

典家还剩下好几户没有典家人住，就引了几户长工，也像殷家一样，管吃管住，干满一年给四亩薄地。云美有时就跟式奎说：

“要是仙萍不出事，她也能给咱生上几户，现在恐怕就排满了。”

对仙萍的怀念会忽然袭进式奎的心头，那文静的笑容，那专注的目光会突然出现在式奎眼前。

仙荣还是那么风风火火，嘻嘻哈哈，都做了母亲了，有时还像个孩子一样撒娇，式奎拥着仙荣有时就想起仙萍走了神，弄得仙荣疯到半路回不来。式奎还非常怀念他那仙人岳父，越琢磨越有味道，黄大仙说过的话有时会突然让式奎想起，式奎就觉得，老岳父才是高人，不是一般的高人，那是特别高的高人。

第八章 来了教书先生

三十

孙妈要来典家大院找份差事，是孙妈和春秀商量后提出的，孙妈年龄还不算大，是个非常能张罗的人，认识人又多，各种关系都有，春秀猜想，她公公婆婆一定会同意，这样和姨妈能住在一个院子里，朝夕相处有个照应，否则，让姨妈一个人到哪去呢？谁想，这事一提出，就把式奎和云美给难住了。

典家也确实缺少孙妈这样的人，就是凭孙妈这些年为典家所做的事，也不应该拒绝这个要求，但典家也有难处。

一来，得帮的媳妇张双妹在三个月以前，向婆婆云美提出能不能让她那个打猎的爹爹来做长工。张双妹出嫁后，猎户张和儿子、儿媳的矛盾进一步加大，张双妹见典家也缺人手，长工待遇又好，就提出了这个要求，式奎和云美考虑到双妹本来就顾娘家，曾发生过背着典家往娘家背黑豆的事，如果她那嗜酒的爹爹再来这里，那双妹就更不会把心思用在典家了，这个头一开，其他媳妇要是再提出什么，不好应对，就婉言谢绝了。现在自己亲生儿子的媳妇把姨妈介绍到典家，和双妹那就不好平衡，弄不好，双妹再在得帮那吹吹枕头风，说亲生的就比后认的受优待，矛盾就会更突出。

二来，孙妈刚被殷家辞了工，典家就立马接收下来，能不能引起两家的矛盾呢？尤其是那个殷洪海，一直就不与典家为善，能不能变本加厉激化矛盾呢？式奎和云美商量着，不知如何回答春秀。

春秀哪里知道公公婆婆有这么多难处，她觉得有这么个能干的姨妈，怎么也能在典家找点事干。她拉着孙妈的手，让她先休息一会，等着公公婆婆的安排。孙妈就在饭堂边上原来准备留给黄大仙的房间住下了。

孙妈是个闲不住的人，进了屋子就开始打扫这个房间，那半透亮的窗户纸再不擦就擦不出来了，她打了盆水，放在这间房子的灶台上，看着这个灶台，甚感奇怪，都说典家的住房没有灶间，可黄大仙的房里竟然修了一个很大的灶台，这屋子连着饭堂，饭堂那边才是一个很大的灶间，这个灶台有什么用呢？这个灶台的灶口又一点做饭的痕迹也没有。看到这，她就趋前搬动了灶上的锅盖，那锅盖很沉，挪开后，孙妈大吃一惊，原来锅盖下面黑咕隆咚的，竟没有锅，待孙妈定神细瞧就看出了门道，灶台里面是并排的四个大陶罐，打开一个盖子，里面装着黑乎乎的东西。

孙妈见过世面，她大体猜到了那一定是典家藏的火药。都传黄大仙和许大鼻子是被火药炸得同归于尽的，看来是假不了了。

这时，一阵噪动的声响从外面传来，乱哄哄的，还有人喊马嘶的声音。孙妈走出房门看到院子已被官兵包围，那个殷家大少爷殷洪海领着官兵，正在院门口和典式奎理论，孙妈支着耳朵听明白了，原来是殷洪海领人来查抄典家藏火药的。

朝廷有规定，私藏火药者治重罪，典家的危险就在眼前。孙妈立即回到黄大仙的房中，对着那个大灶台想起办法来，有了，她来到大灶间，拨起一个大黑锅，吃力地搬到那个灶台上，把锅安好，又返身撮了一些草木灰放在灶口，摆成刚做完饭的样子，又胡乱地在灶台上放了一些吃饭用的家什，最后还觉得不放心，又把灶间的一泥盆白菜汤倒进锅里一半，然后把汤盆放在锅盖上。

刚刚做完这一切，官兵搜查就开始了，孙妈怕殷洪海怀疑，躲进了春秀的房里，拉过春秀的女儿月娥，耳朵却听着外面的动静。

官兵们来了许多人，一排兵士搜查一排房子，那个当官的守尉亲自带人查看尚未完工的私塾学堂，把典家大院翻了个遍。

最急的是两个人，一个是殷洪海，他希望抓住证据一举把典家置于死地；另一个是典式奎，他最担心黄大仙的房子里出了问题。但在那房里走出的兵士并没有查出什么。

最后，跳大神用的脚踢机关里还是查出了几粒磷药丸，殷洪海像是抓住了最后一根稻草，拼命地对那个守尉嚷道：

“老爷，你看这是什么，这不是……”

这时，人群里走出了仙荣，只见她抢过那几粒磷药丸，顺手扔进嘴里，顿时一股火焰从她嘴里喷出，火焰过后，她那鲜红的小嘴竟没有任何烧伤，官兵们都看呆了，仙荣还在那里晃着脑袋气着殷洪海，把那鄙夷和嘲笑表演得淋漓尽致。

殷洪海灰灰地无话可说，他干咳了两声，溜之大吉。

没抓住狐狸，反而惹了一身骚。他原想来个一举两得，不仅可以一下子灭了典家的威风，还可以在殷家内外树立威信，结果适得其反。这下子，整个阿克敦全知道了殷洪海的用心，父亲尚未入土为安，就急不可待地赶走管家婆，诬告典家，真是恶毒至极。

守尉姓赵，叫赵敦诚，山东莱阳四家楼人，生于官宦世家，进士出身。二十多天前，二十多岁的赵敦诚来到额摩镇，在额穆赫索罗佐领治下任守尉。佐领和守尉都是军事官职，其实，八旗制度就是军民合一的管理制度，清朝在南方实行分省制，以省为地方上的最大行政区域，下设府、县，但对东北、蒙古、新疆、青海和西藏等地，采取了和内地不同的行政管理办法。在东北，有很多地方，是八旗军指挥和府、州、厅、县并行管理的，对那些尚未形成行政规模的地方，仍由军事首领代管民政职能。遇有战事，在旗人中紧急召集披甲人，披挂上阵。和平时期，旗人过着正常的家居生活。在京和分布在各省的旗人有固定的俸银的俸粮，在边疆的旗人则没有食俸，允许他们开垦旗田，招随旗人和民人耕种。赵敦诚这个守尉，就是在佐领的领导下，专门负责额摩地区的民政职能，为此，还专门设了守尉府。搜查典家私藏火药一案是守尉府的第一个案子，也是赵敦诚上任后第一次办案，所以，他很重视，亲自带兵来了。

赵守尉见举报不实，想是两个财主有隙，利用官府来报私怨，就要安慰典财主几句，他对典式奎说：

“典财主，我们是公务在身，有举必查，还请你谅解。”

典式奎见守尉态度和缓了，忙说：“守尉大人，没事更好，没事更好。”

赵敦诚对典式奎颇有好感，没想到，深山密林所包围的地方，还有这么有远见的财主。看那学堂，修建得有模有样，于是，他问典式奎：

“你这私塾，请的是哪里的先生？”

典式奎惭愧地说：“不怕大人笑话，我家私塾刚修完，还没请到先生。”

“噢，这里文化人不多？你能把你们堡子的名字写出来吗？”

典式奎过去在沧州冯家集为记烧锅账学了一些字，到阿克敦后跟黄大仙和仙荣又学了些，总的来说，认的字还不多，会写的更少些，但堡子名还是会写的。他蹲下身，拾起一截树枝，在地上写下“阿克敦”，写完，站起身，再退后，让守尉看。

赵敦诚轻声念道：“阿(ā)克敦”。

典式奎想纠正，应该念“阿(ē)克敦”，忽然灵光一闪，还是念阿(ā)克敦吧，阿(ē)克敦离鄂多哩太近，眼下，火药的事过去了，但殷洪海把多年的平衡打破了，这私垦的事，在禁地旁私垦的事，在皇家祖地旁私垦的事会不会让这个守尉……看这守尉长得慈眉善目，面容清朗，最好能给阿克敦，给我们典家带来好运，你说念啥就念啥，反正你官大，“对，阿(ā)克敦，阿(ā)克敦。”典式奎脱口而出。

赵敦诚对着地上的三个字点点头，又向远方指了指：

“你可知道，这里离江多远？”

这个问题让典式奎很难回答，这里往前是鄂多哩，鄂多哩紧邻着江边，他和老丈人是去过的，他是知道的，实话实说，那就是私闯禁地了。可是，说不知道离江很近吧，又是假的。于是，他没直接回答问题，就说：

“大人，我们阿(ā)克敦堡子里的人就在这附近生活，出门也只上额摩镇办事，别的地方不知道。”

他又一次说“阿(ā)克敦”，想让守尉对“阿(ā)克敦”加深印象，果然，赵敦诚下面的话，也说成了“阿(ā)克敦”。

“如果我没说错的话，阿(ā)克敦应该离江不远，距去乌拉去珲春去宁古塔的驿道都很近，水路、旱路四通八达，还有大片荒地没有开垦，是个好地方啊!”

守尉把大片荒地没有开垦，当成好地方的标准，从他的话里，典式奎听出点意思。但转念又一想，这个守尉恐怕不知道前面是禁地，而且是皇家祖地，所以，才以为可以通到江边。如果知道了，他不会这么说了。看他年纪轻轻，像是个刚上任的官。不管怎么说，今天的灾难过去了，平衡打破后，也没引起轩然大波。于是，他也应和着：

“是好地方，大人。”

赵敦诚带兵回额摩去了。

式奎见官兵走远，连忙赶到黄大仙住房，见到孙妈摆的迷魂阵，一下子明白过来，他来到得石家里，对着孙妈就跪了下来，孙妈连忙把他扶起来说：

“可别这样，折煞我老婆子了！”

式奎说：“你救了我们典家一大家子啊！”

典式奎招呼得石两口子好好招待孙妈，他说他马上要去楚家丁站，得石说，有啥事，我去吧。式奎说，不用你去，我和你楚大爷唠唠嗑。

式奎知道，老丈人顺风耳千里眼，得益于有个驿站的朋友楚北风。驿站收发信件、传递消息，还送公人和流犯，国家大事政况民情南北要闻，每天都传来传去，再加上楚北风分析问题有见地，老丈人很信服他。今天，守尉到了典家，应该把最新的情况告诉他，让他给分析分析。

楚北风听完典式奎的叙述，想了想说：

“我看是好事。我朝对关东是封禁还是开禁，一直处于两难选择中，封禁是为了保住大后方，一旦中原有事，可以退回老家，重新再来。所以，在盛京还建了留都，在各处围了许多封地。日子好过时，封禁得更厉害，不在乎那点地赋。可是，一遇到天灾人祸，就不得不解禁，即便不解禁，也是睁一眼闭一眼。流民你让他哪里去？只有去关东，不是有句话嘛，死逼梁山下关东，不让进关东，流民就上梁山了。可近些年，情况变了，不再是天灾人祸逼着解禁，是好多新情况需要开禁呢。洋人欺负在头上，我大清才知道洋人的厉害，有识之士开始向洋人学习，这需要开放的心，走开明的路。再封禁，会更落后。现在我朝边疆危机，列强虎视眈眈，也需要增兵增民，固土安边。再说，垦荒放荒，也能增加地赋，缓解困难。何乐而不为呢。开禁是大势头，至于私垦如何合法，各地方都有很多先例。我看你们阿克敦就差合法这一步了，早晚的事，你也不用着急。

“现在的吉林将军是鼓励放垦的，他任用了一些有胆识的人在主管垦荒之事。我听说，守尉府来的这位赵守尉，也是吉林将军亲点的，他不会难为你们阿克敦的。”

典式奎听了楚北风透彻的分析，频频点头。他觉得楚北风说得入情入理，再想到赵守尉的话，就更有了信心。他又向楚北风说起故意把阿(ē)克敦读成阿(ā)克敦的事，楚北风笑着对典式奎说：

“你可真行，敢引着守尉说错话。我看就将错就错吧，以后就叫阿(ā)克敦。”

式奎说：“你知道这么叫，全堡子都能改过来吗？”

楚北风一拍式奎的肩头：“这还能难住你。”

典式奎会心地笑了。

三十一

孙妈到典家做管家婆。典家对殷洪海已不存在什么顾虑，而对得帮的媳妇张双妹，式奎觉得也不必做什么解释，看儿媳妇有什么反应再说。

殷天朴出殡的日子到了，尽管发生了搜查事件，但式奎仍到殷家做了祭拜，殷洪海一脸尴尬，想说什么又不知说什么好，式奎也不看他，行了礼从容走出殷家。这时，看到孙妈领着春秀穿着素色衣服站在殷家大门外，两个人都泪眼涟涟的样子。

原来，孙妈把春秀的身世告诉了她，春秀想到平时殷天朴对自己慈爱的样子，不觉流下了热泪，两个人不能进殷家，就到大门口来吊孝，孙妈和春秀目送送葬的人群走出视线，才折转身子。

第二天吃早饭时，式奎向典家人宣布了孙妈正式担任典家管家婆的决定。

孙妈开始熟悉典家的业务，她走到得帮家房门前时，听到一个女人高声大嗓的骂声，孙妈停住脚步，里面的声音听得真真切切。

“典得帮，不，你个项三，你个大帮子，硬贴在羊肉身上的狗肉，你以为你是大瓣蒜，傻乎乎地当个打头的，自己出那牛马力，还让别人跟着你受罪，你好赖不知，狗屁不如。”

接着，就有什么东西被砸碎的声音，孙妈明白过来，这是张双妹正在骂他的憨丈夫得帮呢，忙走进门去劝，张双妹正在气头上，见到孙妈更是气不打一处来，孙妈本来就快人快语，刚说一句“得帮家的，你消消气”。双妹又对她开骂了：

“这儿有你啥事，你也是羊肉上的另一块狗肉，往上贴乎啥，我爹就不是爹，她姨就是姨了，欺负人还想咋欺负。”

孙妈受到这么一顿抢白，怒气也上来了，她冲着得帮说：“大帮，你也是个大老爷们，愣让一个女人家摆布着，怎容你媳妇这么破马张飞？”

得帮嘴唇碰了碰，却什么也没说出来，只是吃力地挤出两个短音：“啊，哦。”

“你说谁破马张飞？”双妹已经冲到孙妈面前，拉扯着孙妈说，“你不是破马张飞，你满嘴喷粪，说的是人话吗？你当年的那张小蜜嘴哪去了，把我骗到典家来当牛当马，受这窝囊气，你个老杂毛！”

孙妈气得浑身颤抖：“你说谁是老杂毛？“

两个人厮打起来，双妹一使劲，孙妈一下子就被推倒在门槛上。

从此，孙妈就只能躺在炕上，整日和汤药为伴，那屋子里弥漫着浓浓的中药味，式奎让孙妈好好休息，说管家的事让仙荣干吧，你支支嘴就行了。孙妈虽然靠在炕上，但仍指挥着针对殷家的一场反击战，出招那是又准又狠。

孙妈请式奎尽可能倒出房子。式奎就把仙萍的那个屋子倒出来，他或是住在云美那，或是住在仙荣那。孙妈也挤进了春秀家，把黄大仙的屋子也让了出来。仙荣又把私塾的学堂临时改建成住处。然后，她在殷家的长工算完一年账的第二天，开始承诺给好地抬高工价，把殷家的长工招到了典家。接着，在春耕前，抬高了短工价格，实行一天一结算，吸引了大量的短工。

那殷家大少爷殷洪海本来就是个好吃懒做的主儿，缺少管理具体业务的能力，又被李管家骗了一回，整个殷家子孙谁也不干活，全靠供养，这下子全乱了套。地只种了一半，余下的一半只好采取谁种上给谁一半的办法，到了铲地时就更是难题频生，殷家哥几个吵得面红耳赤，老少婆娘和妯娌们更是抓挠到一起。没到秋天，已经分家了。

现有的房子各住各的，土地分了份，连同青苗一起抓了阄，一次就分掉了。所有的公用家什器具全部分掉，分得个彻彻底底。殷家大院的围墙被扒得一段一段的，幸运的部分仍被围进了小院还能继续当墙用，不幸的部分扒掉了，变成了各家出入的道路，泥墙被捣碎垫了路，石头被取走用于修新围墙。剩下一截截小段残余的院墙，孤零零地戳在原址，倒像是纪念碑一样，记录着这里曾经有一个大户人家。两座石狮子没法平分，就卖给了典家。

给殷家分家的乡邻见证了这内部纷争分崩离析的场面，无不感慨万端。不无幸灾乐祸的人们开足了所有的传播能力，尤其是“屯不错”庞木匠更是这方面的行家里手，殷家分家的故事被演绎得惟妙惟肖、妙趣横生。

典式奎目睹着这一切，他没有一丝喜悦，却有如芒刺在背，十分紧张。他开始审视典家大院，不禁脊梁沟发凉，我的天啊！如果典家像殷家这样分家，那后果要比殷家还要严重。典家是连体房，各家连个灶房都没有，如果分家，还不扒得千疮百孔，他不禁想起黄大仙建房时的那句话：“这样的房子，将来也没法分家。”

从不张扬的式奎专门请了一伙秧歌班子吹吹打打护卫着两尊狮子安置在典家大院门口，一家人都到门口看石狮子就位。典式奎拿过来一个石匣供在院前已摆好的桌上。式奎把石匣盖打开，里面露出典家的家谱。式奎领着大家拜完家谱上的列祖列宗，就在两尊狮子的护卫下，对全体典家人开始了训戒：

“今天呢，殷家门前的两个狮子搬到了我们家门口，这是我年轻的时候，为殷家人雕刻的，从老月岭上运下的石料，我们一点点整整雕了一冬天。当时，我们是为殷家做工，为了还清欠人家的几两银子。现在我们典家家业大了，超过了殷家，可你们知道，殷家早在几年前，是多么大的家业。创业容易守业难，要想建立大家业，就得一点点地积累，一点点地奋斗。但要败一个家业，那是非常快的，你们这些天都亲眼看到了殷家的分裂和衰败，我们要吸取他们的教训，要时刻记住，如果我们不吃苦，不使劲，不抱团，一样会败家的，会衰落的。你们说，我们能败家吗？我们能衰落吗？”

典式奎冲着典得帮问：“大帮子，你说我们能败家吗？能衰落吗？”

典得帮瓮声瓮气地说：“不能！”

“二柱子呢？”

典得助说：“不能！”

“老三石头儿？”

典得石：“不能！”

“老四墙头儿？”

典得强：“不能！”

“老五地头儿？”

典得地：“不能！”

“老六小仓子？”

典得沧：“不能！”

“老七小舟子？”

典得州：“不能！”

“老八小斧子？”

典得府：“不能！”

“老九风起？”

典得风：“不能！”

“老十雨后？”

典得雨的声音稚嫩，回答却是嘎巴溜丢脆：“不能！”

式奎激动地说：“我典式奎发誓，要带领大家拧成一股绳，把典家的家业做得越来越大，越来越牢棒。这当然需要大家心往一处想，劲往一处使，我拜托大家了。”

说完，典式奎一揖到地。众人都慌了神，跪倒一大片，大家说：

“我们一定尽全力！”

这个秋天，典家获得了大丰收。

·

粮食打了场入了库，另一个好消息也来了。

赵守尉派人到阿克敦丈量垦田，来了好些人，他们拿着人字形木架丈尺，四角包皮的大算盘，一家一家地丈测土地。典式奎顿时觉得头上悬着的那把剑它飞走了，心里的一块大石头终于落了地。这是私垦合法化了。

晚上，式奎和云美盘腿坐在炕桌的两边，仙荣把炕桌擦得干干净净，桌上放着烛台，烛台上插着一柱红蜡，形成了一圈红红的暖光。仙荣站在地上，把一个烟笸箩倒扣在头上，笸箩底还夹着几条红辫绳。她扮成戴红缨帽子的官人，从炕桌头上的一叠地契中取下一张，拽着粗声念道：

“额摩佐领守尉府地券，第伍拾贰号。阿克敦人典式奎——”

“喳！”式奎把右手食指支在炕桌上应道。

“发给你地券二十垧，永远承种，按年交田赋税，不得抗霸钱粮，私相典卖，致干——致干撤地严究，听到没有？”

式奎一愣，以为地契上也写着“听到没有？”云美已明白过来，她马上应道：

“听到了。”

三个人笑，仙荣继续念道：

“照章扣除三成房园井道路道外，按七折成纳税地一十四垧，每垧按年交纳税赋660文，不准稍有——稍有——蒂欠！”

仙荣一叉腰：“知道什么是——蒂欠吗？”

式奎故作小声地说：“小的不知。”

“告诉你……啊，你听好了，倘贻误升科，拖欠官赋，或有不安分等事，查出定即撤地废券。你害怕了吧？”

式奎仍说：“怕……小的怕了。”

“怕了就好，只要你交了税，本官不会废你地券的。”仙荣安慰道，“不过，还有一事，你可要记得，如日后无力耕种，转兑他人，须报官另换新地券，以杜……以杜牵混。”

式奎挺胸说：“小的一家有的是力气，有能力耕种，不烦大人操这心。”

“大胆！好好回答本官，要是无力耕种，咋办？”

“咋办？把三媳妇卖了！”云美一拍桌子。

仙荣一听，把烟笸箩拿下来：“大姐，你好狠呢，咋不卖大媳妇呢。”

式奎打着圆场：“好了，好了，谁也不卖，快给我倒碗水，你这大人照顾一下小民吧。”

典家高兴，新分出来的几户殷家可难办了。守尉府规定，测地以前所欠税款累加折成工役，用于修拓额摩至阿克敦的道路，他们都不肯吃这苦，只好出钱雇人修，又卖了不少地。

典家购买了殷家三分之一以上的土地，出售最多的是殷洪海，这个大浪子支撑不下去了，试探着找仙荣，让她跟典式奎美言几句，把地收了。仙荣说，我现在就能做主，价格到位了，咱们就可以办地契。

两日后，一宗地契办结。

额摩佐领守尉府地契

> 立杜绝卖契人系阿克敦人殷洪海，因手下乏困，将阿克敦殷洪海名册地 93 亩 4 分，情愿杜绝与阿克敦人典式奎名下，永远为业，过册纳粮，同众言明。地价纹银 206 两 1 吊 128 文，笔下交足，并无私债准折，亦无逼勒情弊。自卖之后，如有来历不明、重复典卖并亲族人等争竞者，俱系卖主一面承管。此系两人情愿并无反悔，恐后无凭，立此图契，永远存照。

孙妈病得厉害，几天水米未进，最后时刻，拉着春秀的手舍不得撒开。她不愿意离开这个世界，因为她还有许多话要说，她就不停地说下去，一会明白，一会糊涂。这会儿，她又把春秀当成了殷天朴，孙妈就说：

“大少爷，老爷，我又去了大柳树，又看了那盘旧磨，那磨盘……是我们的家？”

春秀听得不明白，但很真切，她说：“妈你醒醒吧，你到底说什么呀？”

孙妈又像是从另一个世界回来一样，认出了春秀，她又说：“春秀，妈扔下了你，要去找你爸爸了，他怕我找不到他，还给我画了一张图呢！”

说着又昏死过去了。

这时门外有得石和人争吵的声音：

“你给我滚，我们不想见到你。”

只听那人说：“让我见一下孙妈，我和她有笔大交易，你们也会有钱的。”

“少扯犊子，”得石怒不可遏，“你个无赖，你快滚！”

春秀出了门，只见得石怒气冲冲地走过来，得帮和得助两个人架着一个头发蓬乱的人走远了。

春秀问：“谁呀，你这么生气？”

得石说：“是殷洪海，咱妈都这样了，他还来气妈，说什么有笔大交易，咱们也会有钱，三吹六哨的。”

得石说到这，突然发现孙妈的头向一侧歪了过去，就凑近看，春秀也随着来到孙妈跟前，孙妈咽了最后一口气，带着遗憾去了。

典家为孙妈举办了隆重的葬礼，孙妈也被葬在典家坟地，一家人又给典式轮、黄大仙、黄仙萍的坟培了土。

一场请神活动隆重举行，在大门影壁后的土坛上进行，只见黄仙荣手举着单面抓鼓，用力击打着，边舞边唱道：

借问青天为哪般呢
黄仙翻身就下了天
鹿神附着典家郎啊
本仙请你到坛前啊啊啊……

得风和得雨出场了，他们是仙荣培养的新迎手。新迎手仙童般打扮，仙童般模样，一招一式更是惟妙惟肖，两人且歌且舞起来，几束烟火随之升腾。

在云美的扶持下，典式奎走到坛上的那把太师椅前坐定。

先是东字辈的依次跪拜，

接着得字辈的男女跪拜，

然后是云美和仙荣跪拜……

那天，从那把太师椅上站起，又走下拜坛的典式奎没有回到房内，而是走出大院院门，沿着院墙慢慢地绕了起来。走着走着，就把那圆月走得更高远了。

每月十五的月亮都很明亮，今天的月亮就更清亮一些。他有一种冲动，说不清道不明的冲动，就是想向谁诉说，想来想去，他明白了，他要诉说的对象就是他的老丈人——黄大仙。他要告诉仙人丈人，他一个无处立身的穷小子，拉家带口从关里可可怜怜地来到关东，创建了能绕着这么长的院墙走上一圈的家业，真是恍然若梦。

他不知不觉地离开院墙，向着典家大院对面泉眼泡边上的山坡方向望去。那里有黄大仙的坟，有他弟弟典式轮的坟，有他二媳妇黄仙萍的坟，前不久，又埋进了为典家作出突出贡献的孙妈。他知道，这坟里的人都是应该和他一起分享胜利果实的，可现在他们却住进了那里，甚至黄大仙和仙萍住进的只是他们的衣服。

当时，把黄大仙和孙妈埋在典家坟地还不合规矩，可典式奎非要这样做。他认为，典家能在关东扎根繁衍，岳父黄大仙和孙妈是重要的起特殊作用的人物，理当葬在典家坟地里。可这要有个说法啊，典式奎自有他的办法，在安葬前他分别主持了两个仪式，加认黄大仙为典家仙尊，加认孙妈为典家仙嫂，这才合情合理了。

此时，天空是寂静的，大地是寂静的，世间的万事万物都沉默着等待着，典式奎突然想用神调的腔调喊上几句，告诉他们我典式奎想念你们。他就这样痴痴地想着，嘴里念道着，脚下被什么绊了一下，低头一看，是那盘旧磨。在清凉的月光下，石磨发着清洌的灰灰的光，他又想起和老丈人的对话，看这石磨可有年头了，它是从哪里来的呢？看样子这过去有人住过，不知为什么搬走了。

三十二

张双妹没能参加孙妈的葬礼。

她把孙妈推倒在地后，孙妈就一病不起。张双妹的这些行为，彻底地激怒了典家，典家最后决定，施用最严厉的家法，休了张双妹。仙荣把休书和一点回家的费用给了双妹，双妹气哼哼地走出了典家大院，得帮无奈地看着她的背影走远，蹲在大门口不吱声。仙荣把得帮叫过来骂道：

"你个熊包，平时让人家欺负得连个扁屁都不放，现在人家走了，你倒放挺了，以后再给你娶一房。"得帮就又去干活了。

张双妹离开典家，回头对着典家大院发狠道，早晚回来报仇！

报仇是以后的事，眼下去哪里呢？回娘家，娘早就没了，那个病歪歪的爹爹嗜酒如命，在哥嫂家待得都困难，又怎能再容下她这个被休的人。她无处可去，就沿着一条毛毛道漫无目的地走着，正是烈日当头，燥热难耐，双妹胸中的闷气被外面的热浪逼得无处散发，她只有挪动脚步来排解这瘀浊之气，但排出来的不是气，却是湿漉漉的汗水，她感到胸中的浊气越来越重，就这样来到泉眼泡边。

再说殷洪海把家败得彻底，该卖的都卖了，妻儿早就不跟他过了，他的钱全都交给了赌场和红灯客栈的几个窑姐。最后，他把主意打在了孙妈手饰盒里的那个织巾上。这织巾是白色的，上面用墨笔画了一个圆圈，圆圈旁边画了一棵树，树下重重地点了个黑点。殷洪海分析这图一定是老爷子临死前给孙妈画的，那个黑点一定是藏着东西的地方，而藏着的东西不是什么宝贝就是钱。孙妈大病时，他想和孙妈进行交易，平分这笔财产，可他被得石骂了一顿，又被得帮、得助推出了典家，之后就听说孙妈死了，孙妈一死，留给人间一个秘密。这宝贝到底藏在哪呢？

这天，殷洪海又被逼急了，又把这幅图拿出来，突然想到这圆圈一定是阿克敦的泉眼泡，那泉水涌出的泡子就是圆形的，他兴奋地来到泉眼泡边，泡子边可有好多树啊！他挨个在树下挖，一直挖到正午，他拄着铁锹抬手抹去汗水，看见张双妹神情呆滞地走了过来。

殷洪海是什么主儿啊，见四周没人，一个媳妇自己送到跟前，哪有放过之理？他就甩了铁锹，一个高儿蹿起来，冲到张双妹背后，使劲把她往泡子里推，殷洪海用力过大，自己也跟着进了水里，带着像牛一样粗的呼吸。

到齐腰处，殷洪海就在水里给双妹脱衣服，张双妹也不怎么反抗，嘴里仍骂着：

“你个小瘪犊子，使那么大劲干啥？”

这种骂法，两人都很受用。经泡子里的水一激，双妹感到那凉意顺着双腿倏地一下把胸中积压的热气瞬间挤压了出来。殷洪海显然被骂得受到鼓舞，加大了力度，一件一件地把双妹的衣服扔进了水里。殷洪海见还顺利，以最快的速度脱了自己的，把衣服同样扔进水里漂浮着。殷洪海就在水中把张双妹游戏了个够，最后把双妹抱到水岸的泥滩上，两个人就在泥里翻滚着喊叫着，弄得像两个泥人在打架一样。最后，两个人又滚到水里才分开。

他们捞起衣服，晒在岸上的草地上，裸着身子，重新摊在岸边。

殷洪海问：“你是谁家的女人？”张双妹说：“殷大少爷，你真是贵人多忘事，我是典家的大儿媳妇，刚被他家休了，没地方去。”殷洪海好奇地看了看，没看出来，就问：“那典家大儿子叫啥呀？”张双妹火了，气哼哼地说：“叫啥我告诉你，老大叫典得帮，老二叫典得助，老三叫典得石……我说的对吧？”殷洪海说：“看来你真是典家儿媳妇，怎么……”那意思是怎么落到这个地步，后半截话没说出来。双妹说：“就兴你殷家大少爷这样，就不兴我这样了？”殷洪海觉得她说得有理，就说：“也对，人呢，三十年河东，三十年河西，现在我们这不都跑到泡子里边了。”

双妹把她怎么和典家结怨的事说了一遍，殷洪海说：“原来孙妈是你给推病的，推得好，只是推得快了点，要是晚一些，我可能会发财。”

殷红海接着就把那已被水浸过的图拿出来，和张双妹分析起来，张双妹立即来了精神，两个人穿上尚未干透的衣服，在树下接着挖，挖呀挖，太阳灼得他们脊背火辣辣地痛，他们也不顾了，草叶像锯齿一样去划他们的腿，他们也不顾了，蚊虫叮在胸前背后，他们也不顾了，一直挖到太阳落下，他们还是什么也没找到。最后，只好气哼哼地去了红灯客栈。

这额摩镇的红灯客栈，原来是许大鼻子经营的，主要目的是作为绺子的联络点，负责绺子和外界的联络，以免什么人都直接上山。还有就是观察来往住店人的来头，遇到有成色的，向山上通风报信，绺子可以在半路上动手。

过去这客栈主要由渠师爷掌管，许大鼻子死后，老月岭盘云洞的绺子就散了伙，剩下几个跟渠师爷经营这客栈，红灯客栈做的不全是正经生意，放赌是一项，殷洪海的大部分钱都输在这里，还有一项就是吸引了一些半明半暗的窑姐，抽些铺钱。

殷洪海是这儿的常客，现在又把张双妹领到这里。第二天，殷洪海就引了一个做皮货的生意人进了屋，皮货客看了双妹的脸盘似乎不太满意，殷洪海把双妹拉过来，把她那肥臀对着皮货客，那肥臀把裤子绷得紧紧的，浑圆的曲线立即把那皮货客圈定了。殷洪海还在屁股上拍了两下说：

“这女人多有味!”

皮货客笑了，殷洪海对张双妹说：

“你好好陪着这位大爷，以后你就吃这碗饭了。”

从此以后，张双妹成了窑姐中的一员，殷洪海成了她的保护人。

三十三

典家烧锅终于烧出了第一锅酒。

典式奎想到了楚北风，应该让他尝尝典家的烧锅酒。于是，他让得石去一趟楚家丁站，给楚北风送酒。

得石想到楚北风那句话，他最大的愿望是把女儿嫁给民人，现在大哥得帮休了媳妇，整日唉声叹气，就想把楚家女儿嫁给得帮。

典式奎一听，连声说不行，不行。站人不能与民人通婚，咱们怎敢违背了朝廷。得石说，我看楚大爷深不可测，说不定他会有办法。典式奎催促道：

“快去快去，别想不着调的事。”

得石从丁站出来，就对爹爹说：“我楚大爷喝了咱家的酒，说不比关内的差，而且还有一种特冽的味道。他连说好呢。”

典式奎其实也关心楚北风对酒的评价，得到赞赏，也很高兴。他说：

“你楚大爷懂酒。”

见父亲高兴，得石乘机说：

“我楚大爷、楚大娘都愿意把女儿嫁给我得帮哥，我楚大爷还说，只要有十坛这样的酒，他就能买通管站丁的人，把女儿户销了，报个病死。”

说完，得石抬头看着典式奎，期待着他的态度。

式奎沉思一会儿，下了决心说：

“那就准备十坛酒。不过，这事就咱俩知道。”

说完，伸出右手按在得石的肩头。这一按，让得石心头一热。第二天，他又去了楚家丁站。

典得帮娶了叫初玉亭的女子，说这位新娘子命可够苦的，随父母讨荒，父母双双病故，她孤身一人正无着落，得石到镇上送酒，知道了她的处境，也就成全了这份姻缘。

“咱家的烧酒，可以办销丁户这样的事。”典式奎还是有些不信。

“那当然，咱家的酒好。他们当然愿意冒险。”典得石回答。

“那好，我们就多存些酒。”典式奎说。

这件事，对典式奎的启发很大。这么大的家业，这么些人口，哪能总是平安无事，难免出个什么意外呀。经历过多次灾难的典式奎，更懂得居安思危的道理。多存些酒，也就积攒下抗打击的能力呀！好在酒是越存越香。

典家烧锅烧出的酒，大部分都入了酒海，典家又专门为酒海造了酒窖。典家烧酒用的粮食，也是典家自己的余粮，年头好时多烧些，年景差时就少烧，从不买粮烧酒。卖出的酒也是有限的，只用来换回生活的必须品。

典家人自己喝酒，也并不随便，只有年节时，才喝一些，即便那时，典得石也不能多喝一口。典式奎不时到酒窖里看看，在他心里，有两个愿望，一个是酒存得越多越好，另一个是最好用不着这些酒。

三十四

春季里的一天，式奎和云美盘腿坐在云美房内炕桌两侧，又在谈论家里重要事情。典家的重大决策，都是在这里出笼的。夏天一人一把桦树皮扇子，冬日里守着火盆，吸着旱烟，云美先把式奎的短烟斗点上，然后再支出长烟袋向式奎借火。式奎言语不多，云美也不多接话。岁月磨平了形式上的东西，剩下的就是纯真和平实。从小生活在一起，喜怒哀乐在一起，两人不仅相貌惊人地相似，就是表情和表达方式都趋于一致。现在他们开始谈论柳大下巴。柳大下巴两口子一大早又坐在院门前那块旧磨盘上了。

柳大下巴两口子每次到典家讨要，都坐在那旧磨盘上，典家人一出现在院门口，柳大下巴就喊：

“你们还我们儿媳妇，你们还我们小孙子，你们治好我们儿子。”

这三个要求，是那次许大鼻子下山的三大恶果。柳家儿媳妇一去不复返，那个刚生下的男婴不久就饿死了，柳家儿子受了惊吓和刺激后就傻了。柳大下巴两口子把这些归罪于典家，是典家引来了绺子，和绺子生了孩子，生了孩子又没奶水，抢了他们家儿媳妇，饿死了他们家孙子，把他们的儿子变成傻子。每次，柳大下巴都重复这些，越重复越气愤，后来典家不再和他们两口子理论，他们就隔三岔五地坐在磨盘上。

典家改变了办法，每次他们来，就给他们一些吃的用的，一次不给多，但从不让他们空手而回。云美刚开始还问：“这样啥时候是个头啊？”

式奎说：“堡子里的人都知道，这一切都是绺子造的孽，我们不去理论反而给他们一些资助，更能说明我们典家仁厚。”

云美明白过来，有时柳大下巴两口子没来，她已把东西预备好了。

云美在类似这样的为人处事的过程中，逐渐了解了式奎的练达，还有一件事让她体会也很深，那就是式奎总是把河滩地的界树看得很重，本来栽树时就不是季节，加之又匆忙，所以，界树成活得不多，刚开始时不像是树，倒像是标杆一样戳在那里。堡子里的人对典家拥有河滩地的权力本没有争议，没有人提出纷扰，但式奎却坚持把界树轮换着都补活了。云美开始不明白，觉得有些多余，但式奎说，栽活了吧，别让人感到我们太功利。云美琢磨着有道理，就问式奎，你从哪学来的？式奎叹了口气，伤感地说，还不是从仙人丈人那里？

云美对堡子里的人不经意地说起她家这鹿神和跳大神的关系，每次也不讲清楚，但经不住像庞木匠这样细心的屯邻慢慢琢磨，最后在堡子里形成了这样的共识，典式奎能鹿神附体，但不总是，是时常。其实这时常就够了，神的威力有多大呀，一般人能附上一回就足够了。典式奎鹿神不附体时，和正常人一样，也和一般人一样的喜怒哀乐愁。至于黄仙荣的跳大神功夫，因家里有鹿神时常出没，其功力已受影响，本来底子又不及她爹，就远不灵验了。时间长了，请黄仙荣跳大神的事也少了，便集中到三马架的白大仙那，都说白大仙可是挺灵验的。式奎对云美说，你看这样多好，习惯后你就不用再解释了。最后，式奎说，要是仙人丈人活着，他也会这样做的。

就这样，柳大下巴两口子讨要了一年又一年，刚开始，他们还带着他们的傻儿子和小女儿柳芬，等柳芬快长成大姑娘了，这闺女说啥也不跟着了，还拉住傻哥哥不让去典家。柳大下巴两口子就相扶着，每隔一段时间来典家一次。

事情就是这样，年复一年的重复，成了习惯和规矩，就像典家每月的请神活动一样。

早上的雾气一时半会儿不会散去，又加进了炊烟，那烟和雾就聚拢在村屯上空，柳大下巴和婆娘不紧不慢不急不躁地坐在到那盘磨上，磨盘还有些湿凉，好在柳大下巴两口子早就有备而来，他们拎的空口袋是麻线做的，又糙又厚，正好垫在屁股底下。还没等他们坐稳喊话呢，他们的侄女、得助的媳妇柳巧就拨开烟雾走过来了。仙荣让柳巧把东西送到磨盘这，过了一会儿，柳巧回来说，她的叔叔婶婶这次提出了要求，要典家帮他家修房顶，他们家房子漏雨了。仙荣把这个要求告诉了式奎和云美，两个人相视一下就笑了，式奎对仙荣说：

"那就让得州领几个长工去干几天吧。"

仙荣出门安排完，一会又折了回来。孙妈去世后，仙荣正式兼任了管家婆的差事，这仙荣嘴一份，手一份，把典家管理得井井有条。仙荣告诉式奎，外面有位戴红樱帽的差人，说是守尉府的，要见典家当家人。

典家和官府接触不多，自从赵守尉来了以后，私垦合法化，官府对绺子也进行了打压，典家不欠税赋，应出的工也出了，还会有什么事呢？式奎心里一紧，典家有两件事还是怕官军查的，一是制的火药。有了殷洪海领官军查火药的那次经历，典家把火药和制药工具都藏得严严实实。另一件是给得帮后娶的新媳妇初玉亭是楚北风的女儿。现在只来了一个差人，难道是调查这件事？式奎忙让仙荣把差人请进来，那差人送上一封信，式奎不大认字，但当着差人不好说破，就把信打开，看了一眼，递给仙荣说，念。

典家只有仙荣、春秀和后嫁过来的初玉亭识得些字，男人们除得石后来学些，其他人都是大字不识几个，弄得式奎盖了学堂，请私塾先生来教。仙荣念道：

> 典老财主台鉴：
>
> 今有一事，朝廷流放人员盛雨亭，原礼部司务，因票引失察朝廷放逐额摩赫索罗驿。现介绍到贵处做一私塾先生。如无大碍，择日送去。

信的末尾，盖着赵守尉的印章。还别说，守尉并没难为仙荣，仙荣除了把"鉴"字念错了，其他字全都念了下来，没遇到惹麻烦的字。

式奎听了，心中大喜，家里正缺一私塾先生，以前物色过两个，水平还不如春秀呢，现在守尉府介绍了一个皇帝身边的礼部大员，这得有多大的学问呢。合该这小子有太大的胆子，朝廷的事也敢失察吗？

话又说回来，要不是他失察，也轮不到我这里，只是，我典家能请得起这么大的先生吗？式奎满口答应下来，问那差人：

“这先生得多少费用啊？”

差人说：“给什么银子？你不让他饿着冻着就行了，他先在驿站受了不少苦。我们守尉大人深知流放之人的难处，见他是个文人，有些可怜他，以前守尉大人来查火药时，见你家新盖的学堂，私塾先生又有吃住之地，才介绍来的。典财主这么愿意，我就回去禀了守尉，过几天把人送来。”

式奎、云美和仙荣都很高兴，仙荣又拿了酒送差人，那差人乐呵呵地回走了。

第九章 旷夫和怨妇

三十五

盛雨亭原是礼部司务，苏州进士。入仕后就进了礼部做策应，后升为司务，这礼部司务虽不是个肥缺，但在满朝文武中，他未经外任，直接进了礼部做官，也是春风得意。入朝后不久，盛雨亭就娶了杨侍郎的女儿为妻，也是恩恩爱爱，如漆似胶。谁知命运无常，没有任何征兆，就出了大事。

此时，时光已从道光、咸丰转入同治年间，慈禧慈安两宫皇太后垂帘听政，有一天她们召议政王奕䜣商量两广总督人选。慈禧太后说，就让吴棠顶吧。慈安太后没答话，奕䜣开了口，他说吴棠现在只是个漕运总督，当两广总督升得太快了吧。慈禧很不高兴，沉下脸说，让他代理一下嘛。奕䜣回应道，代理如同实授。

这奕䜣和慈禧太后一起发动辛酉政变，除掉了八个顾命大臣，才让慈禧把持了最高权力。为了拉拢这位恭亲王，慈禧封他为议政王、军机处和总理衙门首席大臣，赐食双俸，权势非常了得。朝廷内外有很多他的亲信，奕䜣就仗着这一点才和慈禧太后争论的。慈禧太后什么人呢！独断专横惯了，岂容得了这些，再这样下去，还不上房揭瓦，管不了你了！再者说，这个吴棠，也是非提不可呀！

慈禧入宫前，她父亲是安徽的地方官，上任不久就死了。慈禧母女办完丧事，雇一民船扶柩回京，一天来到清江浦，靠岸休息。就有差役送来300两银子作为奠仪，说是清江县知县吴棠的一点意思。慈禧一家正处于丧困交加之时，这么一大笔奠仪，哪能不记得，吴棠的名字在少女慈禧的心中生了根。

吴棠为什么送这份大礼？不为什么，送错了！吴棠的一个朋友死了，也是奔丧回籍，也是船到清江浦，也停在岸边，他的差役见到船上有口棺材，就送去了。

慈禧入宫掌权后，没忘了这个吴棠，一升再升，让他当了漕运总督。两广总督缺位，又惦记上了他。奕䜣哪里知道这些缘由，感到吴棠升迁太快，不太正常，一着急顶撞了慈禧。

慈禧把这事儿记下了，等着奕䜣的好看。

慈禧、慈安太后垂帘听政，把小皇帝同治放在前面的龙椅上，她们俩隔着透明的珠帘坐在后面。大臣们被召见时要跪着，不经允许，不能站立，否则，就是图谋不轨。奕䜣地位特殊，每次召见，慈禧总是让他磕过头后坐在旁边说话。时间长了，成了习惯。奕䜣磕完头，慈禧紧接着说"赐坐"，奕䜣起身入座，成了系列连贯动作。这天，慈禧在奕䜣磕过头后，并没有说"赐坐"，奕䜣已抬起身子了，慈禧太后立刻尖叫：

"要谋害皇上吗？还不拿下！"

侍卫拥上来，不容奕䜣辩解，就把他押走了。第二天，奕䜣"目无圣上"、"暗使离间"等罪名，宣布下来。

王公大臣惊诧，奕䜣的亲信们更是愤愤不平。上奏说情的络绎不绝。慈禧一看这阵势，恐生大乱，于是先打后拉，下了一道谕旨，恭亲王奕䜣乃我朝重臣，宣布他的过失，撤了他的职务，其实是想警告他一下。既然诸位大臣这么认可他，仍让他恢复原职，只取消他议政王的称号。

慈禧通过这件事，着实吓了奕䜣一头冷汗。从此，慈禧实现了大权独揽的目的。那奕䜣表面上痛哭流涕，悔恨不已，心里头记恨着呢。早晚有一天，要出这口恶气。

机会总是有的，在慈安太后主持下，奕䜣成功地杀死了慈禧太后的心腹总管太监安德海。安德海深得慈禧宠信，自然也是谁也不放在眼里。有一天，他提出要到江南巡游一趟，理由是为同治皇帝大婚准备服装。祖制是不允许太监擅离出京的，安德海只得到慈禧口头上的应允，就到内务府和礼部、工部办了票引出发了，他坐着太平大船，插着日形三足乌旗，高悬"钦差大臣"匾额，兴高采烈地行驶在运河之上，沿途还要接受地方官的接待。这事，就让奕䜣的亲信知道了，他们飞马报给奕䜣。也该安德海命薄，那时慈禧太后生病不能视事，只有慈安一个人在帘后，奕䜣力促慈安把这个违反祖制的家伙就地正法，让慈禧无话可说，独自痛惜吧。奕䜣在斩杀安德海的同时，还捎带上了内务府、礼部和工部办理票引的低级官员，三个倒霉的司务遭到流放。礼部盛雨亭流放得最远，流放时间最长，到额摩赫索罗驿站，流放期十年。

盛雨亭被人押解着到了额摩，在驿站里干了8年多杂役，流放期快结束时，遇到了新来的赵敦诚守尉，赵敦诚同情他的遭遇，就安排他到阿克敦典家。典式奎可不管什么失察不失察的，见来了还有些惊魂未定，表情发呆的文曲星，很高兴，这是老天安排的，让典家能沾沾文气沾沾灵气呀。于是吃住安排格外上心，吃饭安排在第二张桌，就他一个人，每顿都有加菜，住就住在学堂边的先生居室，对于一个流放之人，条件算相当好了。盛雨亭也难得赵守尉介绍，来到这么一个重视读书的财主家，看来这流放虽是人生一大劫难，但能到典家落脚也是不幸中的万幸了。所以，他教起书来，也十分尽心。

除了教孩子们识字外，教学内容上，典式奎和盛雨亭有了一番交流。典式奎说："盛先生，我看你就教教他们家规吧。不用学太多，只要知道按家规办事就行。"

"家规在哪里？共有多少条啊？"盛雨亭问。

式奎说："家规就挂在嘴边，总是不停地唠叨，就请先生把它们总结出来，变成一条条的，最好是上口好记。"

盛雨亭明白过来，这个典家和朝廷是一样的，人多就得按规矩办。

典式奎对盛雨亭说："管一大家子可能和管一个国家差不多，没有规矩不成方圆。"

接着式奎就把自己的感触说了出来："过去典家衣食不足时，能够一致对外，共同应对来自外来的威胁和困难，那时几乎用不着什么规矩，大家只知道劲儿往一处使就行了。自从赵守尉到任，匪患被官兵压制住了，周围没有一个足以和典家抗衡的大户了，衣食充足，住得暖和，内部矛盾却多了起来，过去的那些方法也不好使了，所以，就请盛先生把家规一条条地理顺起来，以后就按家规办，不管是谁，违背了家规，就要受到家规的惩罚，要不怎么说，国有国法，家有家规呢！"

盛雨亭非常佩服典式奎的想法，就说："典大当家的，你放心，我一定把你家的家规整理好，不过，这些家规我怎么才能知道呢？"

式奎告诉他："这好办，你只要注意我那仙荣管家，她每天重复的就是家规，只不过她每次说的不一样，但意思是一致的。”

盛雨亭觉得典式奎的办法还真得要领，就点头说好吧。

盛雨亭回到学堂，仔细地玩味着典式奎的话，觉得十分有道理，突然他就噌地站了起来，一下子明白过来，嘴里一个劲地喊着：

“我真是书呆子，书呆子！”

原来，他被流放到北方额摩镇时，内心是不服气的。总管大太监办票引，谁能拦得住。出事了，拿我们这些办事的撒气。那些陈规陋矩虽然多，但没有用，简直就是自缚手脚，愚不可及，现在听到典式奎的说法，感到很有道理。一个土财主对管理家庭尚有这么深的考虑，真是让他从心里往外地佩服，原以为自己饱读诗书，指点江山，原来竟不如典式奎深得此法，自己不是书呆子又是什么！

到了晚上，他的这个想法更加深化，那是沁入内心的体会。典家请神仪式上，典式奎的威仪，典家人的虔诚，把盛雨亭惊骇住了，真没想到，这远离皇权的北部边疆，还有这么严整的典氏家族。盛雨亭远远地瞧那请神活动散去，鹿神附过体的典式奎走了过来。

式奎对盛雨亭说：“盛先生，我们乡野之人，让你见笑了。”

“典大当家的，这是必要的，”盛雨亭发自内心地说，“这么一大家子需要精神上的寄托，需要有一个灵魂。”

听了盛雨亭的话，典式奎也非常吃惊，到底是朝廷中的人，一语中的，刚来几天，就把这门道看透了。

盛雨亭开始留意仙荣是怎么管事的，那家规就出自她的嘴上，他得听见看见呢！没几天，式奎住到仙荣这里，仙荣和式奎说：

“我看新来的教书先生总盯着我，总往我身边凑，这可咋办呢？”

式奎就把家规的事告诉了她，仙荣笑嘻嘻地说：

“原来是这样啊，我还以为他看上我了呢。”

“你真是狐狸仙姑，那可是当过当朝大臣的人呢。”

“大臣咋了？大臣不也给咱家教小孩吗？大臣不也给咱家写家规吗？那家规还是出自我的口呢！你看我的口有多金贵！”

仙荣说着就把嘴凑到式奎嘴边。

这仙荣可能真是个狐仙，那嘴带着鼻息真的能迷住人，式奎一翻身就把仙荣压在下面。这些年仙荣的身体是完全长开了，也展开了，变得更加多情而好战，仙荣全身各关节扭动起来，式奎就慢慢地陷了下去。仙荣扭动着加快了频率，式奎紧赶慢赶却跟不上，最后只好挺到那里不动了，仙荣不尽兴地在式奎背上抓挠了几下，也不得不随着停下来……

三十六

关东的夜晚是漫长的，典家人习惯了日出而作日落而息，天边的最后一抹晚霞隐入院墙外，典家的大大小小除了巡夜的以外，全部躺下休息了。盛雨亭体会到这里的人为什么爱吃粘食，粘食禁饿呀，就有耐力去睡眠，睡到半路饿醒了，该多麻烦。他想，要是到了冬天，夜更长，更需要多吃些，可他却是睡不下，他在驿站虽然活挺累，但也可以秉烛夜读，让他一擦黑儿就睡下还真不适应。这里又没有书可读，他也没什么文章可写，他不知道拿什么消磨掉这漫长的夜晚，就把心思全用在了典家家规上。

写家规，就得把白天仙荣的话想上好几遍，把仙荣的意思表达清楚完整，也不是件容易的事。这个仙荣管家说话又快又脆，还净是感叹句、反问句和倒装句，里面还夹杂着大量的方言土话，要弄明白还真费思量。比如，仙荣一大早就对得帮几个人喊："你们几个就磨叽吧！"他就听不明白，但看得帮和几个长工加快了速度，他估计这是催促用语，那么磨叽应该是快点的意思吧？为了证实他的猜测，他就在孩子们身上试了试，他故意对写字慢的孩子说："你磨叽些。"那孩子看着先生张大嘴巴，不知怎么磨叽，盛雨亭以为他没听清楚，就又重复了一遍，"你磨叽磨叽。"那孩子这回听明白了，他就用毛笔在纸上来回乱涂起来，把那纸涂得磨磨叽叽的，而且还越涂越乱，越涂越快。盛雨亭看了高兴地说，是磨叽了，那孩子傻笑着说："先生这是磨叽吗？这是磨磨叽叽。"盛雨亭想，磨叽我还没弄明白，怎么又来了磨磨叽叽。

盛雨亭还知道了什么叫"脖愣盖"，什么叫"胳肢窝"，什么叫"奔了头"，他有时就想，有现成的名称不用，非要再搞一套干什么呢？太麻烦了。但渐渐地他也体会到了，这些方言土话还真形象生动有意思。仙荣管"热"不叫"热"，叫"热咕嘟的"，想想还真像，"热"只是个概念，而"热咕嘟的"就让人想到了水开得冒泡的样子。说冷就更生动，叫嘎巴嘎巴冷，瞧，都冷得裂出了动静。仙荣把"很快"叫"一顿下"，比"一下子"还通俗形象，"顿"，让人有停顿感，时间上好像更短促。仙荣把说话啰嗦叫"倒粪"，盛雨亭还真仔细观察了倒粪的过程，得助和几个长工反反复复地把粪肥拨拉成颗粒状，使肥力均匀了，是挺磨叽的，这回他明白了，磨叽是什么意思，磨叽原来就是"倒粪"的意思，而磨磨叽叽可不是双倍的倒粪，而是乱得一塌糊涂的意思。

开始，盛雨亭让这些方言土语弄得一塌糊涂磨磨叽叽，但他能琢磨，每天晚上都睡不着，拿出倒粪的耐心，开始磨叽白天听到的话，连续好多天后，他已感到不那么磨叽了，这是他反复倒粪的结果。

再后来，盛雨亭把常见的方言土语整理了一下，又把他们按照韵脚儿编成了歌诀儿，到底是有学问，很快就能理解仙荣的话了。在这个基础上，他还真悟出了这仙荣管家令人叫绝的管理办法。

仙荣给长工、短工派活，总是找比较整装的好计数的活，而且必有典家人打头。打头的也多是得帮和得州两个。得帮人非常仁厚，一天也不吱一声，就知道闷着头干活，一说话一龇牙，他就领着干那些好计数的活，得帮干多少，别人就跟着干多少，长短工们要是嫌累了，得帮也不说话，只是傻笑，不和他们理论。得帮又能耐住性子，干活不紧不慢，按得帮的速度干，既累不坏但也闲不着。得州领干的活多是技术活，得州心巧，干活要样，长工们跟着边学边干就带动起来。

典家只有式奎不用亲自干，每天出眼睛这瞅瞅，那看看，和外界联系。式奎轻易不和子孙们说话，和长工、短工们只是拉一些家常，唠一些闲嗑。所有需要改进和批评的，全由仙荣的口说出来。仙荣嘴又快，说话又赶劲，嬉笑怒骂，运用自如，有时大家敢当面议论她，有的长工混熟了还敢和她开粗俗的玩笑，但她在干活上是不准许偷懒的。仙荣干一会活，到各处转转检查检查，回来依然手不离活，云美只管在大门口望门，但不是缝衣服，就是看着孩子，也没闲着的时候。其他人一律派工，铲地、秋收这种需要大多数人一起才能完成的活，仙荣就把男人分成一组，由得帮打头，典家男人和长短工一样干同样的活。女人一组由得助的媳妇柳巧打头。

每天派工都在饭堂里。式奎、云美和仙荣坐第一桌，吃罢饭，仙荣就站起身子，开始派工，先叫打头的，打头的就站起来，接着叫跟从的，一帮走了，再叫另一帮打头的，然后再叫跟从的，人越走越少，剩下的不是两人一组做饭，就是单派一个人干零活。每天如此，谁也落不下。孩子们也有活干，往往是大孩子看小孩子，有了学堂以后，上私塾的孩子就归盛雨亭管，但每天都要抽一两个看孩子。

晚上巡夜，也是排班的，平平常常安排两个人，打着马灯巡夜，外带给牲口添加草料。白天干活适当减少。到了果实进了院子，巡夜人增多，排班也密集起来。

仙荣还有一套告假制度，典家人请病假一律到典式奎那，再由仙荣酌情安排是派个轻活还是休息。长短工告假一律记数，在工钱里扣除，越忙时请假扣的越多。

这些方面的制度是完善而系统的，在盛雨亭的眼里，那是太周密了，他整理出了五十条。

先研究仙荣的语言，再研究仙荣话里的内容，这些都离不开仙荣的形象、语气和表情。每晚这么琢磨，仙荣就在盛雨亭心中扎下了根，并且很快地疯长起来。只要一闭上眼睛，仙荣就出现在盛雨亭眼前：一会儿风风火火地来回奔走；一会欢天喜地地抚掌大笑；一会指手画脚地发号施令；一会怒气冲冲地使小性子。无论什么神态，样样鲜活。最让他吃惊的是有一天，典式奎赶着马车去额摩镇，把钱袋儿落在了炕上，等云美发现时，典式奎已走了一段时间了，只见那仙荣，卸下另一辆车上的一匹马，抓过钱袋，跃身上马，一提缰绳，冲出了院子，把个盛雨亭看得目瞪口呆，好半天缓不过神来。院子里的人见怪不怪地说，又刮妖风了。可不是，爽咧咧地刮过来，又哗啦啦地刮走了。

盛雨亭拿黄仙荣和他过去接触的女人做了比较研究，研究的结果是，黄仙荣生活得真实，活得洒脱，活得不累，活得有意思。越想越有意思，一个孤独的男人，一旦认为某个女人有意思，这就要生出许多事端来。盛雨亭压抑着自己，不能放开去想，自己毕竟是流放之人，是朝廷的钦犯，要不是赵守尉照顾，连生存都困难，怎么还能有非分之想呢？太过分了！他越自责，越压抑，越提醒自己，越管不住自己，就开始恨自己，恨自己没志气，没毅力，没控制力，就这样自己跟自己磨叽起来，自己都觉得有些磨磨叽叽了。磨叽归磨叽，磨磨叽叽归磨磨叽叽，他总结完典家生产上的五十条规矩后，又开始研究起典家生活上的规矩了。

但生活中的规矩，盛雨亭实在不好抽取，有些他又不能细问，他就把那五十条先跟典式奎做了沟通，典式奎两眼放光，拍着盛先生的肩膀，很哥们似的赞许道：

“盛先生，你学问太大了，这才几天，就搂出来了，失察失察！你要是到我们这当财主，几年就是个大财主。”

受到东家的赏识，盛雨亭像得到皇帝表彰一样高兴，他就把生活上的规矩不好归纳说了出来，典式奎明白过来，想了想说：“是有难度，我看这样吧，这些天吃饭，你和我们仨一张桌子，有事你就问。”

盛雨亭来后，一直自己一张炕桌吃饭，吃的和第一张桌子一样，受到了特殊的优待，式奎安排他到第一张桌子吃饭，也是为了方便仙荣介绍情况，何况，在家庭分配上，实权其实在云美手里。

盛雨亭到第一张桌吃饭后，他的眼睛就不知往哪里瞅，只是闷头吃。第一天，他就把靠近的萝卜菜吃了一大半，其他远一点的没有动。他不敢正眼看那仙荣，仙荣那双眼睛水汪汪的，他怕掉进去，越怕进去，就越想看，越想看就越不敢看，在矛盾中幸福地煎熬。式奎以为盛先生爱吃萝卜，就让仙荣给盛先生每顿加一些萝卜，并特意放在盛先生面前，结果是盛先生吃得越多，第二顿加得越多，只有仙荣看出了门道，有一天趁着式奎和云美不注意，用筷子敲了那萝卜盘子一下说：

"傻秀才，你就不会换换口味！"

盛先生就更傻到那里。傻归傻，盛先生对工作没有怠慢，问云美和仙荣的问题也越来越多，越来越深入。

令盛雨亭吃惊的是，典家最大的秘密是不允许家庭其他成员打听典家的收入，更确切地说，除了式奎和云美以外，连仙荣在内，都不知道典家的收入到底是多少。式奎说：

"要保证一家子能对抗意外的灾害，必须要有足够的储备，钱和粮食都要储备，酒是更长远的储备。"

其他人都退出饭堂后，式奎对盛先生，也是对云美和仙荣斩钉截铁地说。

典家所有用的物品全都是平均分配的，饭食的好坏和多少是随着农活的劳动程度而定。到了农闲时节，吃两顿饭，而到了抢收的季节，夜晚加餐。特殊情况，经过式奎允许，可以另行安排，例如病人饭、下奶饭等。而且这些特殊饭也是有标准的，盛雨亭明显地感到对自己的热情，因为只有第一张桌是加菜的，而他的第二张桌和第一张一样。典家对用品管得很细，布一次性买进，然后自家染色，统一制作，都是一人一件，穿不了的，要统一收上来，留给下面的孩子。

盛雨亭还了解到，典家孩子的婚姻不是自己做主，而是完全由式奎和云美做主。仙荣近些年还逐渐代替了孙妈媒婆和接生婆的地位，典家的孩子从得石以后个顶个是仙荣做媒。典家人虽然烧酒，但不允许随便喝酒，没有特殊的理由，谁都不能沾酒。烧完酒后，典式奎或者仙荣还要让他们依次走过来，闻闻有没有酒味。

盛雨亭惊叹，典家的管理达到了至臻至极的程度。

盛雨亭将在第一张桌调查了解的家规归纳为五十不准，这样，他就把前一段生产方面的归纳称为五十必须。这五十必须和五十不准几乎包括了典家生产生活的全部，式奎、云美和仙荣又逐一仔细琢磨，最后确定下来。

接下来，针对五十必须和五十不准的家规确定了奖惩措施，奖励的内容分为表彰和挂匾两种。惩罚措施具体又多样，从口头批评、罚不吃饭、罚站、罚跪、罚不走亲、鞭抽、板打、休妻等到最后的不入祖坟。

五十必须和五十不准为私塾学堂所有孩子的必背内容，所学的字也限定在这些内容之内。这样，盛先生用尽可能通俗的字眼表达家规内容，保证他们认识常用字。式奎给盛先生的自由是对五十必须和五十不准可以逐条讲解，并讲一些相关故事，以使内容更丰富和活泼一些。式奎说：

“还是孩子嘛，讲些故事他们好理解，记得牢。”

在每月十五典家请神活动中，又加了一个重要内容，家规一百条每次都要重复一遍。

在这个过程中，盛雨亭由于用心太专一，自己也陷了进去，不能自拔，他感到在典家教书自己也受到了再教育。他从典家和典式奎身上理解了当皇帝的苦衷。于是，有一天他伏案提笔，激动地给皇帝写了一个奏折。在奏折中，他由衷地讲了维持一个北方农家大家庭的难度，他列举了一个乡村财主是如何统一思想，协调一致的，把五十必须和五十不准的做法分析得入木三分，接着他发表感慨，说吾皇保持一统江山的各种措施多么用心良苦，然后他反思自己不认真司职多么肤浅无知，真是罪该万死！皇帝那么慈爱仁厚给了他机会得以流放，现在他如何幡然悔悟。最后他说，大家小家都情同此理，要让臣子们理解当皇帝的良苦用心，云云。

奏折写好了，怎样呈上去呢就成了难题，即便盛雨亭没被流放，凭他原来的官职也很难直接给皇帝上疏，何况他现在还是个戴罪之身呢？但机会还是有的，流放的官吏要定期写悔罪书，于是盛雨亭把这个奏折加了个悔罪的题目，既符合正文内容，又能通过这个特殊的形式呈送到皇帝那里。这当然得需要通过额摩镇的赵守尉先行审阅，并把它当作“范文”推荐上去。这样，他就和典式奎请假，说要到额摩镇面见守尉大人，式奎连说好好，我让仙荣再准备两坛好酒送给守尉，盛先生说太感谢了，式奎说，应该的，先生为我典家也办了很多事。

两坛酒装上车，得助赶着马车拉着盛雨亭就奔了额摩镇。

三十七

仙荣这几天打鸡骂狗，脾气大了。刚把一个短工骂得狗血喷头，现在又盯上一个孩子，把那孩子吓得直往云美那里跑，云美正领着一大帮孩子讲着瞎话呢。这几天盛先生去了额摩镇，这些孩子也解放了，像麻雀一样围拢在云美身边。云美每讲一个瞎话，都跟孩子们说："可别信呢，这是瞎话。"

瞎话瞎话，
没影没把。
三根马尾，
织个大褂。
老头穿八冬，
老婆穿八夏。
外甥女拿去，
裁巴裁巴，
里外衣衫，
连裤带袜，
又穿到长大。

越不要信，孩子们越愿意听。云美见仙荣追着那孩子过来，就问："你又怎么了，小妖婆，发什么毛秧(神经)?"

云美在人多的时候管仙荣叫小妖婆，和式奎在一起时叫她小妖精。

仙荣没好气地说："这孩子太气人了。"

那孩子噘着小嘴不服气地说："我也没惹她，她就是个妖婆。"

仙荣早就知道，大伙背地里骂她妖婆，没想到已普及到这么小的孩子。这妖婆和小妖婆意思绝对是不一样的，看样子是被她娘教坏了，仙荣过来要打她一下，云美只好把孩子拉到怀里，嘴上说着："不能管你三奶叫妖婆，你先生咋教你的。"孩子还很听话，就背起了家规："不准许冒犯长辈"，但孩子又反问，"那也不准随意骂人打人啊!"

仙荣也觉得自己有些过分，不该拿孩子抓邪乎气。有时她也觉得自己控制不住自己，是不是自己又想了？每次月经前几天，她都情绪波动，特别想让式奎使劲揉搓她。式奎却像粘米饼般沉稳，他们床第间讨论的也多是今天的活干得怎么样，明天干什么之类的话，她有时看式奎情绪好，就试探着闹上一闹，疯上一疯。

式奎和云美几乎断了男女之事，和云美睡在一起，肌肤之亲绵长而又细腻，两人有时你抱着我，有时我抱着你，很少相对亲热，多年生活所酿就的酒，越来越陈，越来越香，激情已变成亲情，有时他们一个眼色，一个细微的动作，彼此都心知肚明，颇为默契。

而式奎对仙荣却是力不从心，他有些哄不动她了。仙荣成熟的不仅是身体，还有她那成熟女人的想法，她每天冲到第一线，和那些得字辈、东字辈和长短工们在碰撞、磨合，免不了要找人倾诉。而式奎却越来越寂静起来，有时仙荣还没把事情说完，式奎已把结果猜出来了，弄得仙荣只好打住，有时仙荣情绪激动地唠叨起来，式奎则一句话，这次就这么地吧，把仙荣拦到半空，上上不去，下下不来。悬到半空的还有她那情欲，式奎带着她奔跑，跑到一半就要停下，她刚刚起速，就被悬了起来，叫她欲罢不能，欲行又止。她有时疯得就过了火，开始式奎还哄一哄她，后来就任她疯去，她觉得她这不是耍疯、呈疯，而是真要疯。

但仙荣也有她的倾诉对象。女人和男人不同，女人心里是不能装着事独自消化的，她和春秀就经常一起唠私房话，虽然两人相差一辈，但年龄却没差多少，过去还认过一段干姐妹，两个女人就背着别人扯一些女人间的话，全忘了春秀还管仙荣叫三娘的。唠这样话时，春秀叫仙荣为小三娘，那个娘字仿佛不是爹娘的娘，而是姑娘的娘。

在得字辈里，得石和春秀感情最好，那春秀已被得石滋润成了一个丰腴的女人，她的脸上总是荡漾着柔光，眼睛明亮，一副幸福得要溢出来的样子。仙荣就逗她，逗着逗着就下了道儿，春秀就告诉了仙荣一些只有她和得石知道的事，做过的事。有了一次就有第二次，仙荣知道的细节就更多，就更生动，就更羡慕，就更难受。

得石两口子在被窝里也有不俗的表现。到了最冷的冬天，狂风暴雪之后，两汉河上的冰被冻得涨裂了，两岸的土地也被冻得裂开了大缝子，还有那水井口被冰溜子挤得只剩下一个小圆孔，房门也被大雪封住了。但暖暖的火炕上面，暖暖的被窝是最让人惬意的所在。得石和春秀就在里面开发着新的创意。得石把春秀那滑腻的身体划分成不同的区域，有山峰、山腰，自然也有山脚，有溪有沟也有泉，有漫岗地有苇塘地还有河床地。他就一会儿上山采果，一会儿下河摸鱼，一会儿一垄一垄地慢条斯理地整理着土地，弄得春秀缩着脖子直喊痒。

春秀的身体像典家的熟地一样，经过反反复复地耕种，就有了灵气，会饥渴，会满足，会呼吸，会享受。春秀也有她的手法，她会在得石的肚皮上、脊背上写字，得石所学的字大都是这么教出来的。学也不白学，得石用所学的字又反过来给他的“熟地”命名，比如哪是河床地，哪是干河套，哪是泉眼泡，哪是野猪沟，哪是青草地……他给春秀的两个腋窝也起了地名，一块叫弯下地，一块叫补丁地。仙荣听了，内心好不复杂，开始向那块补丁地进攻，春秀最怕咯吱，顿时笑得缩成一团。仙荣一边不依不饶地咯吱着一边说：

“快别猛了，难受死我了！”

两个人还有更大的秘密，就是都有私房钱。式奎和云美虽然把得紧，但不是没有机会，没有办法。仙荣总是派机灵的得石和能写会算的春秀去额摩镇买东西或卖产品，这里面就有很多讲究。渐渐地春秀就攒了一些私房钱，仙荣那份还是春秀来经手的。这样，两个人来往就更密切了。式奎和云美对得石、春秀这对最为喜欢，也最为器重，也知道些他们的小猫腻，但他们做梦也没想到的是，仙荣和春秀的私房钱可绝不是小份子了。

式奎和云美也知道些媳妇们的鬼把戏，对春秀的小份子，两人觉得，典家最后的掌门人一定是这两口子，能干机灵，能写会算，以后这偌大的家业都归他们管，那小份子也只不过是暂时放在他们那，早晚得归大堆。春秀的最大好处是没有一个娘家人，肥水只是在自家转，不会流入外人田。而对其他媳妇则不同，既要防止她们留了小份子，转移到娘家，更不允许她们拿典家的财产救济娘家。

对于和各位亲家的关系，典家定了一系列的来往办法，礼尚往来，总是典家多出一些，但都掌握在一定限度内，你给我两只鸡，我还礼时拿两壶酒，总是比亲家的多一些，但也只是多一些而已。所以，那些当初和典家攀亲的最后体会到，并没有借典家多少光。典家断然不借亲家钱，这也是多少年的教训才总结出来的，宁可当初卷了面子，也免得以后为要欠账打破脑袋。

防止媳妇把钱财挪到娘家，典家也总结出一套办法，一是定亲时就找道远的，来往不方便，来回又接送，环节多，经过的人也多。二是不找太穷太富的，太穷的，媳妇过门后，总惦记娘家，太富的，又不把在典家的温饱当回事，没有幸福感。三是不找姐妹少的，这农家大多喜欢生个男孩，却偏偏生了一大堆姑娘，所以是嫁出一个少一个，给家里减负担，谁还指望嫁出姑娘带回钱财来，期望值就低。这三不娶，即不远不娶，不中(指不穷不富)不娶，不多(姐妹多)不娶，是仙荣给下一辈找媳妇的三大条件。有了三个条件在先，定的亲事有时就离了谱，那些典家的小伙，盼来盼去也想找一个像春秀那样俊秀聪明能干的，但往往是不如意，可仙荣介绍了，云美和式奎又总是同意，他们哪里知道这“三不娶”的原则呢。

给得强定的是80里以外的从山东移民过来的宋家三姑娘。先是仙荣去相看，对宋家的情况还是满意的。路也够远，家里又一连串四个姑娘，还在往下努力生儿子呢，家境状况也一般。就是这个姑娘个头矮了些，但递上来的针线活那可是没的挑，仙荣回来跟式奎和云美一说，两人都同意，个小怕什么，又不耽误什么，就定了。

得强媳妇过门后，给典家带来了一个变化。原来，宋家擅长种烟。烤烟熏烟都需要用火炕，典家各户虽都有炕，但都不是那种连二大炕，从室外炕洞口烧炕取暖，不方便烤烟熏烟。但典家大饭堂却搭了两溜长长的大炕，平时放上炕桌吃饭，炕桌一撤，正好为烤烟创造了条件。典家还专门到宋家学习种烟烤烟技术，典家地多，河套地又肥沃，每年都种些烟，这下典家的超级大炕可就派上了用场，烤烟熏烟时，两溜大炕码满了从烟楼晾过的烟叶，还故意放出烟来反复熏烤，那熏烤的烟叶呈金黄色，在额摩镇换来了许多织布，够一大家子一年穿的盖的了，让典家尝到了甜头。

最得意的要数式奎，别人家烧火做饭产生的热量通着火炕，顺便取暖，典家各户还要另行烧炕，一直以来被认为是浪费。自从典家饭堂的大火炕能烤烟熏烟以后，这种浪费比起产生的效益，是九牛一毛。另外，大量种烟后，典家大院四角修的角楼也变成了烟楼，成了晾烟的好地方。这些年来，角楼没派上一次用场，一直闲置着。式奎一看到烟叶进了角楼，就抑制不住的高兴。

当下一个得地要娶亲时，式奎和云美也想再娶一个有新贡献的。这回却让仙荣费了不少脑筋，看了几家都不合适，最后遇见了曾在旗王府当过家丁的于家。于家上一代有个亲戚是个随旗人，于家就有机会到旗人府上当家丁。长期和旗人生活在一起，生活方式和旗人渐渐一致。于姑娘嫁过来不几天，第一次参加十五的请鹿神活动，没加考虑，就跟几个妯娌说，神调里的唱腔和动作和旗人的萨满请神有不少是一样的。话传到仙荣那里，仙荣感到问题严重，想起那次她和爹爹、姐姐去楚家丁站学莲花落时，爹爹黄大仙说过的话，这神调要有种神秘感，尤其对典家后代，不能让他们知道从哪学来的。仙荣特地把她找到一旁警告她：

“没事眯着，别瞎咧咧，显你知道的多。”

仙荣说完，就见她惊恐的眼睛，泪晶晶的霎时就要哭了。

得地媳妇过门后本来就怕仙荣，从此别的话也少了，得地也觉得媳妇变了，问：

“你话咋少了？不像山雀一样叽叽喳喳了？”

媳妇乖巧地说：“话都让你说了，一家就这么些话，你说的多，我就少说呗。”

小仓子得沧的媳妇最不好找。原因是小仓子从小体质弱，一直病歪歪的。式奎和云美就商量给他找个体格壮的，弥补弥补，结果麻烦大了。得沧媳妇和得沧个头几乎一般高，粗下倒比得沧还猛一些。两人一配对就协调不起来，无论是白天还是晚上都不协调。得沧媳妇老拿眼神和嘴角表示对得沧的看不起，得沧呢，越自卑就越敏感，心情哪好得了，一直郁郁寡欢。

到了给得州娶媳妇，娶来的就更不协调了。因此，仙荣对这“三不娶”原则也越来越感到不好把握。但总的说这些媳妇没有机会摸到钱，就是攒也顶多攒物，而她们的房子就两间，所有家具用什都是配给的，多一样都能看出来，任她们拿去又有什么用。

春秀就跟仙荣说：“你这么闹心，我可知道为啥。”

“为啥？”仙荣自己也想知道为啥。

春秀努着鼻子说：“为盛先生呗，盛先生才走了几天你就闹心。”

一句话，把仙荣愣到那里，我真的是为见不到盛先生闹心吗？想想真像，我的天呢，这扯不扯的让人家看出来了？仙荣连忙去咯吱春秀的胳肢窝，一边说：

“你这小蹄子，说些啥呀，又瞎编排，羞死人了。”

春秀痒得一边躲一边笑，“我说到你心里去了吧，你看盛先生的眼神，浪得都要把盛先生盯进去了。”

仙荣就又下了狠手，索性把春秀按倒骑上，以掩饰被人说破的窘态。

两人闹也闹够了，就歪靠在春秀家的被垛上说了起来。春秀问仙荣：

“小三娘，那盛先生知道不知道？”

“知道个啥呀？要是知道就好了。”

“别和我瞒着了，我看盛先生像个傻子似的盯着你看，像个跟腚螂子似的跟着你，我就纳闷了，说不定是盛先生勾引的你。”

仙荣忙给她解释那家规一百条的事，春秀明白过来，但嘴上还不饶人：

“小三娘，我看不那么简单，那盛先生正当年，跟前又没个娘子陪伴，又见你这肥臀大腚，高胸大奶的，能不有想法吗？就你那浪笑，还不把他那魂给勾出来！”

“瞅你说得邪乎打掌的！像真事似的。”

两个人又闹到了一起。

三十八

此时，盛雨亭正在守尉府。

赵守尉看了盛雨亭的悔罪书，虽然觉得有些迂腐之气，但文章发自肺腑，真情表露，少了固定模式和矫揉造作。很难看见这样自然朴实、情真意切的文章了，一连看了好几遍，喜不自禁，大加赞赏。

赵守尉答应在向朝廷上奏流放官员表现时，把盛雨亭的这个折子当成“范文”推荐上去。

赵守尉和盛雨亭聊起那典家的人和事。因为最初在典家亲眼看过那风风火火的仙姑嘴中喷火，赵守尉也来了兴致，就问：

“你说那仙姑果真喷火，还能且歌且舞，请那鹿神？”

盛雨亭说：“对，我亲眼所见，请神的神调很好听。”

赵守尉又问：“典家老少都信吗？”

盛雨亭说：“信，信极了，请到鹿神，就跪倒膜拜。”

赵守尉更加感兴趣，是什么把这一个愚腐的文人弄得彻然大悟？是什么把一家人搞得心服口服？在我管的地界上，我还真要看一看。

赵守尉把要请仙姑和两个仙童来守尉府表演的事向盛雨亭说了，盛雨亭想了想说：

“守尉大人你派人去请，别把典家人吓着，我再写封信，说明情况，那典家人也好放心来此。”

赵守尉很高兴，就依了盛雨亭的意见，盛雨亭忙给典式奎写了信，赵守尉让差人去请仙姑和仙童，又吩咐手下把盛雨亭安排在额摩镇驿馆住了下来。

盛雨亭高高兴兴地住进驿馆，他回想起那仙姑的一颦一笑，一怒一骂，都有一种天然的妩媚和风流，都是那么生动和有活力。他一个南国书生，在礼仪中长大，又在礼部专门研究各种规矩礼制，哪见过仙荣这样的自由洒脱的女子，一想到又要看到那飒爽英姿仙人般的仙荣，他不禁想了许多，那是孤身男人对鲜活女人的想念，那是长久压抑后的渴望……

盛雨亭可不想把典家的请神原样照搬到守尉府，他觉得，把神调演活了，用神调的曲子和表演，融进新的内容，效果会更好，于是他依稀想着神调的腔调，写了新词。

典式奎这几天是浑身不舒服，最大的表现是浑身盗汗，情绪激动，有时控制不了自己。昨晚上，又和仙荣打了一仗，这次是一点也不怨仙荣。

仙荣伺候他睡下，也脱了衣服钻进被窝，式奎就嫌仙荣挤得慌，他不能碰仙荣那滑腻腻的身体，一股对自己身体的怨恨无处发泄，他已好多次力不从心了。仙荣不知就里，反而安慰他过几天你的神力就来了，你安心睡吧，这话让式奎听了却成了反话，是讽刺他无能，式奎终于发了火，这火也太大了，他竟打了仙荣两下，这是式奎第二次打仙荣，仙荣莫明其妙地受到这样的欺负，穿了衣服，跑到云美那去了，留下式奎一个人生闷气。云美也没在意，以为又是小妖精耍疯，明天就好了，谁知一大早，发现式奎发烧了，烧得浑身发烫，仙荣也紧张起来，连忙给他用热巾擦汗。

这时，守尉府的差人就到了，式奎勉强支起身子接待那差人。春秀给式奎读了盛雨亭的信，式奎没说别的，立马让得石套了马车，拉着仙荣、春秀、得风和得雨去表演神调，还嘱咐仙荣好好表演，并让得石和春秀再买些日用品回来。仙荣有些不放心式奎，云美说：

“你快去吧，你走了没人耍疯，他也就好了。”

三十九

仙荣在驿馆里见到了盛雨亭。盛雨亭把到守尉府表演的注意事项说明白了，又把新写的词拿出来让仙荣背熟，仙荣照着神调和着词儿唱了一遍，感到文绉绉的有不少地方需要修改。

得石说我们不在这儿等了，去镇上还有很多东西要买呢，两个孩子得风、得雨嚷着要一起去。春秀对丈夫说：

“你带两个小弟弟逛一逛吧！”

说着朝仙荣挤了一下眼睛，仙荣假装没看见，任两个孩子跟得石一起走了。

春秀见三个人走远了，对盛雨亭和仙荣说：“你们忙你们的吧，我坐车有些不舒服，我先躺一会儿。”就到临屋去了。

仙荣明白她那意思，也不阻拦，和盛雨亭研究起曲词来。

盛雨亭虽然见过大世面，可在遥远的北方，和一个仙气十足的乡野女子面对面地共处一室，倒是十分紧张，仙荣见了他那窘态，愈发地凑近身子，盛雨亭的汗珠子立刻挂在发际边上，仙荣仍不依不饶地说：“怕啥呀，我能把你吃了，你没见过女人吗？”

一语说破，盛雨亭窘到了极点反倒不怎么怕了，忙说：“女人是见过，可没见过像你这样的。”

仙荣嘴里说着：“我这样怎的？”挥手把盛雨亭的汗给擦了，盛雨亭没有挡住，更多的汗又下来了，仙荣索性专门和他那汗没完没了的，最后两手搂着他的脑袋不动了。

盛雨亭的头对着仙荣肥实而又饱满的胸，气息都不匀了，他设想过无数次和这女人亲热的情景，就是没想到能大胆到这种程度，快到这样的速度，没有吟风弄月，没有含情脉脉，甚至连基本的调情都没有，他的头就靠在了那温软的胸乳上。

仙荣起身到门口查看了一下，把门关严，回头把盛雨亭紧紧抱住，盛雨亭也像是被火烧着了一样，两个人口口相接，缠绵在一起，有一阵工夫，仙荣透了口气说：

“晚上吧，你等我。”

说完就离开盛雨亭，不情愿地拉了一点门缝，两人重新坐好，仔细地研究起曲词来。

经过仙荣的修改，曲词更通俗明了了一些，盛雨亭不仅感受到这女人的热情和火辣，而且也体会到这关东文化的绮丽奔放，一曲神调唱毕，两个人都意犹未尽。

曲词定了之后，两个人又拉起了家常，有了刚才的亲密接触，现在都自自然然起来。盛雨亭说：

“也不知我把你家的家规理解得对不对？”

仙荣说：“对，老对了。你写的和我说的话都是一个意思，咋到你手里，就变得那么明白了？”

盛雨亭笑着说：“没什么，我们说的一样就行。有了家规，你这个管家是不是更好当了”

仙荣说：“好当啥呀？家规是家规，管起来可不一定是那么回事。”

“怎么的？”盛雨亭很是吃惊，到典家这么长时间，还头一次听到这样的话。

仙荣一口气地说下去：

“有很多不服气的事，有很多不服气的人呢。就说得帮吧，他原来的媳妇张双妹，是猎户的女儿，到了典家，还惦记她那不争气的娘家爹，先是往娘家偷黑豆，后来故意把苞米棒子扔到苞米秸里，等他爹半夜来拿，后来干脆提出让她爹来典家做长工，想在典家混到死。当家的没答应，她就和春秀比，把孙妈弄成病人，最后还不是被休掉了。得帮又重娶了媳妇。得帮再娶一房这个头一开，得州那边也受了鼓舞，专找媳妇的毛病。想休了这个再娶一房，这哪能行，还不是对得州动了家法，才压制下来。

“这有能耐的有意见，没啥本事的也有意见，就说那得沧吧，人瘦弱，一身病，本来派工时处处照顾他，他却不领情，还说不受重视，没有地位，你说还要啥地位呀，自己啥样自己还不清楚。这人呢，不都是生下来就一般齐呀，龙生九子还各有不同呢，为啥都要一样？可咱这规矩是大家都一样，所以就有气。有的偷着说，他们是免费的长工，最难听的说，他们是圈养的猪。”

“还有这事？”盛雨亭不解，“典家生活这么好，衣食无忧的，会这么说话？”

仙荣叹了口气说：“要说人这东西，就是怪，不知道别人吧，瞅哪哪好，就怕和别人比，比着比着就不满足了。”

仙荣说着，就想到了她自己，要是盛雨亭不来典家，她怎么也不能……于是她不再说话，而是瞅了瞅门口，见外面没动静，又走过去把门关严，把身子靠在盛雨亭身上，浑身发软地靠了起来，盛雨亭不由自主地颤抖，伸手扶上仙荣的腰身，他比刚才胆子大了，顺着衣襟就把手伸到里面，像触到了丝绸之乡进贡的缎子布，滑滑的带着热度。那仙荣泥鳅般地扭动起来。

外面似乎有了动静，仙荣就又利落地坐到对面。

得石领着得风、得雨回来了，得风、得雨每人手里拿着糜子做的大块糖。这两个孩子见到那么热闹的世界，太开心了，高兴地围着仙荣说看到这个了，看到那个了。他们还学了一个“小孩换锁”的游戏。

换锁了，
什么锁？
铁锁铜锁换金锁。
锁什么？
锁粮担；
几担高？
万担高；
骑红马，
架牙刀；
牙刀快，
割马鬃；
马鬃齐，
割牛皮；
牛皮坚，
打响鞭；
响鞭脆，
割牛肋；

牛肋老，
穿红袄；
红袄红，
穿进街（gāi）；
你不进街我进街。
进街了，
换锁了，
什么锁？
……

等得风和得雨把这个游戏循环了一圈，仙荣叫两个孩子过来，又说了一遍演出的注意事项，把两个孩子的串场安排了一下，两个孩子很聪明，一说就记住了。

到了晚饭时，守尉府又差人把他们请了去，不是什么大场面的演出，是赵守尉等几个官员和盛雨亭喝酒，都没穿戴袍子马褂、靴子大帽子，全是便服小衫，盛雨亭裹在里面，没了差异。席间请仙荣等表演一下请神用的神调，得石和春秀也陪着来了，和仙荣、得风、得雨在一起吃了点饭等着守尉的招呼。这时，差人过来说，可以开始了，仙荣穿着宽袖宽摆带滚边的斜襟月白色布褂，青布扎腿的灯笼裤，黑地红花的绣花鞋，打着单面鼓，嘭嘭嘭地上了场。只见仙荣转了场子，翻起了跟头，那利落的动作，俊俏的打扮，立即吸引了在座的人，只听仙荣打着鼓点唱道：

借问青天为哪般呢，
黄仙翻身就下了天呢，
生身有父母啊，
福祸自有缘，
忙忙碌碌未必得呀，
安居若泰喜又欢，
所以你就求本仙，求本仙，
本仙知你心中想，
本仙知你想得全，
抬脚踢开挡路石呀，
伸手引来那个幸福泉，

仙风仙气仙人到哇，
仙山仙水仙运转，
所以你就求本仙，求本仙，
本仙为你求寿长啊，
本仙为你求财源呢，
本仙为你求福运呀，
本仙为你保平安哪啊啊啊……

一阵喝彩声，那是由衷发出来的。仙荣那摄魂一样的眼神，饱满得要崩裂的体态，看得盛雨亭眼红耳热，有些不能自持。他知道，仙荣的身体、表情和动作是这个女人自发的协调，比那皇宫里的排练要顺畅自然得多。

赵守尉还头一次听到这么圆润有力的唱腔，也乐得合不拢嘴。这时仙荣开始表演喷火，火焰从她嘴里喷出，比往常延长了很长时间，仙荣竟喷着火焰绕桌子走了一圈，重新回到原地。这时，两个小仙童得风和得雨出场了，他们踢了一起火，然后又踢了一起，共踢出八柱火焰，一下子照得满屋亮堂堂的。小家伙们踢完火，接过仙荣递过来的鹰帽，戴在头上，然后，他们张开双臂，做着苍鹰飞翔的样子旋转着，唱起一段童谣：

啦雅嗬，大老鹰，
阿玛有只小甲昏，
白翅膀，飞得快，
红眼睛，看得清，
兔子见它不会跑，
天鹅见它也发懵。
佐领见了睁大眼，
管它叫做海东青。
拴上绸子系上铃，
吹吹打打送进京。
皇上赏个黄马褂，
阿玛要张大铁弓。
铁弓铁箭射得远，
再抓天鹅不用鹰。

两个孩子做完射箭动作，垂手而立。仙荣又上来，仨人一起向喝彩的人们谢场，演出圆满结束。

赵守尉非常高兴，站起来端着酒杯向得石敬酒，这面子给得够大的了，得石慌忙跪倒，赵守尉扶起他说：

“听盛兄说你典家神调乃我关东一绝，果然如此，来喝了这杯!”

得石就谢过了说：“家父今天得了病，不能来给大人敬酒，我把酒喝了，表示我们典家对守尉大人的敬意。”

说完喝了一杯。

赵守尉问得石：“那次我上你家查火药之事，你还记得不?”

得石说：“回大人，记得。”

赵守尉回到座位上说：“那时我去查火药，也是朝廷的旨意，民间不能私藏火药等火器。现在情况有变，边境上也有可能有大的战事，佐领要建火器营，火药需要量越来越大。”他看看得石，放缓了口气，“如果你会配制火药，可以供给我们。”

得石犹豫了一下，最后下了决心说：“回守尉大人话，小的确实会配制火药，不过那是用来请神的，如果老爷需要，小的可以专门办理这事。”

整桌的官员都夸得石运气好，刚开办火器之事，你就给官家供应火药，这是一本万利的买卖呀。得石就又一次谢了守尉和各官员。

赵守尉酒兴正起，就说：“让我们的仙姑也喝一杯如何?”

仙荣倒也不推辞，深深蹲了个万福，走过来满饮了一杯，大家见这仙姑这么豪爽，就又劝了起来，赵守尉说：“今天喝的酒可是你典家的烧锅酒，应该由典家人带头喝。”仙荣听了，更不含乎，她说：“好吧，我敬大家酒，是不是都喝了?”

“都喝了，都喝了!”立即有人响应。仙荣就端起第一杯：“这第一杯酒感谢守尉大人和各位大人容我典家配制火药。第二杯谢谢诸位大人能听我们乡野民曲。第三杯……”她看了看盛雨亭，“感谢盛先生做的新词。”

说完，三杯连饮，全都干了。

众人都欢呼起来。仙荣喝罢，并不离开，开始逐一监酒。她先看看赵守尉，赵守尉也不含糊，也连干三杯，其他人见了，也纷纷干了，到了盛雨亭这，就有了难度，这关东的烈酒，和关东汉子一样，冲得很，盛雨亭没经历过北方人这种喝法，只好求救一样看着仙荣，仙荣说：

“那盛先生你喝一杯吧!”

盛雨亭也就把一杯酒喝了下去。仙荣把剩下的两杯喝掉，对盛雨亭说：

“盛先生，我可把你的酒也喝了。”

大家都说盛兄应该给仙姑做个揖才是，盛雨亭只好向仙荣拱了拱手才罢了。

盛雨亭回到驿站时，感到自己的体重减轻了不少。他思忖着，要是再喝一些，或许还能再轻些。按照这么个逻辑，他笑了，他就会飘起来，醺醺然，噢，那不就成仙了吗？这典家烧锅酒啊，寒冷中淬却了洌，空旷里舒发了散，奔涌着激荡了冲，静候时凝结了胆。现在这酒就注入到了血液里，推搡着，鼓噪着，怎么这么不安分呢？不安分也罢了，现在又集中在一个最要命的地方，要冲撞，要爆发！无论身体内怎么汹涌，但当过官有学问的盛雨亭仍能把自己静卧在铺上，他还惦记着仙荣那句话，小心地听着外面的动静。

得石带着得风、得雨两个小兄弟进了一间屋子休息了。仙荣和春秀住进了盛雨亭的隔壁，春秀也不说话，打着夸张的哈欠，早早地钻进了被窝，头朝里躺下了。

仙荣见她这个样子，抿了抿嘴鼓起勇气悄声推门出来，见四处没有动静，只有过道上一盏油灯似明似灭地默默燃着。她推了盛雨亭的门，那门无声地开了，又无声地关上。原礼部司务盛雨亭早忘了一切，踉跄几步把仙荣紧紧抱住。这是干柴和烈火的相遇，是旷夫和怨妇的拥抱，是忘了身份和处境的男人和女人的直接交合，一次不行，就再来一次，仙荣终于全身散了架子一样依附在铺上，像是从云端坠落到了温暖的水湾。盛雨亭头枕着仙荣肉感的大腿，喘着粗气，极其舒畅地闭上眼睛，他觉得他现在就是刚拉完铁弓铁箭的大阿玛，或者是追逐完猎物的海东青。

仙荣回来时，春秀翻了个身，把她拉进被窝，春秀悄声一字一顿地背着家规第六十四条：“女人要守贞节，不得淫欲，违者家法……”

仙荣伸手把春秀的嘴堵上说：“反正我死后也当崔家的鬼，不入典家的祖坟，死了也值了。”

“真的死了都值吗？”春秀笑她。

“值！”仙荣说着就去咯吱春秀的胳肢窝，春秀边躲着边说，“你这偷上嘴了，以后咋办呢？”

仙荣不屑地说：

“你咋这么操心呢，偷一次就得了呗，还总偷啊！哎，谁偷了！你看见了？”

第二天，得石赶着马车，把昨天定的货拉了，急急地往回赶，他惦记着父亲的病情。一路上，盛雨亭靠在袋子上睡着了。他睡着的姿势与文化什么关系都没有，懒散又随意，一点也不客气，一点也不斯文，颠簸不能摇醒他，反倒让他睡得更实在。春秀拉了仙荣的衣襟一下，用眼睛瞟了盛雨亭一眼，仙荣会意地又拧了春秀一下，两人相视笑了起来。得风看了不解地问："娘，三嫂，你们笑啥?"

仙荣说："我笑你三嫂呢。"

春秀说："我笑你娘呢。"

第十章 为儿媳做主

四十

得石用鞭子不断地催促马车快跑，就见对面也跑过来一挂马车，赶车人是得帮，两车都停下来，得帮告诉得石等人，家里老爷子病得邪乎了，不断地冒虚汗。他正往额摩镇请看病先生。得石说："大哥，你赶我的车回去吧，我和春秀去额摩镇，那里我熟，知道哪个先生看得好。"得帮和得石就换了车，又上了路。

仙荣回到典家大院，式奎还在炕上盖着厚被子躺着呢，云美见了仙荣，急得都要哭了，说："你可回来了，快帮我服侍服侍他吧。"

仙荣忙过去来到式奎身旁，式奎头上蒙着热巾，盖着被子，此刻不冒虚汗了，反倒冷得牙齿打颤。仙荣趴到式奎的身上，哭啼啼地说："我回来了，我不气你了。"

式奎从被里抽出一只手，放在仙荣脸上说："还疼吗？怪我的手刺挠了！"

仙荣知道这是指式奎那天晚上打她的事，忙说："不疼，打时就不疼，不知道你会病，要不我就不跑了。"

云美在旁听了也说："我以为她又在扮妖精呢，也没过来。"

式奎听了，半闭着眼睛像是安下心来。

得石和春秀从额摩镇请来看病的徐先生。想当年，式奎还给他做过带销子的大石匣子，专门用来装用鹿八样制的大力丸。

这会儿的徐先生长得更有特点了，如果单从白头发和白胡须上看，那就是一个古稀老人，但要从面部、颈部以及没被衣物包住的露出来的肌肤来看，红润又白皙，不像老人，倒像是个壮年人。他眼角额头没有多少皱纹，但嘴角两边却有一撇一捺深深的笑纹。他说话慢声细语，还有点摇头晃脑，穿一件灰色的外袍，那袍子明显是宽大些，他的每一个举动，都能把袍子抖动起来。

徐先生诊了脉，又慢慢地观察了一会式奎，就对仙荣和春秀说："你们两个轮班换着热这药，别让药凉了。"

徐先生治病的办法是把四个热药罐子放在式奎身旁，徐先生说：

"要让你们的公公一直吸这药气。"

仙荣知道徐先生把她当成式奎的儿媳妇了，也不说什么。春秀忙纠正："她是我的三娘。"

徐先生忙道歉：

"啊，对不起呀，我是老糊涂了，没看出来，但我看病可不糊涂啊。"

徐先生又仔细看了仙荣几眼，在炕桌上写了方子，让得石把他送回去，顺便再抓些药。

云美过来对春秀说："春秀你也跟着去吧，这里有我和你三娘呢，你搞清药咋煎咋熬，这事还是你办我放心。"

得石、春秀和徐先生走出门外，徐先生又问春秀：

"那个是大娘子吧？"

春秀说是，徐先生就说："麻烦你把大娘子给我请出来，我有话要说。"

春秀走进去把云美叫出来，徐先生又要和云美单独谈谈，云美领着徐先生到云美房里。徐先生说：

"我看你是大娘子，就跟你说实话，老东家的病不是什么大病，男人到了一定的年龄，就会盗汗体虚，气盛怒升，从此以后对女人就不感兴趣了，也没那个能力了。要让他好好休息，远离女人，宁心静气，自然会好。"

云美见徐先生说得这么直白，就说："先生你看得真准，可我家还有个三房，正是虎狼年龄，可咋办？"

徐先生说："这个我明白，所以我才把你找出来，就两个法子，一个是尽可能躲避女人，不要近身了，这样体也不虚，汗也顺了。另一个法子是吃些补药，你看选哪个？”

云美想想说：“我看先让他好好休息一下，把眼前的毛病治好了，以后是得给他补补身子，他既娶了偏房，总得让他有个乐趣。”

这句话把徐先生给逗乐了。徐先生说：“看你家家大业大，这些补品定能买得起，我给你开个补方，不过两个月内千万不要让他们两个近身。”徐先生说着，把两个大拇指往一起对了对。

云美又拿了些钱，徐先生的补方也开得了，云美嘱咐得石和春秀一番，徐先生上了马车，回头还瞧见云美在院子大门口思忖着。

得石和春秀送完徐先生，又抓了药，买了一大堆补品，之后去了一趟守尉府。他俩还惦念制火药的事。在守尉府和门房一说，门房就把他们领到了专管这件事的吴帮办那，那天吴帮办也看了神调表演，刚过两天，记忆犹新，守尉大人当面答应的事，他当然也分外地热情，就把制火药的事详细说明白了。

原来，守尉府有一个需用火药数量、供应时间和购买价格的单子，只要按单子要求制作完就行了。至于火药下一步的用途，你们就不用管了，把药送到火药库就给结账。现在会制火药的人不多，质量达到要求也不容易，火药存一段时间药效就不行了，所以，总得换，总得更新。吴帮办又说，你们可以先试一批，说完把单子交给得石一份。得石和春秀明白了情况，告辞离开，临走时又送吴帮办一些补品，吴帮办直夸得石会办事，这火药生意一定能搞好。

得石和春秀刚出守尉府，就见七弟典得州被五花大绑地押进了守尉府，身旁还跟着一个哭哭啼啼的大姑娘，看着脸熟。兵士旁还跟着一男一女，不是别人，竟是殷洪海和张双妹。

这天，张双妹接完客回来，看见典老七领着一个大姑娘进了客栈。双妹已变了样，那张脸厚厚地涂了粉就变了模样。但双妹却认识得州，小舟子已长成大小伙子了，她不仅认识得州，还认出了得州领着的是柳家柳大下巴的女儿柳芬。柳芬跟柳大下巴还到过典家。好啊，典老七领着一个大姑娘住店，这还了得。典家满口仁义道德，现在不也干着见不得人的勾当，还休我呢？看看你的儿子干的好事！双妹急忙告诉了殷洪海，殷洪海也想解解气：

“对，就告他典得州拐卖大姑娘。”

他让双妹盯在客栈里，他急急忙忙告到官府，官府听说有人拐卖大姑娘，现在姑娘家人找上门，就派人来到红灯客栈。

四十一

得州和柳芬确实是私奔的，得州的婚姻是不幸的，当初，仙荣给他做媒找的是十里堡的吕家，吕家的姑娘叫吕芝清，这吕芝清的父亲农闲时在临时组成的秧歌班里当喇叭匠子，早年间典家迎接石狮子到大门口时，他还跟着秧歌班来过典家，对典家有印象，一听是典家的儿子自然满意。

仙荣知道得州喜欢漂亮的，他自己平时也总是衣服整洁，头发梳理得一丝也不乱，是个爱打扮的人，这次特意在“三不娶”基础上，注意了吕芝清好不好看，何况得州在仙荣临走时还亲切地叫她一声三娘呢，那意思是求三娘好好给瞧瞧。

仙荣就上了心，到十里堡已快到天黑了，在吕家仙荣就用眼睛瞄那吕芝清姑娘，这姑娘侧着脸，害羞地坐在一条长凳上，可够文静的了，真是要模样有模样，要身条有身条。仙荣不放心，就又找了一个机会端详了一下，这次是这姑娘侧身给她娘送东西，行，走路的样子也很优美，仙荣就做了媒。式奎和云美听了仙荣的介绍，也表示非常满意，仙荣还在派工后对得州说，就你小子有福，等着娶俊媳妇吧。

俊媳妇也是起早从娘家出来，到了晚上才到典家堡典家大院的，入了洞房后就羞得直往角落里藏。等得州怀着强烈的爱美之心，急不可待地揭去盖头，想仔细欣赏一下新娘子的光彩。新娘子吕芝清却把得州吓了一大跳，他看见新娘左脸没有右脸鼓溜，左边的脸往里塌下了一块。得州气得一把把盖头扔到地上，从此两人就分屋而居了。

原来，这吕家一直把芝清右脸给仙荣看。把个仙荣悔的，以后再看人从来都是两面看，不仅两面看，而且前后看，生怕看不全了。吕家也有错误，这不是骗婚吗？但生米已煮成熟饭，得州就找茬，一会儿埋怨媳妇做人不厚道，一会儿埋怨三娘看得不全面，那有什么用呢，得州窝心呢，只好尽可能不瞧媳妇那半边脸。

苞米抽穗不久，在柳大下巴家修房顶，得州领着长工干了四天，在这四天里，他和柳家的女儿柳芬就对了眼儿，柳芬在柳家过得也不舒服，爹娘不识正理，哥哥傻了，只会嘿嘿笑，就知道用手抠这抠那的。她见得州那身手，那面相，喜欢得了不得，就对得州注意上了，得州遇到柳芬就后悔，离这么近就有好姑娘不介绍，偏跑到那么远的十里堡找“半张脸”。

得州在柳大下巴家房顶上一边抹着房盖，一边回想着柳芬的眼神，猜测着那眼神里透露出的内容。那眼神像柔柔的风触摸到了他的脸，又像是两汪春水渗进了他的眼，更像一股热流涌入了心底，让他想留住这感觉，偏又眨眼间过去了。

他手忙脚乱起来，他要探寻这眼神里的含义，他更要验证这里面的含义。他对柳大下巴和长工们说，我下去撒泡尿，就顺着梯子溜下来。

这时的柳大下巴和三个长工正在房顶上忙着呢。得州下了房子，透过敞开的房门看见只有柳芬一个人在灶间忙活着，那时柳大下巴的婆娘领着傻儿子去田间掰苞米了，准备招待他们的午饭。真是个好机会呀，得州岂能错过，而且他还要把这次机会利用好。于是，他使劲对着那梯子踹了一脚，这一脚是运足了劲，强烈的渴望全都集中在那里了，那梯子的一根立柱就折了，发出“咔巴”的一声脆响，上面的几个人听到，都小心地探身往房下张望，柳大下巴焦急地问：

“咋了，得州，没伤着吧？”

得州和缓地说：“没有啊，梯子折了，你们忙你们的吧，我修完了梯子再上去。”说完，一扭头，正看见柳芬端着一盆水一脚门里一脚门外地看着自己。

柳芬不明白得州的举动，问道：“好好的梯子，你踹它干啥？”

原来，她把刚才那一脚看得清清楚楚。

得州情急之中倒是说了实话：“啊，我想和你单独说会儿话。”

柳芬的脸一下子就红到了脖子根儿，她明白了得州那一脚的意思，得州自觉失语，但也完整准确地表达了那个意思，柳芬红红的脸又反馈回了柳芬的意思。他怎能不高兴？他乘机说道：

“你帮帮忙，修修这梯子。”

柳芬放下水盆，蹲下身子扶住已躺下的梯子，得州用草绳来回缠绕捆绑着梯子的立柱，一边抬头直视着柳芬，柳芬忽灵的眼睛像是在躲闪，但仍能在游盼中接住对方的目光。

得州直接问：“你许婆家了吗？”

柳芬双手扶着梯子，紧张地摇着头。

得州又把梯子往墙根移了移，他是怕房顶上的人瞧见了，就找了个死角。柳芬也蹲着身子往里挪，两个人倒是很默契。

得州叹了口气说：“我有婆娘了，可我瞧不上。”

“瞧不上还娶？”柳芬问。得州边叹气边摇头：

“她们家骗了我三娘，她那半边脸塌下来了。”

柳芬下意识地去摸自己的脸，那梯子就摇晃了，得州的手就过来扶住，正扶在柳芬的手上，两个人的手就叠在一起，冰遇到了火，该是怎样的震颤。

得州这次只把梯子修好了，并没有把屋顶全部修完，还留了一个尾巴工程。他指着房子的烟囱对柳大下巴说：

"柳叔，这烟囱四周需要编一圈席子，再往上抹一个仰角，才能保证不漏雨。"

柳大下巴见得州这般负责，一个劲地往得州手里送那刚煮的青苞米，那苞米的清香就弥漫了整个院子。

得州说："过些天，我编好了圈席就过来再修屋顶。"

他的话柳芬怎能听不明白。得州临走时，没敢往柳芬脸上看，只注意到柳芬那不断绞着辫梢灵活的细手指头。

得州从得帮又娶一房媳妇这件事得到启示，原来媳妇是可以休的，关键是能不能找到足够的毛病。他开始找吕芝清的麻烦，可吕芝清除了"半边脸"问题，还没有什么大问题。得州每天都为找不到休去吕芝清的理由而愁眉不展。他把那圈席编好，就等着机会再去柳家，偏偏吕芝清却在他身前身后活跃起来，他们俩住一套房子，但不同屋，一人一间，芝清住里间，得州住外间，到了晚上，吕芝清就频繁地从里屋到房外去，一会儿，又从外面回到里屋，一进一出反正都要经过外屋，试图让得州注意她，反倒弄得得州心烦意乱，芝清进了里屋也不闲着，哼着一曲小调：

一呀嘛一更里，
月牙挂树上，
小佳人坐在窗前暗思量，
叫一声小冤家，
你为什么还不来，
没把奴家放心上？

芝清唱得幽怨低徊，弄得得州心都要软了，他抓把被子蒙住头，可一个男人的歌声却又传了进来。

一呀嘛一更里，
月亮照花墙，
小情郎在那路上走得忙，
叫一声小妹妹，

你可还在那里等着郎，
将我放在那心上。

唱到这里，那男人的声音还“啊哼”了一声，把得州给气乐了，原来，芝清学完男音唱歌，又学了一声“啊哼”，但这一声没哼明白，露出了女音，得州听了突然就有了主意。

第二天一大早，得州就到云美那里说：

“娘啊，我要休了半张脸媳妇，她不仅塌了半边脸，还是一个二尾子，男不男女不女的，她们家是彻头彻尾的骗婚呢。”

云美听了大吃一惊，忙又去告诉式奎，式奎把仙荣找来，三个人就你一言我一语地商量起来。云美问仙荣：“得州果真没和芝清同过房？”

仙荣说：“当真啊，得州看不上她那半张脸啊，也怪我看走眼了。”

式奎想了想说：“哼，八成是得州这小子找茬呢，糟踏人呢。你们想办法搞清楚了，怎可能是二尾子呢？”

这任务又落实给了仙荣，仙荣对芝清开展了调查，调查的项目首先是芝清的月经情况，她转弯抹角地查了半天，还是含含糊糊的。仙荣又去发动春秀想办法，两人真的就有了办法。

仙荣组织家里的几个儿媳妇去洗澡，地点当然是在泉眼泡，洗澡前，她们照例把女人的红肚兜和细烟袋明晃晃地挂在泡子边的树梢上，这就表示这个泡子被女人占领了，男人是不能走到近前的。于是，仙荣和几个儿媳妇赤裸裸地跳进泡子，她们在水里疯玩着，欢笑着，没有了任何约束，好开心呢。仙荣和春秀就鼓动芝清给大家唱一个，芝清也不推辞，难得大家这么高兴，果然就唱了起来。

二呀嘛二更里，
月亮升前窗，
小佳人深闺房里会情郎，
叫一声小冤家，
你为啥来得这么晚，
没把奴家放心上？

芝清唱完女音，又转唱男音：

二呀嘛二更里，
月亮照花窗，
小情郎对着月儿诉衷肠，
叫一声小妹妹，
为见妹妹急得慌，
时刻把你放心上。

大家都觉得芝清唱得又有意思又好听，自然是津津有味，仙荣和春秀相视看了一眼，也大概明白了得州所说的二尾子是怎么回事。看来，这小子真是有心找茬儿，但为了慎重起见，仙荣和春秀依然按原来商量的办法继续下去。

仙荣就提议大家到泡子边上往身上箍黄泥。她说：

“这是黄泥上身，百病去根。”

她就一个个地把儿媳妇们叫到泡子边，先是给春秀箍了一身黄泥，给大家做个样子，几个人箍完了，最后轮到芝清，芝清也依样伸展着身体躺在岸边，仙荣拿着一团泥巴让她闭上眼睛，免得泥巴入了眼，芝清顺从地闭了眼睛，还不忘说一句：

“把我这半张脸用泥巴箍死得了。”

仙荣就把那团泥摊在了她的脸上。那边的春秀乘机瞧看。仙荣把结果告诉了式奎和云美，式奎愤怒了，得州没能达到目的，还受到了家法的严惩，重重地挨了二十鞭子。

得州带着编好的圈席来到柳大下巴家，这次他没带长工，柳大下巴在房顶抹泥，得州在房下用四齿叉子往房上甩着泥巴，柳大下巴的婆娘又领着傻儿子去田里掰苞米去了，得州就有机会和柳芬说上了话，他还让柳芬看了他背上的鞭伤，看得柳芬心疼地流了泪。两人合计怎么也不会让柳芬进典家门，干脆私奔吧，反正得州有一身手艺，饿不死的。说走就走，害得柳大下巴在撤了梯子后的房顶上乱转乱喊。他们私奔后的第一站到了额摩镇，没想到刚进房门搂抱在一起，就被人抓了起来。

得石大体搞清楚情况，急忙回头找吴帮办，吴帮办正好处理这事，告诉手下人给殷洪海和张双妹点赏钱，奖励他们举报有功，殷洪海拿了赏钱，对得石和春秀说：

“这就是外财，人无外财不富，孙妈临死前，我和你们商量找藏宝图里的宝，我们一人一半，结果你们不理我，到头来谁也没拿到，那宝贝就永远埋到了那个大圆圈里，埋到大树丫下。”

说完，还故意拉起张双妹晃晃当当地走了。得石对着恬不知羞的两人的背影气愤地说：

“什么东西！”

得石和春秀把得州和柳芬接出守尉府，四个人研究怎么办，得石说：

“你们回不去了，按家规，七弟你都入不了祖坟，柳芬也不能回柳家了，还不如走远点呢，等以后再找机会吧。”

至于到哪，得石说：“我和春秀下一步到二郎山制火药，你们如果愿意到我们那干，就先去二郎山吧。”

得州和柳芬都非常乐意。

春秀又给他们一些盘缠，最后送他们走了。

得石和春秀带着中草药和补品回到典家大院时，正看到柳大下巴两口子带着傻儿子在院门口呢，那傻儿子的手一刻不闲地抠一头石狮子身上的泥巴。典家人怕式奎知道得州私奔的事，病情会加重，就没让柳家人进大门，设法往回劝，结果适得其反，柳大下巴越骂越起劲。仙荣索性把大门关了，剩下柳家三口坐在院门口。得石和春秀回来也进不去，就又拿出些钱来把三口人劝上车，把他们拉回柳家。柳家也来了不少人，得石听见堡子里“屯不错”庞木匠说：

“小舟子私奔前，在我这儿借的钱，我哪知道我徒弟他会干这事儿。柳家的克星一定是典家，儿媳妇没了，儿子傻子，孙子死了，就剩一个好姑娘，还和典家人私奔了，唉！”

四十二

式奎对得石的愤怒是真正的愤怒，愤怒把他的血液送到了头顶，就要顶了出来。典家的孩子们是他的全部，他和云美的一切努力还不是为了这些孩子，不论这些孩子有多大，不论这些孩子又有了孩子，但他们永远是他的孩子。对于这些孩子，他是没有私心的，尽管他定了家规，他不让他们掌握更多的钱财，但这一切最终还不是为了这些孩子们将来生活得更好，更安定。他对自己要求得近乎苛刻，吃穿用一样节俭，他和孩子们不同的就是每顿饭加一盘菜而已，还有就是这次得病买了些补品，其他都是一样的。他娶了三房媳妇，但初衷也绝对是为了快速地把家业壮大。

他也不需要孩子们理解他，他有时都不理解自己，地到底有多少是多，房子到底盖多少是好，酒存到多少是够，他一想这些问题就孤独，孤独得没有人理解。云美真理解吗？不全能，云美刚和他谈了徐先生的话，云美是想让他多吃些补品，把身体养得棒棒的，她首先想的是让他多活些年，和他一起享受生活，至于应对仙荣那不是主要目的。仙荣能理解吗？更不能，仙荣对家庭和典家的壮大没有使命感，她倒像这个家里永远长不大的孩子，就追求感官的享受，有一点委屈就要改变，就要发泄，透明得没有任何遮拦。

如果一定说他有私心，他就在得石身上才有私心，得石是他第一个孩子，那种初为人父的感觉是深刻的，得石见证着他和云美走过了人生最难熬的一段路，从沧州到阿克敦，经历了典家的最初。至今，式奎还总是回忆当时他们一家三口，钻进那张姓人家马棚一角荞麦堆里取暖，闻到的荞麦叶味。这味道能记上一辈子，什么记忆也没有对荞麦叶的味道记忆深。那荞麦叶味那么暖，那么持久，把他们一家三口捆在一起，罩在一起了。他每当从外面回到家里，总是要抓一把荞麦草闻闻，这是家的味道啊。要是荞麦草没在跟前，他就把鼻子贴近院墙或房墙，那里面也有荞麦草味，这也对呀，荞麦草不是做了羊角，插在了墙里，抹在了墙上吗？他白天愿意闻荞麦叶味，晚上就愿意闻云美身上的味，云美身上也有荞麦叶味，这大概就是那一回在荞麦堆里滚出来的。可得石怎么就忘了呢？得石是在他细微的观察中长大的，其他孩子则不是，就算得强和得地，他也没有了那种观察的心境和条件。得石是他生命的延续，有时他想，即使我典式奎死了，有得石在，典式奎的生命还在继续。他对得石的关怀早已胜过了对他自己，他把能够做到的都要给得石，把做不到的都寄托在得石身上。可是，令他不能容忍的是，这个典得石竟提出要带着媳妇孩子离开典家单过，自己去制火药……

式奎听明白了得石的想法，就愣到哪里，说不出一句话，他一扬手，撵走了得石，却撵不走那胸中的愤怒，那愤怒在不断增大，压迫着体内的血管，他能感到浑身的筋骨和血液都鼓胀起来。他不停地劝着自己，冷静，冷静，莫要爆发。云美对得石的想法也很吃惊，但她更担心式奎刚刚见好的身体。他忙推着得石，叫他快走。

得石是准备承受一阵疾风暴雨的，他明白他把自己的打算和盘托出，必然要遭到父母的激烈反对，这是必然的，他想好了各种理由，甚至和春秀进行了演练，但现在没有机会说出来。

春秀和得石已等待几天了，他们怕式奎身体承受不住，但制药是有时间限制的，得州一定也在二郎山焦急地等待。这次对这两口子来说，是一次难得的机会，不仅是以后生存发展的机会，也是离开典家这个大家庭的机会。

确切地讲，得石和春秀对这个家已有了某种厌倦，尽管他们比其他兄弟受到重视，但这种重视却加重了这种情绪。

春秀到了晚上，就叫得石石头哥，石头是得石的小名，石头哥就成了春秀对得石的昵称。得石叫春秀的昵称却有两个，一个是剪刀妹，一个是布妹。这三个昵称连起来就是石头剪子布的一种游戏。他们俩在游戏的时候，如果春秀在得石身下呈剪刀状，得石就叫春秀剪刀妹，剪刀妹，你可别给我剪下去呀。剪刀妹就说，我才舍不得剪呢，看我把你的石头包起来，一侧身，春秀就翻到得石身上去了。这时，得石就叫春秀为布妹，布妹，你把石头包起来了，他们就石头、剪子、布地游戏着，既默契又有情趣。有一次春秀把这三个称呼告诉了仙荣，乐得仙荣捂着肚子直喊疼，仙荣说，你们两个小蹄子，还石头、剪子、布的，真是疯掉算了。得石和春秀两个人的想法，也像石头剪子布一样默契。春秀还给仙荣看了得石当年给她画的信，那信上石头、剪子和布画得像极了。

春秀在殷家长大，对这种大家庭沉闷的生活早就了解和厌烦，没想到到典家后，她明显地感到典家是沿着殷家的路子描呢，而且从发展上看，是有过之而无不及，特别是每月十五的请神，让她实在不能忍受，但又不能说出来。不仅如此，按照公公婆婆的设计，将来得石和她就是典家这种方式延续的组织者和实施者，得石有可能坐在那把太师椅上，接受他自己的兄弟和下辈人的跪拜。为什么一定要建大家庭，建这种没有自家灶房吃一种饭的大家庭，建大家都按照一样方式生活的大家庭？她既不明白，也不理解。在她看来，人是不同的，过好日子的标准也不一样，有了区别，才有感觉，才有意思。春秀影响着得石，而且这种影响是多方面的。得石主要负责跑外，见的人经的事也多，常常带回问题和春秀讨论交流，思想开始活跃起来，他愈发地理解了仙姥爷以前的那句话，“人事知道得越多，神管的事越少，人事知道得越少，神管的事就越多”，他对典家请神的目的也心知肚明，知道在现有的环境中，有必要也起作用，但他知道，要想把这些维持下去，也很困难。

让他茅塞顿开的是和楚北风的交流。得石有一天傍晚刚回到典家大门口，就听见有人从后面叫他典家大后生，他回头一瞧，原来是楚北风。楚北风怎么来到这里，站人是不能随便离开站点的。得石见他胡须散乱，头发蓬松，脸色苍白，眼神呆滞的样子，就知道他一定遇到了什么事，就问：

“楚大爷，你咋到这了？咋这样疲惫？”

楚北风用舌头舔了一下已卷起一层干皮的嘴唇，弓起身子拉着得石，往典家院墙拐角走，边走边说：

“出大事了，我婆娘被狼咬死了。”

得石惊讶地问个详细，楚北风见到了拐角儿不会让人看见，才把详情学了一遍。

原来，楚家丁站在盐碱滩中，方圆五六十里没有人烟，这里有狼活动。楚北风也知道离他住的地窨子往北走二十里就有狼窝，但草原上有的是野兔、狐狸可供狼捕食，多年来，人狼相安无事，没有发生正面冲突。女儿嫁给得帮以后，他那婆娘更加寂寞，就让楚北风要了一条狗，这条狗可能也是狼和狗的后代，听到远处的狼嚎，也往叫声那凑，结果带回了两个小狼崽。那天楚北风正走在长满荒草的路上，他的婆娘不知道狼崽是不能用手摸的，她不仅摸了，还把它们抱起送进狗窝。这下惹了大祸，那只丢了孩子的母狼寻着味道就找到了丁站，把他的婆娘和那只狗全咬死了。楚北风回来，目睹那场景是实在太惨了。婆娘一死，他自己更不愿独自一人在这荒凉的旷野孤独干耗，他想再看看女儿，之后去罗门山投靠金钱豹落草为匪。

为了掩盖踪迹，免除对逃走站人的追查，他没有掩埋婆娘，还把他的鞋子也扔到了婆娘身旁。他又拽着那只血淋淋的狗往草原深处拖，弄得一路上血迹斑斑，他把狗扔进了一个水泡子里，制造了两人被狼吃掉的假象。他最后看了一眼那个地窨子，别了，我的婆娘，原谅我不能让你入土为安，就用这个现场结束我们世代站籍吧，更不用说那个贱籍了，我会为你做法事的，为了我们的女儿能平安生活。我决定再到典家去看看我们的姑娘。

得石忙进院子和式奎商量，两人在晚上就把楚北风偷偷地接进了院子，安排到原来黄大仙的房间。这个房间一直没人住，被式奎和得石偷偷地垒了夹壁墙，里面藏着火药和制药工具，平常当仓库紧锁着，只装些不常用的东西。楚北风吃过饭后就睡下了。到了白天，式奎专门让仙荣安排初玉亭在灶间做饭和收拾饭堂，楚北风就坐在门口，隔着门缝儿，看着心爱的女儿的一举一动。他知道，他上山入伙后，生死未卜，以后很难再看到女儿，现在隔着这道门缝，有如生离死别！

到了晚上，得石把楚北风送出院子，又往前送了一程。楚北风接过式奎父子为他准备的装着盘缠和吃用的包袱，很是感激。楚北风说："看过女儿后，我也放心了，不论怎么说，女儿是民人了，和她爹娘相比好多了，我是站人，命要比我的前辈好。这人真是分三六九等啊！"

说完两行眼泪在月光的反射下，晶莹地落了下来。

得石说："我们民人比旗人还差很多呢，人和人是不能比的。"

楚北风说："八旗子弟过的是寄生生活，要我看，也好不了哪去，也是在耗。这人就这样，不怕艰苦，不怕曲折，不怕困难，就怕干耗。耗你知道吧，就是没变化，像我们站人，只能在两站间活动，耗着余生，没有希望，也没有想法，最后把生命耗尽了，这就是苦耗。还有就是甜耗，八旗子弟由于出生在旗人家里，从小生活在蜜罐里，什么也不做，什么也不会，只好游手好闲，连祖先的骑马射箭都不会，最后也是日复一日，年复一年的干耗。无论苦耗和甜耗，活十年和活一年一样，活一年和活一天一样，就是简单重复，耗得没感觉，耗得越来越迟钝。”

楚北风还对得石说：“得石啊，我看你可是个成大器的材料，你可要立大志，不要把自己空耗掉了。”

楚北风说完，自己苦笑着说：“得石，这话怎么也轮不到我说呀，天地之间竟没有我容身之处，我还说别人耗不耗的。”

得石思索着楚北风的话觉得很有道理，这些话，是他长期寂寞人生的总结和感悟。得石是有自己追求的，他想通过自己的努力，建立一个有典得石自己印记的家业。这样得石和春秀就下了决心，向式奎摊了牌。

四十三

式奎愤怒过后，紧急和云美商量对策，云美说：

“翅膀硬了，两个人要飞。”

式奎说：“翅膀硬个屁，还不是那些小份子攒多了，把他们烧的！”

云美说：“是啊，这次他们报的账，花了不少钱，我看对不上。”

细心的云美早就怀疑春秀买药和补品的账不对，春秀把给得州的盘缠钱、给仙荣两个孩子买吃的钱、给柳大下巴的钱、还得州欠庞木匠的钱以及给吴帮办送的补品全打到了式奎的药里和补品里，当然出入不小，云美本来不想和式奎说，现在式奎提起，云美只得道破了。

式奎果断地挥了挥手，说：

“我们把他们的小份子没收，看他们拿啥远走高飞？”

云美说：“这能行吗？”

式奎说：“能行，家规上不是有一条嘛，私留小份子者全部没收，并罚巡夜一个月。”

两个人就开始研究怎么一举没收得石和春秀的小份子，云美提醒式奎：

“这事不能告诉仙荣，仙荣和春秀不像娘俩，倒像姐俩。”

第二天，典式奎出人意料地出现在饭堂，他仍挺着身板，看不出刚刚大病一场。盛先生整理完家规后，又自己坐在第二桌吃饭了。大家吃完饭，按正常应该是仙荣派工了，典式奎拉了拉仙荣让她坐下，式奎站起身来说：

“长短工今天去打秋垄，每人五根垄，你们先走吧。”

长短工们感到奇怪，今天没有打头的领着，由老东家亲自派活，但任务还是明确的。

长短工走后，式奎说：“今天把得字辈和东字辈留下，主要是做一件事，就是要把家规执行下去，我过去说过，家规定下的事，大家都要严格执行，违背了家规，就要受到惩罚，国有国法，家有家规，这不会错的，今天就检查一项，查私房钱，一会大家谁也别走，我们一家一家地查。”

式奎对盛雨亭说：“麻烦盛先生和仙荣一起查。”

说完，就带头走了出去。大家感到吃惊，不知发生了什么，但都跟着，先来到得帮家开始查。

得帮媳妇初玉亭顺从地打开炕琴门，拿出些换洗衣服和日常用品，炕琴被掏空了，屋子里的东西都是配发的，一目了然，自然什么也没有，盛先生和仙荣在式奎的监督下，什么也没查出来，云美在得帮家外面，让大家别动，一家一家来。

得助家也什么都没有，就到了得石家。仙荣非常紧张，心里想，这春秀小蹄子不会把小份子放在明面吧，但她又暗想，各家都是这些东西，不放在炕琴里能放哪呢，她自己的也是放在炕琴里的。

春秀气哼哼地从炕琴里掏衣服，仙荣分明看见一个黑色的小包在柜子角儿，她机灵地用手在柜里一划拉，把手拿出来说没了，这时式奎跨前一步，把那个黑包拿出来，哗啦一抖银子铜钱就都落到地上。

人们惊呆了，没想到得石和春秀这对人们心目中的完人，竟有这么多私房钱，看来老爷子真是火眼金睛啊，式奎向大家宣布：

“得石家这些小份子没收，你们两口子从今晚开始巡夜一个月，白天正常干活。”

式奎和云美依然往下查，心明镜似的其他家都是走过场，过了老四得强家、老五得地家和老六得沧家，就到了老七得州家，式奎发现得州没在跟前，他问得州媳妇、那个哭肿了双眼的吕芝清：

“得州家的，你男人呢？”

吕芝清被一再警告不许在式奎面前说得州私奔的事，但式奎问到头上，怎么回避，就一急跪了下来，呜呜地痛哭起来：

“爹爹，你为儿媳做主啊！”

第十一章 暗流涌动

四十四

式奎再次躺进云美房里。

在他栽倒的一刹那，头脑里一片白茫茫空荡荡，那白不是真正的白，空也不是真正的空，是有一层半透明的乳白色的东西在聚拢，聚成了一个人的头型，他仔细一瞧，却是堡子里的屯不错、道了去、帮人闲，那个正张着嘴，硌着牙的庞木匠，庞木匠咀嚼着典家的这些事，加工着有滋有味的消息，供人们消遣着。除了庞木匠以外，什么也听不见看不见了。云美和仙荣忙前忙后地照料着，到了晚上，式奎略微清醒过来，他对仙荣说：

“你去吧，今晚给我查查得石两口子是不是巡夜了？要是不巡夜……”

云美忙说：“他爹，都啥时候了，你自己要紧的，得石打死他也不敢不巡夜。”

“他娘啊，啥情况都能发生。”式奎的声音都发颤了。

仙荣从云美房里出来，匆忙找了一把锹，扯着大步奔到自己房内。今天查私房钱来得太突然，看来是式奎和云美设计好了的，没有告诉自己，专门对着得石和春秀去的，要是奔自己来，肯定也查出来了。她必须先把私房钱藏起来。

她到屋内，得风、得雨在另一个屋子睡着了，她小心地把墙角的东西移开，挖了起来。她要挖个坑，把私房钱埋起来。这时，她就听到有人小声拍打门，仙荣慌忙又把铁锹放在墙角，把东西归了位，来到房门前问。“谁呀?”

外面是春秀的声音：“小三娘，快开门!”

仙荣把门打开，春秀挤进来，俩人来到屋内，仙荣说：

“你们不是巡夜吗？一会儿我还要查呢。”

“我先让得石应付着，我和你商量个事。”

“啥事啊?”

“今天这事出得太突然了。”春秀缓了口气说，“我和得石商量了，这个家没脸待了，也不想待了，我们就去制火药吧。不过，钱被没收了，没了本钱，我们想在你这儿借些，不知你能不能帮我们。”

仙荣痛快地说：“成啊，我把这些私房钱全借你们吧，这不，我正准备把钱挖个坑埋了呢。”

说着指了指那把铁锹。

“让我咋感谢你呢，小三娘，你真太好了!”春秀看着那把铁锹，“下辈子我托生一把铁锹吧，把你这屋和盛先生的屋中间挖个地洞，让你们一到晚上就能相见。”

仙荣就又去咯吱着春秀说：

“你这个主意好，赶明个我自己挖，反正这离他屋也不远，就隔两道墙。”

仙荣就把私房钱交给春秀，春秀说我现在还不能拿走，等我和得石把东西收拾好了，再到你这拿。仙荣问：“你们啥时候走呢?”

“那得等到下半夜，悄悄地赶着马车走。”

“那以后我咋找你们呀?”

“你不有盛先生吗？我们往守尉府卖火药，在守尉府不就联系上了。要不要你现在就去跟盛先生说一声?”

“去就去，你以为我不敢吗?”

“你敢你就去吧，我给你巡夜怎样?”

“去你的吧，啥时候了，你还敢开这玩笑?”

“小三娘，你真得去找一下盛先生，就今晚，明天一早家里发现我们走了，肯定要大乱，还得求盛先生出面。”

仙荣和春秀话说时，一直手拉着手，即便语速加快不断摇动也不曾分开。可是，一听说今晚要去见盛先生，春秀的手明显地感知到对方手的异样。那手静了一下翻转着挠了春秀的手心，仙荣问：“这事和盛先生还有关系?”

“咋没有，要不是盛先生，我们能和守尉府联系制火药的事吗?”

“那好，我去盛秀才那了，”仙荣放开春秀的手，“咱可先说好了，这可是为你们办事!”

“是，小三娘，我也没说你是自己办事啊!”

仙荣开始打扮自己，春秀在旁边帮着。一会儿，两人就溜出门，仙荣和春秀并排走向学堂。这学堂紧挨着上房，仙荣的房子又排在紧西边。春秀推了仙荣一把说：“你放心去吧，如果有人来，我把他引开。”

此时，起了风，月亮被吹进云里，还吹落了几颗星星，院前树枝也发出沙沙的响声。

仙荣的突然到来，让盛雨亭手足无措，他怎么也没想到，这大胆的女人竟然降落到自己身边，他忙问：“这怎么可以呢？不会有人看见吧?”

仙荣故意吓他：“我都不怕，你怕什么，让人抓住就一起私奔。”

“我的小姑奶奶，使不得的!”盛雨亭急得抓自己的头发。他想让仙荣离开，又有些舍不得，就直转悠，整个面部表情也弄得七扭八歪，理不出格调来。

仙荣笑着说：“不用害怕，我安排好了，外面有人放风呢!”

“怎么这事你还让人知道了?”盛雨亭更加不安了。

仙荣说：“让一个人知道，是为了不让更多人知道。”

“你说的当真?”盛雨亭稍稍放下悬着的心，他上前拉住仙荣。

“当真，那个人在外面看着，有人来她就会把人引开的。”

盛雨亭一下子明白过来：“那个人是不是能写会算的三儿媳妇，我一猜就是她，上次在驿站不也是她吗?”

仙荣点点头。

“这就好，”盛雨亭真的放下心来，“这回我们可以慢慢来，不用忙三火四的。”

“慢慢来，咋个来法?”仙荣问。

“这慢慢来嘛，最慢的是晚上要办事，早晨就得开始。”盛雨亭的语调也慢下来。

“那你说说，从早到晚这段干啥?”仙荣感兴趣地问。

盛雨亭把仙荣拉到怀里说："早晨就暗示女人晚上有戏，让女人一天都惦记着，在这一天里，要对女人温柔地呵护，百般地怜爱，让她心里甜滋滋的，就盼着晚上快点到来。在临睡前，要给女人沐浴薰香，让她全身疏通，四肢松软。到了正戏开始，要对女人轻轻地抚摸，让女人慢慢地感觉。"

盛雨亭嘴里说着，双手可就在仙荣身上轻轻地、慢慢地进行了，仙荣非常受用，把身子缓缓地放倒，那盛雨亭边讲解边实践，最后仙荣急了："秀才，你也太慢了，我等不及了！"就自己动起手来。

"那好吧，咱们快起来。"但盛雨亭的快也快不到哪去，仙荣觉得自己是被温火煮沸的。

仙荣告诉盛雨亭："明天要是典家发生了啥大事，你一定要往好了劝。"

"会出什么大事？"盛雨亭猜不出这女人又要上演哪一出。

仙荣说："到时候你就知道了，劝人你会吧？往好了说你会吧？不用我教你吧？"

"会，我会。"

"你真是太会了，女人要落到你手里，别人的那都是不会。"

得石一家在凌晨人们睡得最香的时候，牵着马车悄悄出了典家大院，最小的孩子还睡得迷迷糊糊就被抱上了车，车上已放好了行李和日常家什，仙荣瞄着院内，向他们挥挥手，算是和他们告了别，这时，一轮明月高高地挂在天上，清楚地看着这一切，满天星斗吃惊地眨着眼睛。

得石牵着马车路过那盘旧石磨时，把车停了下来，他把马拴在那棵老柳树的树枝上。他返身对春秀说：

"咱们给爹娘磕个头吧，但愿他们别气坏了。"

得石和春秀就跪在石磨上，面对典家磕了头，这磨盘显然是太硬了，两个人磕得又实在，春秀就感到把头磕痛了，忽然就想到孙妈临死前说的，"我又去了大柳树，又看了那盘旧磨，那磨盘是我们的家，你爸爸还给我画了一张图呢。"又想起殷洪海在守尉府前说的，"那宝贝就永远埋到那个大圆圈里，埋到大树丫下。"她像是明白过来，忙站起身拉起得石说：

"快，到柳树下挖宝！"

"咋回事？"

"你别问了，赶快挖吧！"

得石就在车上找到了一把锹，在树下挖了起来，一会儿就挖出一个小泥罐，罐子里放着两根金条。

四十五

连续的打击，把式奎击倒了。

式奎觉得真的难挺过去，这次的病就是让人疲惫，而不是让人疼痛。疼痛不可怕，疼痛是时刻提醒人，你还是个活着的躯体，如果在哪个部件上疼一下，痛一下，那是提醒你该修理哪个部件了，你要不修理，它就连续地疼，连续地痛，所以才疼痛。可这疲惫不一样，是整个身体往下瘫，往回缩，不愿意动一动。是筋骨被抽掉，水分被拧干。他甚至感到眼皮也疲惫，不愿抬一抬。他把气力全集中到眼皮上，让眼皮不要合上。他还有许多事要办呢，他看见云美和仙荣在旁边，云美还在哭，那些眼泪就有掉在他脸上的，像是他和云美都在哭呢。他舍不得云美，云美和他是成对出现的，要是他走了，云美可怎么办？仙荣在为他擦着额头，一会又给他挪挪身子，这个女人依然忙碌着，不停地忙碌着，他还听见她在窗外吩咐得帮去套车，那是去额摩镇请徐先生的，一会儿她又喊得助，去应对在房门口的柳大下巴。她不停地忙着，式奎能感到仙荣忙碌中带起了风，那风丝在额头掠过。

式奎终于把自己从疲惫中稳定下来。他还理了思路，用微弱的声音对侧过头来的仙荣说："你去叫得州媳妇来。"

得州的媳妇吕芝清来到式奎身旁，式奎打起精神艰难地说：

"得州家的，我们典家对不住你，我要是走了，你就给……"他吃力地用手指着云美，"……给你婆婆当闺女吧。"

吕芝清和得州成亲，根本没有夫妻之实，也就没有孩子，得州一私奔，留下她一个人孤苦零丁，现在听式奎这样安排她，就叫了一声爹，我听爹的，就给云美磕了个头。式奎的心放松了些，头也动了动。式奎又积攒了一会气力，依然对侧过头来的仙荣说：

"你叫二柱子两口子来。"

得助和他媳妇柳巧正应对着那难缠的柳大下巴两口子，柳大下巴的傻儿子却不进院，他继续和门口那头石狮子较上了劲，用手指沿着狮子的毛不停地抠着土。

得助两口子来到式奎身旁，式奎又打起精神，更艰难地说："二柱你们两口子，我们典家这次真是对不住柳家，得州把人家姑娘拐走了，我要你们答应，答应过继给柳巧的叔叔家，你们要给柳大下巴两口子养老送终，典家给你们地，给你们车马，你们听明白了吗？”

得助和柳巧相对看了看，得助说：“爹，我听爹的。”

柳巧也说：“爹我们答应。”

式奎满意地闭上了眼睛。云美过来接着说：

“把泉眼泡边上，咱们买殷洪海的二十亩地给你们了，还有你平时赶的那挂马车，一会如果你们柳叔叔要是同意，就这样定吧。”

云美领着得助、柳巧去了得助家，和柳大下巴两口子说了式奎的想法，两口子的脸上顿时乐开了花。

屋子里剩下仙荣和吕芝清两人守着，仙荣俯下身子对式奎说：“你休息一会吧，我给你揉揉眼睛。”

仙荣就用手围绕式奎的眼眶按动起来，式奎的疲惫感像是减少了一些，他还能抬手捻一下仙荣耳边垂落下的柔发，一边的吕芝清看了，把头一扭，借机去了外屋透汗巾。

云美回来告诉式奎：“柳家很愿意，二柱儿两口子也愿意出去过，我让他们准备搬家了。”

典式奎心里感叹，没几天，典家得字辈走了三家！这就是他对典家所做的交代吗？他真这样走了心有不甘呢！疲惫再一次袭来，式奎艰难地抬起眼皮，嘴巴张了张，仙荣又一次侧过头来，只听式奎说：

“叫盛先生来，我有话说。”

仙荣去找盛雨亭，盛雨亭见了她，仔细地看她的眉眼，仙荣一脸严肃的表情。盛雨亭问：“是不是需要我劝劝了？”

仙荣说：“到时你看着办。”

盛雨亭到了，式奎已让云美把一个精心雕刻的小石匣拿到身旁。云美在石匣里拿出一大卷发黄的纸，展开后，原来是典家的家谱，这家谱还是式轮从沧州带过来的，式轮去世前交给了哥哥式奎。

典家是按“一宏里式得东 大玉求双贵永”十二个字轮回排的辈分，记录着典氏家族的延续。在这个续列中，平凡的人只有姓名，姓名旁标有某年生，某年卒，娶妻某氏，生几子几女等字样。只有对家族有过重大贡献或名声显赫的，才着重写上一些生平事迹。

元朝至正八年，色目人随国公曲德绪给曾救过他命的马夫孤儿小顺福赐典姓，名叫典骑，为其娶妻何氏，在河南洛阳赠地一块，准其独立生活。何氏生三男二女，大男生后卒，二男典一庆，三男典一同，大女儿典胡瑶，二女儿典胡璐。此后，规定典氏按“一宏里式得东，大玉求双贵永”十二字顺序续谱，到最后一个字“永”字时再返回到第一个字“一”字，轮回着排辈。

元朝至正二十七年，典一庆娶妻李氏，生二男二女，大男典宏龙，二男典宏虎，大女典春，二女典秋，典一庆 41 岁卒。典一庆的弟弟典一同死于战乱没有留下儿女。典一庆的二儿子典宏虎与典一同一并死于战乱。

这个典氏家谱，是典宏龙的这一支的延续。典宏龙娶妻王氏，共生有三个儿子，其中只有二儿子典里兴这支有后代记录，典里兴的两个儿子分别叫典式平和典式岭，他们虽然和典式奎都范“式”字，但他们相差着 24 代，也就是说典家家谱的十二个字已整整轮回了两次。

在这两次轮回、二十七代里，只有五位着重写了生平事迹。

第一位叫典玉槐的，曾救过明昭王的性命，得到大量的赏赐，造了一个庄园。第二位叫典永义的，考上了举人，但没有做官，没写明什么原因。第三位叫典里蹬，是他把典家从河南洛阳迁到直隶沧州的，第四位叫典双定，有土地五十垧，豆腐房、染房各一处，他也是娶妻生子最多的，共娶五房妻，生子十五个，关于他和十五位儿子的家谱占了很大的篇幅，这个大家因战乱衰败。第五位叫典大雷，师从李时珍，在湖北学成医后返回故里，当郎中 37 年，治病无数，但却死于自己配制的草药。典式奎以上四代都是开烧锅的，可能规模不大，并没有单独记述。

盛先生明白了典式奎的想法，这是让他总结一下式奎的平生，好在家谱上写上几笔。芝清从学堂拿来笔墨，盛雨亭就在屋内写起了典式奎的事迹。在典家这些天来，他对典式奎的经历大体有了了解，对典家在关东的发展历史还是清楚的，于是他伏下身子，很快地写了出来。

“典式奎，道光元年六月初五生，直隶沧州冯家集人，娶正妻周氏云美，二房妻黄氏仙萍，三房妻黄氏仙荣，黄仙萍之妹。正妻生三男，典得石、典得强、典得地，三房妻生二男，典得风、典得雨，收两名义子，典得帮、典得助，又收养弟典式轮三子，典得沧、典得州、典得府。移民额摩镇老月岭下，阿克敦堡子，在其岳父黄二月帮助下，改河道，得良田五十垧，加上先期开荒和后来购买土地共计八十七垧，建典家大院，立典家烧锅，定典家家规百条。大院落成前，黄二月和黄仙萍与匪同归于尽。某年某月某日卒。盛雨亭记。”

盛雨亭将这份生平念给典式奎听，念到某年某月某日卒时，盛雨亭解释说：

“典大当家的，我可不是说不吉利话，家谱就这个写法，这年月日要空着。”

式奎的喉咙里咕噜了一个沉闷的响声，他闭了一下眼睛，那是表示理解。

办完这三件事，式奎已疲惫得没了一丝力气。他睡着了，这一睡就整整一天一夜。

四十六

得帮赶到额摩镇，询问看病的徐先生所在，徐先生在额摩镇很有名气，不一会就打听到了，但徐先生不在，出诊走了。得帮左等不回，右等不回，就急着问徐先生到哪去出诊了，徒弟们说是红灯客栈，得帮就找到了红灯客栈，得帮把车停在院内的大树下，准备到门房打听。这时，他就听到了一个熟悉的声音，那是张双妹在骂街呢，这声音太熟悉了，他被张双妹骂过多少回了，这次听了还心有余悸呢。

张双妹刚被殷洪海安排接待一个贩山货的嫖客，先前讲好了价钱，这嫖客一听价格很满意，再看张双妹风情万种的样子，就和她交易上了，那嫖客休息了一会儿，余兴未消，就又来了一次。这下矛盾就爆发了，张双妹要双份钱，嫖客不给，双妹使出了撒大村(说骂人话)的手段。

“你干几次你自己不知道吗？还要老娘我数吗？你要一天干个没完，老娘还不赔死了。”

那嫖客还不死心，也听不清他说些什么，那边儿殷洪海已破门而入，随着辟哩啪啦的一阵声响，那男人求饶的声音就传出来了，随后是张双妹的笑声：

“以后你找老娘，要一次弄个够！我这可是论次数的。”

张双妹厚言无耻的表白，让得帮这个大老实人无地自容，幸亏徐先生从红灯客栈里出来了，得帮忙上前请徐先生。

徐先生请到典家时，式奎还在睡呢。仙荣一会儿就去试试式奎的鼻息，徐先生见了，示意云美、仙荣和芝清到外屋，他把式奎的房门关严了，笑着对她们说：“你们不用紧张，我正给老东家看病呢。”云美说：“我也没看你给治啊？”徐先生诡秘地说：“这就是我把你们找出来要说的，他再睡一天一准好，但跟你们说清楚，这可是我给治的，你们认不认？”仙荣多机灵，马上说：“认，我们认，只要他好起来，我们才不管你怎么治呢。”云美还不明白，用疑惑的目光看着徐先生和仙荣。

徐先生说：“你们老东家急火攻心，一时昏厥过去，等他睡实了，全身就放松下来，那时自然就好了，但他的心病要除去，心病好了自然就会彻底好起来。”仙荣说：“徐先生你真是神医啊，也没别人，我就告诉你他的心病，你看怎么治?”云美也说:“他三娘,你就把咱家的事告诉徐先生吧,为了治病,管不得家丑不可外扬了。”

里屋,式奎依然睡着,外屋,云美、仙荣就把家里出的事一五一十地讲了起来,芝清一旁照顾着。徐先生也不说一句话,很感兴趣地听着,仙荣说完了,屋内一下子静下来。徐先生问:

“你说完了?”

仙荣说:“说完了。”

徐先生说:“你说完了,该我说了。”

徐先生就说开了:

“老东家是两股火攻心,一下子病倒了。一股火是来自私奔的那个儿子。”徐先生看看芝清,“这个儿子和一个漂亮姑娘走了,舍下了这个家,这得有多大劲头啊!这个儿子为什么不愿在家呢?是因为家里的媳妇有半张脸有病了,不好看。症结在这半张脸上。你们想啊,要是这半张脸和那半张脸一样好看,那个儿子还会私奔吗?”

徐先生故意卖个关子,然后说:“不会的,有这么漂亮的媳妇,还不天天守在家里。那怎么治好这半张脸呢?这种病叫脸瘫,是脸上的血脉不畅造成的。老夫给你治好不就行了吗?”

三个人立即兴奋起来问:“真的能治?”徐老先生说:“怎么不能,只不过要多花些钱罢了,另外,咱这老月岭有天麻,只要随采随用就可以了。”云美说:“我们不差钱,徐先生,能治好就行。”

芝清也激动得不知怎么表达,手也抖动起来。容貌对女人来说是太重要了,芝清体会得更深刻,一想到要有了一张美丽的面貌,芝清激动地给徐先生走了一个“莲移步”,只见芝清侧着身子,先把美丽的半张脸对着徐先生,扮了一个娇羞可爱的姑娘的样子,轻轻地走了几步,突然一转身,另一个侧面又对着徐先生,这次她扮的是一个丑角儿,昂着头,伸着脖子,一耸一耸地向前迈步。这两个形象瞬间变化,反差太大,把徐先生和云美都逗乐了。

原来,仙荣也觉得芝清面貌反差大,就和春秀两人设计了一个人表演两个人的神调表演,先是让芝清扮一个旦角,一个娇羞可人的姑娘,再让她扮个丑角,丑脸大仙。这芝清有一副好嗓子,还会变声呢,一会唱女,一会唱男,对神调的理解更是心领神会,演起来活泼风趣。平时,仙荣领着几个小媳妇疯耍时,就让芝清来一段。她们叫她这是“单出头”。今天芝清一高兴,竟在云美和徐先生跟前走起了“莲移步”,单出头了一回。

仙荣说:“芝清还没唱呢,要是唱起来,可有意思了。”徐先生打趣地说:

“那还治不治了？要是把那半边治过来，就不好演了。”芝清忙说：“先生，求你还是给我治好吧，我也不演什么单出头了，实在要演，我可以画嘛。”

气氛好热烈，大家竟忘了上午修家谱，写生平时的低落情绪，又催徐先生讲第二股火怎么撤。徐先生说：“这股火，来得更猛。守尉府壮大火器营，需要大量的火药，你家儿子有这门技术，正是挣钱的好机会，我来时刚给红灯客栈的渠大掌柜治腿伤，渠大掌柜在额摩镇那是多大局势，连他都看好了制火药这一行，前天，他领人在二郎山搞火药试验，炸残了三个手下，他自己腿也受了伤，那不还是技术上火候没到嘛。你家老东家不高兴，反而还气成这样子，你们看这股火好不好撤？”云美想了一下说：“关键是我那儿子要自己干，要分开过。”徐先生说：“不论怎么过，还不是你家人发财，那是你儿子呀！”

云美愣在那里。

徐先生给式奎开了方子，主要是压惊和祛火的。接着又给芝清开了方子，告诉这药怎么内服，怎么外用。徐先生说：“吃了两个疗程后，要到老月岭去采天麻，用刚采下的带着露珠儿的天麻叶直接敷在脸上，要坚持半个月，这个你们能办到吗？”仙荣说：“我们怎么的也得做到，好在典家人多。”芝清要给徐先生磕头，徐先生忙说：“不用了，你好了，给我唱个单出头怎样？”云美说：“那当然，我一定让我闺女给你唱一段。”徐先生说：“最好不是你女儿给我唱，而是你儿媳妇给我唱吧？”

大家会意，一块笑了起来。

徐先生临走，又到里屋看看式奎，式奎仍睡着，徐先生让得帮把他送回去，云美给徐先生重重的酬金，徐先生摆手拒绝，他说，钱就不收了，我听说你家的烧锅烧出了好酒，要给就给一坛吧，我用它泡药。云美和仙荣都说，先生你用酒管够，给你最先存的酒。

果然，式奎一觉醒来，整个身体尤其是脑袋像洗过一样，轻松了许多。他就是饿，仙荣给他做了小米粥喝，还调皮地往里加了红糖和鸡蛋。式奎边吃边乐，云美说：

“这小妖精，没个正调！”

她们把徐先生来说的话学了一遍，学到芝清单出头那一段，式奎也笑了，问云美：

“你看过七儿媳的单出头吗？”

云美说：“她们在一起疯耍，咋能让我看见。”

仙荣又把盛雨亭找来，把守尉府征集火药的事说了，这盛先生还真会劝人，劝得式奎的心放宽了不少，但当他听到徐先生说的，红灯客栈的渠师爷也在搞火药，他的心又紧了起来。他对云美和仙荣说：“我得出门一段时间，家里你俩照顾好了。”云美问：“你这身体还没全好，你又要到哪里去？”式奎说：“我得去找两个儿子。”

几天后，式奎带上得地，腰里揣着盘缠，离开了阿克敦，得地临走时对尚未订亲的得府说：

“八弟，你耐心等着，说不定这一回给你找一门好媳妇。”

四十七

式奎的离开，典家大院内绷紧的神经放松了。令典家老老少少都紧张的是式奎的眼睛，式奎平时很少说话，只是用眼睛去瞧，他瞧的角度都很独到，从一点细节就能看透全部。

有一年锄地十几个人收了工，把锄头放在马车上，回到典家大院。式奎挨个把他们的锄头看了一遍，就表扬了其中两个锄头的主人，其他人不服气，说老东家你凭啥表扬他俩？我们不一样吗？式奎就点评开了，他拿着表扬的两个人的锄头说，你们看，这两把锄头整个锄板磨得铮亮，两个尖角都一样凸起，锄杆从中间到杆儿尾也磨得亮光光的，说明这两人用力适中，左右匀称，干活有常性，有耐性，不费力气，干得肯定是又快又好。

接着他又拿起另一把锄头说，这把锄头一个角儿还没开刃，另一个角儿磨秃了，使这把锄锄地的人肯定是个左撇子，愿意出一面力气，锄这面时，把手伸得很长，腰弯得很低，而锄那面时就不行了，步伐也小了，得连锄两下。他这么一说，大家也就想起那个人锄地时像个瘸子一样，一拐一拐的，就非常佩服地说，还是老东家的眼睛毒啊！式奎又接着品评了几个人，果然他说的和他们干的一模一样。

还有一次，仙荣派工去干河套点种，式奎就拦了句，不对吧，干河套的地应该种完了。仙荣就问得帮，种完了吗？得帮说没种完。式奎说，没种完种子咋没了？结果到了地里一找，果然就把一袋种子落在了地里。

这样的例子每年都有几次。典家人全服了，即便他们在河床地里干活，明知式奎去了额摩镇，他们也会觉得背后有一双眼睛盯着，式奎的眼睛真是无处不在。

式奎查出得石小份子的事，一点也不让人奇怪。大家奇怪的只是得石家的小份子竟然这么多。大伙内心是不平衡的，过去得石和春秀两口子动不动就去趟额摩镇，他们只有羡慕的份，谁叫人家两口子都那么精明呢？去额摩镇不是买东西就是卖东西，或者请医问价，反正不用出苦力，不仅能看热闹，还能长见识，看人家说的那话，讲的那事，真不比盛先生差多少。

原以为他们也就是少干点力气活，去镇上吃的喝的好一些，谁想到哇，这好吃好喝风光外，还能攒一大笔钱。大家即便再少干活，那也是秃子头上的虱子明摆着，都在式奎和云美眼皮子底下。而老三两口子可不一样，好人当着，坏事做着。大家苦熬苦拽一年，还不如他们心眼一活动呢！再说那得州吧，也是受重视，总受表扬的主，胆子也忒大了，家里边已有媳妇了，还敢光天化日拐着大姑娘私奔，这还了得！老三两口子让人揭了底，不思悔改，还大半夜领着一家子，套着大马车溜了，这家规还有吗？跟他们比起来，大家少干点活，轮到媳妇做饭时碗里埋块肉，这还算事吗？

不平衡的事又来了，得助眼瞧着因祸得福，过继给了柳家，一下子就有了二十亩地，再加上柳家原有的十亩，成了有三十亩地的上等户，一家子劳力又多，他那新认的爹柳大下巴，傻弟弟，还有媳妇柳巧，两个半大儿子，他们一家就有六个劳力，那一天，这六个人收获泉眼泡边上的土豆，用了一天就全收回了。而这边得帮领着得强和四个长工，也是紧挨着的同样多的土豆地，却用了两天还没干完，把仙荣气得直骂他们。

得强不服气地说："三娘，你骂啥呀？我二哥，不，现在的柳真那是啥劲头，收回一个是一个，十五个土豆能烤一晚上，全家人围着炉子烤土豆片，那才叫个滋润，我们呢，收回去也是放进大窖里，不到土豆生了芽子都不吃，长年吃要发芽的土豆，把新鲜土豆都吃白瞎了。这想法不一样啊，你要是把那土豆全给了我，我比他们干得还欢。别人不知道，就我二哥那把力气，那干活的架式怎能抵得过我呀！"

仙荣就骂他："一张破嘴，胡说海说悬天呼地的，你看到人家围着炉子烤土豆片了？"

得强说："没看见我还没听见吗？柳真亲口说的那还有错，我要撒谎天打五雷轰！"

仙荣说："你干活去吧！"心里也想知道真的这样吗。

仙荣这几天也不安分了，式奎在家，她也就放弃了去盛雨亭那的希望。上一次要不是式奎病在炕上，又有春秀给放风，她说死也不敢去的，如果她这个当长辈的弄出丑闻来，别看她嘴上说得天不怕地不怕的，其实她也想过，一旦败露，只有一死了之。现在式奎不在，她又有了希望，晚上躺在炕上，就回忆那两次和盛秀才的事，这两次让她回忆了无数次，一次次地回忆，一次次地加深，有时她还能把两次连在一起，加上她手上的配合，就能飞起来，飞到那云里雾里。她又想起春秀那句话，下辈子托生把铁锹，专门在秀才和她的屋中间挖个地道，让她们相会，要是真有个地道就好了，可怎么能挖个地道呢？

得助收获完土豆，想离收获大田还有一段时日，就张罗着请典家吃顿饭，也是的，典家在阿克敦还没个亲戚走动，一大家都住一个院，天天在一起吃饭干活，彼此熟悉得像知道自己一样，想不走动都不行，只有过年时，才能去老丈人家走动一次，但那也太有限了。

到了冬天，别人家都可以打打纸牌，打打猎什么的，只有典家还在积肥，式奎最重视积肥，种地不上粪，等于瞎胡混嘛，他们真的不清楚院外的人怎么生活，外面的世界让他们充满了好奇。式奎对云美和仙荣说过，他们知道得越多，头脑就越复杂。得石、得州知道得就多，结果把事做得多复杂，还真的让式奎言中了。

对得助提出请客的事，云美没说什么，得助和柳大下巴有这意思，也就该去，但她想到了式奎说的知道得越多头脑越复杂的话，想阻拦又没什么好的理由，何况大伙的积极性又被调动起来了。云美最后对仙荣说：

“他三娘，你领着他们去吧，我在家看家，就不凑热闹了。”

结果典家除孩子们让盛先生看着，芝清陪着云美外，仙荣、得帮两口子、得强两口子、得地媳妇、得沧两口子和得府一行九人一起到了柳家。

这时的典得助，应该叫柳真了，正在家里准备招待他们呢，没有式奎和云美在跟前，他们都非常放松。在柳真家，他们亲身体会到炒菜可以从锅里直接端到饭桌上，那滋味可比从大菜盆里打出来的好吃多了，最绝的地方是在柳家围着炉子烤土豆片、地瓜片，土豆片、地瓜片两面都沾了油，放到火炉上的石头板上，吱吱作响，烤得两面金黄金黄的，非常有食欲。柳真的孩子们还抓了一串串的麻雀，也拿来烤着吃，最后是柳大下巴拿出十几个新收的黄米做的粘豆包，扔进炭火里烧，那豆包冒着热气，很快就被大家消灭了。

男人们都喝了酒，这是云美让仙荣带过来送给柳家的，柳大下巴也没留下来自己享用，全都送到饭桌上了，几杯酒下肚，他们的声音就更高了，说有自己的家多好，仙荣还听见有人分明说：

“干脆我们也把家分了吧。”

“对，分家后我们也可以串串门，多有意思。”

这时，得强端着酒杯过来，一定要请三娘和几个媳妇喝酒，仙荣一高兴也就发了话，几个女人也喝了起来，最后又换了大杯，人人都喝多了。

女人喝醉了的样子实在好看，得地媳妇是越喝越逞疯，越喝越逞能，还能挑气氛，说那些劝酒的话。仙荣过去和得地媳妇说话不多，并不知道她还有这两下子。今天见她喝得小脸通红，眼睛放光，小嘴嘎吧溜丢脆地一刻不停地说着，就故意逗她往下说。得地媳妇知道旗人不少生活习惯，趁这个工夫，仙荣让她讲旗人妇女穿高底鞋怎么走路，得地媳妇还真的学上了，加上本来就有醉意，学起来那是劲风摆动杨柳，差点就倒下又勉强站起，再加上发飘的眼神，逗得大家笑做一团。从来没有这么开心过，大家兴致更高，又找了更多题目提了不少酒。

仙荣对自己的酒量还是有底的，她这时已发现在柳家屋地旁边，有一个菜窖口，上面盖着木盖，刚刚烤的土豆就是从这里拿出来的。她恍然大悟，她就有了主意，对，干脆就挖菜窖吧。仙荣把话题往菜窖上引："你们说，我们各家都挖个菜窖，搭个炉子不也可以这样吗?"

大家听了都说："对呀，我们也这样，不知三娘让不让?"

仙荣故意说："这事你们先别问我，如果大娘同意了，我立马让你们干。"

大家又说："就怕爹回来会生气。"

这时得强站起身说："我代表你们大家去说。"

得强去见云美，云美三个亲生的儿子，现在就得强在她身边了，两天前，得强提出要接替得石的跑外活，云美没同意，得石的影响还没消除，再让得强接着做，她怕其他家有意见，另外，得强主动提出跑外，她也担心得强居心不良。这次得强又提出了挖菜窖搭炉子的要求，还说这是大家的一致要求，云美就说："让我和你三娘商量商量吧，典家吃大灶是有名的，每家挖个菜窖搭个炉子算不算分灶呢?"得强说："这不能算，另外三娘其实是同意的，她让我来问。"云美说："那你们还是问三娘好了，她同意我有啥不同意的?"

得强就把云美的话告诉了仙荣，仙荣说："墙头儿，你别再问了，你觉得可以你就做吧。"

得强开始挖菜窖，搭炉子，还请了柳大下巴和柳真出主意，其他家见没人阻拦也都干了起来。几家都快完工时，仙荣来找得强了，她笑着骂得强：

"墙头儿你个没良心的，你们的都弄得挺好的，就不管你三娘了，你三娘领着孩子，晚上不也可以吃点零食吗?"

得强就说："没问题，我们马上给三娘办!"

等仙荣的完工了，仙荣就说："你们顺便也把盛先生的也弄好了，人家大老远一个南方人，别太轻视了人家。"

得强几个到了学堂，盛先生不明白要干什么，就连连说不用了，不麻烦你们了，仙荣就到了，她又骂得强：

“墙头儿，你个大傻子，盛先生那是客气，连客套话都听不出来？快干吧！”

她使劲地瞪了盛雨亭一眼，盛雨亭就不再说话了，等盛雨亭的干完了，其他家也都结束了，仙荣让得强问云美用不用也搭个炉子，挖个菜窑，云美说：“不用了，你爹回来别看了生气。”

仙荣告诉大家把挖菜窖的湿土堆到学堂前面，开春时在学堂种一圈花，多好看。

四十八

到了半夜，仙荣就在她屋的菜窖内向盛先生那边挖洞，也许是土好挖，也许是仙荣觉得有使不完的劲，只用了两个晚上菜窖就挖通了。仙荣抹了抹脸上的土星儿，这才闻到土地被掏开后喷涌出的土腥味，跟潮水似的，顺着洞口扑面而来。

仙荣就势往两边扩，当仙荣从窖里爬着梯子上来时，盛雨亭吃惊地大张着口，仙荣也不说什么，让他打开门，用柳条筐将多余的土送出去，盛雨亭顺从地干着，一会就把土全都倒到院边了。

仙荣还是不放心，让盛雨亭在里面把门关上，她到外面检查了一下，看有没有新的泥土散落，她终于放心了，这几天，家家挖菜窖，早就分不出来是谁家挖的土。

仙荣又到别的房前屋后转了转，还特意到牲口棚看看巡夜的加没加草料，一切都好，她才慢悠悠地回到家门口，进门后返身把门闩好，又看看外屋孩子们睡得怎样，进了里屋把门也闩上。她迅速地把自己脱了个精光，只披了一件大衫就钻到了盛雨亭那头。盛雨亭正感叹仙荣这女人的心机之苦，但又不明白既然来了，怎么又走了，就听到仙荣在菜窖里的声音：

“傻秀才，你下来！”

盛雨亭就顺着梯子往下爬，仙荣伸手扶着把他迎下来，秀才的脚刚一落地，仙荣大衫一甩，从后面把他紧紧抱住，那身体在他后背蹭来蹭去的，盛雨亭返过身来，把仙荣抱牢，自己坐在梯子横梁上，仙荣跨了上去。

那新做的梯子颤悠悠地晃动起来，落下了不少土坷垃。仙荣觉得这四周的墙真厚啊，怎么喊别人也不会听见的，这么多年就想毫无顾虑地喊上一气，想着想着就大声喊叫起来，喊叫声里饱和着不堪忍受的激荡。

仙荣疯过之后，又拎起大衫引着盛雨亭钻到她屋里，仙荣的润湿、温香和喘息又唤起了盛雨亭的欲望，这时，盛雨亭才掌握了主动。仙荣说：

“你可别把我弄怀孕了，我现在可没理由怀孕。”

盛先生问：“那你平时怎么办的？”

仙荣说：“要么站起来，要么不弄算了。”

盛雨亭很吃惊，说：“我告诉你一个好办法吧！”就如此这般地说了一遍。

“我的娘亲！”仙荣叹道，“你们有学问的人就是办法多，我们不知道的得吃多少亏呀！明天我正好去额摩镇，给芝清再看看病，顺便弄回来。”

盛雨亭说：“好，你就去吧，好，你就……”

他突然就说：“不好！你这次能不能怀上啊？”

仙荣把盛雨亭推开，嘴里说着：“你个没谱的秀才。”

仙荣忙坐起来，盛雨亭也起身顺势把仙荣抱在怀里，仙荣故意逗盛雨亭：“你学问这么大，咋做这事也没个谱？”

盛雨亭无奈地说：“这事谁做都是大估景。”

“你说个啥？你咋也会说大估景？”仙荣好不吃惊。

“我说错了吗？”盛雨亭得意的说，“大估景就是大概齐、二把刀、不着调、两说着、半半道儿、半拉克叽的意思。”

“看你贫嘴吧唧的，从哪学来的？”仙荣凑近嘴巴。

“从这疙瘩学来的，”盛雨亭用嘴巴亲着仙荣的嘴巴说，“我还编了东北方言土话歌诀呢，你要不要听听？那是贼拉拉的好，钢钢的好，拨拨的好，嘎嘎的好，呜呜的好，车车的好，那是老好了，程介好了，老必了。”

仙荣在盛雨亭身上笑得前仰后合，那光溜溜的身子把盛雨亭弄得心猿意马，手脚又动了起来。仙荣把他的手压住，催他再说几段，盛雨亭就学着东北话的腔调说了起来，又惹得仙荣笑了一阵又一阵，盛雨亭忙着用嘴去制止。

说完了，也笑够了，仙荣说，你下次来时，“给我抄一份你这歌诀，我再念念，我平时能有这么多疙瘩话嘎古话吗？”

过了一会，仙荣想起了什么，她说：“你学问这么大，你给我拿个主意，这事咋整？”仙荣就把家里的人们盼分家的心态说了一遍，最后说道，“我看这么个大家真难维持了，早晚得分。”

盛雨亭说：“你何必一定在分家上找办法，你可以把一些活整个浪包给这几家，你只管长短工，这样不就好管了吗？”

“连整个浪你都知道”，仙荣把身子翻过来，趴在盛雨亭耳边说，“你这么有才，你的主意真好，不过，定家规时你帮着写，现在又给我出这么个主意，你到底是啥意思？”

盛雨亭说：“我只管出主意，信不信用不用由着你们。”

仙荣说：“我不管由谁不由谁，过几天我把那东西弄好，你要由着我。”

第十二章 一冷一热结露珠

四十九

早饭后，仙荣按照惯例派完工，云美对大家说："这几天，大家紧张些，今年秋天雨水多，要抢时快收，别把果实白扔到泥地里。"接着她又批评昨晚做饭的芝清和得强媳妇，"菜做得太多了，剩了大半盆，第二天还得吃剩菜，今天早晨都没吃完，倒掉太浪费了。"得强媳妇嘟囔了一句："没做多呀，和平时一样啊！"云美就生气了，说："你还嘴硬个啥？那半盆菜明摆着，莫非大家有菜不吃了。"仙荣见云美脸色不好，就过来打岔："大姐，我和得府、芝清要去额摩镇了，你还要买啥吗？"云美想了想说："没啥要买的了，你们快走吧！"

仙荣就赶紧和芝清往外走，芝清很感激仙荣为她解了围。得府已把马车套好，两个人上了车就出了院，马车到了旧石磨旁，得府把车停下来，回过头来看了看，就跳下马车，跑到大柳树旁，从树后拖出一个很沉的袋子，吃力地装到马车上。接着跳上车，加了一鞭子，那车继续跑上路。仙荣问得府："老八，你鬼头鬼脑地做啥？"

“三娘，我们都不瞒你，这是大伙抓的野鸡和野兔，拿到额摩镇去换小锅的，大伙核计着炉子上放个小锅，可以吃得更顺口些。”得府如实回答。

“我说你们这些小蹄子，越整越大扯，大娘就怕说分灶，你们还要每家弄个小锅，我明白了，昨天大娘说，好像少了一坛子荤油，是不是也是你们偷走的？”仙荣看看得府，又看看芝清。

得府就乐了，说：“啥也瞒不住三娘，这几天大家烤土豆片得用油，一勺勺地往外舀，结果让大娘发现油下得快，说做饭的不知节省，就不一点点地往外拿了，干脆拿了一整坛子，结果大娘只是怀疑少了一坛子，三娘你却门清。怪不得大伙说，瞒着大娘不要瞒三娘呢。三娘，大伙还把油均分了，也给你留了一份，我回去就给你送去。”

这两天，仙荣还没来得及用炉子烤什么土豆片，但她明白了，这一切全是炉子和菜窖的起因。仙荣又问：

“我说老八啊，你又没炉子和菜窖的，为啥也这么上心呢？”

仙荣早就从得府一眨一眨的眼睛里看出了狡黠，一旁的芝清笑着说：

“八弟他呀，无利不起早，贪黑有奔头。”

得府干脆就全交代了：“这几家有了好吃的，都不忘叫上我和七嫂，我们不能白吃白喝的，也得帮他们办点事。”说完，嘿嘿地笑。

仙荣说：“那是不是我也得请你俩吃顿才行啊？”得府说：“三娘，我们哪敢呢，你只要睁一只眼闭一只眼就行了。”仙荣就笑了说：“早晨大娘骂菜做多了，可能又是你们演的戏，放着现成的晚饭不好好吃，偏在自家炉子上吃，闹了一溜十三遭，那菜还不剩，芝清你说是不是啊？你们做的菜和平时是一样多，现在倒是剩了不少。”芝清说：“大伙都嫌大锅菜不好吃嘛。”仙荣叹了口气：“你们呢！是没过过苦日子，我和我爹在外面闯荡时，别说咱家这么好的菜，连口汤都喝不上啊！那时我就羡慕我姐姐，她嫁了好人家，能顿顿吃得应时，现在你们还嫌这嫌那的。”

芝清早就知道仙荣和死去的二娘是亲姐俩，现在听仙荣自己提起姐姐，就顺着话题问：“三娘，你们那时咋想到姐俩都嫁一个人呢？”仙荣看着芝清说：“傻丫头，那不是我俩都瞧着一个人好吗？这世界就是不公平，一个男人可以娶两个三个媳妇，可一个女人就不能嫁两个丈夫，要是再嫁也得先出家换一回身子。”得府和芝清听了都笑了，得府说：“三娘，你可真太敢想了，要是允许，你还要……”仙荣操起车上一段绳子打了过去，说：“你这锛了刃的小斧子，看我怎么整治你，下一个是你要说亲了，你不好好孝敬你三娘，看我不给你找个丑……”

说到这，仙荣意识到芝清在旁边，忙要把话转到别处，但这一停顿，就接不上话了，更显得尴尬。

还是芝清善解人意，她说："三娘，我这半张脸是丑，而且我们家做的也不对，不该骗人的。不过，我故意掩藏这半张脸也有年头了，我爹见我爱唱爱跳的，就发挥我的长处，专门叫我学胡琴，拉胡琴时就用半张脸对着别人，这都习惯了。"说着，芝清做了一个别着身子拉胡琴的动作。仙荣吃惊地问："你还会胡琴呢？"芝清说："我不仅会胡琴，还会吹唢呐呢，我娘家那里的秧歌就用这两样伴奏。"得府说："七嫂，你教我这两样吧，学会一样也行啊。"仙荣说："咱先不说这些了，我来问你们这么多野鸡、野兔你们是怎么抓的？"得府说："那还不容易，泉眼泡的柳树丛里有的是，我们用大网一围……"

仙荣还没等他说完，就明白过来，她高声说："好哇，我说这两天地里的活干得慢，原来你们是抓野鸡野兔去了，那你大哥也不管管？"

得府见什么也不能隐瞒了，就实话实说道："我大哥刚开始也不同意了，不让我们去，但我们人多都要这么干，他也没办法，后来他家吃了一顿烧野鸡肉，就不管我们了。而且我那个小大嫂还帮我们织网呢，那网织得真好，她的手也太巧了。"

仙荣什么都明白了，这炉子和菜窖引发的事可不少，他们几家人白天不正经干活，忙着打野味。现在已形成了共识，又来拉拢我，再往后，有了小锅，还不知要干出什么，这小锅可什么都能做，现在他们偷油，以后还指不定偷什么呢。唉，这个酸秀才呀，要不因为你，我能挖地道吗？不挖地道，能挖菜窖吗？不挖菜窖，能搭炉子吗？不搭炉子，他们几家能想出这么多的馊巴主意吗？没有这么多馊巴主意，能影响到典家的生产和生活吗？都是你这个酸秀才，就是因为你能写诗吗？有学问吗？好像也不是，我仙荣不需要这些，是因为你是个单身壮男吧？咳！我仙荣就为这个，好像也不全是，人怎么这么复杂呢？女人没了男人就不行吗？没了那事真的不行吗？至少自己就不行，自己和式奎感情不好吗？应该说好啊！怎么能说不好呢，自己一家都献给了式奎，自己的爹爹、自己的姐姐连生命都献给了式奎的典家大业，自己也是心甘情愿的，可现在，这帮小蹄子联合拉拢她，一点点地在破坏着典家的大灶，典家的规矩，破坏着式奎的事业，我仙荣这是在干什么？仙荣陷入了深深的自责中，她又想到得石和春秀，要是没有她的支持和帮助，他们能走得出去吗？再想到得州，不是因为自己的疏忽，怎么会找大姑娘私奔呢？照这样想，我仙荣是典家的大恶人，大大的恶人！这样想好像也不对，我仙荣这么做不也有道理吗？

得州那么喜欢漂亮，怎么愿意面对半张脸呢？得石和春秀那么有能力，怎么愿意只围着现成的这点事转呢？得强几家想吃得受用些，至少要达到得助的水平，好像也不过分。

全乱了，仙荣不敢往下想，想也想不明白，她又对自己说，还是问问盛先生吧。仙荣又骂自己，又想盛先生了，要不是盛先生，自己又怎么会巧妙地安排到额摩镇来一趟，打着给芝清治病和给家人办事的幌子，还不是为了买那羊肠子，买羊肠子干什么？还不奔着你盛先生，你这个又遭人骂又遭人惦记的盛先生！

马车从一片树林中穿过，太阳的万丈金光洒在这树林里，微风中晃动的树叶涂满了金，还闪耀着满眼细碎的亮点，仙荣的思绪被亮丽的景致打断，她对自己说，一切都往好了想吧。过了这片林子，大地也像辽阔了许多，天也拔得更高了。

见仙荣不说话，得府又唠起了别的话题，他说：

“三娘，昨天晚上我们还唱神调呢。”

“你们几个？你们几个会唱神调？”仙荣很吃惊。

得府说：“咋不会，我们家每个月十五都请神，总唱神调，大人小孩都会那个调。”仙荣说：“那是请神时唱的，不能乱唱！”得府说：“三娘你还不知道吗？现在咱们家的小孩都用神调唱家规，可好听了！”仙荣想到她的儿子得雨也唱过，不过当时听了没在意，以为是哥哥教的呢，现在看唱神调已不是专门她娘仨的事了。得府说：“孩子们现在唱的新词连家规都不是了，完全是新的，可好听了。”仙荣说：“那你再唱给我听听，啥新词？”得府说：“我唱的不好，我七嫂唱的好听。”芝清说：“八弟你唱的才好听，我唱的单出头，三娘听过，你给三娘唱一段，三娘肯定没听过。”

他们俩这样谦让着，简直是在吊仙荣的味口，仙荣说：“干脆，你们俩一人一句给三娘听听。”

两个人果真就一人一句地唱起来，这段词仙荣太熟了，原来是盛先生和仙荣在驿站编的词，这是盛先生教给了孩子们，孩子们又教给了大人们。

……

得府唱：本仙知你心中想

芝清唱：本仙知你想的全

得府唱：抬脚踢开挡路石呀

芝清唱：伸手引来那个幸福泉

仙荣听了他俩一人一句唱得有滋有味也来了兴致，她接唱道：仙风仙气仙人到哇，仙山仙水仙运转，所以你就求本仙，求本仙。

芝清和得府都吃惊地看着仙荣。原来三娘也会！仙荣心里说道，你们这些小蹄子哪里知道，这是老娘和盛先生共同编的。

一路上三个人唱一会，议论一会，说的都是神调的唱法。得府说："三娘，咱家都能演一出大戏了，你和我九弟、十弟的神调表演，七嫂的单出头，我和七嫂的对唱，还有咱们家'东字辈'的合唱，都各有特色，咱们为啥总请神时唱啊，平时遇到个年节的，不可以唱唱高兴高兴吗？"仙荣说："你们呢，让我说啥好，就一个炉子都能引出这么多事，要是再唱这神调，还不知弄出个啥子丑寅卯来。"

芝清和得府互相看了看，吐着舌头做着鬼脸笑了。

就这样，三个人不知不觉到了额摩镇。

徐先生见了仙荣和芝清说："你们来得可真不巧，你家老东家刚走不一会儿。"

仙荣急着问："他来了，他现在去了哪儿？"徐先生说："他到我这打听点事，顺便问问调理大力丸的一味药引子的事，你家老东家用上了工夫，用不了多久，就会雄风再起，老刀……"徐先生见仙荣侧过脸，不再说下去。他说："你家老东家回二郎山了。"仙荣忙问："找到他儿子了吗？一个还是两个？"徐先生说："具体的不知道，反正你家老东家说，他现在就两件事，一个是补养身体，一个是看好儿子。"

徐先生看了芝清的脸，得意地咂了咂嘴说："我真得夸夸我的医术啊，你看，这脸已发红发软了，再连续半个月，擦被露水打过的天麻叶，就会好的和另一半一样了。"芝清听了高兴得差一点又走"莲移步"了。她问："啥是被露水打过的天麻叶？"徐先生说："就是每天在露水下来后，采带着露珠的天麻叶反复擦抹脸。"芝清说："天麻长在山上，一连十五天是不是要住在山里呀？"徐先生说："现在正是秋天，天一凉山上的天麻就要着露水了，是要住在山上，而且还要连续住。"仙荣就问："咋住呢？"徐先生说："你们别急，过两天，我的徒弟要组织人到老月岭去采药，就住在岭上过去的一个绺子老巢盘云洞里，你可以跟着他们去，男女都有，吃住都方便。"

仙荣和芝清听了很高兴，忙请徐先生帮着联系，这事就定了下来。

从徐先生那出来，仙荣支开得府和芝清，让他们去换小锅去，她独自跑到卖羊肉摊贩那，买了三套羊下水，让摊主包好，不让人看出来。然后到约定的地点，就看见得府和人打起来了。是两个汉子在和得府厮打，芝清在一旁哭着拉架。

原来，得府和芝清用野味换了几个小铁锅，就到约定地点等仙荣，结果他们被围上了，大家对芝清的完全不一个颜色的脸很好奇，边看边议论着，这女人长的太特别了，两个无赖夹杂在人群中对芝清动手动脚，得府就和他们打了起来。有个赖子说："碰碰你媳妇的阴阳脸有什么感觉，你晚上不怕做噩梦，我们也不怕。"说着，又把手伸向芝清的脸，这时仙荣就冲过来了，只见仙荣三下两下把那个赖子打翻在地，另一个赖子见了，拽出一把刀，奔仙荣过来，仙荣轻蔑地对他说："损样！你还敢吓唬老娘！"就一挺身，做了一个踢腿的假动作，身子已来到那赖子侧面，反手把刀夺了过来，那刀横到他的脸上。仙荣竖着眉毛说："你想不想也来个阴阳脸？"那赖子吓得跪在地上忙说："亲娘！就让我的脸一个色吧，求你了，亲娘。"围观的人哄笑着。仙荣对芝清和得府说："咱们走！"仙荣就让得府拿起包，她自己拿着猎刀，三人上了车。一路上，得府和芝清学那赖子的样子，直夸三娘好身手，芝清学得更像。她粗着嗓子说：

"三娘，就让我的脸一个色吧，求你了，三娘！"

仙荣告诉得府把车赶到泉眼泡前面的山坡上，那山坡上就是典家的坟地。仙荣下了马车，向地里望去，正是收割高粱的时候，得助也就是柳真领着家里的五口人正齐刷刷地往前收割着高粱，能看出来，得助猫着腰挥舞着镰刀一会就往高粱地探进一块，仿佛在把憋了一股很久的狠劲儿往外使。随着他的舞动，那些高粱整齐地放倒了，他不仅自己干得快，还照应着旁边的柳巧和柳大下巴，看那劲头，有使不完的力气，就是他的那个傻弟弟，也并没有落后，一家人干得正欢。

另一片地就是典家的，地里只放倒了一小片高粱秆，懒散地躺着，但干活的人却一个也没有了，仙荣让得府把马拴好，领着得府和芝清往自家地里走，还没走到地头就听泉眼泡边爆发出一阵热闹的喊声，只见泡子旁的柳树丛里突然跃起了一群人，正是早晨派工来收高粱的这帮人，得强他们正在围猎野兔呢，可能是野兔进了圈套，大家就兴奋地缩小了包围圈。

仙荣气哼哼地走到泡子边，人们一下子没了动静，你看看我，我看看你，早就不再管野兔子跑到哪去了。大家也觉得这是太过分了，原以为今天仙荣去了额摩镇，大娘正忙着院子里的活，可以放松放松，另外，得府快要把小铁锅换回来了，正等兔子下锅呢，地里的活也就基本上没干。仙荣找那打头的得帮，得帮张了张嘴没说话，虚汗已布满了脸，他紧张地把身子躲到得强后面，得强是这些人的实际领袖。

得强笑嘻嘻地过来，陪着小心说："三娘，别生气，这么多人，给点面子吧！”

仙荣见他这态度，乖巧的样子，又念他前一段挖菜窖的功劳，对大伙说：“老大你给我过来，其他人麻溜干活去。”

得帮小心翼翼地站在得强旁边，其他人都往地里跑去。仙荣见人走远了，对得帮和得强说：“大帮、墙头儿，你们是不是太过分了？这毕竟是典家的果实，忙了一年就要收进家，你们自己不干活还不让长短工干活，这要是让你们爹爹知道了，不打死你们。”

得强说：“三娘，你就饶了我们一回，大家也是想吃小灶饭太迫切了，一会儿晚点收工，一定补回来。”

仙荣见事已至此，也不再说什么，对他俩说：“你们两个快过去干吧，再让我发现一次，把你们的炉子全扒了！”两个人点着头，忙向地里去了。

仙荣回头见到得府和芝清时仍板着脸，全没了一路上唱神调的表情，她说：

“我告诉你们俩，一会到家别胡嘞嘞，他们改了就行了。另外，这些小铁锅呀什么的，放好了，别再给我惹麻烦。”

两个人都表示放心吧，三娘，我们会注意的。仙荣告诉得府：

“晚上把我的那个包送到我房里去。”

得府忙答应下来。

五十

仙荣回到家时，云美正等着她，云美焦虑着对仙荣说：

“你把家管成啥样了，秋收正紧，雨水又勤，可你看看咱们的人，一个个像天就要塌了似的，穷欢乐个啥？”

原来学堂里的几个娃娃，口无遮拦，暴露了家里晚上吃麻雀的事。

得强的孩子大名叫典东顺，式奎给他起了个小名叫小顺头，是个淘小子，剃了个盖头，弄得小脸像个小鬼似的，他那手脚也没个消停时候。快近饭时，趁着盛先生没注意，就又溜出了学堂。这次，他又有了新的表现，顺着一根长木杆儿，要爬到房檐下掏家雀蛋。爬到半截腰，那木杆儿一晃荡，他就摔下来，哭声骤起。

哭声引来了云美，她看见盛先生正要把那孩子扶起，她忙说：

“先生，你先别动，我给孩儿叫叫魂儿。”

盛雨亭忙蹲下身子，扶住小顺头的上半身。只见云美操起一截木棍，又返身从学堂小院门外拎来一个鸡食盆，在小顺头旁边一边敲着一边念着：

小顺头，小顺头，
猫回来了，
狗回来了，
轮到小顺头也回来吧。

不怕不怕，不吓不吓，
有奶奶陪着你呢，
有三奶陪着你呢，
就是不跟二奶去呀。

扔五谷了，扔杂豆了，
小顺头顺着粮食找回来了，
小顺头顺着粮食回家来了，
小顺头你看到粮食了。

盛雨亭没注意，不知在什么时候，云美手里已攥了一把高粱米，她念完这些，一扬手，把那些高粱米撒了出去，那些米粒在空中有无数个弧线，就沙沙地落到地上跳动起来，像细密的脚步声。小顺头倒还安静，待云美粮食出了手，他来了一句：

“奶奶，我不要米，我还要吃烧麻雀。”

云美见小顺头魂定下来，就说：“吃啥麻雀，快去吃晌午饭吧。”盛雨亭忙往屋里喊：“散了吧，都吃饭去。”可小顺头夸耀他们家的烧麻雀好吃极了，中午就不愿吃饭，说晚上还会有麻雀吃，现在饿着是为给晚上留肚子。云美就问小孩子怎么个烧麻雀，孩子说出了实话，昨天晚上我爹到房檐底下捉麻雀，全家搞了一个烧烤会餐。问都有谁参加了，小顺头说还有八叔和七婶。小顺头还给她用神调的调子，唱了一首儿歌。

贪黑儿抓麻雀儿
烧了个囫囵个儿
吃了满嘴油儿

日子真不错儿
想啥？
干啥？
那啥？
就等天黑日头落儿
还去摸家雀儿

其他孩子也不服气地说他们家都吃什么了，他们相互斗嘴，云美掌握了实情。今年的秋收比往年都紧张，典家自己的劳动力一下子又走了不少，可家里的人还在盼着日落摸麻雀呢。仙荣也跟云美诉说她的难处，现在典家人心浮动，支楞八翘的。不仅家里人不愿意干活，而且还带动了长短工的情绪，再不制止，就要愈演愈烈。

云美主张杀鸡给猴看，先抓一个带头的，她还大义灭亲地提到了得强，说如果把得强镇住了，大家就不会胡混了。仙荣想了想，对云美说："大姐，我看这个办法不可行，现在是法不责众，不能再伤了众人的心。"

云美就问她有什么好办法，仙荣像是早就想好了似的，说道："我主张把得字辈的几家活包死了，完成的可以给几升荞面粉包饺子都行，完不成的只给高粱米和苞米面，把土豆、白菜、萝卜等菜也都分到各家，整个秋天到冬天自己过自己的，过年的肉也都每家分一块，对得帮、得强、得地、得沧四家农活和主副食包到开春前。开春后怎么办，那时当家的早回来了，我们再商量。对长短工管理我们还按老办法，这些人既可以扣工钱还可以辞工，又可以连说带骂的，又好管又省心。剩下咱们俩带着得府和芝清还有盛先生，就好办了，得府和芝清管管家务和杂活，你出出眼睛，我出出嘴，即少操心又不生气，咋乐呵咋过。"

云美说："你的办法有点像分家，能行吗？"

仙荣说："咱又没说分，这不是当家的不在吗，我们两个女人家怎能对付了这些猴精，要整治也得等当家的回来，现在最要紧的是把秋收弄出个头，别的都不重要。"

云美想了想也没别的办法，就说："那按你说的办吧。咋包活，咋分主副食你都多掂量一下吧。"

仙荣说那是我应该的。

云美突然想到一个问题，她说："地头儿跟当家的一起走的，老五得地家还算一份吗？"

仙荣想想说："老五媳妇倒是个能张罗的人，到时我问问她，她愿意，也算她家一份，分活时适当减减，或者派些长工去，算是和她家换工。"

云美说："真没想到，地头儿家里的平时不吱个声。还是个张罗命，要是不包活，还把人家给埋没了。"

接着她又把式奎到过药店问补品和芝清可以随着采药人上山挖天麻的事向云美说了一遍。云美高兴地说："当家的还有闲心买补品，说明他过得不错，那肯定是找到得石了，有可能把得州也找到了。"

云美不同意芝清自己上山，她说："让得府也去吧，自家人总有个照应。再说，当家的要送得府学药理，先让他接触些药材。"

这事也就这样定下来。

五十一

仙荣回到自己房内，得府已把那个大包送到家里。仙荣等到孩子们全睡了，才开始收拾羊下水，这羊下水不好收拾，又一下子买了三副，费了仙荣很大劲。最后，她把三副下水里的羊肠全都掏出来，挂在一根绳上，余下的肚子等物全让她用得府送来的锅煮起来，一锅煮不下她又连煮了两锅，一阵阵香味就从锅里源源不断地冒了出来，仙荣已累得满头大汗。仙荣尝了两口，太好吃了。她就重新检查了房门闩没闩实，钻进菜窖到了盛雨亭那边。

盛雨亭早就睡着了，被仙荣叫醒，闻到了仙荣身上的羊肉味，他说："看来你都办好了。"仙荣对着他的耳朵说："那当然，我请你吃羊杂。"两人又钻到仙荣屋内，仙荣把炉子上的锅往边上挪挪，一个像月牙儿一样的红红的炉火露出来，正好能给屋子一些光亮，但光亮又极有限，外面根本发现不了。仙荣拿来盐巴，两人沾着盐吃了起来，盛雨亭面对着仙荣的轮廓，吃着这美食，仿佛也像个仙人一样，他们谁也不说话，借着炉火的光亮默默地体会着对方的存在。

两人吃完了，仙荣也不说话，把盛雨亭拉到铺上，把他的衣服给脱了下来，抓住男人的东西就摇动起来，盛雨亭不明白这个女人又要耍什么花招，但却挺立起来，仙荣不知从哪里拿过一段细绳就比量上了，盛雨亭问："你这是干什么?"仙荣已在那绳上系了个结，说："比量一下你的有多长，我好剪羊肠子啊。"盛雨亭实在让她那庄重的语气给逗乐了，说："你这个女人，世上不会再有第二个了。”仙荣说：“咋地，这样不对吗？我是怕剪短了或是剪长了，谁知道你的有几柞长？”说着她就下了地，按照绳结剪了一断羊肠子。盛雨亭指导她把一端系死，又把肠子翻了过来，说这就可以用了，仙荣把衣服全脱掉，她在身下垫了一个枕头说：“这回我是啥也不怕了，就看你的了。”盛雨亭说：“你看是看不清的，你闭上眼睛和睁开眼睛是一样的。”原来那炉火这时正好灭了，两个人全靠感觉感觉着。

第二天早饭时，仙荣把盛雨亭叫到她和云美吃饭的第一桌，当着云美的面，让盛雨亭帮着测算得字辈四家的劳动量和消费量，这也是昨天晚上两人研究的，这测算的事还真需要盛先生，算多了不行，算少了也不行。云美也觉得让盛先生计算是个好主意。盛雨亭也接受了这个任务。

仙荣安排得府和芝清带着钱物去老月岭盘云洞采天麻，芝清坚持要带上从娘家带来的胡琴和唢呐，仙荣问：“你是唱戏去还是治病去？”芝清说：“八弟要带上的，他非要学不可。”仙荣也没反对，就随他们了。刚一转身，却发现云美正拿着一截羊肠子在仔细地看，她的心猛地往下一沉，顿时感到要出大事，不知哪个环节出了问题，忙回到自己屋内，看那些羊肠子都挂在一个帘后，并没有散落，她就对着那盆羊杂出了神，原来，早晨她匆忙给两个孩子吃羊杂，忙乱中可能把一段羊肠子落进了盆里，云美手里那一段一定是孩子们拿出去玩了，最后到了她手里。

仙荣这个后悔，恨自己太大意了。云美知道羊肠子是干什么的吗？或者她知不知道那是羊肠子呢？云美是怎么得到那段羊肠子的呢？是从自己孩子手里，还是别人的孩子手里，甚至是在院中拾到的？她有太多的猜想，就是不能问云美。云美会不会怀疑自己呢？仙荣紧张地思考着，想着对策。仙荣是聪明的，她都为自己想的妙招偷着抿嘴乐，还有几分得意。

她马上到饭堂的灶房，得强的媳妇正忙着淘米准备做饭，仙荣就坐到她对面很关切地问：“墙头儿家的，这几个月有动静吗？”得强媳妇很感激地说：“三娘，还挺好，没怀上。但他总不依不饶的，总缠魔人。”得强媳妇不好意思地表达了要说的话。其实，女人也怕接二连三地生孩子，只是没个好办法。仙荣就如此这般地告诉了她。就这样，仙荣又对其他媳妇如法炮制，羊肠子的需要量当然就多了，仙荣趁势把羊肠子分给了她们一些，并告诉他们这羊肠子要在外面晒一晒，一下午，云美手里拿的那段羊肠子到底出自哪里，连仙荣都搞不清了，仙荣弄了个匀净，放下心来。就这么一件事，大大地阻止了典家几辈人口的大发展。

五十二

老八得府和老七媳妇吕芝清加入到采药人的行列。芝清只是在早晨太阳出来前采几株天麻，用带露珠的天麻叶揉搓脸部，余下时间除吃一付徐先生开的药就没什么事了，于是他们也和别人一样钻进山林里，采一些常用药材，顺便又采一些木耳、蘑菇，晚上，采药人就住进了盘云洞。自从许大鼻子这伙绺子散了以后，这里成了采药人的临时住所，在这崇山峻岭中，有这样一处遮风挡雨之所，也够惬意的了。

芝清每天用山泉洗脸，吃的也多是野菜和野果，每天哼着神调的曲子，一副无忧无虑的样子。

这山里的景色就是美，山上的树呀、草呀、花呀都熟透了，那绿色是墨绿的，绿得饱满，像要滴落下来一样。那草啊，也浑身充满了韧性，活像三十岁的女人全都舒展开了。那花呀就更不必说，就在这秋天里一齐开放着，比着，赛着，彼此还相互衬托着，谁也不服谁，谁又离不开谁的样子，颜色搭配得那么合理，那么协调又那么随意。绿色的树和草，各种颜色的花中，还不经意地露出几块褐色的山石来，这种褐色在这些艳丽轻快的色彩中显得分外沉稳，让人的心情有托底的感觉。背阴的山石上面还生长着绿苔，绿苔的形态各式各样，都像是不经意间画上去的。

在这美景中，有溪水涓涓流过，映着细碎的波纹，星星点点地闪亮，就更能突出这种灵动，不看芝清那边的脸，单从这个侧面看，一个漂亮的村姑赤着双脚站在流动的溪水中，掬一捧溪水往脸上洒去，那动作中再带一些曲和柔，确实美极了。得府还头一回见芝清这样愉快，就问："七嫂，你咋这么高兴啊?"

"到了这山里，心里啥也不想了，可能是没有镜子吧，看不见脸啥样，所以就不愁了。"芝清虽然嘴上说着不愁，但她仍关心自己的脸，一天问好几遍，"八弟，我的脸咋样了，变没变呢?"得府把一个瓦罐架在三块石头上，下面的柴火烧得正旺，那煎草药煎出来的嗞嗞的响声犹如芝清急迫的心情。吃了徐先生的药，她的脸部肌肉活动灵活了，就是颜色发红，红中还带着小黑点。得府就用数黑点来评定治疗效果。

此时得府又在数黑点了，"七嫂，一共是 35 个黑点，比昨天少了两个，而且这个大的黑点也变得黑红黑红的了。"芝清就让得府指着哪块黑点大，她好用手去搓天麻，得府指了几次，芝清却搓不准，得府一急，上手就直接给她搓起来，得府就感到那张本来就红的脸更红了，他大叫道："七嫂，你的脸好像更红了。"芝清含糊着："不能吧，应该越搓越淡才对呀。"得府就更仔细的边看边搓，"不对，又红了，红得匀乎了。"

从此以后，得府就直接给芝清搓，他搓的比芝清自己搓的好，既耐心又细致，每天早晨，得府和芝清就爬到盘云洞侧面的一个山腰上，那里有很多株肥大的天麻，早晨的阳光就在天麻上的露珠上熠熠生辉，在芝清的眼里，那湿漉漉的水珠无疑就是璀璨的珍珠。得府就叫芝清坐在一块大石头上，他采了一株带露水的天麻，慢慢地给芝清搓，搓了一株，再换另一株，直到太阳升到山顶，把那些露珠接走为止。这时他们会看见盘云洞那升起一缕炊烟，那是采药人起来做饭了。开始几天，他们都是急着赶回去和大家一起吃饭，然后再和大家一起上山采药，后来，两人就慢慢脱离了其他人，自己煮点粮食，里面放上野菜，吃得更可口一些。闲暇时间，芝清还教得府拉胡琴和吹唢呐，那山间就有了乐曲回响，两人有时还伴着唱上几句。

得府还给芝清熬药，其中，几味还是直接从山上采的，药味很浓，芝清有些喝不下去，得府鼓励她，"七嫂，你喝了吧，只要脸变好了苦点怕啥?"芝清看一眼得府，一猛劲地把药全喝了下去，得府忙把一勺蘑菇汤送到她嘴边，让她解解味。就这样，他们过了十几天光景。这天早晨他们又去了山腰采天麻，搓到太阳出来了，也没见采药人做饭的烟火升起来，得府就惊讶地问："他们咋不起来做饭呢?"芝清说："可能是昨天采药采的太累了，起来晚了呗。"两人就又等了一会，还是不见炊烟起来，得府就提议到下面的一个溪水里照一照，让芝清看看自己的脸好得怎样。

这会，芝清脸上的黑点已降到十七个了，得府还说大的黑点一个都没了，芝清就和得府兴奋地跑到溪水边，溪水不是很深，清澈见底，里面有几条半透明的小鱼儿，调皮地嬉戏游动。他们到了一个水洼边照了起来。芝清见到水里的半边脸确实好多了，她感激地对得府说："八弟，这多亏你呀，照这样下去，我可能会变成……"得府就接着说："变成大美人了，七嫂一定会变成大美人的！那时，我七哥就会欢天喜地的回来了。"芝清一听"七哥"，就想起自己受到的冷落，刚才高涨的情绪受到挤压低落下来，眼睛就有些发潮，不争气的泪也在眼眶里打转了。

那时，几个妯娌为了让芝清和得州顺利圆房，真是想尽了办法。得沧媳妇不知从哪听说人嗅了蛇的迷液，就会增强欢欲，逼着得沧到远处山坡上取迷液。这迷液就是公蛇和母蛇起雾(交配)后产生的分泌物。要把一块布巧妙地铺设在蛇经过的路上，两蛇起雾后爬过白布，会把迷液粘在布上。

为了能取到新鲜的迷液，得沧终于等到春天里的第一个春雷响起。这时，万物复苏，草丛里的公蛇母蛇都活跃起来，它们捉对起雾，自然留下黏稠的迷液。

得沧笑嘻嘻地把那块布拿回来了，又轮到妯娌们叽叽喳喳地指导芝清如何让得州嗅到，而且还要嗅得持久。臊得芝清那半边脸红得像结婚时的盖头一样。芝清还真巧妙地把那块布缝到了得州的褂子里儿上，得州就穿着这褂子晃来晃去的。妯娌们每天早晨见到芝清，总是用诡秘的眼神探寻夜里的结果，芝清又总是灰灰地摇着头。她难受极了，觉得自己在别人眼里，像春天里刚起性的母猫，还喵喵地不害臊地满院子叫呢。想到这些，她低下头看着水里的自己不说话了。得府不知为什么，就说："七嫂，咱们回去吧，他们吃饭不吃饭不要紧，我可是饿了。"

两个人回到盘云洞时，洞里一个人都没有了，他们都去采药了吗？好像又不像，每天都留一两个做饭的人呢，再说，洞里的东西全拿走了。这是采药人下山了，可他们昨天并没告诉他俩呀，这些日子他们和采药人处得挺好的，大家都说，要亲眼目睹一个大美人脱胎换骨呢！

两个人在猜测，却猜不出什么原因，这时得府发现了他俩的行李、乐器和他们采的药材和蘑菇，这些东西放在了他们每天必经过的采天麻的路上，刚才他们从溪水边直接回来没看见。这说明采药人是紧急撤离的，是什么原因呢？是来了野兽，还是采药人有了别的紧急变故？两个人在行李边商量开了。这样回去吧，眼瞧着脸病就好了，而且过些天天一冷，带露珠的天麻就得等下一年再采了，如果接着治下去，两个人就得在这盘云洞继续住下去。

芝清是非常想接着治病，她对得府说："我不怕，可要连累你了。"得府说："七嫂，没啥，我陪你到底了。"两个人又把行李、乐器、药材、蘑菇拿回山洞，他们开始在洞口找火石，还真的找到了。这里过去常年住着绺子，后来又杂夹着临时住过采药人和狩猎人，生活用品还是好找的，但粮食是一点也没有，得府和芝清只得采了一些野果和野菜，再生活几天看来问题不大。

怕真的来了野兽，盘云洞里是不敢住了，得府和芝清把行李抱到一个看来是绺子放哨的崖洞里，里面的木板已被雨水泡烂了，得府把它们全拆掉，又在洞里找了一些可铺的东西，为防蚊虫叮咬，得府还采了一些驱蚊的蒿子，两个人一整天都忙活着晚上住宿问题，却忽略了一个主要问题，那就是两个人要挤着住进一个窄小的洞里。

晚上两人吃了些野果。还好，前些天采的山梨山丁子还剩不少。它们已不硬不涩了，一咬稀软，噗噗冒甜水。榛子、山核桃、松子，还有红透了的山里红摆了一地。两人一样一样地吃着，像进了王母娘娘的餐房。两个人又喝了溪水，就爬上了那个山崖小洞，并排躺在一起，得府立即感到狭小的山洞里弥漫着一缕异样的温馨气息，他能感到自己一侧身体比另一侧更为紧张，为了打破尴尬，他对芝清说："我给你好好看看脸上还有几个黑点吧。"说着，一股热乎乎的鼻息，就飘到了芝清的脸上。月光不是很亮，又挡了蒿草，看起来很费劲，查起来就更费神，得府仍一个一个地查着："一个，二个，三个……"芝清终于忍不住说："你咋查的？这半张是好脸！"得府就说："是吗？那我到那边重查吧！"芝清笑着说："别动了，你给我揉揉吧，这脸要是总过血的话就好得快。"得府说："我倒有个办法让你的脸活动活动。"说完就把嘴唇压到芝清的上面，那嘴跟着动了起来。一会儿芝清闪开问："脸上的肉动了吧？"两人本来都闭着眼睛的，但得府仍说"动了，动了"！就又把嘴凑了过去。两唇相接，带动的何止是面部肌肉！芝清洞房之夜都没有这样的活动，这次在深山老林的一个崖洞里，所有的活动就更显得原始，原始得回到了人类初期。

芝清在那崖洞里趴在得府耳边用软茸茸的声音告诉得府："刚开刃的小斧子，我可是嘎嘎新的。"傻小子得府慌乱中应付道："我知道呢。"到了第二天天亮，他才知道什么是嘎嘎新，他又把芝清搂住爱惜起来。芝清说："我要化了，化成水了。"得府说："莫怕呀，我这不正捧着你，掬着你吗？"

就这样，两人继续采着天麻，揉搓着脸，继续查着黑点，那黑点也逐渐消失，每天一付的汤药却断了，但作为补偿，俩人经常在山腰边的崖石上，山崖下的小洞里嘴对嘴地练习着带动脸部肌肉的运动，效果是太明显了，一个美人已快出炉了，两人又延长了几天，得府是要把真正的美人领出山林。

这天晚上，两人还在星光下数着黑点，就听到洞崖下有了人马的噪杂声，两人屏住呼吸，不敢动一动。就听到有人呦喊着牲口，有人喊着话，约摸有一个时辰，人声马声都走远了，最后山林又像往常一样静下来。

第二天天刚放亮，两人就悄悄爬下来，蹑手蹑脚地进了盘云洞，在洞内的一个角落里，发现了二十多个大木桶，得府打开了一个一看，他惊呀道："芝清姐，你来看。"得府已不叫芝清为嫂子，改叫芝清姐，其实芝清比他还小半岁，但他觉得直接叫芝清妹过渡得太快了，就先叫芝清姐了。芝清反过来叫他小斧子，你个劈头盖脸不管不顾的斧子。芝清走过去一看，原来是黑色的火药。看来半夜里来的人马是往这运火药的，这火药藏在盘云洞里干什么呢？两人都觉得一定有原因。现在已不能再在盘云洞里待下去了，两人背着行李等物品就下了山。山间到处弥漫着一种潮润而又略带青涩的雾气，回荡着一男一女高亢悠远的神调曲。

一冷一热结露珠啊，
一远一近上心头啊，
一悲一喜知命运啊，
一怨一爱才风流啊，

姐姐你是个美人胚，
哥哥你是脱坯的泥，
哥哥我给你点上美人痣，
点多了我就是那麻子妻，
娶了麻子哟我恼不恼啊，
谁让你当初点的急。

一热一冷露珠尽呢，
一近一远心头乱呢，
一喜一悲命运转呢，
一爱一怨风流还呢……

得府和芝清唱着歌刚走下山脚，就被两个穿着差人服装的人拦住了。

“站住！把东西放下，我们要检查有没有私采贡品。”

得州知道，这一带人参、貂皮、珍珠、鹿茸等都被列为贡品，不允许民间私采的。他们包里除了行李、唢呐胡琴就是蘑茹木耳和一般的药材，所以也不紧张，把包打开了让他们看。两个差人认真检查完，失望地摇摇头，要放他们过去。

突然，一位年龄较大的差人问：“你们刚才唱的是什么调啊？”得府忙解释道：“回官人，小的唱的都是顺嘴胡编的，没有啥调不调的。”那人迟疑一下，摆摆手让他们走了。

楚北风和另一个绺子化了装扮成差人，是在这里打劫私采贡品的赶山人，这个秋天，赶山人经常偷偷进山采那些山货宝贝。可到现在他们依然什么收获也没有，正苦于怎么向金钱豹交差呢。他听这一对男女唱的曲，明显里面有秧歌和莲花落杂糅的调，就看着这一男一女背影发愣，他又追问了一句：“你们是不是阿克敦典家大院的？”这一问可把得府和芝清吓坏了，得府拉着芝清一边加快脚步，一边扭头说：“不是，我们不是典家大院的。”楚北风自言自语道：“怎么可能呢？这调分明有典家神调的味呢。”旁边的绺子早就不耐烦了，他说：“别愣着了，我们再碰碰运气，截下一担吧！”

第十三章 老猫房上睡

五十三

堡子里很长时间一直流传的消息得到证实。消息说楚家丁站一家三口被狼吃了，这个消息也传到了初玉亭耳朵里。她听了觉得可笑，她就是一家三口中的一员，好好地活在典家，还和大帮恩爱地生活在一起，生了个女儿，现在肚子里又孕育着新的生命。她想，那一定是父母故意设的迷魂阵，她在偷着嫁给得帮前，她的父母就提前和两边驿站人说，她得了怪病，越来越不好治，为将来突然暴死，隐瞒身份做准备。只有这样，她和她以后的孩子就不用再做站人或嫁给站人了。她偷偷地想，把一家三口说成被狼吃了，那她的父母又到哪去了呢？她一直暗中关心这件事。

这时，典家收到邻人从丁站捎来的一封信，信是从直隶沧州来的。原来，得沧、得州、得府哥三个的亲妹妹给董家当了童养媳，这么些年，终于送走了公公婆婆，自己当了家，日子也好过起来。她惦记父亲和哥哥们，几经周折，打听到了阿克敦，现在终于取得了联系。这封信在典家争相传阅，几个学了些字的东字辈也轮番磕磕绊绊地念上几段。那个捎信的邻人再次证实，楚家丁站已不叫楚家丁站，早就换了侯姓一家。初玉亭就更急着想知道怎么回事，她更想亲眼去站上看一看。

最关心这件事的还有两个人，那就是得府和芝清。两人下山回家的路上就商量好了，只要芝清一怀上孩子，就只有一条路了，那就是私奔而走。因为芝清还是处女之身是大家人所共知的。到哪里去？两人没有准主意，刚到家，就看到亲妹妹的信，得府就和芝清悄悄商量，快一点和妹妹联系上，一旦在这里呆不下去，就奔直隶妹妹家落脚，反正两人都能拉会唱的，只要有了立脚之地，也能生存下来，共同生活下去。

得府对写回信最为积极，央着盛先生把典家的情况，他们哥三个的情况写清楚，自然也把父亲典式轮怎么过世的，现在葬在泉眼泡边山坡坟地里也告诉了妹妹。

得强两口子也凑过来，求盛先生再写上一条，问堂妹直隶沧州一带有没有一种叫"蛤蟆头"的烟，这里管那种特别辣、特别冲的烟叫蛤蟆头，不叫蛤蟆头也不打紧，反正有这种烟就捎过来一些烟籽，我们在这种，这里有不少人喜欢有劲的烟。得强两口子有个新想法，要是明年把地继续包给他们，他们就专种烟了，这东西一亩顶二亩，就是费时费工，那也不打紧，辛苦一点怕什么，多猫猫腰就有了。盛先生在已写得的信后，又加上"又及"两字，把得强两口子的意思写了上去。信终于可以封口了。得府拿着信，就到云美那里，要去侯家丁站送信。

云美和仙荣一致要他带上初玉亭一起去，在这个问题上两人意见高度一致。她们也知道这是一次机会，要让初玉亭知道她的父母已不在楚家丁站了，或死了，或逃走了。这也是式奎、得石和楚北风商量过的，这样就让初玉亭死了这条心，从此再也找不到父母了，免得正月里过年时更难过，那时初玉亭的肚子更大了，也怕伤了肚子里的孩子。仙荣还当众给初玉亭一个公开去丁站的理由，如果楚家人还在，让初玉亭向他家学一下怎样用艾蒿薰烟，听说，这可是个细巧的活。

这样，得府又套上马车，拉着初玉亭和吕芝清去了一趟侯家丁站，发出了那封信。初玉亭真切地听了侯家丁站的介绍，前一个站丁一家被狼吃了，可惨了。再看看仍活着的自己，她上了返回典家的马车，心里默想，爹娘，你们在哪里呀？她这时更理解得帮，得帮每当晚上睡到炕头上，就会望着窗外，嘴里念叨一句：

"爹娘，你们在哪里呀？"

五十四

式奎在二郎山很快就找到了得石，但他并不急着和他见面。他知道儿子这次下这么大的决心离开典家，有一个理由就是要证明自己的能力，摆脱典式奎的羽翼，自己单独飞。但式奎清楚，如果没有别的情况，凭得石和春秀的聪明和能力，那是能成功的，他自己的儿子自己还是了解的。但现在渠师爷参与了制药的事，那渠师爷是许大头和许大鼻子两辈绺子的师爷，什么事情都经历过，又经营红灯客栈多年，和各种人物打过交道，有各种关系，必要时可以使用任何手段，得石刚一出家门，就遇到这样的劲敌，怎么能取胜呢？这制火药真像徐先生说的那么挣钱，渠师爷怎会轻意让得石一个初出茅炉的后生获利呢？何况得石和春秀带着他们几个孩子，分文未有，怎能立足？他远远地看着得石，既想让儿子碰碰壁，又别碰得头破血流，到那时他出面相助，用事实教育他们一下，他们会乖乖回去的。

此时的典得石穿着深蓝色的袍子，外面配一天蓝色坎肩，头上戴一顶新褐色的瓜皮小帽，明晃晃在中间镶了块圆玉，大辫子漆黑漆黑地拖在后面，辫穗留了一尺长，惹眼的是肩上披一灰色褡裢，十足一个掌柜模样。式奎心说，这小子这身打扮，还真能唬一气。

得石的手法让他着实大吃一惊。得石首先就找准了硝石矿，这制药主要原料是硝石、硫磺和炭，后两个原料取材容易，惟有硝石矿不好找到，找到了成分不够，也制不出好的火药。现在得石一下子就认准了二郎山下八角坡半坡上的一个叫石沟洞的地方，并立即用木栅栏把洞口围了起来，看来他几次跟黄大仙来二郎山采硝石，到这里轻车熟路。接着，他又在八角坡下用木栏围了一个烧木炭的围场，围场内看样子是要建造一个烧木炭的窑，他见得石比比划划地告诉几个人做什么，几个人就领了任务分头走了，他特意趴在木栏边往里细细瞧瞧，见围场一角还有几间木楞房子，这大概就是得石的住处和派工的地方。

一会儿，就看到了春秀。春秀的打扮也变了，天青斜襟外褂，深青的裤子，都是黑布镶滚的，头上插了花髻。她在指挥着几个人往木楞房里搬运米袋子，这大概是为制药人准备的粮食，春秀又往里边像是喊着什么，另一个穿红青外褂，梳一个抓髻的年轻女子领着春秀的三个孩子也过来了，那是式奎的两个宝贝孙子和一个孙女。这时，一挂大车进了木栏大门，赶车人从马车上跳下来，不是别人，正是私奔的得州，咳，原来得州私奔到了这里，不用问，那个女子一定是柳大下巴的女儿了。

式奎看着木楞房前几个典家人刺目的动作，张扬且又随意，没了他的指挥，看着有些乱，但细瞧还是有章法的。他有种陌生感，这种感觉一旦袭来，让他不禁身体发紧，他下意识地抓住木栏，好一会儿才稳住神。

从这么大的场面看，得石是要做一番大事情，他哪里来的钱呢？就刚才看到这样的规模，没有大笔资金是根本支撑不起来的，他是骄傲呢，还是无奈呢，这些都不重要，重要的是得石的对手该怎样出手，作为父亲，他必须知道，他不能让儿子吃亏，不管儿子怎么让他生气，让他伤心。

他在木栅栏边又看了看，见布局还是合理的，硝石矿和木炭窑既接近又有一段距离，有利于衔接，但又不至于互相影响，双方都能操作开。现在就差看见制火药的最后的炒拌间和火药库了，他琢磨着生产流程，要是他干，他一定把这两个重要的地方放在八角坡坡下，他就往坡下去，果然看见一溜房子在坡下，房子被厚实高大的院墙围住，式奎心想，要是能租用甚至购买了这些房子制药和存药，既减少运费，又安全可靠。这时，就见得州赶着马车，拉着得石进了院子，式奎的心一下子就敞亮起来，到底是自己的儿子，就是聪明能干，他略微放下心来，回到二郎山李家坡，他和得地约好在这里会面。

式奎让得地去打听渠师爷制药的所在。在李家坡他们打听到前一阵子，坡后有三个人被炸残了，一个被炸伤了，式奎就和得地分头行动，一个去找得石，一个去找渠师爷的制药地。得地回来告诉式奎，他到了那个渠师爷的制火药场地，那里破破烂烂的已经没人了，他打听到渠师爷原来找的硝石矿成分不够，制的药不够稳定，在试验时炸伤了四个人，其中就有渠师爷，现在那个场地还空着，可能渠师爷不干了，或者换地方了。

最好渠师爷不干了，让我儿子平平安安地把制火药的事办好。式奎心里念叨着，他仍不放心，就带着得地又回到八角坡，他让得地继续观察木栅栏里的情况，并告诉他不要让得石他们知道了。他安排完得地，就返回到额摩镇，他要向徐先生打听一下渠师爷的情况。

徐先生又去过几次红灯客栈给渠师爷看病，没有迹象表明渠师爷又选了别的矿场，继续制火药。是我多心了吗？式奎问自己，我真的年龄大了，做事就太保守了，没有年轻人的冲劲了？式奎觉得，好像还不是，太平静了太顺利了，倒是有点不对劲了。他又在徐先生那寻些补药，也想在这段时间补补身体。

他回到八角坡，和得地住进了一间民房，平时得地仍去秘密观察哥哥的制火药情况，式奎一边吃着补品，调养身体，一边琢磨着下一步怎样保护儿子。

他对典家大院也不放心，离开了自己，云美和仙荣能管好吗？但他觉得，云美和仙荣再管不好，至少能维持局面，顶多差一成收成而已，何况徐先生还要他休养一段，不要和三房近身呢。得石这里可是挨着火药边，弄不好可是要炸的。他必须守在这里，守在这里就放心一些。

得地每天都来向式奎报告情况，说第一批火药已制出来了，用木桶装着，已向额摩镇送了一车，估计是让守尉府验收的，式奎紧张地在屋子里踱步，心里着急想知道守尉府的结论，两天后，得地告诉他，看样子是通过了，我三哥他们明显地加大了开采量，招了一大批雇工，正在培训，式奎坐不住了，就又和得地跑到坡上，果然有一批人被分到各个作业面上，式奎又一次有疑问，这得多大本钱呢，得石到底在哪弄的钱呢？不可能是在自己这弄的，他的家业有多大他清楚，上次收回来的小份子虽然超过自己想象，但这么大的操持，不可能靠典家的小份子来支撑。

他想着看着，突然心一惊，他看到了一个人，那人和几个人一起上了马车，跟得州奔坡下的房子去了，那人不是别人，正是那年红灯客栈里的绺子知会。虽然过去已经很多年了，但那人的刀把脸斗鸡眼在式奎的心中是抹不掉的，这个知会告诉式奎用五两银子赎仙萍时，式奎的心都要碎了，从此知会的模样和表情像生了根一样，种在了他心里。绺子的知会到了得石这里，说明什么？这一定是渠师爷下了底钩，更大的阴谋还在后面呢！

是现在就告诉得石吗？还是情况再搞清楚一些？式奎把自己的疑虑告诉了得地，得地想了想说，还是专门跟着知会几天，以免打草惊蛇，另外，渠师爷会不会还派了别人进了这里？式奎觉得得地说的有道理，就分了工，式奎专门观察栅栏里的矿场和窑场，得地跟踪知会。

接下来的几天里，式奎也没发现什么，得地倒是摸清了知会的一些情况。原来知会姓卜，住在八角坡的一户亲属家里，但亲属家却没发现有什么人，这个卜知会被得石安排专门管仓库，因为年龄大了，人倒勤快。式奎对得地说：

“你看有多悬呢，这个卜知会一个人住在那么大的民房里本来就不对劲，还管着仓库，你三哥也太大意了。”

得地理解地说：“我三哥的事也太多了，难免有不周全的地方，出个什么闪失呀，现在的问题是怎么对付这个知会。”

两个人没别的法子，就是天天跟踪知会，把注意力用在了药库和知会住的地方。

又发现了新情况，得地看到殷洪海进了卜知会的住处，估计一时半会他俩不会走远，得地就急忙把情况告诉了式奎。爷俩就紧紧盯着卜知会的住处。到了天黑，卜知会和殷洪海一起出了门，分头走了，式奎跟着卜知会，得地跟着殷洪海。式奎见卜知会不紧不慢地往药库方向走着，没有什么异样，但他知道，殷洪海的出现，是一个强烈的信号，很可能一个阴谋已开始了。

只见卜知会叫开了药库门，药库里还有不少人在里边。约摸又过了一袋烟的工夫，就见八角坡上的围栏那边，燃起了一股熊熊大火，火势突起烧得很旺，照红了半边天。式奎情知不好，头脑还是清醒的，可能是声东击西的计策，果然，药库内的人在卜知会的催促下，都奔围场跑去救火，式奎就更加确信了他的判断，他冲上前去，拦住众人，叫他们守住库房，不要去救火。

人们谁也不认识他，见他不让救火，都分外奇怪，见火不救哪有这个道理，就没有理会，推开他奔向火场。卜知会见有人劝大家守住库房，心中也很紧张，知道一定是被此人发现了，就抽出一根拌料棍上去和式奎厮打。他和式奎一照面，就被式奎眼睛放出的光逼住了，这光他从前在山里见过，饿了一冬的黑熊就是这样。他心一哆嗦，手脚也不听使唤，结果被式奎一脚踢到了要害处，还记得当年五两银子赎人吗？我叫你五两，我就踢你五脚，还记得抢产妇当奶妈吗？我再踢你一脚，为柳大下巴，我再踢你一脚！式奎这样踢得卜知会痛得满地滚。式奎正踢得尽兴，却被一辆车上下来的几个人打倒在地，式奎的眼前无数金星闪过，随即便是一片黑暗。药库门前出现了三辆马车，下来一些人手忙脚乱地搬火药桶，一会就装了两辆马车，立马跑了。

另一辆车还要往库房走，得地已领了人跑到这里。原来得地跟着殷洪海到了围场边，见殷洪海点燃了围场边的一堆柴草，柴草瞬间就燃了起来，得地冲了出来，直奔从木楞房里出来的得石而去，他也意识到这堆柴草并没有大碍，重要的是药库那边，得石意外地见到了得地，正要问怎么回事，得地就拉住得石，告诉他不要管这里的火，药库要紧，人就分成了两伙，一伙救火，一伙奔坡下跑去，正迎面遇到了往坡上跑的药库人员，得石叫他们也折回头，一起往药库跑，结果还是跑了两车火药，偷火药的人和车也都跑得不见踪影。

得石把式奎扶进房内，式奎也已清醒过来，得地已把这些天的情况大体说了一下，得石理解了爹爹的良苦用心，直挺挺地跪在式奎面前，式奎把得石拉起来说没出大事就好。

受了重伤的卜知会没跑多远就被抓住了，式奎这次把这个刀把脸斗鸡眼看了个端详，新仇旧恨涌到心头。卜知会鼻子两侧都冒了汗，他那斗鸡眼眼囊下松弛的皮肉也抽搐着，他坦白了渠师爷和殷洪海派他卧的底，知会还交代，他们计划把这批火药盗走后，就把制药间和仓库全炸了，让典得石被迫离开石沟洞，他们再进驻，因为在二郎山，再也找不到像石沟洞这样的好硝石。

典得州小心地和式奎见面，式奎没说什么，让他快去装车。这就是大家庭，在外敌当前时，什么是是非非都没有了，整个一家子都会一致对外，空前团结，可当外在危险一解除，内部的不一致就会显现出来。式奎有时也想，要是外敌听他的就好了，让他来就来，让他走就走。为了安全，式奎和得石让大家把剩下的火药连夜运往额摩镇，送过火药，已到天明。式奎和得石两人押着卜知会来到守尉府，紧急求见赵守尉。

在守尉府里，式奎意外地见到了盛雨亭，盛雨亭怎么到的守尉府呢？这得从慈禧太后谈起。

此时的慈禧，已经是第二次垂帘听政了。同治死后，她立奕譞的 4 岁儿子为皇帝，就是光绪帝。慈禧依然把持着最高权力。她对奕䜣已经有些不耐烦了，奕䜣在立光绪帝的问题上又提出反对意见，不能再让他干下去。为了稳妥起见，她要将奕䜣的权力逐步向奕譞转移。

从吉林送来了原礼部司务盛雨亭的悔罪书，也许是这篇奇文让人感到新鲜，就把它当做悔罪范文逐级呈报，最终被慈禧太后看见了。盛雨亭检讨式的颂扬，让她很受用，慈禧想，一个偏远的土财主都知道立规矩，规范他的儿子们，不许乱说乱动，我堂堂大清国，焉能让各种异见风行。奕䜣和那些搞洋务的，打着向西方学习的幌子，干了不少出格的事，需要加以约束和规范。她对盛雨亭这个名字多关心了一下，一查，原来还是因安德海案受牵连的人，是奕䜣搞得人家在关东流放了八年多。于是，她给吉林将军下旨，盛雨亭结束流放，着吉林将军为他安排个职务。

吉林将军正准备成立荒务局，在以阿克敦为中心的地区放荒垦殖。赵敦诚在呈报中，多次提到阿克敦，周边荒地甚多，旱路水路交通发达。吉林将军就任命赵敦诚主持荒务局垦务，空出来的守尉职务，由盛雨亭接任。

五十五

一身官服的盛雨亭盛守尉和赵敦诚听了式奎和得石的叙述，哪能不上心，责成吴帮办立即抓捕渠师爷和殷洪海，所有参与盗窃和破坏制药的人一并查办，严惩不怠。官兵们端了红灯客栈，渠师爷和其他人全都抓获，只有殷洪海没抓到，不知跑到哪里去了。

赵敦诚笑着对式奎说：“典大财主，要说咱这关东百姓，你是最有本事的了，守尉给你家当过私塾先生。”说完，盛雨亭和赵敦诚相视而大笑，式奎说：

“还不是小的命中有运，能有幸蒙受两位大人的特殊关爱。”盛守尉说：“典大财主，后天，赵大人要到乌拉去见吉林将军，明天晚上我要为赵大人饯行，你能否再给我们安排一出神调表演，好让赵大人记住这不寻常的生活经历啊！”盛雨亭对人生的大起大落，他还没有马上适应下来，在典家和仙荣分别得太突然，他也希望再一次看到仙荣以及她那神调表演。赵敦诚说：“好，咱们就再喝典家烧锅酒，再听回神调！”式奎连连说：“我马上回去安排。”

式奎和老五得地忽忽地从额摩镇回到阿克敦，他进了院门，却没看到云美。云美平时总是坐在院门口，一边纳着鞋底，一边院里院外地瞧着。针慢慢地扎进鞋底，线慢慢地抽拽，偶尔还把针举过头顶在侧面头发上摩擦一下，她是在顾盼着一大家子，更顾盼着式奎啊。可现在是几场秋雨后难得的好天，她却没在，式奎心里就有些紧张，进了云美房间，果然云美病在炕上。芝清现在容貌已换了新颜，守在云美身边，正跟她说着初玉亭到侯家丁站的事。芝清见式奎进来，叫了声“爹爹”就退到外面找仙荣去了。云美见式奎面色红润的样子，就知道他的身体经过山珍的滋补更强壮了，她也受了感染，吃力地坐了起来，神情也活泛多了。

式奎忙坐到她身边问她怎么了，云美说：“是做噩梦折磨的，一会梦见你和两个儿子吵起来，说得石那个猴精儿把他老子打死了，一会又梦见你把得州追到一口枯井边，他实在没处可逃，就拉着我往井里跳，结果就见到井里全是得瘟疫的人，他们冲着我直喊，‘你们别进来’！我吓得又醒过来。就这样一个噩梦一个噩梦地做，每次都吓得一身汗，就起不来了。”

云美絮叨着噩梦、怪梦，越发显得脆弱，像冬日里屋檐下的一串冰挂，稍一碰撞，就会碎裂下来。那份神情和语调以及抽噎时牵动的眉梢和眼角，更让式奎心疼，他不敢拦住云美的话，怕她有委屈和苦楚说不出来，又怕她太进入情境，缓不过神来。就这样“啊，啊，啊”地点着头表示知道了。他越这样，云美就越要倾诉，眼泪从眼眶里成串地流了出来，云美觉得这眼泪像一盆水倒在了地上，就这样全倒空了。式奎和云美的这种依赖关系，有个明确的分界线，请神之前，式奎一直把云美当主心骨，有什么难处愿意躲在云美臂弯里倾诉，数年以后，云美反倒纤弱下来，把式奎当做依靠，靠得离不了。式奎用手轻轻地拍着云美，终于让她重新躺下去，安静下来。

这次是式奎和云美最长的一次分离，比式奎到外面做工，到山上找石材都要长。云美用头拱了拱枕窝轻声说：“亏得你回来了，再不回来我就紧张死了，这典家可能要断送在我手里了。”式奎说：“你不要瞎说，咱典家怎么了？”云美叹了口气说：“等小妖精来了让她跟你说吧，我也说不清是不是分家了。”

这时仙荣就进来了。芝清到外面找了一圈仙荣也没找到，就到了仙荣房门口，喊了一声三娘，也没人答应。她进了屋子，见仙荣的外衣还放在炕上，就又喊了一声三娘，仙荣就从菜窖里爬出来，说我在窖里放了些绿豆，看生了没生芽。

原来，昨天下午，守尉府来了好几个差人，恭恭敬敬地请盛先生去额摩镇，并且说这一去就不用回来了。大多数人都到地里干活去了，盛雨亭就和云美、仙荣告别。他先到云美的房内，告诉病在炕上的云美要注意身体，并让她转达他对式奎的谢意。云美支撑着身体说，盛先生，你福大命大造化大，一定有好事的。因为有差人在场，盛雨亭和仙荣告别时也没机会说别的，仙荣克制着遗憾和失落的心情，和盛先生告别，学堂里的孩子们也依依不舍地跑出来，送别他们的先生。

当天晚上，仙荣把自己闩进房内，一边落着泪，一边把自己屋内和盛先生屋内的菜窖往下再挖，她要在窖内取土把中间的地道堵上。堵上这地道，就堵上了一段激情，堵上了一个世界。仙荣一边哭着，一边干着，一边回忆着盛先生临走时看她那眼神，命运太不可琢磨，人生的变数也太大了。但堵地道的劳动量也不小，一晚上怎能干完，第二天上午，她又钻进菜窖做一些补充，地道的两头基本上是堵上了，但那土太松散，仙荣想这需要找机会，从外面再弄一些土，最后压实了。这时，芝清来找她，说爹爹回来了，在大娘屋里呢。仙荣赶紧洗了洗脸，抖掉身上的土，来到云美房内。

式奎对仙荣说："别的事咱们以后慢慢说，现在有个急事。上面来了任令，让盛先生当额摩镇的守尉官，原来的赵守尉另有任用。这盛守尉和赵守尉对咱们典家都多有照顾，盛守尉要在明晚欢送一下赵大人，让咱家唱一出神调，还要喝咱的典家烧锅酒。我答应下来，就急着赶回家。仙荣你好好准备准备，明天下午咱们得赶到额摩镇，晚上演出后还要住在那，后天一早就回来，顺便把看病的徐先生也请来，给你大姐看看病。我想上次你和得雨、得风演过一次了，还不能重样，是不是把这台戏搞得更好一些。"

仙荣想了想说："咱家的神调表演底子还是有的，那我就去安排。"

仙荣就领着芝清开始准备，趁着这个机会，式奎和云美断断续续地把这一段时间的变化作了交流。

云美说："他爹，你走后，咱家变了，受得石、得州和得助的影响，四个有小家的得字辈想法多了去了。"她就把如何挖菜窖、搭炉子等事说了，"后来就逼着我和仙荣把活计和吃食包给了他们。结果今年秋收干得最快也最好，地头儿媳妇以前不吱声，给她自己小家干活，倒像比妖婆还麻利。你说这些猴精儿是牵着不走，打着倒退，看来以前他们就和咱们玩心眼儿了。现在每个小家都有了小锅，还每家都添置了酸菜缸，也不知道这是不是分家，你要怨就怨我吧，我没把家管好，对不住你！”说着，云美的眼泪又流了下来。

式奎怀着复杂的心情给云美擦去泪，他也对云美讲起得石、得州两家的事。最后他们充满疑问地说：“他娘，得石的钱到底是从哪来的呢？”

听两个儿子过得都好，云美心情好多了，她问：“他爹，你看咱们咋对待这些儿子呢？”

式奎想了想也说不上来，就在屋中央踱着步子。这屋地依旧结实，但他却觉得那硬实的下面憋着地气，这个家落在这片地上，地上面所有的东西都在蠢蠢欲动啊！他像是问云美，又像是问自己：

“得石两口子还让他们回家过年吗？柳大下巴的姑娘让不让她进门呢？芝清怎么办？开春时这四家还接着包吗？以后还请不请神了？家规的内容被打破了不少，是修改家规呢还是纠正他们的行为呢？还有这学堂还办不办？再找个私塾先生吗？”

他一个问题一个问题地说着，云美也不接话，就那么瞧着他。最后式奎说：

“先别考虑太多了，演完这场戏再说吧。”

云美点点头，云美说了这么多话，有些累了，又疲惫地躺下来，她闭着眼睛对式奎喃喃地说：

“你回来了，我就不做噩梦了。”

五十六

仙荣领着大家排演到了晚上，才把演出内容确定下来。仙荣又让几个媳妇赶制服装，她自己实在坚持不住，就对得强媳妇说，你领着她们干吧，我睡一会儿。她疲惫地回到房内，很快睡着了，她也太累了，昨晚堵了大半宿地道，今天又编词演练，这两天绷紧的神经终于放松下来。

这时，就觉得盛先生从地道那边过来了，菜窖里像是有动静，是真的有动静，还有爬梯子的动静，接着是盛先生脱鞋上炕的动静。这次盛先生没有跟她进行调笑，也没给她做戏前预热，就直奔了主题。她想这样也好，直截了当，很长时间没有直截了当了。盛先生开始给她脱衣服，盛先生动她的腿，她就把腿伸给他，盛先生动她的胳膊，她就伸胳膊，最后盛先生把她剥了个精光。盛先生就拼命地耕耘起来。这盛先生也真是有意思，吃了我们典家的饭，住了我们典家的房，编了我们典家的家规，听了我们典家的神调，怎么连做这事也像典家的风格呢，这耕耘的手法和式奎年轻时是一模一样，完全靠力气，仙荣就仿佛又回到了她和式奎的第一次，那云美还背地里嫌她小呢，仙萍可说她不小了，人小鬼大，本来就不小嘛，她就兴奋地呻吟起来，完全把那次又重复了一遍，最后她没了声音。盛先生也一侧身就放倒在她身边，完全没了文化人的样子。

缓了好一阵子，仙荣才像清醒了一些，盛先生不是去了额摩镇了吗？不是说不用再回来了吗？咋钻地道了？咋又来了当自己呢？她往侧面一看，借着依稀的光亮，她一下子坐起了身，他旁边的人是典式奎！

怕出现的事终于发生了，仙荣也想过好多次了，如果和盛先生偷情的事被人发现，她就自杀算了。别了，这世上的人，我仙荣真的要成仙了！马上要和崔家的死鬼会合了！仙荣爬到炕角，摸到了那把从赖子手里缴获的猎刀，就冲着自己的脖子抹去。一双有力的大手把她的手握住，那把寒光闪闪的猎刀落在炕上，还发出了声响。式奎把她紧紧抱住，仙荣还想再拾起刀来，但她却动弹不得。式奎又把她仰面压到炕上，用他的四肢压住她的，仙荣拼命地想摆脱式奎，但努力了几次都徒劳，只好放弃了挣扎，式奎把她环住说：

“小妖精，你说我从哪里进的你屋？我是从学堂那边的盛先生的屋里钻地道过来的，亏了盛先生走了，要不他就把地道挖通了，他是奔你来的，这个男人是看上我这仙姑媳妇了，是这个姓盛的邪性大呢？还是我这三媳妇着人迷呢？”

仙荣彻底糊涂了，这地道中间的土那么暄，式奎没弄明白，还是……仙荣想不清楚，就不做声。式奎又把他们的身体连在一起，一边慢慢地动作着，一边在她耳边说：

“你真是个烈女，要是别人欺负了你，你还真的是不活了？”

仙荣全明白过来，这个典式奎，可爱又精明的他爹大狗熊，怪不得一家姐俩都要嫁给你呢！

式奎说：“我还得回云美那里，她病了，我得陪她，你也睡吧，明天还要演出呢。”说完就穿上衣服，带走了猎刀，打开门闩，他从屋子里直接走了。

式奎出了门，把那把猎刀放在窗台上，那刀光一闪就熄灭了。式奎悄无声息地出了院子，一直往前走，路过旧磨盘和大柳树，旧磨盘圆圆的灰光映射着黑乎乎的树冠。他走向更远处的典家坟地。这夜实在是太静了，像是没了呼吸一样。典式奎感到有一双巨手推着他，走到坟地没费什么力气。到了几堆坟前，他才感到那双巨手不是一个人的，一只手是丈人黄大仙的，另一只手出自二媳妇黄仙萍。他坐在丈人黄大仙的坟前，对着坟说：

“爹哎，我做过了，这样做对吗？”

这时有风声响起，沙沙沙的，像是回答他。式奎的心踏实下来，他慢慢站起身子往回走，喃喃道：

“我回去了，她还病着呢。”

五十七

得强见爹爹式奎领着演神调的十来个人去了额摩镇，就把得地找到自己家里，仔细地询问爹爹对得石和得州的态度。得地不解地反问他：“你也想新出彩儿啊？”得强拉着五弟的手说：“你们出门这些天，家里搞了一个小分家。”说着，指着家里的炉子、菜窖和酸菜缸给他看，将活计和主副食包给他们四家的事也说了。得强家的炉子又进行了改进，有两个炉眼儿，一个大炉眼儿可以放一个大一点的锅，另一个放一个小锅，炉子紧靠着大炕，烟道直接通到炕里。那炉火还烧得挺旺的。得强把刚烧好的一个粘豆包用筷子夹了递给得地，得地见到串着热气带着焦糊的粘豆包，小心地咬了一口，嘀！味道好极了。得地说：“爹爹没和那哥俩发火，也没说啥，可能当时正忙着运火药，还没工夫收拾他们吧。”

得强用手掂量着另一个烧好的粘豆包，像是怕烫着，等着凉一会儿，又像是怕凉大劲了，不好吃了，掂到了一定程度，他才咬上一口。他说：“我们去娘那里看看，娘病了，也顺便问问爹爹的态度。”得地说：“我已去过了，你自己去吧，我在你家再烧一个豆包，这新收的大黄米面做的豆包好吃极了。”得强说：“你没吃饱吗？”得地说：“这么多天在外面也没吃上应时饭，今天补一补。”得强边走出屋子边说：“要真能分开过，你媳妇就可以随便疯张了。”得地笑嘻嘻地说：“疯张怎地，我就由着她。”

云美支撑着身子对得强说：

“墙头儿啊，你爹一回来，我的病还真好多了，我说不用再请徐先生瞧病，你爹却说等他回来，把徐先生也拉过来再给我看一看。我的病啊，不是啥实病，都是你们这些猴精给闹的。”

得强嘿嘿地笑着说：“娘，我们不是真心气你，你的儿子们过得好些，你看着不也高兴吗？再说咱们也没真分家，就是把活包下去了，咋干由着自己的性子，但总的说，活也没少干，干得又快又好。”

云美看着得强说：“哪像你说得那么简单，包到最后，还不得闹分家呀。”

“娘，没那么严重，这家也不好分呢，咱们家吃的是大灶，每家又没有灶房，要分家，就得把现在的房子打乱了，一家两间变三间，重新扒门，重新刨窗户，再搭灶台，有的烟道得重新通，麻烦着呢。再说，每家院子也小了，养鸡养鸭的也没地方，都得重新弄，那可要有不少劳动量呢……”

得强说起来眉飞色舞，滔滔不绝。云美心里想，这哪是不分家呀，一提分家，他们把分家的事研究得这么细致，还说不分，这是专等着分呢！这是到我这里探他爹爹的态度呢。云美就不愿意和得强说话了，闭上了眼睛。得强忙叫外屋的媳妇进来小心伺候着，他走出屋子，仍在琢磨，爹爹会不会同意分家呢？

得强出得门来，就见得沧在门口犹豫着像要跟他说什么，又没说出来。得强看着得沧转身离去的背影，心里暗想，老六得沧也坐不住了，也是来打探情况的。

对于分家的想法，开始几家都有一个共识，担心体弱的得沧不愿意分，事情明摆着嘛，得沧体力最差，分工派活时总是照顾他，要是各过各的，他就占不了大家的便宜了，所以就猜想得沧一定最不愿分家，大家当着得沧的面也尽可能不提分家的事，也担心他向云美透露他们的秘密，当了耳报神。

但四家把活包下来后，得沧的做法实在让大伙大吃一惊。得沧和他那个力气大的媳妇，先是把包给他们家的高粱地里的高粱穗立秆割下来，只把高粱穗运回来，无头的高粱秆仍立在大地里，收玉米时，他俩又如法炮制，苞米棒子收回来了，苞米秸扔到了地里。看样子，他们家根本就没留烧炕用的秸秆。大伙说，老六家冬天要烧大腿取暖啊！但现在是各干各的，也没法去说他，何况，他本来就是个敏感的人，能把果实收回来就不错了。反正兄弟几个也做好了准备，大不了冬天时每家支援他一些秸秆当柴烧。

事情还没有完，“屯不错”庞木匠大大咧咧地到得沧包的地里收高粱秆和苞米秆了，这怎么能行，得强出面拦阻他，庞木匠得意地说：“得沧让的，他让我随便割，只要割干净了，不耽误明年种地就行。”得强急着去找得沧核实情况，得沧说：“是我让他割的，他用木屑和我换的秸秆儿。”庞木匠地少，靠木匠活生计，木匠铺里堆积了不少木屑。眼瞧着得沧吃了大亏，得沧却态度坦然，一点也不在乎的样子。大家也没办法，各有各的活法嘛。何况都在地里抢收，急着把庄稼撂倒，先收果实，再往家里拉秸秆，顾不了太多了。

得沧两口子把果实收回来后，就不下地了，他们干什么呢？他们把家里的炕扒了，扒完了又重搭，他们搭了一个大活人能从炕洞钻进炕里的炕。这还不算，他们又把拉回来的木屑用水淋湿了，然后瘦小的得沧钻进炕里，往炕里面堆湿木屑，他媳妇在外面往里送，湿木屑装满了长长的宽宽的炕洞，只在上面留下一点空间，这些都做完了，得沧和他那高高大大的媳妇半夜里悄悄地燃起炕洞口的一些干木屑，那红红的火亮一点点地侵入到湿木屑里，一股浓烟在炕里窜动起来。得沧又在烟囱上安了一个石板闩，控制着烟量，然后，他又把炕洞口用石头垒上，只留下一个小孔控制着风量。得沧对他媳妇说，一炕锯末子能烧两个月，再添三四次，一冬天都不用烧炕了。就这样，一个均衡取暖持续供热的火炕成功了。

这样得沧家收地的活就算干完了，其他家还在地里紧张地割地呢。得沧媳妇怀着莫大的崇拜对得沧说："我们活干完了，还干啥？"得沧撇着嘴说："干啥？和庞木匠保密就行了，还有明年呢。"喜得得沧媳妇在晚上使出各种办法奖励得沧，慰劳得沧，这回也协调了。白天呢，得沧媳妇开始认真地研究得沧的食谱。原来，得沧吃不了粘食、硬饭，他消化不好，所以才瘦嘛。

得沧媳妇给他熬粥，这几家只有得沧的炉子不通炕，炉子上放了一个熬粥的锅，昼夜不停地慢慢熬。得沧把粥喝得吱吱作响。为了不单调，上顿往粥里加菜叶，叫菜粥，中午往粥里加肉丁，叫肉粥，晚上这顿菜叶和肉丁一起加，肉多就叫肉菜粥，菜多就叫菜肉粥，得沧自从喝了粥后，对媳妇不说风凉话了，说得都是像粥一样热一样稠的贴心话。

得沧两口子不割地，不烧炕，也不能只做保密工作啊，他们比别人家更早地进入了打高粱穗和搓苞米粒的阶段。这些活可不论谁的力气大。干得早，完工的也早，干完这些活后，得沧开始打猎了。他打猎也和别人不同，不追不跑，也不进深山老林，只做一件事，专门研究野兔子的脚印，不管是河滩上的明显脚印，还是地里、沟里、草丛里的蛛丝"兔"迹，他都蹲在那仔细地研究，认真地分析，慢慢地总结，最后他就破译了野兔脚印的秘密，哪些是一走了之的，哪些是还要回来的，哪些是试探性的，哪些是大批迁徙的。他就在野兔路过的地方下了套子，下套时他一个人去，起套时，不论套到多少，都领着一般高的胖大媳妇，两人用一条长杆挂着野兔，一起扛着往回走，那长杆还有节奏地颤悠着。

得沧着实让大家另眼相看了一把，大伙说，这个平时不说话，说话只说风凉话的典得沧，其实心里头早就活动心眼了，一直等着盼分家呢。所以，得强看着得沧转身离去的背影，又想起了这些话。

五十八

典家的神调演出赢得了人们真心喝彩。

先是仙荣和得雨、得风的神调主题表演，这次比上次有了很大改进，仨人都穿了昨晚赶制的彩服，芝清和得府用唢呐和板胡伴奏。仙荣舞动着单面鼓，得风、得雨踢着一柱柱火焰上了场，一曲神调唱了起来：

要说那人人都能成了仙呢，
就看你怎么想来怎么个心情啊，
不知足你永远爬不到山顶，
光喝酒只能把自己蒙。
福禄寿财听说人生本来就有命，
儿孙自有儿孙福也许是天注定。
要努力你只要管好你自己，
一茬人总比一茬人强劝你图个心情啊。

老猫房上睡一辈留一辈，
小车它不倒你只管推，
孩子大了那就要分开睡，
大姑娘留在家那是总得飞，
人要成仙靠自己呀，
要是成不了仙你还有机会呀哎哟。

接着是典家东字辈的说口表演，这些孩子可是盛守尉的弟子，这说口的词也是盛先生编的，在鼓乐等家伙的伴奏下，孩子们齐声说唱道：

一宏里式得东，
大玉求双贵永。
典家的血脉要传承，
典家的规矩要记清：
请神要虔诚，

对神要恭迎。
对上要施礼，
对长要听从。
对师要尊重，
对老要孝敬。
对幼要爱护，
对下要慎行。
对邻要谦和，
对人要包容。
对事要认真，
对己要警醒。
……
典家的子孙典家的人，
典家的家规世代明。

赵敦诚坐在盛雨亭旁喝了口酒赞叹道，这词用关东话说可是真硬啊！盛雨亭当然知道真硬是什么级别的赞誉，他也知道这是赵敦诚猜到这词是谁编的了，故意在表扬他呢。但听着还是很受用。

就在演出间歇，盛雨亭对赵敦诚说："赵兄，我还有一事相求，不知能否答应我？"

"盛大人哪里话，我若能为大人做些事，那是求之不得。"

"我向你借些钱的，你知道这圣旨刚到，我的俸禄还没发呢，从家里所带银两不多，我有些急用。"

"这个好办，盛兄需用多少，我马上让人取来。"

"赵兄，我一定奉还。"

"大人不把我当外人，我更欢喜。"

这时，芝清就侧着身子上了场，从正面看，她穿着一件漂亮的粉红色衣裳，衣服边镶着白色的飞边，戴着凤冠头饰。这芝清长得高挑细长，瓜子脸，柳叶眉，樱桃小口，真是一个少有的美人，只见她迈着"莲移步"，轻启朱唇，用软绵绵、颤巍巍、悲凄凄的声音唱道：

哎呀呀，我的老娘病歪歪，
急忽忽，我去找那大仙来，

只可叹，姑娘我还未出嫁，
要成亲，哪用我去出门外。

这声音细腻地表达了一个姑娘家为母治病，有病乱求医的心情，大家无不为之动容，场面一下子静下来。突然一声鼓响，唢呐声又起，芝清突然翻转身子，从正面看，一个丑陋的大仙穿着灰大衫，戴着瓜皮帽，扯着脖子，迈着鸭子一样的步伐唱了起来，那声音竟像男人唱得一模一样：

长得丑，我的心更黑，
装犊子，我来把人蒙，
真凑巧，来了俏姑娘，
施手段，我要当新郎！

大家都被逗乐了，也是这美丑反差太大，又大大出乎人们的意料，大家的情绪被调动起来，饶有兴趣地等着那个俏丽的姑娘的反应，果然，芝清又一次翻转身子，小姑娘唱道：

大仙你用啥法把我母亲看呢，
你怎知她得的啥病到底哪儿疼，
我听说望闻听切你擅长哪一个呀？
你总是拉我手儿为的是哪一宗？

丑仙唱道：

姑娘你不要急听我说详情，
母女连心看你就是给你娘治病，
这从头到脚，仔仔细细，慢慢腾腾，难免有摸碰，
这胸口啊，还得贴着听，
为你娘，你可别把气来生。

小姑娘又唱道：

坏大仙动手又动脚，

把姑奶奶惹得心好恼，
看我怎么收拾你，
让你满地把牙找！

到了最高潮时，芝清表演的姑娘和丑仙扭打在一起，只见芝清一会伸出姑娘的手，一会又抬起丑仙的腿，两下打得难解难分。人们瞪着眼睛，紧张地为小姑娘捏把汗，最后小姑娘使了个脚拌，那丑仙趔趔趄趄地跌倒在地，鼓乐声又起，丑仙侧身躺在地上，哼哼呀呀地唱道：

哎呀呀，我牙疼，
哎呀呀，我的腮帮子痛，
哎呀呀，我腿抽筋，
哎呀呀，我要耍羊角疯！

过来几个东字辈小家伙，穿着像是差人的衣服，把丑仙抬了下去。接着芝清穿着一半女装一半男装的衣服，戴着一半凤冠一半瓜皮帽的头饰，画了半张丑脸回来谢场，掌声欢呼声又一次响了起来。

接着上来的是得府，他先说了些关东俏皮话，又表达了典家对盛雨亭的祝贺之词，这也是在等场，等芝清卸去半个丑角装。芝清又一身清秀的漂亮装束走了上来，鼓乐又起，两人对唱起来。

太阳出来羞红我的脸，
妹子你昨晚也太大胆。
月亮落下看不清你的脸，
妹子你今晚胜过昨晚。
星星那光亮正合适啊，
我和你就这样一辈子。
满山的宝贝呀数不完，
你是那天麻活动我的胆。
满山的野花呀一齐开，
你是那最美的一株我来采。
满沟的溪水流下坡，
能照你脸的是清泉。

满世界的人儿扎成堆，
你碰见了我呀怨得了谁。

整个神调演出结束，盛雨亭和赵敦诚都被这场演出感染了。盛雨亭看了，就感到像是对他这一段流放生活的总结，他忘不了在典家的日日夜夜，可以说，这一段经历改变了他的一生。见仙荣站在对面，他尽可能压抑着激动的心，这一别，不知何时才能再相见，也许根本就见不到了。

这时赵敦诚站起身说：

“盛大人要亲自给演神调的诸位发赏，请大家依次过来吧。”

一个差人把放赏钱的盘子端上来，盛雨亭亲自把赏钱放到盘里，并把那个做了记号的放在了中间。他给典家人发了起来。

先是东字辈的五个孩子，小家伙们领了赏钱乐颠颠地跑走了，接着是给得府、芝清、得风、得雨的，盛雨亭给他们发完，盘子里只剩下了那个带记号的了，他把最后的一份赏钱发到仙荣手中，深情地看了仙荣一眼。仙荣做了个万福，低身退下。盛雨亭和黄仙荣用这种方式结束了他们这一段经历。仙荣、芝清、得府和东字辈的孩子们先离开了场地，退到府门前等待式奎和得石出来。

盛守尉对得石说：

“渠师爷盗走了你家的火药，现在还没追查回来。本官作出决定，没收他的红灯客栈作为给你的补偿。”

得石立即跪下身子给盛守尉磕头。

吴帮办说：“驿站住满了明早送赵大人的官兵，你们典家今晚就去红灯客栈住下吧，反正明天也要办接交手续。”得石又谢了吴帮办。怀着复杂的心情式奎和盛雨亭告别，盛雨亭的心情也一样复杂。

第十四章 一定有方子

五十九

红灯客栈，是由六间客房和一个饭堂组成的专门接待来往客商的小客栈，渠师爷和几个手下被抓走后，这里就乱了套。张双妹为了等殷洪海没有离开，其实她离开这儿还真不知到哪里去，她就在褥子间里等。所谓褥子间就是专门供窑姐休息等客的地方，平时在这里有五六个窑姐，现在只有她一个人。

张双妹穿着花布小衣，小脚裤子，从褥子间的窗口注视着来往的人，希望殷洪海能快点回来，早拿主意，下一步该怎么办。虽然殷洪海把她当成一个来钱道儿，但没有殷洪海她也很难过活。这时，在客栈门前马灯的照耀下，她看见两个官兵引着十几个人进了客栈，仔细一瞧，竟是典式奎、黄仙荣、典得石、典得府、吕芝清、典得风、典得雨，还有典家东字辈的五个孩子，其中就有她的两个亲生儿女，一个典月齐，一个典东伟。要说这世界上她还有什么牵挂的话，就是这些儿女了，她对典得帮已经淡忘了，想起来也只有怨恨，殷洪海就更不是了，他是他们这对狼狈中的狈，只是互相勾结，但又彼此离不开。

天色已晚了，典家人没有惊扰其他房客，就找了里面两间大的房间，男女各一间住下。

客栈再次安静下来。过了一会儿，殷洪海悄悄进了客栈，他溜进了褥子间。殷洪海没被抓到，是因为他去了老月岭盘云洞，洞里的火药可是渠师爷的宝贝，也是渠师爷要重回江湖的本钱。渠师爷后来悟出，造火药和盗火药双管齐下，就让殷洪海先把盘云洞清理出来，那天他就带着人赶跑了采药人，又用骡子把盗来的火药送进洞里。

这些天，殷洪海没好好在洞里呆着，拿着渠师爷的赏钱去会山里的一个老相好去了，从那刚回来，正看见官兵押着渠师爷一干人等往外走，他吓得赶紧躲起来。他还惦记着回客栈，倒不是张双妹在此，而是那个褥子间还有两大包火药捻，这是以后用来引发火药的。他要趁着夜色，把药捻运到山上去。

张双妹告诉殷洪海小点声，典式奎一大家子住在紧里边的两个房间里。殷洪海两眼通红，他恶狠狠地说，干脆把他们全烧死，说完他把褥子间的被褥和草垫子往过道上放，抱过火药捻子，就要点着，张双妹突然意识到她的一双儿女还在里边，就拉住殷洪海说：

“不行啊，我的儿子和女儿还在里面呢。”

“真是妇人之见，”殷洪海恶狠狠地说，“那是典家人，一起烧死算了！”

说完又要点火。张双妹死命地拉住殷洪海，殷洪海就把她往褥子间推，两人厮打在一起，张双妹眼见敌不过他，就高声喊叫起来：

“来人呢！不好了！要着火了！有人要放火了！”

殷洪海急了，顺手操起房间的门闩，狠命地照着张双妹的头部打去，张双妹一个趔趄扑倒在草垫子上，殷洪海引燃了药捻子。

式奎和衣躺在客栈里，就是睡不着。这些天的事让他没时间多想，现在好容易安定下来，却又不知从哪想起。那得府和芝清对唱的表情和那火辣辣的歌，飘到了他的眼前回荡在他的耳边：

> 满世界的人儿扎成堆，
> 你碰见了我呀怨得了谁。

是啊，怨得了谁呢？谁都有道理，还能怨我吗？他告诉自己谁也不去想，想也想不明白，就想一个人，专门去想一个人，想他那个仙人老丈人——黄大仙，他又见到了黄大仙，见到了那个林中小客栈，见到了那偏下屋，见到了偏下屋窗前的 20 多年前的那轮明月。那月亮就挂在窗的角上……圆圆的，白白的，空空的，静静的，亮亮的，忽然就听见黄大仙冲他呼喊：

“着火了，救火呀！”

式奎一机灵，分明听见了黄大仙用女腔喊着：

“要着火了！有人要放火了！”

他一咕噜爬起来，冲出了房门，正遇见迎上来的殷洪海，他举着门闩，向典式奎抡去……

典家人拥出来，扑灭了燃起的火，殷洪海已跑掉了，张双妹扑向她孩子的方向，用生命里最后的呐喊，救了她的儿女，也救了典家其他人。

得石哥几个把式奎送到徐先生那，徐先生和他的徒弟紧张地救治起来。

等式奎苏醒，仙荣在他旁边已守护两天两夜了。当仙荣看到式奎睁开沉重的眼睛，仙荣兴奋地叫了起来：

“你醒了，你可醒了。”

大颗的泪水扑簌簌地滴落，仙荣忙用衣袖去擦，当她重新定神去看式奎时，式奎的眼睛又闭合了。

仙荣的喊叫声惊动了得石、得府和芝清。徐先生也忙走进来坐在式奎的另一侧给他诊脉，诊了一会儿，徐先生俯下身子，在式奎身边轻轻地问了一句：

“你是不是有话要说？”

式奎把眼睛睁开了，但他的眼神还发滞，不够灵活，缺少呼应。得石和仙荣就把如何听到张双妹的呼喊，冲出来救火的事情大略地说了。

式奎吃力点说：“那火是殷洪海放的，我也是殷洪海打的。”

当他听到张双妹被害后，眼皮跳了几下，嘴里吐出的声音很低，但却十分清楚坚定：

“抓住殷洪海！”

眼睛又闭合了。

徐先生对大家挥了挥手，说让他睡一会吧，你们也休息休息，几个人就悄声地移到门口，仙荣在要起身的一霎那，突然感到她的手指被式奎的手指勾了一下，仙荣复又坐下来，看得石几个人陆续走出去，仙荣用手指指自己，又指了指式奎，徐先生点点头，算是同意仙荣守在式奎旁边。

仙荣起身将门合上，把寂静关在房内，式奎的眼眉略有上挑，之后安伏下来，像是进入了深深的沉思之中。仙荣的眼睛能感到式奎身体有微微的起伏，她还特意观察了一下式奎的左手，好像刚才就是这手有个手指勾了她一下，可现在看不出它还会有那么大的举动，正疲倦地弯曲着。一时间，仙荣以为自己感觉错了。徐先生宁神静气，眼睛半闭，他的手搭在式奎的另一只手腕上，那神情既像是在探问，又像是顺着那脉搏在游走。

就这样过了很长时间，终于听到式奎叹了口气，像是冲破了层层的阻隔，随后是沉重的呼吸，这次式奎的眼睛又一次睁开了，眼神活泛多了，和先前判若两人。

式奎说："徐先生，我这一躺下，就不想起来了。"

"别说败兴话，你已经好了，没大事。"徐先生安慰着。

式奎显得很疲倦，他深深透了一口气道："我这是真心话，真的不愿意起来呀，我要回了家，咋面对家里的这些人，这些事呢？"

"你家不好好的，"徐先生说，"两个儿子找到了，还那么有出息，你那儿媳妇的半张脸也治好了，你该高兴才是。"

式奎费力地挺了挺身子："徐先生啊，你有所不知啊，我那个家规都定在那儿了，他们回不去家了！"他声音缓慢，满是无奈，"所以我才不想回家，就在你这住下吧，你给我出个方子，我知道你治病有方子，想来，咋处理我家的事，一定也有方子。"

徐先生轻笑着说："老东家，你那家规家法是死的，这人才是活的，何必钻牛角尖儿。"

式奎为难地说："这家规已种进大家的脑子里，不好改呀，我是自己的刀削不了自己的把儿，再说，我家的声势造得太大了，硬改也让人笑话。"

徐先生很理解地点了点头，不再劝式奎，屋子里又归于寂静。

仙荣一边听他们的对话，一边也体会到了式奎的难处，是啊，当家的一回到家，确实面对如何处理得石和得州的问题，两人都严重地违背了家规，死了连祖坟都入不了，活着也别想再进家门。上次得州被施以家法，抽了二十鞭子，哥几个谁都下不了手，还是式奎亲自动的手，打完后，式奎的手指几天都伸不直，这次，怎么对待得石和得州，确实是个难题。

徐先生捋着他的下巴，捋着捋着就说："我有方子了，不知道你们同意不同意？"

"你快说出来，我知道先生的方子一定灵。"式奎催促着。仙荣也说："徐先生，你甩方子吧。"

于是，三个人就一起如此这般地商量起来。式奎最后竖着大拇指说："徐先生你才是神人呢，我典式奎这辈子，每遇大事难事，必有贵人相助。"

仙荣又出得门去，把得石、得府和芝清叫了进来，徐先生清咳一声，也不看大家，半闭着眼睛，缓缓地说："你们老东家连续受了两次击打，都打在了要害处，原来的病灶还没撤呢，这次伤神太重了，要不是他命中神助，早就……现在需要个特殊的法子闭宫七七四十九天。”

“闭宫？“得石问，“徐先生啥是闭宫啊？”

徐先生依然缓缓道来：“闭宫就是让老东家住在一个封闭的环境里，在闭宫期间，不能和外界接触，不能看到听到凡间的人和事，当然，我们凡间的人也不能打扰他。在闭宫时，外面的人只能通过一个小孔洞往里送些吃的喝的，再就是送些丹药了，补充元气，闭宫之人换了阳气，等于重生，他过去所做的事，所定的事一律作废，一切都从头再来，你们听懂了吗？”

大家当然听得似懂非懂，还没听说过有谁闭过宫，更没看到过闭过宫之后的人什么样，但大家对徐先生的说法却没怀疑，眼前的芝清就是个例子，那塌陷下去的脸，要不是徐先生，怎么能又鼓起来？这不也等于再生吗？

得石问：“徐先生，啥时候闭宫啊？”

徐先生说：“可让老东家先在我这儿再将养一两天，你们先回去把闭宫的地方安排妥当了，我再配些丹药，查些书籍，这闭宫不是谁都能闭的，没有功力，闭也闭不成，你家老爷子鹿神附过体，想来他会有这个运势。过去，汉武帝就曾闭宫一段时间，连早朝都不上了。”

接着，徐先生把闭宫的要求又讲了详细。

仙荣留下来继续照顾式奎，得石和芝清带着几个孩子回阿克敦。得石安排八弟得府把红灯客栈接收下来，嘱咐他看好客栈，等他回来再研究怎么开业。先前，得石已安排七弟得州配合春秀管好制火药的事，守尉府要火药越来越紧了。

得石还安排在额摩镇买了一副棺材，将双妹入殓了停放在红灯客栈后院，等回去和云美商量，是不是把她葬在阿克敦。大家都觉得，双妹用她生命里最后的呼喊，救了典家一大家子，理应回来厚葬。这一切安排好了，一行人坐了马车回到阿克敦。

云美一直等式奎这一行人回来。按先前说的，早该回家了。得强和几个媳妇儿都劝她，我爹一定去老三那个制火药的地方了，你就别惦记了。云美的心哪里能放下来，噩梦又一场接一场地在脑海里翻腾，搅得她坐卧不安。突然，得石就进了房间，云美一把抓住得石，叫了一声“冤家，你折磨得我好苦！”说着，抱住得石痛哭起来。

云美哭得不管不顾，得石安抚着娘。云美哭过，淤积在心底的东西像是掏出来了，就问得石：“石头啊，你爹他在哪儿？还有你三娘呢？”

得石扶着云美：“娘，你不能老让我这么站着，容我坐下慢慢说。”

云美这才一抖衣襟，像是把所有的劳乏都抖落掉了，她往炕里坐下，那衣襟已被泪水打湿，像是绣上了满天星的花。

云美全同意，她同意将双妹厚葬，她说：“你爹也会同意的。这双妹虽然也做错了些事儿，但和救命这事比起来，那算个啥，她也怪可怜的，临了儿临了儿，该回来了。”

云美听到式奎要闭宫，开始挺吃惊，一时还听不懂。得石把自己的理解和徐先生的话就细细地讲给她。云美像是明白了，她说：

“你爹能重生，这个可够好的了，他是得重新开始生活了，他把自己绷得太紧了，也把这个家绷得太紧了，是该换个活法。”

她还说：“你爹以前定的都不作数了，这太好了，也就不为难你们了，我也想咋才能让你们回家呢，现在好了，你们一家子可以大大方方回来了。你七弟得州和柳大下巴的闺女也结婚吧，芝清算大房，柳芬算二房，以后我才不管你们娶几房呢！管得多呀埋怨多，操那份心干啥呀！啥家规不家规的，可让我过几天安生日子吧。她还说，那几家要分开过，就分开过吧，你们是不知道操持一个大家有多难，这回也让你们体会体会，我还正想享清闲呢。”

云美这几年说话有些絮叨了，但今天她要说的也太多了，值得好好絮叨絮叨。

得石在一旁插不上嘴，她知道母亲要把心里的委屈和不安全都倾吐出来，他最好的做法就是静静地听。另外，他也觉得母亲说得在理，他从心里感叹，这世上的事真是奇妙，有多大的问题，就有多大力度的解决办法，有多少困难，就有多少解难的妙招。他觉得，父亲为创建这份家业，维护这个大家庭可谓煞费苦心，殚精竭虑，是他典得石带头闯了家规，他也无数次地想过，该怎么去圆这个场，像谜一样，让他猜也猜不着，偏偏父亲就是神仙附过体的人，偏偏就有闭宫这一说，一下子就解决了。他也惊讶，母亲理解这事这么快，一下子就意识到这是一次绝好的机会，莫非这机会是制造出来的……他不敢往下想，但却更坚定了他的念头，那就是要把闭宫的事办好。

云美打断了得石的思绪，她絮叨着让得石快一点把闭宫的地方搞妥帖了。得石说：

“我三娘告诉我就在学堂吧，盛先生也不在了，那个学堂空着，这学堂两面都是高高的院墙，侧面和房两侧是矮墙，只要把这些矮墙加高了，就围成了里外互相看不见的封闭场所，再重新做一个门，门中间留个洞，用于送吃的喝的和丹药。”

“这样好，你三娘想得对，说干就干吧！”云美称赞着，她安排道，“男人们现在就去插墙，女人们拾掇一些被褥，天越来越凉了，不能让你爹凉着。哎！就他一个人在里面，呆上七七四十九天，他也够孤单的了。”

得石说：“徐先生讲过不会孤单的，我爹闭宫这七七四十九天里，要请七七四十九人来给他烧符的，他在里面接受大家给予的外力，修补养生，一天也闲不着。”

“要找七七四十九人，上哪找这么些人呢？”云美问。

“我算过了，咱们家就可以出十几个，再从堡子里请一些，助我爹一臂之力。”

“他们能愿意吗？”

“我想他们会愿意的，烧符时只念几句词，用不了多长时间。我们再给他们些好处，他们会成全咱家。”

“你爹他不愁这个人缘。”云美自豪地说。

在正式闭宫前，典家厚葬了双妹。堡子里办白事，一般都在庞木匠那里打寿棺的，条件好的用好材料，条件差的也用杨木做一个。这次，双妹的棺材却是从额摩镇直接买的上好的棺材，庞木匠那双眼睛一直没离开那十分抢眼的漆成黑红色的棺材，嘴巴动了动，话却没说出来。倒是典得沧来找他，他还惦记下一年再去割庄稼秆儿呢。得沧说：“我七弟在镇上，木工活还请你做，重新做一个学堂的门，门板对缝要严实，不能透光透亮，中间还要开一个四方小洞，洞门要安一个小拉门，门里侧洞口下方要做一个横板，能放两个大海碗。”

“这是干啥呀？”庞木匠问。

得沧就把闭宫的事向庞木匠介绍一番，庞木匠听得新鲜，又问了许多问题，得沧知道他这个“屯不错”爱打听传播些家长里短的话，就不耐烦地说：“具体我也说不清，你就做吧。”

“你不讲清楚，我咋做得好，哎，我说仓子，我再问你，你爹重生后，还能认识我吗？”

“认识还是认识的，谁还能不认识你？”

庞木匠在那根柱子上刻了门样的细道儿，嘴里还念叨着：

“闭宫？这门用来闭宫？”

由老大得帮和老三得石出面，在堡子里请来了36个人，他们来到典家大院，就在大饭堂里请庞木匠在内的乡邻们吃了顿饭，还给他们每人分了一壶烧锅酒。大家都说，不要这么客气，我们愿意为神人再生出些力。开始他们中有些人有顾虑，担心借力后自己失去元气，听说典家自家也出了13人，不仅不会伤元气，还能和鹿神对接，将来能有神助，就更愿意了。

庞木匠做的新大门已替换了学堂的小门，还漆成了黑色。得石特意给庞木匠敬酒，庞木匠说：

“没说的，鹿神重生后，还要保佑我们呢。”

晚饭后，天已很晚了，在典家大院院门影壁后的土坛上，早已放了一个四四方方的纸棺材，淡黄色的，在月光下泛着神秘的光。给式奎借力的四十九个人全部站在纸棺材对面，每人发了一张黄纸符。徐先生进了院子，他一手持着火把，一手托着银色的小钵，走上了土坛，手指在小钵里沾了一下，向纸棺材点了符水，嘴上念念有词，然后，他把火把伸向纸棺材，那纸棺材立即随着火焰烧得升腾起来，徐先生高声喝着：

去也——去也——都去也——
闭宫——闭宫——进闭宫——
修炼——修炼——四十九——
借力——借力——四十九——
九九到头——有了头——
九九回头——重新走——

这时，天已完全黑下来，纸棺材燃尽时，正好有一大片黑云遮住了弯月，天上只有稀疏的星星发着暗淡的光，徐先生喊道：

“闭宫起呀——”

仙荣就牵引着罩了黄盖头的式奎走进院子，奔了那闭宫的学堂而去。大家都屏住了呼吸，没有一点声响，甚至还有些紧张，只听“咣当”一声，那道门关上了。火把又在门旁亮起，得帮、得石等把早已准备好的石块垒起来，封住那门，只露出孔洞以上的部分，徐先生又将一个大黄纸符贴住上半截的门口，这门将紧紧地封闭七七四十九天。

云美强支撑着身体，芝清搀扶着她，式奎进去的一刹那，她又有些后悔了。天呐！就他一个人，像是被关进去的。一旁的芝清说：

“今晚天太凉了，娘咱还是回屋吧。”

云美一回到屋里，就瘫软在炕上了。

徐先生被安排住在了典家，庞木匠等屯邻有机会更多地了解闭宫的事。徐先生很健谈，很愿意回答他们的问题，从汉武帝闭宫，讲到人的生死轮回，大家听得有滋有味，更像是听天书，听不懂才有趣。末了，庞木匠感叹：

“还是鹿神好啊，重病可以重生，定的规矩可以重改，典家这是又换新路子了。”

从第二天起，每天都要安排一个人烧符借力。老三得石排在最前头，因为他要赶回二郎山去，红灯客栈的事也等着他拿主意。得石就在闭宫的门前半截石墙上的香炉里烧了黄纸符，那纸符打着卷燃了起来，还飞起了一些纸灰，得石嘴上念念有词，心里装满了希冀。

典家哥几个在院门口送别徐先生和得石，仙荣又给徐先生带了两坛好酒，徐先生已给云美看过病，嘱咐她好好休养。老四得强拉着得石的手说：

“三哥，我们就按昨天商量的办吧！”

得石知道，还是分家的事，就说：“四弟，行啊，你们争取吧，我随你们了。”

得石走到旧磨盘时，仙荣又追上来，她递过来包着银两的包，这是盛雨亭在演出后送给她的。她告诉得石：

“这个先放在春秀那儿，你们急用也可以先用。”

六十

式奎坐在那把太师椅上，那把椅子就放在学堂门口，学堂的四周全是一人多高的大墙，人在里面，像是陷了进去。风儿也刮不起来，月光却囤积得很多了。院子里就分外的亮。因为四周是墙围着，式奎的注意力便投向那遥远的天际，天好高好高啊，隐约的几片云彩游走在那里，式奎过去很少注意夜色里的云，今天看得很仔细，为了看得清楚些，他在一瞬间忽地漂浮起来，有一种要飞翔或升腾的欲望，离那云彩越来越近，终究站在了云层之上了。那一刻，他才意识到，他的灵魂出窍了，他还惦记着自己虚空的肉身遗体，往下看去，他的身躯仍坐在那把神椅上，呈向上奋力遥望的样子。他想，他要抓住这个机会，在高空中把他眷恋的阿克敦俯视一下，看看全貌，这可是个全新的角度。

这种念头一出，就有了沉重感，那游飞的灵魂就坠落了，正掉进了躯壳里。他身子动了动，脑袋摇了摇，还用手掐了自己的胳膊，有疼痛的感觉。他对自己说，徐先生所言的闭宫重生确有其事吧。

典式奎独处在这与世隔绝的地方，一切责任纷扰都与他不相干了，都离他而去了，他或是坐在椅子上，或是沿着墙根走上几圈，或是懒散地躺在铺上，倒也十分轻松。他觉得，以前他太看重自己了，以为离了自己什么都不行，现在他终于明白了，他觉得他真的大彻大悟了。

他这么想着，嘴里可就不自觉地说了出来。一双温热柔软的手把他的眼睛蒙住，一缕发丝撩过他的脸，有个声音在耳边轻轻响起，“说啥呢？自言自语的”。式奎顺着那双手沿着手臂摸上去，就落在了柔软的肩头上，那柔软的感觉一下子传遍了全身。仙荣侧身转到他前面，坐在了他的腿上，一手勾住他的脖子，一手在他的眉眼上抚弄，成熟女人的鼻息包围过来，在这幽深的环境里，式奎也没有了顾忌，把仙荣横陈着抱起，转身放在椅子上。

仙荣小声说：“使不得，使不得，我可不敢坐你这把椅子。”

式奎笑她：“刚才坐在我身上，不等于坐在椅子上了？”

“那不一样，隔着肉呢，反正我不敢坐神坐的。”仙荣又挺起身子。

式奎硬是把她按到椅子上：“我偏要你坐。”

仙荣侧着脸，歪着头：“那我就坐一会儿。”说着，她斜过身子只搭了椅子的边，式奎也坐在了另一半上。两人相看了一眼，都觉得这么并排坐着倒很有趣。

仙荣问式奎：“你真的放松了？”

“当然了，放松了，也想通了，现在想忙也忙不起来了。得石自己一大摊子事，剩下的哥几个也要单独过，我们将来把地租出去只管收租子，没必要挣命似的管这管那了。等酿酒时，把他们都请回来，或给他们工钱，或用酒顶账，也两方便。”

停了会，他问仙荣：“今天咋样？有事发生吗？”

“你说是说，做是做，是不是又惦记外面？”

式奎只是不说话。仙荣知道猜到他心里，就挑重要的说给他：

“大姐吃了徐先生开的药，我和大姐已经跟几家说好了，家是一定要分的，大伙包的地明年继续各种各的，除此之外，每家还要多分一些，收成是自己的，下力气和下本钱也是自己的。至于房子，快到冬天了，就先住自己的那两间，等以后谁有能力了就自己单盖，那时家里还拿些赔头，算是鼓励出去过。”

式奎听了点着头：“这就好，这样就可以把整个大院全留下来。”

“你为啥要留这个院子，咱们仨也住不过来，莫非你还想再娶几房住满吗？”

式奎被她逗乐了，他正色地说：“世事难料啊，现在他们一心八火地想单过，想着法地往外挣，说不定啥时候，遇到坎了，又往回奔了。这人呢，就是这样，聚在一起嫌受束缚，等分开了又嫌势孤，所以总是分分合合的。”

仙荣笑着说："你不会嫌我束缚你吧？"

式奎环住仙荣的腰身说："我还要和你好好过过这七七四十九天呢。"

"难得你这么高兴，又这么自在，我给你补补课吧，让你也得些乐趣。"

式奎搂得更紧了一些说："好吧，我都休息这么长时间了，是该乐一乐。"说着就上手了。仙荣轻轻地推开式奎说：

"你想哪去了，我是给你补补有趣的事。"她站起身，拉着式奎的手，"就和你玩个游戏，我们跳格子怎样？"

"那是小孩子家玩的，你拿来哄我。"

"小孩玩的又怎样，很好玩的。"仙荣说着，就拉起式奎向前走了几步。在月光下，学堂前的地面上有典家孩子为跳格子画的各种横道儿竖道儿。仙荣把一小块瓦片扔进一个格子里，单腿跳了起来。式奎在旁边半眯着眼看，随着瓦片的移动，各种难度就出现了，仙荣一会儿来回扭着胯，一会儿夸张地伸长腰身，把那凹凸有致的身体从各个角度展示出来，看得式奎耳热心跳，还没等仙荣跳完，式奎就已双脚站稳在格子里，拦在前面。他一纵身把仙荣斜扛在肩头，仙荣在式奎的背上轻打着：

"他爹大狗熊，他爹大狗熊……"

式奎迈着大步进入学堂，他用脚跟带上门，也没忘用脚把那个菜窖口上的盖板合上，仙荣爬进来时也没把它盖好。

仙荣对式奎的表现充满了赞誉之词，她说："你这不是再生，是回春了，咋这么有劲呀？"

"真的有劲吗？"

"有！"

"如果我还有劲呢？"

"我不信？"

"那就让你信！"

不一会儿，仙荣喊道："我信了，我信了，你太有劲了！"

两人搂抱着躺下来，还在议论家里的事。仙荣说："老八得府从额摩镇回来了。"式奎问："红灯客栈还有一大摊子事，他不在那儿守着？"仙荣劝道："人家老三能不安排好吗？你就别操心了，再说，老八还不是惦记个人才回来。"

式奎吃惊地问道："惦记谁呢？"他一激灵："莫不是七儿媳？"

仙荣说："你看出来了？"

式奎说："是听出来的，那天演神调，你听他们俩那词。"

仙荣告诉式奎，她在徐先生那听他的徒弟说，他们采药材中途就下山了，是被几个凶巴巴的人赶下去的，可那时的七嫂和八弟并没和他们在一起，按那个徒弟说的下山的日子算，他们俩在山上至少单独多住了半个月。”式奎沉默了一会儿，问仙荣怎么办？

仙荣说：“亏得有这么个闭宫，我看就成全他们吧，先让芝清出家再还俗，换过身子后再让老八娶吧。”

“虽然老七和芝清没合房，但这改嫁给八弟的事好说不好听，你的这个办法还行？”式奎说罢感叹道，“你说这人呢真有办法，做什么事都要立规矩，又什么事都能疏通。”

“要说疏通，根子也在你这儿。”仙荣把手指抵到式奎头上，式奎攥住她的手说：“我算个啥，朝廷还不让在老祖宗的圣地开荒呢，你看都开多少了，朝廷还不让制火药呢，现在还不是向得石买火药。”

仙荣觉得这个话题不能再进行下去了，她有些心虚，就打岔道：“我听得府说，过去那个绺子窝盘云洞里还有好些火药桶呢，装了满满的火药。”

式奎一下子坐直了身子：“是啥样的桶？”

“那我得去问问。”

“你快去问吧，马上告诉我。”

“这么晚了，等明天一早问不行吗？”

“别了，你现在就去问吧，我惦记这回事，睡也睡不着。”

仙荣起身穿好衣服，从菜窖口下去，约摸有一袋烟的工夫，又从菜窖口爬上来，她说：“得府今晚值夜，给马喂料呢，我问他了，他说是清一色的白桶，有一人高，一搂粗。”

式奎说：“我明白了，殷洪海偷的火药原来藏在了盘云洞里，殷洪海打死张双妹后，一定也会去那，我得出去找他。”

仙荣劝阻道：“不用你去的，让得府告官，守尉会安排人抓他。”说着，把式奎抱住，生怕他走了似的。

“不行，”式奎穿起衣服来，“恐怕殷洪海已在搬运火药了，没了火药这线索，抓他就更难了，我现在就去找他去。”

“那你带上得府或者得地吧，也有个照应。”

式奎一边摸着炕下的鞋一边说：“我这不在闭宫吗，哪能带着他们？”

仙荣一见阻止不了式奎，就幽幽地说：“我还想和你好好过这七七四十九天呢，可现在……”

“以后的日子长着呢。”式奎把鞋穿上，用头蹭了蹭仙荣的脸，“一会儿我得偷咱家一匹马走，你再想法引开得府，让我方便一些。”

“哎，你呀！那明天还从小洞送饭吗?”

“送啊，咋不送呢，好在这儿有地道，你就多钻几回吧。”

六十一

殷洪海再次逃脱后，就先躲藏起来，但藏到哪儿，都觉得不稳当。他想，还是投奔个绺子吧。到了晚上，他就直奔额摩镇镇边的一户人家而去。上次他就是从这家雇的几头骡子，驮着火药桶上的盘云洞。现在，他又想用骡子把火药取出来，只有这种受过专门训练的骡子才能负重上下山。殷洪海想把火药送给罗门山金钱豹，作为入伙的见面礼。

殷洪海轻手轻脚地走近这家，很顺利地翻墙进了院子，返身把院门门闩拉开，移开了院门，然后，在院子里找了一根木棍，悄悄地走到房门前，很小心地用那根木棍顶住了房门。他做完这些，嘴角还有一丝得意。他弓着腰，摸到牲口棚子里，解下了一匹骡子的缰绳，牵着骡子就出了院子，他一纵身跃上骡背，就听到后面有呼喊声和踹门声……

殷洪海骑着皮毛油光乌亮的骡子走在通往盘云洞的山道上，正午的阳光把他和骡子的影子混在一起。在此之前，他还偷了一家的干粮，又在一个茅草堆里睡了一觉。昔日的大少爷，已习惯了这种偷盗抢掠的生活，打死张双妹后，他觉得杀人也不过如此，看来他又有提高了，加入绺子干些大的买卖才过瘾。只要驮上两桶火药，作为见面礼送给罗门山的金钱豹，他就有了新的生长空间，等金钱豹得到更多的火药，他的地位会更高，想到这儿，他还美得哼了小曲，沿着山路逶迤而上。

骡子上山如平地，
骡子下山走如风。
骡子强过马和驴，
驴马却把骡子生。
骡子长屌没有用，
骡子生来性无能。
上山怨马不正经，
下山怨驴太迷登。

殷洪海胡编乱唱地往前走，转弯时突然看见不远处山道旁有两个穿着当兵服装的差人，手拿腰刀守在路中央。到底是贼人胆虚，他怕这两人是抓捕他的官兵，立即一勒缰绳，从山道拐到山坡下的沟底。

刚进沟底，那大青骡子突然受了惊吓，沿着山沟狂奔起来，差一点把殷洪海扔了下来。殷洪海紧紧抓住缰绳，往后一看，我的天呀，四五头野猪正挺着獠牙奔袭过来，也是那大青骡子脚力好，很快冲出了这条沟，又转到另一条沟里，这沟谷便是野猪沟了。

又跑了一会儿，大青骡子才缓下步子，殷洪海惊魂未定，一时间不知往哪里去，索性任那骡子往前走，就来到了一个水潭边。在潭边，殷洪海喝了水洗了脸，坐在大石头上稳定情绪。他过去听说过野猪沟上方有个水潭，但从未来过，今天误打误撞就跑到了这里。

殷洪海歇了一会儿，在潭边转悠起来。他突然就悟到脚下的石头是后堵在潭口的，好多年的疑问一下子就有了答案。原来典家轻易得到的50多垧河套地，根源就在这啊！一定是典家人堵住了水河套的泄水口，得了一大片良田。

典家的一绝是会制火药，会用火药，堵这潭口想必是用火药炸了上方的石壁。典家正是依靠这片良田，才成为阿克敦的大户，最后又击败了殷家，让他这样的大少爷，败落成今天这模样。

“典式奎，典得石，我让你们到水里种地吧！就用你们制的火药。”

殷洪海主意已定，回去到盘云洞取些火药来，就炸开这个潭口。想到大水滔滔淹过典家的河套地，殷洪海的嘴角堆起浮浪的笑容，这太过瘾了，比当年挖黄大仙和典式奎二媳妇的坟还要刺激。

等殷洪海返到通往盘云洞的山道上，那两个差人早就没了踪影。他只怨自己没多偷几匹骡子，能一次把火药桶驮到水潭边。他就这样用大青骡子往返着运。这是最后一趟了，运完这趟火药也就够了，余下的火药还可以送到罗门山去。他拉着骡子驮着火药桶出了盘云洞，走出不远，突然，从路边一块大石头后面冲出了两个差人，他们冲着殷洪海喊道：

“你是干什么的？驮的什么东西？停下检查！”

殷洪海见他们是冲着东西来的，七上八下的心略有些安稳，停下骡子让他们检查，两个穿着兵服的差人正是楚北风和另一个绺子假扮的，今天又转到这里。

楚北风眼角和额头的皱纹因里面藏着泥垢而显得更加粗深，他的嗓音也因受到磨砺更加直硬，他指着那两个大桶火药，问殷洪海：

“这是什么？你怎么会有这东西？”

殷洪海也不回答，后悔不该再运这一趟，就蹭到路边，突然发力，向山下跑去，他火药也不要了，骡子也不要了，只恨爹娘少给他两条腿，连滚带爬地往山下蹽啊。正跑着，就被一个人拦住了，这人正是典式奎。

式奎在山下安顿了马匹，那匹马不擅走山道，只好寄存在山脚的一户人家。式奎沿着山道往盘云洞摸去，就见殷洪海正往山下跑呢。

两个人在山道上厮打在一起，纠缠在一起，一路翻滚着冲下山坡。楚北风和那个绺子随后赶到，把殷洪海摁住。

式奎在和殷洪海扭打过程中，膝盖和胳膊都受了伤，由楚北风和同伴扶着骑在大青骡子背上，他们押着背捆双手的殷洪海逶迤着走到山下。到了去往额摩镇的岔道口，楚北风左右看看，停下脚步，他的同伴猫着腰钻进路边的草丛，一会儿，他又钻了出来，手里多了一个包裹。两人把包裹打开，在原地换下了差人的衣服，又换上平时的打扮，接着他们把差人的衣服打了包，再送回草丛里藏好。殷洪海把这些看在眼里，心里更懊丧，栽了就栽了，还栽在了假官人手里。

清晨，一匹大青骡子走在通往守尉府的石板路上，清脆的蹄声分外响亮。骡背上捆着像粽子似的一个人，胸前还挂着一个牌子，上书“杀人者殷洪海”。式奎仨人远远地盯着骡子走到守尉府门前，有兵士牵过缰绳，他们才闪身离去。他们都不能在守尉府出现，楚北风和同伴的绺子身份，自然不能到官府，式奎也不能，他正在闭宫，得石得舟经常往官府送火药，也不能让他们遇见了。

六十二

芝清来到云美的房里，她一边擦拭着炕桌，一边和云美唠着家常。两人你一句我一句，说些吃得下睡得香之类的话。说着说着，就有了片刻的停顿。从芝清看过来的眼神里，有迟疑和躲闪，云美估计她有心事儿，就试探着问：

“你琢磨个啥？”

芝清鼓起勇气说：“娘，我想出家为尼。”

“你说啥？”云美以为听错了。

芝清又说一遍：“娘，我想去当尼姑。”

云美以为芝清还在为得舟柳芬私奔的事儿纠结，一气之下想不开要去当尼姑，就劝解道：

“芝清啊，你脸也好了，得舟一定会看上你，以前的家规不做数了，得舟可以回家了，到时我做主，你还是正房，柳芬为二房，你们愿意分出去也可以分出去。当啥尼姑，别说气话了。”

芝清真佩服三娘分析的准，仙荣对芝清和得府说，如果芝清提出去当尼姑，大娘一定会这么说。现在看，大娘的话和三娘猜的没有二样。前一天，仙荣叫得府和芝清把从山里采的草药整理整理，三个人就在后院坐在石凳上打药籽，仙荣手里忙着，眼睛可没闲着，一会儿盯着芝清看，一会儿盯着得府看，看得两人都毛了，得府先吃不住劲，就问：

“三娘，你看我做啥？”

仙荣摔下一束草药，发出“啪”的一声：“你个小蹄子，你说，采药人啥时候下的山？”

一句话就揭了两个人的底，他们知道，三娘一定是从徐先生那里知道徒弟们下山的时间，自然也猜到他们两人在山上多呆了半个月。这个小三娘，她啥都知道，幸亏是三娘知道，三娘开事儿啊！想到这儿，得府一边观察着三娘的脸色儿，一边慢吞吞地说：

“三娘，我们是晚下山了，还不是为了治病。”

“哼，别跟我打马虎眼，就你们看对方的眼神儿，啥秘密都不保。实话跟你们说，我今天找你们来，是为了成全你们。现在家规不做数了，机会也来了。”于是，她把芝清出家为尼数月，变身后得府再娶的主意说了。得府芝清听了，喜得直夸三娘你真好，三娘你长得好身体好唱得好身手好心眼好，主意就更好。仙荣说，少虚乎我，我是不想生生把你们分开。芝清你明天就去跟大娘说要出家当尼姑，大娘要是留你，你就说是为了还愿。

芝清对云美说：“娘，我得脸瘫病时，曾到庙里烧过香，许过愿。如果能让我的左脸和右脸一个样，我情愿当尼姑。许下的愿，不能不还呢。”

“这？……”云美愣在那里，她不知道如何回答芝清，就说：“等当家的闭宫以后再定吧。”

芝清照着仙荣分析的说：“不成啊，病好了就得还愿，拖不得的。”

云美想想说：“你等我和你三娘商量商量咋办。”

仙荣其实不想对云美隐瞒这些，可这事儿是她和式奎商量过的，要把这事儿说清楚，就绕不开地道儿的事，只好用了还愿的理由。仙荣对云美说：

“许了愿就得还，不还愿，怕要加倍受惩罚。不过，当尼姑不一定要当一辈子，当几个月，再还俗，愿也还了，那时她愿意给得舟当二房就当二房，不愿意当就另许一个。”

云美不解地问：“出家还俗了，正房还变了二房？”

仙荣解释道：“出家再还俗，等于换了个人，和原来没啥关系，这么算，得舟先娶的是柳芬，她回来也就是二房。”

云美啧啧道：“芝清这么一换身，吃了亏了。”

仙荣笑道：“大姐，二房吃亏，三房不更亏。当年我姐当二房，遇到绺子这档子事儿，她觉得对不住当家的，就把我也拉上，我们二房三房加一块，才顶个二房。”

云美撇撇嘴：“那还不是你愿意。”

仙荣被云美说得红了脸，忙转移话题：

“当家的这回闭宫，也算换了个人，也不知换完了会啥样？”

云美说：“这刚几天呢。我也想看看他变了没有，时间过得真慢呢。”

仙荣说：“是慢。”这几天，仙荣每天都到院前大柳树下看看垂下的柳枝。式奎临走时和她约好，如果他回来了，就把一条柳枝打个结，当天晚上仙荣支开巡夜的，式奎再顺着地道回去接着闭宫。可左等右等，大柳树的枝条各个舒展着，飘飘荡荡，依依而飞，让仙荣心焦，一想到要对付殷洪海，她就更担心，她能不觉得时间慢吗？

式奎和楚北风分别后，他来到徐先生这里疗伤。徐先生一见式奎，惊讶地大张着嘴：“你，你不是……”式奎忍着伤痛给他解释：“我挖了地道偷着出来的。”徐先生说：“瞎，四十九天你都呆不住。”他指着式奎的伤，“你这是……”式奎说：“不小心，摔伤了。”

徐先生忙安排式奎躺下，把他胳膊上的伤检查了一下，服了外伤药后，又让式奎借着酒服散药。徐先生一边倒着酒一边说：

“你家这酒真是好酒，我给病人活血都用它。”

“那太好了，这次我也不付你药费，再让他们给你带些酒来。”

“好说好说，不过，我对酒还有些特殊的要求，你不妨告诉我这酒用什么材料酿的，我还要专门加工些。”

“没问题，你尽管提。不瞒你说，我过去就有个想法，送个儿子在你这里学些药理，把咱关东的特产放进酒里，肯定有效果。上次你给我开的补药，真的好使，我都试过了。”

徐先生想起典式奎的那个三媳妇，笑道：

“好使就好，补药用酒泡过会更好使。”

等徐先生为式奎的膝盖做检查时，他歪着脑袋想了想说：

“我看你这伤不是摔的。”

式奎见什么也瞒不住徐先生，就说了实话，他把抓住殷洪海的过程学了一遍。听到大青骡子驮着捆着的殷洪海去守尉府，徐先生就像看到那情景，忍不住笑了。笑过后，他一激灵，对式奎说：

“不好，你要摊事儿。”

式奎吃惊地看着徐先生问：“我会摊啥事儿？”

徐先生说，守尉府见到殷洪海被捆在骡子身上自己送上门，一定会问殷洪海，是谁抓的你，是谁绑的你，殷洪海自然会说是你典式奎和两个假差人。你只知道抓住殷洪海是帮官府了，可也暴露了另一层，假扮差人也是犯法的，差服不能乱穿，几品官穿几品服，那是有定制的，绺子假扮差人更是罪加一等，你和他们有勾连那还了得。

几句话，说得式奎出了一身冷汗，寒气在他脊梁上一路攀援，身上的汗毛，根根立起。式奎心说，还有比这更严重的呢，楚北风还是逃走的站丁，他的女儿隐姓埋名嫁到了他典式奎家。

六十三

仙荣终于见到大柳树的一枝柳条打了结，她偷眼看了又看，抑制着激动的心，尽量平静地回到院子里。她像往常一样，照管着家里的大事小情，暗自里盼望着夜晚快些来临，把式奎迎进闭宫的小天地里，和他单独过上余下的四十多天。

仙荣吩咐得府套车，送芝清去六道庵，六道庵离芝清娘家十里堡近，她过去上香许愿都应该在那里。仙荣这边嫌时间过得慢，得府却在驱车紧赶，一去一回，得用一大天。

终于在半夜把式奎迎进了闭宫的学堂，仙荣急不可待地扑到式奎的怀里，她腻着声音说：“你再不回来，我都绷不住了。”

式奎安抚了一会儿仙荣，然后问她上次在守尉府演神调时，那些服装可还在。仙荣说，你说具体哪一件。式奎说，就是几个孩子扮成差役的样子，那灰色的衣服。仙荣说，有，在库房里。你要它们干啥？式奎说，有大用。他把一个包裹提到外边，借着月光，仙荣看到是差人的衣服。原来，式奎回来时，先到岔路口，把藏起来的包裹找出来，又让徐先生派人到红灯客栈送信，要得石和得舟马上回趟家。式奎告诉仙荣，把这两件差服和演神调的戏服拼一拼，既要像差服，又不能是差服，不用的部分烧掉。得石得舟回来时，你如此这般告诉他们咋说，这可是关系到咱家生死存亡的大事。

仙荣见式奎说得这么重要，怕有闪失，就又重复了一遍式奎的交代，式奎见仙荣这般仔细也就放下心来。仙荣又钻回去，连夜忙着拼服装。

正如徐先生所料，盛雨亭盛守尉果然审问了殷洪海，他是怎么被抓住的，又是怎么被捆着送到守尉府门前。殷洪海说，他是被典式奎和两个假差人抓住的。盛雨亭就非常奇怪，典式奎抓殷洪海倒是符合常理，可抓住了不亲自送来没有道理。听说上次抓绺子知会他可是亲自押解的，这次为什么不露面呢？还有那两个差人，近些天也没有这样的差人呢，莫非真是假的？盛守尉想，殷洪海说的未必可信，可这些问题也需要搞清楚，还是问问来送火药的典式奎的儿子吧。

典得石已经从仙荣那里得到了答案。守尉府的人一问，得石拿出那两套戏服说，是我扮做我爹，我的两个弟弟扮做戏里的差人，抓的殷洪海。殷洪海最怕我爹了，我是借我爹的名声吓唬他，就把这小子吓得屁滚尿流五迷三道了。问他为啥不把殷洪海押到守尉府，典得石回答，当时有一场神调演出，马上开演，急着赶场。问话的人回了盛守尉，盛雨亭笑道：

"这老典家，真是我关东一绝。"

有差人嘲笑殷洪海："拿你的不仅是假差人，还有个假典式奎。"

得石把问题回答得清清楚楚，可他一直也不明白，爹爹闭宫，咋去抓殷洪海，还穿了戏服去抓。仙荣告诉他怎么对答时，他就有疑问，但不敢问三娘。他看到闭宫的学堂大门上方的黄纸符没有裂开的痕迹，那半截子石墙仍严严实实地封着那道门，学堂墙根都撒了花土，上面也没有翻墙留下的脚印和痕迹。几天前莫名其妙丢了一匹马，那马又莫名其妙地回来了。

典得府把芝清送到六道庵的路口，两人依依惜别。他们约定了日子，那天，得府再到这里接她。六道庵在半坡上，一个不大的院子，有六七间屋，房舍矮小，茅屋纸窗，房后几棵松柏，高出屋顶，院前种了几丛柳树，青幽幽碧沉沉，一条石砌小径通向庵门。芝清快走到庵门时，听到身后的喊声："等着我，我一定来接你。"

芝清剃了光头，作为刚入庵的小尼姑，分派做些杂活。六道庵里尼姑并不多，有五个常住的，还有两个俗家弟子，她们或因治病或因逃难，在这里住上一年半载。芝清注意到有个中年尼姑长得非常像三娘仙荣，如果她长了头发，就和三娘一模一样，只是神态恬静，语气平和，和三娘倒是判若两人。芝清知道婆家原来有个二娘，就是仙荣的亲姐姐，可惜死了。这个尼姑不会就是二娘吧，或许她是三娘的什么人呢。于是，她就特别注意观察这个叫慧能的尼姑，找机会和她接触。

芝清本无心佛事，只把当尼姑做为换身份的条件，走走过场，没几天就被训诫了几次。她不得不收回活份的眼神，止住张扬的动作，尽可能低眉顺目屏声静气蹑手蹑脚。但她那炽热的心却无时无刻不在燃烧着，只盼着两个月后走出这里，和得府做夫妻。

尼姑们好像谁也不愿谈及身世，芝清和慧能接触后，并没有了解到什么，这就更增添了芝清探究的兴趣。机会终于来了，芝清和慧能一起去山后草地采苏籽，在开满野花的草丛里，芝清放开了步履，就像是回到老月岭盘云洞的山间，和得府一起采蘑菇，芝清采着采着，就用神调唱了起来。

关东那个汉子壮如牛哟，
反穿着皮袄漫山地走，
绣花那个烟袋别腰上呀，
狗皮帽子戴在头喽。

关东那个汉子壮如牛哟，
大海碗吃肉大海碗酒，
脾气那个倔强一根筋呀，
九头老牛不回头喽。

关东那个汉子壮如牛哟，
大呼呀小叫顺风地吼，
粗中那个有细胸口热呀，
婆娘装在心里头喽。

芝清唱完，再看那慧能，已经满眼泪光了。慧能问芝清：“你唱的是啥调？”

“是神调。”芝清回答，她仔细地看着慧能的神情。

慧能语噎：“你……你为啥唱……这个？”

芝清抓过慧能的手说：

“你认识典式奎吧？你认识黄仙荣吧？”

慧能的手在颤抖，她说：

“认识，认识，我以为我的心死了，你唱了神调，我……”

“二娘，你是我二娘啊！”芝清告诉慧能，“我是典家的儿媳妇。”

黄仙萍没有被炸死，她被碎石埋在了盘云洞的小耳洞里，是六道庵的住持救了她。仙萍想，她不能回典家了，不能因为她再让典家受磨难。这天地之间，除了典家她又能上哪里去呢，她就在六道庵当了尼姑。

第十五章 叫敦化好

六十四

七七四十九天终于到了，闭宫的石墙被拆掉，那扇黑大门打开，典式奎从里面走了出来。大家都围过来想看一看闭过宫的人有什么变化。式奎分开大家，直奔后院烧锅走去。

典家不再有请神仪式，每月的十五，有人会想到曾有过这样的活动，连续几个十五后，人们就淡忘了。儿子们各过各的，尚未结婚的老八得府到老三得石那里帮忙去了。看来，老三得石的家业还在扩大。式奎把主要精力放在造酒上，他按照徐先生的要求做了许多改进，他发现，把心劲儿用在酒上比用在人身上更舒心妥帖。他长时间地观察那酒的习性，哪怕一点微小的变化，他都要深究其原因。他沉醉在酒香和酒气中，深深地吸入，慢慢地玩味，觉得这酒有灵气，他从酒里能嗅到各种果实成熟后散发的气味。每天，他都要喝酒，只有两小杯，不多喝也不少喝，一点一点地嘬，一小口一小口地品，个中滋味那么着人咂摸。他想，只有经历太多的事，才有这般心境。

不久，他平静的心又被搅动了，赵敦诚带着垦荒局的人来到阿克敦。赵敦诚从吉林将军那里得到指令，任命他为阿克敦垦荒局主事。阿克敦也不再是个小堡子，是以阿克敦堡子为中心的被称为东大荒的广大地区。赵敦诚决定将垦荒局衙署设在阿克敦堡子，新建房舍需要些时日，他亲自到典家大院来，想租用典家部分房舍做临时办公住宿用房。

官家租用，典式奎哪里会不同意。再说，他对赵敦诚这样的亲民官更是从心里往外地佩服和拥护。最后，垦荒局租用了典家大院第一趟房子，这趟房靠东是黄大仙的，再往西就是大灶和吃饭的连铺大炕，垦荒局把这趟房子间隔成几间，对外招垦，收赋办契。大灶仍做灶房。赵敦诚住在过去盛雨亭住的那间，学堂成了差人们的居所。

垦荒局衙署和典家用木板皮墙隔开，又把典家大院的一段院墙开了一个大门，用木板钉了个木门楼，上面悬挂着一木匾，上面有赵敦诚亲笔书写的几个大字“阿克敦垦荒局”。

垦荒告示贴出来后，堡子旁出现许多“马架子”和“地抢子”。马架子房长宽高都是九尺左右，下面以圆木为墙，外敷泥土，上盖以木杆为支架，支架上面再铺满茅草，房山头儿开门，旁开一小纸窗。地抢子房就更简单，将山坡地切成与地面垂直，利用山坡做后墙，然后斜搭上树杆，树杆上再铺苫上茅草，前面开个门。无论是马架子还是地抢子，里面全都搭上火炕。各种口音的人住了进去，他们到垦荒局办理手续，然后一家老小钻进荒草之中，拼命地开掘土地。黑色的土壤翻转过来，把新的希望埋藏进去。他们有的来自山东，有的来自直隶，还有的来自河南，有的是新进关东的，有的已在关东闯荡多年了，听说东大荒开垦，又来到这里。

人多之后，少不了纠纷。小一点的靠说和，再大一点的由垦荒局的人干预一下，但也出了几起械斗和抢盗事件，都由盛雨亭派人处理。守尉府仍负责民政等事务。盛雨亭一直没到垦荒局来，典式奎也不想再见到他。倒是赵敦诚常去守尉府，协调一些事务。

阿克敦堡子边以及沟汊里的荒地基本上都被开垦起来了，人刨牛耕，一直到第一场雪飘落，还有人顶着寒风建马架子房。马架子被茅草围住，在外面压上雪块，长长的烟囱支出老远，冒起浓浓的烟，陆续又来了不少人，专等过年开春继续开荒。

典式奎看着新开垦的地区已贴近鄂多哩的柳树趟子。不知怎的，他的心又提了起来，他不知道鄂多哩最终会怎样。鄂多哩也会放垦吗？他把注意力集中在那里。

他更注意赵敦诚，估猜着他的想法。发生过两起偷割柳枝铺马架子房顶的事，被垦荒局的制止，但也没处罚，说说了事了。人们隔着柳树趟子往里张望，那里被大雪覆盖，地势平整开阔，可是上好的垦田呢。

一天，典式奎注意到赵敦诚带着马队出了衙署，他们到柳树趟子边分成两拨，分别向左右两个方向去了，到了晚上，两伙人才分别回来，这样的事，又有几次，看样子，他们是再踏查。他们到江边了吗？典式奎心里没底，眼睛更注意观察动向。

又过了两天，典式奎看见赵敦诚只带了两名下属，骑马跨刀又一次奔向柳树趟子。典式奎猜测，他们这次是越过了柳树趟子，进了鄂多哩。他在院子门前等着，一直等到天黑下来，才见赵敦诚三个人的身影回来了，他们这一天一定走了不少路。

典式奎转身回到他的烧锅院，不知为什么心跳加快了，他围着烧锅院转了几圈后，才把心放平。我这是怎么了，这么大的岁数，还沉不住气吗？他等待着，等待着……

一直等到转年第一场春雨，更多的人来到阿克敦。此时的堡子已扩大了好几倍，人们急切地盼着化冻开犁。

赵敦诚一个人悄没声息地来到典家，他快踱到烧锅后院时，才被典式奎发现。两人像是有约定，没有寒暄客套，典式奎把赵敦诚让进后院的一间小屋。平时，典式奎在这里独饮静思，现在，炕桌放在中间，上面摆了四样小菜，一把酒壶两只酒盅，两人坐下对饮。

赵敦诚说："柳树趟子隔着，去不了江边，交通不开，垦殖受限，从乌拉那方面来的人过不来，以后的粮食也不能漕运，陆路运粮还不够送粮的人吃马喂……"

典式奎给赵敦诚倒酒，也不接话。喝了两盅后，典式奎像是另起话题，他说：

"阿克敦有好多树啊，松树，椴树，桦树，只有柳树枝插进地里，见水就活呀。"

赵敦诚手举筷子僵在半空，他看着典式奎好一会儿，忽地放下筷子，他探身抢过酒壶，为典式奎满酒，典式奎嘴里说着"折煞小人"，手捂着酒盅躲闪。赵敦诚坚持地把酒倒上，然后，把自己的酒盅往前一送，碰到典式奎的酒盅上，说：

"来！咱们干一盅。"

垦荒局又贴出了新告示。垦荒局规定：对熟地、垦荒地进行确界。熟地之地主，要在地界边插上柳枝，每尺一枝，直至把拥有的土地圈定。四邻无争议后，丈量计册，重新核定赋税。新开垦地，去年开垦的，依熟地之法插柳枝，保证确界柳枝成活。不成活者，不予确地。对预开垦之荒地，必须先行插柳，按方栽植，每方不得多于四亩。用柳枝圈定的荒地，登在预开荒人之名下，限两年内开垦完结，逾期没有垦完，圈界无效，可另交他人垦殖。垦方之间要留足车路水道，垦荒局可根据交通水道之需，调整垦方……

垦荒局告示还称，垦荒局月内移至南岗署理垦殖事务，一个月后再回阿克敦。

典式奎在告示贴出的同时，把几个儿子召集到后院烧锅。老三得石、老七得舟和老八得府在外面，没能参加。老大得邦、老二得助、老四得强、老五得地、老六得沧都来了。大家也知道，老爷子不再管他们的事，今天特地把他们叫来，事情一定是非同一般。典式奎说：

"垦荒局的告示贴出后，我估计柳枝需要量很大，封禁地的三道柳树趟子可能被毁，我告诉你们，绝不能做带头割柳枝的人。有人起头后，也就是第一趟快被割尽了，你们可以去割第二趟。最近两天，你们多准备刀具，多准备牲畜，多准备干粮饮水，多雇些人手，两天后就能见分晓。等第三道柳树趟子没了，你们把准备好的柳枝拉到里面去，按方插柳，留足车道水道，那里面可是冒油的肥地。如果里面有城池旧址，千万别动。按你们两年开垦的能力插柳方，一天也不要耽搁。"

典式奎说完，也不等儿子们再问，就催促他们快去。哥几个依样行动起来。

和典式奎预料的一样，垦荒人涌向柳树趟子，老户开始还有些犹豫，新来的移民可管不了太多，他们向柳树趟子挥起了刀斧。割完一片，马上就招来另一批新的割柳人。柳树趟子被割得七零八落。

消息还是惊动了守尉府的盛雨亭。垦务交由垦务局专管后，盛雨亭的民政事务并不多，他也能抽出闲暇时间看看书，也能与往来的官员聊些情况，他得到确认，阿克敦前面的封禁之地就是皇室的祖地——鄂多哩。听到封禁皇祖地的柳边被毁，他立即带着幕僚火速赶往阿克敦，他看到混乱的场面，急得去找垦荒局，去找赵敦诚，可临时衙署大门紧闭，人已去南岗了。气得他直拍大门，早就失去了儒雅的样子。一旁的幕宾劝解他，垦荒之事由垦荒局赵主事管，不是你的职责，多一事不如少一事，赵主事可是吉林将军的红人，还是少管为好。现在朝廷在这一带准备建县治，你老已经当了守尉，占了位置，别得罪了将军大人。你对当知县不在乎，我们可在乎，当幕宾的，就盼能跟着有权职有前途的主子，你行行好快回吧。看见就当没看见，看见了长在眼里拔不出来。

幕宾们要把盛雨亭劝回去。其实，盛雨亭已接受了他们的意见，可他的步子仍蹒跚着。既到了典家大院附近，他希望能在这里遇见黄仙荣，再看一眼这个让他难以忘怀的女人。幕宾们哪里知道他还有这等心思，连拉带拽把他扶到马上。

式奎和仙荣从院子里转出来，看着远去的盛雨亭一行。式奎没有表情地说："他们走了。"仙荣平平地说："戴个天锅样的帽子，披着地锅样的青衣，中间还缀了个四方补子，像灶坑门似的，添把柴火，头上的红缨都能立起来冒烟。"式奎问："你说谁呢？"

"还有谁。"仙荣答。尽管仙荣的语气波澜不惊，但典式奎还是听出了不寻常。她把盛雨亭比作酿酒的烧锅，是调侃？是讽刺？是称赞？盛雨亭在院前这番走动，让典式奎浑身爬满虫子般地不舒服，可那些虫子看不见摸不着，却能感到无数只小爪子在蠕动。他伸手在身上在各处抓痒，不能解痒，反倒抓出了几道血印子。仙荣大概看出了式奎的不快，特地做了几道好菜，都是式奎平时爱吃的。几个儿子分出去单过后，洗衣服做饭这样的家务活全由云美和仙荣亲自干，仙荣做的要比云美多。仙荣还特地到后院一个酒缸里装了一壶酒。酒缸里还存着大半下酒，她舀完后，又用包了厚布的木盖塞紧。

云美问："啥日子，做了这么些好菜？"

仙荣答："说不上来。当家的刺挠。"

云美把头抬向式奎，式奎抿一口酒没吱声，伸手在脖子两侧来回挠。云美见了对仙荣说：

"吃完饭，到后院烧锅水，给他洗洗吧。"

仙荣说："知道了。"

式奎一盅一盅地喝，他想，该洗的应该是仙荣，不是我。

吃完饭，仙荣收拾碗筷，云美把一只盘子摞到另一只上，说：

"不用你了，快去后院吧，饱洗澡，饿剃头。"

后院里有蒸粮的大锅，烧洗澡水就用这锅。仙荣走在前面，式奎走在后面，仙荣把后院门打开，式奎进来又把门合上，合上了又上了插，仙荣听到了插门声，顿了一下，想想也对，洗澡还是插上好。

仙荣把一个大木盆搬起直立了，轱辘到水池口，这个水池用一段段石槽连着山坡上的泉水，用水就去接，不用时任泉水往下流。水流不大，接一盆要等一会儿。两人到现在谁也没说话，仙荣偷眼看式奎，式奎这是已把酒缸的盖子拔出来，没有像往常一样，把盖子拉开一些，而是把它倒翻在台案上。这样不跑酒气吗？要在平时，她早就提醒他了，可今天不同，式奎身体里憋着气，干挠挠不出来。她就低头看着木盆，听那水声，注意力依然还在式奎身上。

式奎这时已从墙窝里摸到了火镰，“咔吧咔吧”地引燃了一截草杆儿，他把燃着的草杆儿伸进缸里。我的天，他要把酒点着啊，这是干啥呢？仙荣奔过去，这时，式奎的手已抽出来，仙荣看到缸里亮了，有蓝色火焰在窜动。仙荣不再沉默，问：

“做啥啊？!”

式奎把她往后拉了拉，说：

“温酒。”

哪有这样温酒的？式奎平时喜喝热酒，多数情况是把酒壶放到热水碗里烫，有时，也把酒倒进酒盅里点着，待到整盅酒热了，再把火压灭，这也是温酒。可把大半缸酒点着一起温，这也太大扯了。

酒还在烧着，一会儿，能感到酒缸在发热，都烤脸了。式奎把缸盖小心地盖上，四周压紧，仙荣知道，这是在压火，过去用酒盅温酒，压火也是在上面再扣个酒盅。

又等了一会儿，式奎把酒缸盖打开，一股酒气直冲出来，酒火是灭了，酒气却升腾了。式奎把酒缸盖重新放在台案上，拉着仙荣低沉地说：

“帮我抬水。”

这时，大木盆里刚好接满水，式奎和仙荣吃力地把满盆水搬到缸前，式奎用水舀子小心地往缸里兑水，兑了十几舀子，两人把余下的小半盆水一下子倒进缸里，缸快满了，式奎把手伸进去试了试，弹着水珠对仙荣说：

“洗吧。”

“是我洗，还是你洗？”

式奎把仙荣拉过来，给她解腋下的扣襻，说：

“你洗。”

“我……洗？”仙荣犹豫着，又被脱下一件。

“是，你洗，你洗我就不刺挠。”

“那，我洗。”又是一件。

式奎把赤裸的仙荣抱起，顺进缸里，缸里的酒水一下子漫了出来。仙荣的脚一触到缸底，她就蹲下身子，整个人都浸在酒水里了，只有那浓密的乌发飘荡在缸口。仙荣屏住气，心说：

“我把自己泡透了，洗个脱胎换骨，看你还刺挠不刺挠。”

仙荣憋着气坚持着，坚持啊坚持，忽地站起来，大口地喘着气，打了个喷嚏。

“唉呀我的娘亲！快憋死了。”

她用湿漉漉的拳头捶打着式奎。

“这回你还刺挠不刺挠？你说！还刺挠不？”

“咣，咣，咣”，有人在擂后院院门，式奎松开环住仙荣脖子的手，向院门口望去，听到云美激动地声音：

“快开门，快开门！”

式奎走过去，仙荣从缸里跳出来，慌乱地擦抹身子，躲在缸后。

式奎把门打开，云美拉住他，往前面一指：

“你快看，那是谁？”

典式奎头脑中一道闪电，把他的双眼也晃花了，他努力地看看，是她，还是那目光，眷恋的目光，好像是看着自己，又不敢多看，在自己眼睛周围巡回着。还是那面容，恬淡的面容，头上刚长出细微的发茬，穿着青灰的长袍，把一张白皙的面容衬托得煞是好看。这是梦里的仙萍，在闪电分开处现身了！梦里的仙萍向他走来，他张着嘴不敢出声，瞪着眼不敢眨动，怕一有动作把她吓跑，被下一个闪电接回去。让这梦做下去，谁也不要打扰我。可是，云美却拉着他的手摇晃：

“看出来了吗？她是仙萍啊！”

云美的惊讶提醒了他这是现实。仙萍？你真是仙萍吗？典式奎上前几步，抓住了仙萍的手，那手光滑滑的有体温，那眼光亮亮的有泪光，那脸泛红了绽开笑容，是仙萍，真是仙萍啊！

黄仙萍和吕芝清在六道庵等着典得府约定的日子。这时，来庵上香的人就说，阿克敦放垦了，正好有人要去阿克敦垦荒，两人商定，仙萍先还俗回典家，芝清在六道庵继续等得府。仙萍随着垦荒的人回到典家。

仙荣已穿戴好，她上来抱住姐姐放声大哭，喜极而泣，两人哭了个一塌糊涂。云美劝解，还是止不住，就一把拍在仙荣背上。

“别哭了，你个小妖婆！”

仙萍一愣，两姐妹才破涕为笑。

仙荣埋怨姐姐：“你真傻呀，好好的家不回！”

“我不是对不住吗？”仙萍幽怨地说。

仙荣凑近仙萍的耳边：“咋还那么想呢，他爹大狗熊不会怪你。”

仙萍垂下眼小声说：“我再没妹妹搭给他了。”

她们的话还是让式奎和云美听见了，云美见式奎又眯起眼睛，掐了他一把。

云美说："快都回屋，坐下说说多年的话。"

仙荣意味深长地对式奎说："我看还是让我姐先洗你的那个澡吧！我去拿几件衣服，让她从头换到脚。"

云美说："我也帮你去找。"

两人借机向前院去了，留下式奎和仙萍。

青灰色的长袍褪下去，露出和脸一样白皙的身体。典式奎把软如玉白如玉的黄仙萍抱起，慢慢地泡进酒缸里。

在关地的几位小关爷也知道了割柳的事，那位老关爷早就去世了，来的是两位隔辈的小关爷，他们和老关爷自然比不了，他们的旗田数目随着世袭的辈分在减少，多出的耕地也要缴纳税赋。近十几年，更没有在他们中招过兵，打过仗，旗人已经不再是能征善战精于骑射的枭雄，镇压国内反抗和抵御外敌，还要靠各地另行征召绿营和乡勇。他们对所看护的祖地也在淡化，割柳的事泛起了他们的怒气，想找人理论理论。人们割柳还忙不过来，谁去理会他们。

一位小关爷拂袖要走，另一位拉住他。

"大哥，干脆我们也割柳占地吧，兴他们占，我们为啥不占。"

"也是，快回去组织人马。"

两位关爷急火火地奔回关地。

三条柳树趟子荡然无存。细一些的柳条被割去插地界了，再粗一些的柳树被围在方田里，有的被锯倒，有的连根刨掉了。鄂多哩出现了无数个柳方，一直延到江边。

江边停下一只大船，从船上赶下一群牛。这是典得石从远处贩运到阿克敦的。阿克敦垦荒，急需大批畜力。他把制火药和经营红灯客栈的事，交给七弟典得舟打理。他带上八弟典得府买了耕牛运过来。得府算计着时间，船到岸时，也到了和芝清约定的时间，他急着去接他的新娘子。

船正行驶着，一只头牛发了野性，冲撞护栏，把船舷撞裂了口子，典得石和两个船公拿着杆子去拦。刚把杆子别进去，用力过猛，杆子从中间断成两截，典得石失足落入江中，得石不会水，在水里直扑通，得府和一个船公跳下去救，把得石托举上来，得府却被一个浪头卷走了。等船掉头追到下游，得府已漂到转弯的滩上。

那群牛后，是抬着得府尸体的担架。典得石把八弟送回典家大院，典家哭成一片。他们把典得府葬在典家坟地，他的坟，在典式轮的下方。

几天后，芝清到得府的坟前哭坟。终于盼到相会的日子，得府没来，她以为得府有急事，又等两天，可左等不来，右等不来，干脆还俗，回阿克敦，在路上遇到送信来的仙萍。典得府已进了新坟里了，芝清爬在坟上，抠着新土，泪水成串地滴落，她哭她的命苦啊，咋就这么苦！小斧子呀小斧子，刚开了刃的小斧子！为等你我睡不着，为等你我吃不下，牵肠挂肚盼见面，到头来你钻进里面不出来了！你个卷了刃丢了把儿生了锈的小斧子！

芝清在坟前把胡琴唢呐砸了，然后她二度去了六道庵。

六十五

吉林将军铭安专门找来守尉盛雨亭、阿克敦垦务局主事赵敦诚，商讨阿克敦地区建县事项。

这位蜜蜡朝珠、双眼花翎的封疆大吏铭安，很有特点。遇到生气的事拍案子，遇到高兴的事也拍案子。熟悉的人知道他拍案的差别，生气时拍案用全掌，把手拍得啪啪响，手下人吓得大气不敢出。高兴时拍空掌，手心悬着，拍得像奏乐。铭安对盛雨亭和赵敦诚说：

“阿克敦地方民众增多，土地垦殖亦广，需要增设民官管理地方。今天把两位召集来，你们都做过管理民事的守尉，赵主事还主持了具体垦务，让你们提提意见。”

两人都觉得在阿克敦设县条件成熟，而且也非常必要。铭安见意见一致，就往下研究新设县的四至，四界也得到了初步认定，以阿克敦为中心，管辖额摩、黑石、关地、南岗等地。

最后商议县名。

赵敦诚说：“我觉得叫‘敦化’好。”

“说说理由。”铭安看着他说。

“在阿克敦地区设县，自然要在阿克敦里取字，”赵敦诚见到吉林将军认真的神情，受到鼓舞，娓娓道来，“我朝新设县，一般为二字。阿克敦三个字中，只有‘敦’字可与另一字组县名。这另一字不外乎‘安、宁、通、定、顺’等字，《中庸》有句‘小德川流，大德敦化。’用‘敦化’做县名，可寄‘敦风化俗’之意。”

赵敦诚说完，铭安频频点点头，又把目光投向盛雨亭。盛雨亭一听“敦化”二字，一颗心就放下了。近些天，他一直担心他这个守尉能否转任知县。按理，主管阿克敦地区民政的守尉转为知县，是顺理成章的事，但因为有赵敦诚，才充满了变数。赵敦诚也做过守尉，还是他的上一任，主持两年多的阿克敦垦荒，这是设县的基础。赵敦诚当新设县的第一任知县，好像理由更充分些。可是，赵敦诚他自己提出用“阿克敦”三字中的“敦”字组县名，实际上就是拒绝了当知县，哪个知县也不会把自己名字镶入县名，那是违反祖制的。赵敦诚要是不当知县，那知县可就由我盛雨亭来当了，我这“盛雨亭”三字和“敦化”可是一点啰嗦也没有。想到这，他回道：

“赵主事说的极有道理，我看也应该是‘敦化’二字。敦者，厚也，厚道，诚恳，这样的民风民俗正是治县的目的。”

赵敦诚说：“还有一点，治理民事，也要‘敦风化俗’，用包容的心，厚待民众，要一改苛严之风。”

赵敦诚这样理解“敦风化俗”，盛雨亭是不赞同的，但一想你赵敦诚既当不了知县，再有包容之心，民众也轮不到你去厚待，而我盛雨亭却是要好好改改那里的民风了。于是，他没接话，还重重地点头赞许。

吉林将军并没在意两位对“敦风化俗”理解的不同，他落下手掌拍在案上。

“好！那就上奏朝廷。”

他拍了空掌。

吉林将军铭安于光绪六年十二月初八(1881 年 1 月 7 日)专折具奏，称吉林地方积弊甚深，亟应力图整顿，量为变通，请添设民官以资治理而裨地方。请在阿克敦地方设县，并且设立正印、教佐等官，实施试署。

吏部等几大部遵照旨意，对阿克敦地方设县进行了专门议定，认为吉林应设民官之处甚多，只是经办费用紧张，势难一齐举办，只好选择最迫切的地方，如阿勒楚喀、五常堡、阿克敦三处，先行设县，添设各官。又查阿克敦地方地势平坦，宽阔高爽，东南系珲春大道，东北系宁古塔大道，西系吉林大道，实为扼要之地，周围山环水抱，而四面去山背远，可以设城建署。即请在阿克敦城设立知县一员，名曰敦化县，南冈分设县丞一员，即为敦化县统属。同时又设巡检管典史事一员，训导一员。敦化县辖区东至马鹿沟一百一十里，东北至都林河一百二十里，北至大洋白山一百七十里，西北至张广才岭一百八十里，西至威虎岭一百里，西南至帽儿山一百三十里，南至古洞河二百三十里，东至高江五百里。敦化县南部，即南岗及相邻地方由县丞分管。

吏部将上述意见，上奏并获批准，于是，敦化县正式设立。

敦化立县后，吉林将军又上奏推举盛雨亭为知县，赵敦诚为县丞。这时，朝廷的政治力量也已发生变化，奕譞等人地位更是上升，盛雨亭的名字报上来后，吏部查得此人还是经慈禧太后过问，结束流放，安排在关东的原礼部司务。为讨好慈禧太后和奕譞，就让盛雨亭仍回礼部做了堂主事。赵敦诚做知县，至于县丞，另安排了他人。

设县后，赵敦诚监造城郭，选址在古敖东城城西二里处，光绪七年(1881年)破土动工，翌年建成。筑土为墙，墙上加盖厚木板。垛口砌砖。城的平面呈正方形，每边长二百二十丈，城周长五里。城门有六个，东门叫“迎旭”，宽度三十二尺，南门叫“来薰”，宽度三十尺，西门叫“挹爽”，宽度二十四尺；北门叫“拱晨”，宽度三十尺。另外还有小东门和小西门做为便门。四个大城门均为砖砌，上有木板城楼。赵敦诚为四个城门题写了门匾，那字笔风遒劲，颇有风骨。

赵敦诚的第一任知县当了四年多，就被突然停职。原因还是盛雨亭。奕䜣终因与慈禧太后积怨太深而被罢黜，奕𫍽等人掌握了实权。盛雨亭也因是清流派人物，有了发言权。一次礼部议论遵照祖制问题，盛雨亭为了强化他的观点，就举了个实例来说明。在吉林敦化县，首任知县的名字竟和县名重叠，这还了得，而且一重就重四年多，没人查办。盛雨亭本和赵敦诚无过节，也没有个人成见，他甚至认为赵敦诚还是个讲义气有作为的人。可是，祖制要守，而且观点急于找到佐证，就把重字的事说了出来。这种事情，没人提及，不会有人理会，一旦提出，问题可就严重了。一查，赵敦诚在建县时原准备做县丞的，他错就错在，当上第一任知县时，不知道主动提出，以示回避。于是，免了他的知县。

对于这样的结果，盛雨亭内心还是不安了几天，但想想赵敦诚违背祖制的事情确实不少。别的不说，他盛雨亭亲身经历的事就有两件。一件是，按规定流放之人多集中去宁古塔、尚阳堡这样艰苦的地方，或在各驿站当杂役，零星的流人也有去旗人家当奴役的，再变通，也得去个随旗人家吧。当初，把他盛雨亭安排到典家教书，还以为典式奎土地那么多，是个随旗人吧，谁想，他到了才了解到，典家竟是个讨荒过来的灾民。另一件就是巧割皇祖地柳边的事，他没去揭发，也算厚道了。这样一算，好像赵敦诚倒欠了他的人情。他用一句阿克敦土话结束了内心的争斗——拧歪个啥？

赵敦诚离开敦化城那天，百姓感念他办事公平，清正廉明，倾城相送。还把他的官靴留下，置于迎门城楼上，以示赵敦诚德政。

赵敦诚闲赋其间，学习中医，他收藏了大量医药典籍，遍搜医书验方，还命其子赵中思弃官从医。

有一天他意外地来到典家大院，赵敦诚对典式奎说：

“还认识我吗？我是来喝酒的。”

典式奎拉他坐下，给他拿烟，把酒菜摆在他面前说：“咱们喝酒。”

两人都喝多了。赵敦诚说："这酒好啊！"这时，典式奎的三房媳妇也来凑热闹，他们说：

"赵大老爷来了，我加个菜，我给你满上，我陪你喝一盅！"

喝高了的典式奎指着他的三个女人说：

"女人如酒，女人如酒，女人如酒。"

他半眯着眼睛大着舌头对赵敦诚细说：

"仙荣是水火升腾后产出的烈酒，冲撞他的感官，让他热血奔涌；云美是沉淀在酒海里的陈酒，滋润他的心田，让他沉醉其中；仙萍是加入补品的药酒，抚慰他的全身，让他倍感舒畅。"他把咂摸好多年的感觉终于说出来，赵敦诚感慨道：

"男人懂酒如懂女人，大概如此吧。"

本打算下半辈子就当医生的赵敦诚，于光绪二十七年(1901年)意外地再一次当上了敦化县知县，人们对他仍念念不忘啊！赵敦诚鞠躬尽瘁，夙兴夜寐，两年后累死在任上，敦化百姓尊称其为"赵大老爷"。

典式奎实际活过百岁。他的三房媳妇和大多数儿子都先他而去。他九十多岁时，就不再和人谈论年龄了。有曾孙子曾孙女问他，老祖宗，你几岁呀？他说九十九了，再过一年，他仍九十九，再过一年，他还是九十九。

曾孙子还问他，老祖宗，你为啥要把敦化叫阿克敦呢？他反问那孩子，你叫啥？锁头。大名呢？典玉锁。这不就对了吗，你俩名，我这敦化和阿克敦也俩名嘛！其实啊，旗人、随旗人、民人、流人、站人、巴拉人都是关东人，敖东城、鄂多哩、阿克敦、敦化城都是一个地方。我知道了，我知道了，孩子们嬉笑着，拍着手做着动作给他唱儿歌。

大帮子酿酒什么样？
典得帮酿酒吹火样。
二助子酿酒什么样？
典得助酿酒和泥样。
三石头酿酒什么样？
典得石酿酒品茶样。
四墙头酿酒什么样？
典得强酿酒拉风箱样。
五地头酿酒什么样？
典得地酿酒插墙样。

六仓子酿酒什么样？
典得沧酿酒扬场样。
七舟子酿酒什么样？
典得舟酿酒拼板子样。
八斧子酿酒什么样？
典得府酿酒端药罐样。
九风起酿酒什么样？
典得风酿酒吹喇叭样。
十雨后酿酒什么样？
典得雨酿酒跳格子样。

典家的一枝一直在额摩镇卖典家烧锅酒，最先在红灯客栈，后来又换了几个地方，另一枝在敦化城卖，卖的年头多了，这酒也就有了名称，叫“九十酒”。

都传九十酒是九十九岁老人酿的酒，当然醇香无比，延年益寿。更有人说，九十九岁老人鹿神附过体，酒好那是自然的。

九十九岁老人去世时，几处典家人和乡邻来为他送别。大家说，这是喜丧，所以，都喝了九十酒。

典家的后人，在盛雨亭写的典式奎生平后，加了几句话，算作更正和补白。

一、其岳父黄二月与土匪同归于尽。二房妻黄仙萍被救，出家为尼后还俗，生四男二女，典得甑、典得曲、典得海、典得药、典彩云、典彩霞。

二、三房妻黄仙荣又生一男一女，典得冰、典彩虹。

三、典家烧锅酒被称作九十酒。

有典家后人用神调唱颂：

火里蒸腾水里静，
土里刨食炕上醒。
风里呼号雨里走，
谷稻麦粱粮食精。
醇香纯厚壮雄风，
回味绵长体泰通。
神调一曲阿克敦，
九十酒里岁月浓。